第二次死亡

THE SECOND DEATH

午晔 著

北京联合出版公司
Beijing United Publishing Co.,Ltd.

图书在版编目（CIP）数据

第二次死亡 / 午晔著 . -- 北京 : 北京联合出版公司 , 2023.5

ISBN 978-7-5596-6723-6

Ⅰ . ①第… Ⅱ . ①午… Ⅲ . ①推理小说－中国－当代 Ⅳ . ① I247.5

中国版本图书馆 CIP 数据核字（2023）第 036835 号

第二次死亡

作　　者：午　晔
出 品 人：赵红仕
选题策划：雁北堂（北京）文化传媒有限公司
责任编辑：徐　鹏
特约策划：胡月然
特约编辑：胡月然
封面设计：济南新艺书文化 QQ:1427221916 | 蔡小波
版式设计：冉冉工作室

北京联合出版公司出版
（北京市西城区德外大街 83 号楼 9 层　100088）
天津雅图印刷有限公司印刷　新华书店经销
字数 264 千字　880 毫米 × 1230 毫米　1/32　11 印张
2023 年 5 月第 1 版　2023 年 5 月第 1 次印刷
ISBN 978-7-5596-6723-6
定价：45.00 元

目　录

楔子

每个人都会死两次——第一次是被死神带走，第二次是被世人遗忘。

人死了之后会去哪里？世人无法回答。于是，大家都在猜测，编造出了这样或者那样的故事，有的很美，有的很恐怖。而我和他们不一样，我不编故事，我，知道答案。

暴风雨要来了，狂风撕扯着乌云，在空中拼成一幅阴森的图画。海浪尖声高叫，卷起巨浪扑向岩石，瞬间撞得粉身碎骨，化作无数飞溅的白色泡沫。从悬崖上面看去，海面凶猛的漩涡像一块翻滚着的磁石，要把一切都吸过去才肯罢休。潮湿的气流裹着呛人的咸味，从海面冲到高耸的石崖顶上，带着怒气，将一块块松动的岩石推向深渊。再往前走，人就会被卷下去，落入永无止境的黑暗。但是我不用怕，因为我是幽灵，早已抛弃了肉体的幽灵。

人惧怕死亡，是因为无法面对肉体的消亡。他们舍不得这副皮囊，哪怕日复一日重复着毫无希望的生活，从生到死，如蝼蚁般艰难地在世间爬行。他们没想过，活着是为了什么，只是死死抓住眼前的苟且，还有和其他蝼蚁之间的所谓的羁绊，一年又一年，一代又一代。他们活着是因为漫无目的地被带到世间，他们死去是因为枯萎的肉体已经走到尽头。不论生死，他们的存在就像在这波澜壮阔的大海里撒了几粒盐，没有丝毫的意义，不留任何痕迹。

其实，他们并不能算是人，因为他们没有灵魂。人生而为人，不是因为能走路能吃饭，而是因为有了能够在广阔天地间飞翔的灵魂，只有灵魂才能播撒生生不息的梦想。为了砸碎封印着灵魂的枷锁，就要彻底放弃卑微的身体和那些无畏的羁绊，成为孤独的幽灵。为此，死掉几个人也是在所难免。

是的，他们必须死掉。我低头凝视手中的照片，把它们一张一张撕碎，抛向汹涌而来的风暴。撕到最后一张时，那双凝视着我的眼睛让我有了一瞬间的犹豫。李亢……

还是不能心软啊，我用力扯烂照片，张开手掌，看碎片如脆弱的蝴蝶般飘向天际，很快没了踪影。是的，只有他们死去，我焦躁不安的灵魂才能看到光明。

雨砸在海面上、石头上，天海之间只有白茫茫一片冰冷。我缓缓地穿过雨帘，走向山崖下的港湾，是时候为飘荡的灵魂找一个栖身之所了。

我不向往天堂，也不在乎地狱。我是幽灵，讨厌人间的虚伪和泥泞。我，要找到自己的世界。

01　血色保护费

“先生，还需要续杯吗？”身穿米色连衣裙的服务员端着咖啡壶第三次出现在桌边。

温良低头看看自己面前的空杯子，默默摇头。已经是九月中旬了，咖啡馆里冷气十足，他却不由自主地抬手擦了擦额头渗出的汗珠，想把它们和心里翻腾着的焦虑一起抹掉。

桌上的手机响了起来。温良像被烧红的烙铁烫了一下，浑身一颤，之后定了定神，才缓缓按下接听键，把手机贴到耳边。

“再来杯卡布奇诺如何？”电话另一端刻板的电子音里居然能听出一丝调侃的语调，“这家店的抹茶拿铁也很不错哦。”

“啊……”温良皱眉。他已经在这家店里坐了两个小时，按照指示喝了三杯咖啡。膀胱传来的一阵阵酸胀让本就难以静下来的心神更加凌乱，温良已经不知道该换个什么坐姿才能让自己好受一些。不要慌，对方一定是在故意激怒自己。他偷偷瞄向四周，那些家伙说不定正躲在暗处，带着嘲讽的笑，观察自己这个瓮中之鳖的一举一动。

“钱我已经带来了。”温良下意识地伸手摸了摸放在一旁的小挎包，他不想再拖下去了。

“那就出来晒晒太阳吧。”对方是毫无兴趣的语调，“出门往西走两百米有一座过街天桥，你上天桥，一直走，走到栏杆上拴着一条黄丝带的地方停下来。”电话被挂断了，嘟嘟嘟的忙音像闹钟一样让温良心头一紧。

他放下一张百元钞票，没等服务员收钱找零，便急匆匆抱着挎包跑出咖啡店。秋日夕阳的温馨光芒洒在人来人往的街上，月季花的甜香扑面而来，温良深吸一口气，压住胃里翻江倒海的感觉，夹着挎包，缩着脖子，大步流星地跑上天桥。

远远地，他就看到了电话里提到的那条黄丝带。它缠绕在锈迹斑驳的栏杆上，被微风拉扯着，轻轻摇摆。温良小心翼翼地走过去，伸手拉了拉已经被汗水打湿的衣领。

电话又响了起来，仍是没有显示号码。“好了，现在打开包，把钱从天桥上扔下去。”电子音一字一顿地说。

“啊?！”温良愣住了，不由自主地抱紧了挎包。这是什么毛病？打开？扔下去？这么一来……他觉得脑子里“嗡”的一声好像飞出了一群蜜蜂，两条腿开始不住地打战。

“哈哈哈……”电话里传来干巴巴的笑声，“开个玩笑，别紧张，你把包放在地上。”

“地……地上？”温良舌头打结，一边左顾右盼，一边弯腰把挎包放到脏兮兮的地面上。

此刻已经是晚高峰，街上的人和车越来越多，天桥上不断有行人和温良擦肩而过，每个人都一脸木然，行色匆匆，看不出有什么特别之处。温良站在原地，内心催促自己赶紧离开，腿脚却不听使唤。

“砰！砰！砰！”一连串的巨响从身后传来，吓得他差点坐在地上，街上和天桥上顿时一阵骚动。

“什么动静？”

“鞭炮？哪家店开业？”

“该不是开枪吧？”

“别瞎说，你以为好莱坞大片儿呢！”

怪了……温良心里一动，扭头再看脚下。果然，挎包已经消失了，只剩下孤独的黄丝带在风中摇曳，好像在向他招手道别。

很快，周围又恢复了平静，人们继续低着头，看着手机，聊着有的没的，仿佛什么都没有发生过。大都市的节奏就是这样无情，不管是明星绯闻还是街边一场警匪大战，都会如口香糖一般被迅速咀嚼榨干，吐进时光的垃圾桶里。有时候，甚至不会留下丝毫的余味。

就……这样了？温良在清爽的晚风里站了足足五分钟才回过神，自嘲地扯了扯嘴角，朝着商场后面的停车场走去。

中秋已过，晚上刚过九点，气温就降到了10℃以下。位于城市西北近郊的青雨山庄没有市中心的灯红酒绿，只有一栋栋被花草紧紧包围的小别墅中透出的点点灯光，宁静中带着一点萧条的感觉。这几年，城里城外的房价涨了快一番，新闻到处说哪个楼盘开售半天就被抢光了，然而别墅却因为动辄标价四五千万一直卖不动。青雨山庄纵然位置极好，环境优美，入住率却也不到五成。

温良很喜欢这里的宁静，他平日里都住在别墅，只有偶尔加班时才在公司附近的公寓躺上一晚。他把车停在车库，从洗衣房旁边的侧门晃进屋里，甩下包在脚上的皮鞋，把夹克衫顺手扔在沙发旁的小地毯上。

这两天神经一直绷得比弹棉花的弦子还紧，眼看就可以解脱了，温良感觉全身酸痛无力，每一个关节都好像生锈了一般难受。开车回来的路上遇到堵车，他差点趴在方向盘上睡过去。只可惜，现在还不是松口气的时候。他打开冰箱拿出一罐啤酒，拉开拉环猛灌几口。冰凉的液体冲进胃里，翻滚几下，化作一股热气从喉咙里冒出来，他觉得脑子清醒了不少。

不知道新闻会不会报道？不过就算会报道，也不会这么快。要沉住气！温良把剩下的啤酒一股脑倒进肚子里，然后将捏扁的易拉罐用力摔进脚边的垃圾桶，又伸手从冰箱里拿出一盒昨天打包带回来的炒饭，光着脚踩着自己的影子走进厨房。打开灯的一瞬间，他手一抖，打包盒掉在地上，油乎乎的饭粒撒了一地。

见鬼了！月白色的灯光下，一只军绿色小挎包斜坐在干净的水槽里，靠着不锈钢池壁。三个多小时前他明明把它放在天桥上了。他奋力眨了几下眼睛试图赶走幻觉，却没成功。刚刚倒进胃里的啤酒瞬间又被恐慌顶到了喉咙口，差点一股脑全喷在地上。他条件反射地低头，捂住隐隐作痛的肠胃，这才注意到脚下的影子怎么有两个头？

温良猛地转身，险些撞到身后那个人。不对，他不是人，那张脸上突出的长鼻子，圆滚滚的眼睛，咧开大笑的嘴，分明就是儿时在剧院里经常见到的，被绳索拉着手脚群魔乱舞的木偶！温良不禁张大嘴巴跌坐在地上，他这时才发现，原来人在极度紧张和恐惧时，根本就喊不出声来。

“木偶”伸手拉了拉头顶的红色棒球帽，拉开夹克衫的拉链，从怀里抽出一把水果刀，在手里耍了两下。温良发出一声低沉的悲鸣，手脚并用地爬向厨房侧门。他知道喊叫是没有用的，刚才进门时看见四周的别墅一片漆黑，最近的邻居在七八百米外，就算听到隐约动静，大部分人也很难分辨出发生了什么，或者干脆事不关己高高挂起。当初真不该为了图清净，把房子的隔音做那么好……

保安？大概五六年前，别墅区里有二十多个保安，清一色的帅小伙儿，听说有不少都是刚退伍的老兵。然而房子卖得一年不如一年，先是保洁和园丁出现的次数越来越少，然后公共花园里的四季花木被一批批地置换成容易养活的月季、蔷薇，池塘里的金鱼也越来越丑，到了今年年初，一大半保安竟然变成了五十多岁的老汉，日常值班和巡逻的也只剩下三四个人。天知道这时候他们躲在哪个角落里抽烟聊天喝小酒呢！眼下的一线生机只有逃到大路上去呼救，不管邻居或者保安能否听到，“木偶”至少会因为害怕而不敢轻举妄动。

前一阵子，助理说什么水星逆行对自己不利，真不该嘲笑他迷信。温良觉得自己的心脏快要和胃里的啤酒一起从腔子里撞出来了，跌跌撞撞爬了三五步，却被一道黑影挡住去路。是“木偶”！他跑到自己前面了！不，不对，虽然戴着一样的面具，穿着一样黑漆漆的外套，但是眼前的“木偶”头顶的棒球帽却是蓝色的。他……他们……

一只从身后伸来的手死死地攥住温良的衣领，如同拎小鸡一样，把温良拽到水槽旁边。

“温老板这么大方，哥们儿打算登门来道个谢。”红帽子木偶开口了，语气轻快，还带着一点鼻音，若是在平日里听到，会觉得这是个性格活泼的年轻人。而此时此刻，字字句句都像扎在温良肉上的刀子。

“好东西要大家分享。”红帽子抓住温良不断颤抖的手，“您受累帮我们打开挎包，钱咱们三个分了如何？”

“不……”温良喉头发紧，几乎喘不过气来。

“别不好意思。”蓝帽子在他身后慢吞吞地说，声音沉稳，竟然能听出几分磁性。

要坏事！温良捯了几口气，努力让自己平静下来。“钱……如果不够，我这里还……有。你们……想要多少……”

“瞧你说的。”红帽子一只手拿着刀，搭在温良的肩膀上，“哥们儿是那种人吗？来，乖，打开小包包分钱喽。”他按着温良的手，猛地拉开了挎包拉链。

完蛋了！温良一声惨叫，也顾不上刀子了，奋力推开红帽子趴在地上，双手捂着口鼻，全身剧烈地颤抖。十秒过去了，二十秒过去了……为什么这么安静？温良颤颤巍巍地抬起头，看见两张俯视自己的木偶面具，即便隔着那层硅胶假脸，他都能感受到一股讥诮的气息。温良又是一阵冷汗淋漓，左脸面颊上升起火烧针刺般的疼痛，黏糊糊、热乎乎的液体已经顺着下颌流进领口，原来他刚才不顾一切扑倒在地时，被刀子划破了脸。

“别紧张，这东西早被我们移除了。”蓝帽子从怀里拎出一个装满液体的密封袋。袋子里还有一只透明的小袋子，同样是密封的，同样装着一包液体。

“大袋子里是 ×××，小袋子里是 ×××，没错吧？”红帽子蹲下来，在温良面前举起水果刀，“这两种东西混合发热，就会释放出剧毒的氰酸气体。难怪会把你吓成这样。”

“你在挎包拉链上装了把小刀。”蓝帽子冷冷地说，“一旦我们拉开挎包数钱，刀片就会刺破两个袋子产生毒气，你这是想置我们于死地啊。”

“就怕流氓有文化啊。”红帽子用刀尖戳了一下温良的伤口，疼得他一个趔趄。“温老板，哥们儿设法帮你躲过了牢狱之灾，结果你就这么报答我们？还好我小时候听过农夫和蛇的故事。”

如巨浪般袭来的恐惧和绝望让温良头晕眼花。他知道在那两个袋子面前，什么解释都毫无意义。为什么老天对自己如此刻薄，本以为胜利的曙光已经出现，又被一记重拳重新打回万劫不复的黑暗。

“你们……想要什么……”死守着最后一丝理智，温良嚅动着嘴唇，“要什么我都答应。”人总是有所图的，对吧？不管是钱还是什么，只要保住这条命，怎么都好说。

“对啊，我们想要什么呢？”红帽子的语调上扬，“你猜猜看，猜中有奖。”

温良痛苦地闭上眼睛，都怪自己一时冲动，不，要怪只能怪薛仲林多管闲事！他管不住好奇心四处窥探，还傻兮兮地把自己叫过去对峙，摆出一副高傲的嘴脸不肯接受自己开出的优厚条件，偏要逼着自己承认，还威胁他要公之于众，若不是这样，自己也不会控制不住暴脾气，抓起那倒霉的花瓶砸了他的脑袋。好像那还是国外名家的作品？颜色造型看着挺土气的，手感倒是不赖。

直到今天，温良回忆起那个暴风雨来临前的夏夜，仍然会产生血腥味扑鼻而来的错觉。他不记得一共砸了薛仲林多少下，只记得他清醒过来时，脚下血肉模糊的人形在摆着古典家具、波斯地毯和时令鲜花的客厅中显得格外刺目，不，是刺鼻。

人已经救不活了，应该说，温良并没有想过要救他，然后任由薛仲林带着自己的小秘密离开人世。不过，就这么把尸体丢下逃跑也不是办法。战战兢兢地强迫自己思考良久，温良学着电影里的样子，把薛仲林放在抽屉里的现金和几块金表，还有存着所谓证据的手机塞进随身的公文包里，撬坏公寓里的两扇玻璃窗，又使出吃奶的力气把客厅里祸害一番，砸得乱七八糟。

把客厅的古董时钟和薛仲林手腕上的万国表调快两个小时再踩坏，是温良自认为的神来之笔。小说里经常这么写，警察会以为钟表是在争斗中被砸坏，从而认定上面的时间就是作案时间。温良不知道那是不是真的，姑且相信确有其事吧。一切布置妥当之后，他从卧室的衣柜里找了一套干净的衣服换下身上已被血水和汗水浸透的衬衣、西裤，还好自己和薛仲林年龄体形相仿，男人，尤其是生意人，平日里常穿的衣服总是那么老几样，找一套类似的实在容易。

喝了杯凉水，定了定神，温良装作若无其事的样子离开了薛仲林家。车开出小区大门时，他和平常一样，与保安老周聊了几句家常。温良知道自己无法删掉小区监控拍到的画面，更不可能让和自己熟识，每次都很殷勤地帮自己开门的老周失去记忆。狭路相逢勇者胜，温良不知为何突然想到这么一句话，不管怎么样，只要不自乱阵脚，总还有逃脱一劫的希望。

那天，暴雨下了整整一夜，一直到第二天中午，整个城市变成了一片汪洋。那天，温良也在公寓的窗边站了整整一夜，听着风雨与玻璃窗搏斗的惨烈呼啸声，祈祷命运可以对他网开一面。

他不知道薛仲林手机的开机密码，只好把它砸烂，和那几块金表一起烧掉。烧现金的时候，温良犹豫了一会儿，他想起自己儿时曾经向玩伴吹牛，说总有一日会发达，拿着钞票做点煤炉子的引子。四十年过去了，曾经的很多梦想都被现实消磨殆尽，没想到这句戏言竟会以这样的方式变成现实。温良看着红色的钞票在火苗的舔舐下变成肮脏的灰烬，又被清水卷起冲进下水道，没有感到丝毫的轻松。正如比死更难挨的是等死一样，比被抓更难忍受的是猜测警察何时找上门，他们发现了什么，又会试图从自己身上得到些什么。温良设想了很多场景和对白，然而两天后警察来到公司“例行公事”时，他悬着的心被吊得更高了。

前来拜访的警方负责人看起来很随和，脸上总是挂着谦和的笑，谈吐也是彬彬有礼。只是每次温良想拐弯抹角地打探案情进展时，都被他不动声色地转移开话题。更让温良不安的是，他苦心布置的一切和得意的神来之笔并没有发挥任何作用。警方把案发时间锁定在晚上七点到十点之间，不厌其烦地打听薛仲林的人际关系以及近来他参与的项目、合作，还有一搭没一搭地问起公司的股权分配。他们似乎认定这是一起因利益不均引发的谋杀案，而不是街边闯空门的小贼造成的一起意外悲剧。

这可就麻烦了呀。温良强作镇定地送走客人，随后瘫倒在沙发上。温良担心的倒不是警察怀疑自己，毕竟他们没有直接证据，他经常出入薛仲林家，在现场找到他的指纹脚印都说得通。作为合伙人，至少他们的关系在外人眼里是非常和睦的，也没什么金钱、公司控股权一类的纠纷。这些，温良心里有数。

可是，任由警察围着薛仲林的人际关系展开调查，隔三岔五地在公司里进进出出，总不是个办法。一旦他们深挖下去，难免有人会想起什么，把他们引向薛仲林死前调查的那件事。一旦那件事曝光，自己这两年的努力将彻底化为乌有，未来也会变得毫无希望。不行，得想办法把警方的视线引开。可是该怎么办呢?

整个下午温良都过得心不在焉，开着会，看着文件，和客户通电话，他脑子里都会时不时跳出那个挥之不去的阴影，该怎么办呢？心里有疙瘩，干什么都觉得不顺。还没到下班时间，温良便匆匆离开办公室，跑到附近某家常去的葡萄酒会所躲清净。两杯赤霞珠下肚，他突然想起一个交往不久的情人曾提到过，知道一些人可以替人消灾。

抱着有枣没枣打三竿子的想法，温良软磨硬泡地要来一个联系方式，发了一封邮件。几个小时之后的深夜，一通不显示号码的电话打到他的手机上。对方提出的问题让温良觉得透着几丝意料之外的怪异。

“你杀了你的合伙人吗？”变声器发出的电子音一字一顿的，显得有些滑稽。

“没有，当然没有！”温良辩解道，“我和薛仲林没仇没怨的，没理由杀他。再说了，他认识好几个投资人呢。这一出事，我们公司日后融资都有困难。我没必要给自己下这样的绊子。”

“薛仲林死的那天，你们见过面。”

“我对天发誓，我离开时他好好的。”反正世上没有神，就算说天打五雷轰也无所谓。

“离开他家后你去了哪儿？和什么人在一起？”

“我回公寓了，就我一个人。那天半夜开始下大雨，城里都淹了。第二天下午我接到薛仲林老婆从国外打来的电话，说警察联系她了。”

“一个人？你的家人呢？”

“我太太身体不好，这两年一直住在郊区的疗养院。”温良表露出失意和适度悲伤的语气。一个关心老婆的男人，应该不会让人联想到杀人犯吧？

“所以在警察确定的案发时间里，你没有不在场证明。”

“我没杀人。”温良强调，“听说你们能……”

“你为什么不找个人帮你做不在场证明呢？”对方好像自言自语一般，“比如公司里的心腹员工。”

“我……”温良本想说员工怎么能信得过，但他知道对方这是在试探，自己不能出错，“我开始并没有想那么多，以为薛仲林的死只是入室抢劫。”

“但是你如今想得挺多。女人呢？你老婆病了那么久，你在外面总有一两个女人吧？不能替你做证？”

“我并没有杀人，找人打掩护就成了此地无银三百两。”其实温良想过找人做证这件事。他在外面确实有情人，还不止一个，不过这事最麻烦的不是掩护会不会被警察戳穿，而是婚外情绝不能让别人知道。

这几年公司的业绩不好不坏，在南方的项目大部分要靠大舅子提携。老婆生病这几年，温良一直忧心忡忡。他知道那些昂贵的药物和补品，那些进口的、传统的疗法，只能延缓她生命逝去的速度。本来岳父家就对自己诸多看不上，只是照顾女儿的面子才肯帮忙。一旦这棵大树倒了，温良不知道自己该去哪里乘凉。所以两年前，他决定要未雨绸缪，为自己的将来做些打算，本以为一切都在掌握之中，半路却杀出了个较真的薛仲林。在这个节骨眼上，如果婚外情被抖搂出来，可比杀人嫌疑严重多了。警察并不能坐实他是凶手，岳父家却可以想办法让他在商场寸步难行。

“你的意思是，我该找人替我做证？我觉得行不通。”温良不知道对方是什么意思，还是想要从他这里探听什么。他甚至开始后悔找这些莫名其妙的人，此时只好硬着头皮勉强对付。

“你是个聪明人。”电子音仍旧不紧不慢，“找人做证确实行不通。本来作案时间就是个很宽泛的时间段，如果警方认定你是凶手，就算你能证明你整晚都和别人在一起，他们只要把作案时间往后延长一两个小时，一样可以抓你。”

“不会吧……”温良将信将疑。警方会那样做吗？他不知道。“那我到底该怎么办？”

“如你所说，警察并没有指证你的真凭实据。”

“我不能就这样静观其变。”温良耐不住性子了，“你们到底能不能帮我？要多少钱……”

“一周之内你会收到我们的答复。至于你要支付什么，到时候会再联络你。”电话挂断了。

温良愣了几秒钟，狠狠掐了一下自己的大腿，确信这不是一场噩梦。

一周时间一转眼就过去了，那个电话没有再打来。温良试着发了两封邮件，结果都被退了回来。这么说对方是不打算帮忙了？温良心想，也许那些人只是在逗他玩而已，说起来，替别人做伪证脱罪，被抓住是要坐牢的，正常人应该不会主动去做这种事。

不过，好像有什么地方不太对劲，到底是什么地方呢，他想不起来。直到中午时分，送文件的助理一语点破，警察这几天都没露面，应该是转移调查视线了。

“早上薛太太从国外回来，一下飞机就来了公司，拿走了薛总的私人物品。”助理的表情异常轻松，“她联络警方时听说，他们有了新的发现。”

“什么新发现？”温良不免紧张。

“不太清楚，警察不可能明说啦。”助理满不在乎地说，“总之和咱们公司应该没关系。”

莫非，这就是那些人所谓的答复？温良压制着内心的波澜，打发走了助理，像往常一样在公司里转了两圈，然后找机会开溜，驾车直奔薛仲林的公寓。

今天正好又是老周值班。温良耐着性子和他喝了一壶没什么香气的绿茶，杀了两盘象棋，才打听到前两天晚上，有两个警察来到公寓，说是例行复查现场。可是他们进去不到一个小时，突然又来了好几辆警车，拉来不少人，有穿制服的，也有穿白大褂提着箱子、挂着相机的。那些人在楼上一直忙到半夜。离开时带队的警察要走了近来一个月的监控录像，还给老周看了几张照片，只可惜他对照片上的人完全没有印象。

真是神助我也！温良一直不明白那些人是怎么办到的，但他们确实给警方提供了一个更值得怀疑的嫌疑人，而且一定有看似靠谱的证据。更让温良想不透的是，那些人到底什么来路？他记得对方邮箱的名字是“Pinocchio”，这是小时候读过的一篇童话故事里木偶的名字——匹诺曹，但不明白这里面有什么玄机。还有，这些人为什么会帮自己？为了钱？奇怪的是，时间就这样一天天地流逝，没有人以任何方式联系他有关付钱的事。他再次主动发了邮件询问，结果还是一样，邮件被退了回来。

天气从夏天的繁茂变为秋天的萧索，路边的青翠的树叶被时光涂上美丽的金边。

薛仲林的葬礼结束后，薛太太变卖了一部分在国内的财产，回到国外去照顾还在读中学的两个孩子。温良用很友善的价格从她手里接过了薛仲林的公司股份，半卖半送地给了自己的大舅子，以此换来两个很有实力的投资人。

薛仲林的案子一直没有调查结果，让温良偶尔还会有些担忧，不过警察一直没再来叨扰。盛夏里那惨烈的一幕正在他的生活和脑海中渐渐淡去，薛仲林鲜血淋漓的脸在梦中出现的次数也越来越少。

当温良觉得自己的运气也不那么糟糕时，几天前深夜里的电话铃声提醒他一切还未结束。

“三天内准备好二十万，等下一步的指示。”电子音说完便干脆利落地挂断了电话。

准备二十万对于温良来说不是什么难事。平时他在别墅的保险柜里总是放着五十万现金，以备不时之需，为此还经常被用惯了信用卡、支票的老婆嘲笑为喜欢数钱的土包子。二十万能摆脱杀人的罪名，也算是良心价格，等一下，他们真的就只要二十万吗？看着茶几上的几摞钞票，温良陷入深思。

钱是不能不付的，否则对方一旦把事情捅出去，就不是钱能解决的问题了。可是，二十万会不会只是一个投石问路的开始呢？如果自己痛快地付了钱，就等于让对方摸清了心里的底线，从此怕是一笔又一笔……不行，不能就这么任人摆布！温良在黑暗的客厅里踱步。

对方并没有给自己讨价还价的机会，自己更没有砍价或者谈判的筹码。怎么办？这钱付也不是，不付又不行。比钱更让人不放心的是，这些人到底知道多少薛仲林之死的内幕呢？三个月不联系，他们是不是在等什么？想到这里，温良心里叫苦不迭。真是一步走错，步步走错，薛仲林的事情还没了结，再被那些不知道藏在什么地方的人盯上，自己苦心经营的一切怕是要保不住。不行，得想个一了百了的办法。瞪着眼睛一直坐到天亮，温良有了主意。

挎包在天桥上消失的瞬间，除了惊讶，温良心里还有那么一点胜利在望的喜悦。只是他没想到，这点喜悦如同五彩斑斓的肥皂泡，还不等你伸手去戳，就啪地一下破裂了，消失得一干二净。剩下的，只有眼前的刀尖和两张皮笑肉不笑的面具。这些人是多喜欢匹诺曹？戴的面具都是小木偶的形象……不，现在不是考虑这个的时候。温良吞了一口吐沫，感到喉咙几乎要烧起来了。

“要多少钱，我都答应。”他打出自认为最合理的牌。人为财死，鸟为食亡，他们无非是生气自己的下毒计划，只要多给一些钱，总能谈妥的。

“我们什么时候说过要钱了？”红帽子笑了两声，“包里的二十万我们可是原封不动给你拿回来了。”他靠近温良的脸，“你到底该支付什么，你真的不知道？”

温良说不出话，因为他想到一个可怕的答案。

“你杀了你的合伙人。”蓝帽子说，“如果不是你干的，我们就不会再联络你了。”

“你要支付的是你的人品，温老板。”红帽子抓住温良的衣领，一路将他拖进客厅扔在沙发边上，“事实已经证明你没有人品，那就只有用人命来还债。”

“不要杀我。”温良缩在墙角，不敢去看那逼近的刀尖，“薛仲林的死真的只是意外，我没想过要杀他，真的！求求你们再给我一次机会，让我干什么我都愿意。”

“再给你一次机会暗算我们？”红帽子从口袋里掏出一卷胶带，扯下一截封住温良的嘴。温良拼命挣扎，但很快手脚都被绑了起来，像一条被甩在沙滩上的鱼，在地毯上蠕动着。

“不是不给你机会。”蓝帽子按着温良的头，摆出一副唱红脸的姿态，“你要是老老实实做人呢，我们也不是那么不好说话。”

温良拼命点头，被堵住的嘴里发出呜呜的求饶声。他不知道自己为什么点头，只知道要想活下去就绝对不能激怒这两个人。红帽子默默地盯着温良狼狈的表情看了几秒钟，和同伴一对视，笃地一下将刀子插在温良身边的地板上，伸手揭开温良嘴上的胶带。

“听我说……”温良深吸两口新鲜空气，打算替自己辩解。

“你听我说。”红帽子按住他的嘴，示意温良少废话，起身走到沙发对面的电视墙边，伸手摘下墙上的一幅油画。一扇装着密码锁的灰色小门露了出来。

他怎么知道……温良觉得再来几个这样的惊喜，自己的心脏就要爆炸了。不过，他转念一想，如果他们的目的是这里，那自己就还有一线生机。

“密码是多少？”蓝帽子问。

“3……”温良收住差点脱口而出的话锋。保险柜可是自己最后的护身符了，如果他们拿到里面的钱，会放过自己吗？更何况柜子里还有……怎么办？得和他们谈一谈。但要怎么……

不容温良细想，蓝帽子伸手把胶带又糊到他的嘴上，拔起地板上的水果刀，在他胳膊上狠狠划了一下。血奔涌出来，温良喊不出来，疼得就地打滚。这些家伙也太狠了，看来今天无论如何过不了这一关了。

“怎么，要钱不要命呀。”蓝帽子举刀对准温良的大腿，却被快步撤回来的红帽子按住手腕。

“瞧把你心疼的。”红帽子拍拍温良扭曲的脸，“你这出尔反尔的臭德行还真是改不了了。”他从同伙手里接过刀子，“大晚上的，我们也想早点回去休息。你只要告诉我密码，咱们从此江湖不见，如何？”

温良强忍疼痛点了点头。蓝帽子撕下胶带，谨慎地用手按住他的脖子。

“328……990。”温良明白自己已无路可退。

红帽子按下密码，轻轻一扭手柄，打开嵌入式保险柜的柜门，回头朝同伙点点头。

“老老实实趴着。”蓝帽子又给温良嘴上贴上胶带，起身给了他腹部一脚，朝着楼梯后的储藏室走了过去。这会儿工夫，红帽子已经把保险柜里的几捆现金拿了出来，放在电视柜上。

保险柜里还有房产证、公司执照之类的几份证件。一个巴掌大的黑色丝绒盒子压在装证照的塑料文件袋上。红帽子拿出盒子，在耳边晃了晃没有打开，直接将它塞进牛仔裤的口袋。

温良忍着胳膊上的剧痛趴在地上，抬头盯着红帽子的一举一动。一瞥之间，他注意到挂在液晶电视上面的挂钟指向了十一点。这不正是每天晚上保安巡逻的时间？温良记得很清楚，每天晚上十一点，保安小队会从自家门前经过。

跑到门口是肯定不可能的，温良看了看距离自己不到三米，被窗帘遮住的落地窗。如果用力撞上去，应该可以撞破玻璃，就算力气不够失手了，那扇窗户连着报警系统，也可以触发警报，到时自己就有救了。就趁现在！温良咬紧牙关一跃而起，朝落地窗扑了过去。

正在数钱的红帽子没料到他的动作，顺手抄起电视旁边的一个茶壶大小的描金彩绘泥塑朝温良的后脑砸去。

“啪”的一声，泥塑碎成好几瓣。手脚被捆住的温良还是慢了半拍，颓然地倒在距离落地窗不到半米的地方。血从他头上的裂口流出来，染红了价格不菲的波斯地毯。

“怎么回事？”蓝帽子一手提着一只印着温良公司标识的大号旅行袋，一手抓着装有二十万现金的小挎包回到客厅，看着眼前的一幕有点糊涂。他丢下两个包，扯下皮手套，隔着一层乳胶手套探了探温良的颈部，回头朝仍举着一只手状若招财猫的同伙摇了摇头。

“别管他了。”红帽子捡起地上的旅行袋把保险柜和挎包里的钱都塞了进去。蓝帽子小心地用皮手套在温良的伤口处蘸了蘸，用它把刚才用过的刀子裹起来，也放进旅行袋。随后，蓝帽子又把一只 U 盘扔在地上，用力踩碎外壳，满意地看着地板上的一堆碎片。

两个人冷静地环顾四周，确定没有遗漏什么，关上别墅里的几盏灯，提着满满一兜子战利品从厨房的侧门走了出去。

出了别墅，是一片差不多一人高的木篱笆围起来的小花园，花园里稀稀拉拉地种着几排疏于打理的花草。篱笆墙边还有两棵新移栽的樱桃树，不知要等几年才能枝繁叶茂。

“干什么的？在这里瞎转悠！”黑暗中传来的喊声吓了小木偶们一跳。两个人迅速在篱笆墙边蹲下来，通过篱笆的缝隙向外观察。

别墅区里的路灯相隔比较远，在夜里显得无精打采的。大约十几米外的一根灯杆下，三四个保安围着一个身穿黑色长袖 T 恤衫，牛仔裤，脖子上挂着相机的青年。

“你不是这里的住户。”保安队长厉声问道，“是不是要偷东西？”

“大叔，误会，真是误会。”青年点头哈腰，“我来找个朋友，马上就走了。”

“你朋友住在哪一栋？”保安队长是见过世面的，不肯相信毛头小子信口胡诌的这一套。

“我第一次来，哪儿分得清几栋呀。”青年为了脱身，只得继续编，“您看，我真不是坏人。我马上就走了。”

“我看他倒不像能惹事的样子。”一个保安打了个哈欠，伸手赶走几只围上来准备偷袭的蚊子。

“我能惹什么事……”青年很委屈，“就是转了两圈迷路了。”

“哎，你小子该不会是狗仔吧？”保安队长盯着青年胸前的相机起了疑心。

别墅区里住着一个不怎么出名的女演员，总听说马上要红了，但一直没动静。前一阵子有网站、杂志派人来偷拍，还乱翻房主的垃圾箱，搞得周围的邻居抱怨隐私被窥探，害得他丢了半个月的奖金。

“你别说，没准真是。”另一个保安伸手想抓青年的相机，被青年躲了过去。

“各位大叔，误会，真的是误会。”青年连连作揖，“劳几位给我指条道儿，我马上就走。”

“我看算了，咱也没抓到他偷拍。”有人向队长进言。

“喏，那条路一直走到头，左拐，看到一座门前种着银杏的房子再左拐。”保安队长比画着，“一直走就是西门，跟看门的老胡打个招呼他就给你开门放行。”队长抓住转身急着离开的青年，“别让我再看见你大半夜在这里瞎转悠，下次就没这么客气了。”

“您放心，我马上走。”青年一路小跑着朝保安队长指的方向去了。

保安们嘀咕几句，继续巡逻，路过温良家侧门时并没有刻意停留。等他们走远了，蓝帽子松口气起身要走，却被同伴按住了。

“再等会儿。”红帽子低声说。他话音刚落，只见刚才那个青年又鬼鬼祟祟地跑回来，朝着保安们离开的方向吐了口吐沫，转身朝温良家北边走去。

“这孙子撑不了多久，咱们得快点。”红帽子看看四周无人，伸手把泥土上的脚印抹掉，拉着同伴，借夜色的掩护朝山庄的南侧潜行。

青雨山庄一共有四个门，这几年因为安保的成本一减再减，南侧和东侧的两个小门已经封闭了。不过谁也没有注意到，就在两天前，南门被人弄开了一条不大不小的缝儿，既不引人注目，又足够一个人侧身出入。

门外路边的监控摄像头不知什么时候被弄坏了。探头破碎的玻璃罩下，停着一辆不起眼的黑色福特轿车。两个人影靠近车子，车灯闪了一下，中控锁打开了，在静谧的夜里，仿佛是潘多拉魔盒被打开的响动。

“闷死了，赶紧开空调。”李亢扯掉面具，顺手把红色棒球帽塞进副驾驶座前的储物格。他拉开旅行包的拉链，打开车内的顶灯，翻着一沓沓红色钞票。

“多少？”蒋迎发动车子，按了几下架在面前的手机，打开导航软件。

“加上那二十万，一共五十万吧。”李亢拉上旅行包的拉链，把它扔在后座上，“甭管多少，咱也花不出去，谁知道温良那种人会不会把钞票的编号记下来放在哪个抽屉里。”

“我看不至于。”蒋迎看着前方的无尽黑夜，“应该留两沓当劳务。咱不能白给你女朋友忙活一宿嘛。”

“第五遍告诉你，就是普通朋友。”李亢撇嘴，“我怕这钱咬手，还是离远点的好。不过嘛，嘿嘿。”他从口袋里掏出那只黑色的丝绒盒子，打开盒盖，一缕金色的光映在玻璃上。

盒子里装着一颗金黄色的宝石，比菜市场里常见的鹌鹑蛋大了好几圈，不知道算不算是人们常说的鸽子蛋？

“钻石？还是玉石？琥珀？”蒋迎瞥一眼宝石，他只在商场的柜台里见过宝石，对那些眼花缭乱的名字一窍不通。

“你问我，我问谁？”李亢从车上摸出一支小手电叼在嘴里，捏着宝石在手电光下不停地变换角度，看着它忽明忽暗如一汪金色活水般流动的光彩，眼睛都跟着亮了起来。

“哎呀，脏死了。”蒋迎从他嘴里夺过手电，在衣襟上蹭了蹭塞回自己的口袋里，“明天去珠宝城找个识货的帮忙看一眼，估个价。说不定够咱俩去东南亚玩一趟呢。还是说，你打算送给你女朋友？”

“不知道这玩意儿值不值那个价钱。”李亢把宝石放回盒子里，扣上盒盖，金光消失了，昏暗的车厢又变得沉闷无聊。他按下车窗，放一些新鲜空气进来。“第六遍，邱秋不是我女朋友。”

“以前不是，以后可以是；以前是，以后也可以不是。”蒋迎像在练习绕口令，“是或者不是，要看你怎么想。”

“我就想回家好好睡一觉。”李亢用手拨弄几下被棒球帽压扁的头发，从置物柜里拿出手机看了一眼，“邱秋问我们得手没有，她说半小时前和何孟周通电话时，听他说刚接到意外爆料，在盯一个独家大新闻，明天一准儿上头条。”

“他明天肯定能上头条。”蒋迎冷笑一声，“呵，就这语文水平他还想啥普利策奖。”

“我们帮他咯。”李亢弯起嘴角，把手机放回去，“这个时间不会堵车，咱们再有二十分钟能到。”

“就怕何孟周在青雨山庄没找到要拍的，提前回去了。”

“不会，邱秋说他有两三个月没交过像样的稿子，成天发脾气砸东西。”李亢不屑地说，“咱们扔给他那么肥的一块肉，这条狗不守到天亮是不会甘心的。”

“我把丑话放在这里，”蒋迎换上很严肃的语气，“这事儿成不成，一半在邱秋。警察一定会找上她，她到时候可别掉链子把咱们卖了。”

“要卖也是卖我，她又不认识你。”李亢斜眼看他，“真到那一步，打死我也不会连累你的。”

“你以为警察都是傻子，抓到你了能找不到我？”蒋迎嗤之以鼻，“跟你说正经的呢，她到底靠谱不靠谱？”

“邱秋挺聪明的，应该明白这里面的利害。”李亢把双手枕在脑后，“咱们为帮她可都豁出命了，她总不至于恩将仇报。”他随手抓起置物柜里的薄荷糖，丢了两颗在嘴里。温良的那一段只能算是今夜的前奏，正戏才刚刚开始。

“呵，她要是真的聪明，就不会让自己落到今天这般田地。”

“小姑娘嘛，遇到感情上的事儿容易拎不清。”

“你少做点英雄救美的春秋大梦我就烧高香了。”蒋迎不依不饶，“咱们有言在先，以后再遇到这种事你自己搞定，不要麻烦我。”

“咱俩用得着这么生分吗？”李亢笑嘻嘻地摸了一下他的脸。

“滚！”蒋迎给他一拳，“说真的，你到底了解不了解那妹子的底细？除了她长得挺漂亮之外，你还知道些什么？”

“这个嘛……”这倒是个让李亢很难回答的问题。算起来，到今天为止，他和邱秋相识也不过两个月零六天。

02　命丧城中村

初次相识是在一个烈日炎炎的周末，李亢和平时一样到区里的少年活动中心教小朋友们用电脑。现在的小孩子真幸福，一个个都拿着智能手机，好多人的背包里还装着迷你平板电脑，他们总是抱怨活动中心的台式机慢、卡，没有好玩儿的游戏。小屁孩们上网聊天看视频玩儿得不亦乐乎，打字速度那叫快，甚至有些人的游戏等级比李亢还高。这还送到活动中心上什么电脑兴趣班？李亢心中十分诧异。

活动中心的负责人罗老师说："父母这样做不过是图个安心。他们周末要加班，把孩子留在家里疯玩不放心，交给爷爷奶奶带又怕给惯坏了，所以就选个兴趣班。画画得买画具颜料，弹琴既要买乐器，而且有可能吵到邻居，产生不必要的矛盾。"

"电脑家家都有，不需要添置装备。"李亢耸肩，"那我就踏实地当个临时保姆带他们玩好了。"

走出办公室，他到楼道拐角的自动贩卖机去买饮料，远远地看到一个穿着蓝色连衣裙的姑娘无奈地盯着眼前的机器。她看起来二十五六岁的样子，鹅蛋脸，浓眉杏眼，过肩的长发，薄薄的嘴唇涂着亮晶晶的玫瑰色唇彩，像两片娇艳的花瓣微微张开，让人不禁遐想她的呼吸是否会带着花香。

“需要帮忙吗？”李亢不记得之前见过她，看姑娘肩上的画板，应该就是罗老师提过的新请来的国画老师。

“我给了一听苏打水的钱，它掉出来两罐。”姑娘低头看着饮料出口的两个易拉罐。

“多出来就当买一送一呗。”李亢捡起两罐苏打水递给她，“你今天可以去买彩票试试。”

“哎？”姑娘犹豫，只接过其中的一个罐子，“这不好吧……”

“正好我也想喝苏打水。”李亢拉开饮料的拉环，“你把少付的那份钱给我就是了。”

“哦……”姑娘懵懂地掏出手机，愣了一下，“不对哎，你拿我的钱，还喝了饮料……”

“逗你玩啦。”李亢被她呆萌的样子逗笑了，从口袋里摸出几个硬币塞进贩卖机旁边的捐款箱，“我这罐我自己付钱，一会儿和罗老师打个招呼就行。”

姑娘扑哧一声笑了，带着几分自嘲：“你这人真有意思。”

两人在楼道里的长椅上坐下来，喝着苏打水。

姑娘自我介绍叫邱秋，今天第一次来活动中心。她从小喜欢画画，但上大学时因为成绩不好没有考上美术学院，在一家不入流的大学混了个广告营销的文凭。如今邱秋一边在一家小公司打工，一边自学设计，希望有朝一日能圆了设计师的梦想。李亢没想到的是，邱秋和自己一样喜欢打保龄球，而且她上班的地方距离自己供职的公司也不远。

从那以后，每个周末他们都会在活动中心碰面，上完课就一起去附近的快餐店吃个汉堡，骂骂热播电视剧稀烂的剧情和演员的演技，抱怨一下无趣又周而复始的工作。平时，李亢和邱秋偶尔会在社交软

一石二鸟计划list

- [x] 14:00 确定计划无误
- [x] 17:00 咖啡厅踩点
- [x] 19:00 准备埋伏
- [ ] 19:30 联系温良交赎金
- [ ] 23:00 去青雨山庄伪造现场
- [ ] 24:00 布置栽赃证据
- [ ] 07:00 待官方通报
- [ ] 07:30 确认无嫌疑，计划通
- [ ]
- [ ]

金蝉脱壳计划

- [x] 10:00 确认栽赃细节
- [x] 12:00 提前布置栽赃证据
- [x] 13:50 在薄荷糖里下药
- [x] 14:00 与李亢接头
- [ ] ……
- [ ] 23:00 栽赃李亢
- [ ] 23:30 脱身离开
- [ ]
- [ ]
- [ ]

件上聊几句，互相点个赞，就像普通得不能再普通的朋友一样。

大约半个月前，持续了四五天的秋老虎被一场小雨赶跑。李亢早早来到活动中心，在门口遇到打着伞的邱秋。她穿着牛仔裤和湖蓝色的 V 领 T 恤衫，白皙的脖子上一道三四寸长的紫红色瘀痕清晰可见，嘴角有些红肿。

“你这是怎么了？”李亢皱眉。他注意到邱秋的胳膊上也有几处伤痕，眉梢好像被什么划破过，伤口已经结痂。

“不小心摔了一跤。”邱秋结结巴巴地说，扭头快步走向教室，一副生怕他多问的样子。

李亢想追上去，但忍住了冲动。他想起邱秋昨天半夜发了一条朋友圈说什么相爱容易相知却难，很快又删掉了，不知道这里面是不是有什么问题。

心里装着疑问，一上午的课，李亢总是走神。还好小孩子们都沉浸在做 Flash 的兴奋里，并没有顾及老师的异样。找个借口提前下课，李亢去自动贩卖机买了两罐苏打水，坐在活动中心外的小花园等邱秋。雨早就停了，但天空依旧一片灰暗。

活动中心门口，来接孩子的老人多了起来。不久，背着书包、画夹或者手风琴、小提琴的小朋友欢呼着从楼里跑出来。等这一拨人潮退去，活动中心又变得如图书馆一般安静。

等来上课的老师三三两两都离开后，邱秋才低着头走出来，看见朝她举起苏打水的李亢，她眼圈突然红了。

“我就说摔一跤不可能是这个样子。”那天，李亢在花园里坐了两个多小时，听邱秋讲她的遭遇，越听就越觉得火大，想打人。

邱秋大学毕业后，一直和男朋友何孟周一起租房住。何孟周是邱秋大学时代的学长，也是同一个小镇出来的老乡。

何孟周的理想是做一名战地记者，出入炮火连天的战场，拍下第一手的新闻，让 BBC、CNN、NHK 都来找他买版权。但是，现实和理想的差距常常无法估量。毕业三四年了，何孟周一直在一家小网站的娱乐版当摄影记者，每天蹲守在艺人们可能露脸的酒吧、会所，等着偷拍各种八卦、小道消息。为了找到能吸引眼球的消息，他偶尔还会去翻歌手、演员家的垃圾桶，发现一个肉毒素的瓶子或者用过的避孕套都能高兴半晌。为此，何孟周不止一次被艺人的经纪人或者身边工作人员打得鼻青脸肿。

虽然不喜欢“狗仔”这样让人听到就想翻白眼的标签，何孟周却不得不承认他就是靠这些不三不四的“新闻”讨生活，而且让他感到极度不爽的是，就算做狗仔，他也从没挖出过任何能上头条的消息。看着别人靠几百万阅读量的爆料混得风生水起，他恨得牙根痒痒却束手无策。

三四年间，他的收入几乎没变。为了应付一日高过一日的房租，他只能带女朋友一次次搬家，从三环路附近搬到四环路外，去年秋天更是挪到五环路边上，用邱秋的话说，再搬家就到隔壁省了。不过这话她是不敢当何孟周的面提起的。

一年多前，何孟周开始喝酒，刚开始只是每天晚饭后喝罐啤酒，现在一进家门就直奔冰箱找酒喝，一瓶二锅头一个小时内保证见底。写东西的时候，他更是酒不离手，美其名曰“烟出文章酒出诗”。

邱秋不知道酒精能不能刺激创作的灵感，只知道男友一旦控制不住把自己灌醉，她的噩梦就来了。何孟周每次喝得晕了头就在屋子里乱转，摔摔打打。原先只是摔杯子、踢板凳，后来，他发现这些家具摆设不会反抗很没意思，便对邱秋拳脚相加。

“这样的人，你居然能忍？”李亢气得把手里的易拉罐摔在地上。

邱秋咬着嘴唇，用手指抹抹眼角。第一次被打，她吓坏了，连夜跑到闺蜜家。第二天一早，何孟周找上门，跪在楼下痛哭流涕，抽自己嘴巴骂自己不是人，求邱秋再给他一次机会。想起这几年两个人同甘共苦的日子，加上闺蜜的一番“人哪能不犯错，改了就好”的劝导，邱秋虽然心有余悸，但还是跟他回了家。可是很快她就发现，男友不仅没有改好，反而变本加厉，一次又一次，让她苦不堪言。

“我报过警，也找过居委会的大妈调解。”她抽泣着。

但大妈们的语重心长让邱秋感到浑身冰冷：“你也从自己身上找找原因嘛。是不是你不够体谅他呢？男人在外面打拼是很辛苦的，女人就不要再添麻烦。”

她不知道自己做错了什么，该怎么反省才好。明明是自己的收入承担了大部分的房租和生活费，还要怎么做才算是不添麻烦？

“你为什么不离开他呢？”李亢递给她一包纸巾，“结婚了还可以离婚呢。你俩只是谈恋爱，大不了一拍两散。”

“我……”邱秋低下头，不说话。

“你要是怕他继续纠缠，可以换个工作。”李亢说，“反正你现在的那个公司也不怎么好，连五险一金都舍不得出。要我说，你不如干脆走远点，去南方，去没人认识你的地方重新开始。”

邱秋依然不说话，双手颤抖着，撕扯无辜的纸巾。

“你该不会有什么把柄在他手上吧？”李亢试探。

“我提过分手。”邱秋哽咽，“他威胁要把那些视频发到网上，把照片贴到我父母家门口。”大颗的泪珠顺着她的脸流淌下来，“我怎么样都无所谓，但他要真能做出那种事来，让我父母在老家怎么见人……”

视频，照片，唉……李亢叹气。他不明白如今的姑娘都有什么毛病，竟然愿意拍那些一不小心流出去就会让自己身败名裂的东西。哎，现在不是说这事的时候。

“不，不是我要拍。”邱秋看出李亢神色的微妙变化，脸涨得通红，“是他偷拍的，我完全不知道。他就那么拿出来……我，我可怎么办……”

“这个人渣！”李亢感觉心里的怒火被泼上了一桶油，“别急，咱们一起想办法。”他抓住邱秋的手。

“有什么办法？”邱秋泪眼婆娑。

“你这几天先稳住他，容我好好想想。”

一阵疾风吹过，太阳匆匆露了个面，很快又被灰乎乎的云层挡了个严严实实。

“你说我们该怎么帮邱秋呢？”晚上，坐在公寓楼顶的露台上，李亢问蒋迎。

“是‘我’，不是‘我们’，小学老师是被你气死的吧？”蒋迎咬了一口手里竹签上的大腰子，“我可没答应帮你女朋友。”

“不是女朋友。”李亢喝一口啤酒，“邱秋不是我喜欢的类型。”

“你喜欢什么类型？”

“我喜欢你呀。”

“滚！”蒋迎捡起身边的啤酒罐扔向李亢。

“你看你，这么绝情。”李亢咋舌，“其实我觉得，邱秋挺符合你的口味。身材好，黑长直，眼大嘴小。”

“那样的姑娘满大街都是，怎么就成了我的口味？”蒋迎撇嘴，“要我说，你想帮她也简单，找个麻袋套了她那个缺德黑心的男朋友，打死扔护城河里就是。”

“就这么打死不太好吧……”

“啊，你要是觉得不解气，可以先卸他一只胳膊再打死。”

“哎哟祖宗，咱别这么暴力。”李亢从打包盒里拿起一串肉筋，“我的意思是，只要删除那些照片、视频，让他没有威胁邱秋的东西就好。真打死了，警察肯定得查，那样一定会查到邱秋。她要是扛不住把我给兜出来，咱可就‘坐蜡’了。”

“你算说到点子上了。”蒋迎把光秃秃的竹签子扔在一旁，又开了罐啤酒，“那种小姑娘，在警察手里就像耗子碰到老猫，根本不可能扛得住。所以我说，你要为她浑身插多少刀我不拦着。”他抢过李亢手里还剩下半串的肉筋，“但是别连累我。”

“我琢磨着，不能要了他的命，那样警察也就不会死钉着不放了。”

“你是学计算机的，想办法删除他的文件应该不难。”蒋迎长舒一口气，“不过这种东西，他应该有备份。”

“我拿不到他存原件的电脑。”李亢解释，“邱秋说那个平板电脑他会随身带着，外人很难靠近。她不知道开机密码。”

“找个人把电脑偷了。”蒋迎拿出手机翻了翻通信录，“你早说嘛，这个不难。”

“先别急，听我说。”李亢按住他的手，“何孟周肯定还有移动硬盘之类的备份。我们贸然拿走电脑，他就会被惊动，说不定会立刻放出视频和照片。”

“那怎么办？”蒋迎苦恼。

“在摸清他一共有多少备份，都放在什么地方之前，不能轻举妄动。”

“除非你有本事把他所有的电子设备都收了。”蒋迎喝几口啤酒，

“我这几天盯着温良就够烦了，暂时没空帮你女朋友。”

“不是女朋友！”李亢拍一下他的肩膀，“温良那边你查到什么了？”

“他那个公司原来是搞影视的后期、特效制作，托薛仲林的福，几年前开始涉足影视发行。”

“他的公司很赚钱吗？不仅住高级别墅，还开着三四百万的车。”

“那些和他都没关系。”蒋迎干笑，“他岳父是退下来的银行高管，两个大舅子都是玩金融的。温良家的别墅、公寓和豪车都是他老婆的婚前财产。他近来融资靠的也是大舅子的关系，为此还匀给人家不少公司股份。温良这两年尝试扩展业务，投资了三四个项目，都是和外国公司合作呢，但都没赚到钱。”

“他老婆要是没了，老丈人家的经济支援也就离温良远去了。”李亢点头，“这些和薛仲林的死有什么关系呢？按理说，薛仲林也是温良的财神，温良应该尽量和他搞好关系。”

“问题应该出在去年年底。”蒋迎说，“温良去香港参加一个什么拍卖会。他回来之后，薛仲林一个月之内飞了三次香港。”

“他是发现了什么，去调查吗？”

“我只查到温良的行程中有两天的空白。”蒋迎捏扁手里的啤酒罐，“不知道那两天他去了哪里，见过什么人。或许薛仲林也在查这件事，他和温良很熟，应该能发现我们还没找到的端倪。”

“假设薛仲林查到了什么，就等于有了温良的把柄。”李亢看着楼下的闪闪灯火，“这样一来，温良就有了杀人的动机。”

“薛仲林肯定是被温良打死的。他心虚，才找我们帮忙。”蒋迎打了个哈欠。

“不仅仅是心虚。”李亢晃晃手指，“他是不想让任何人发现薛仲林掌握的秘密。那会是什么了不得的事情呢？”

“我们该去收账了。”蒋迎嘿嘿一笑，“顺便问问温老板呗。”

“收账……”李亢脑子里闪过一个念头，“让何孟周替我们去收账如何？”

“你啤酒喝进脑子了？”蒋迎拍他后脑勺。

“我是认真的。”李亢揉脑袋，“你刚说，要把他所有的电子设备都收上来。这事你我很难做到，但有的人做起来易如反掌。”

“谁？”

“警察叔叔。”

“你该去看大夫了。”蒋迎又拍他脑袋一下，“邱秋不是没报过警，警察肯定觉得这是你情我愿的事儿，根本不会管。”

“要是高档别墅区出了刑事案，警察就会管了。”

“什么意思？”蒋迎不解。

“青雨山庄的住户里，有个十八线小歌星吧？”李亢问，“前阵子和一个大牌男演员在网上互相骂来着。”

“不是歌星。”蒋迎纠正，“她原来是个女子组合的歌手，去年开始单飞拍电影。吵架那事纯属她自我炒作，非说拍戏时男演员摸她了。对方不想被她碰瓷，公开挤对说即使潜规则也看不上她。”

“何孟周应该会喜欢这种新闻。”

“啊……你是想让他……不行。”蒋迎摇头，“这件事的热度已经快过去了，不是第一手的猛料很难勾住何孟周。”

“我在回来的地铁上，看新闻说一个当红女演员正在和丈夫闹离婚，她丈夫话里话外暗示她婚内出轨。”

“对，今天下午刚爆出来的，舆论一片哗然哪。都在猜什么 L 姓男星还是 H 姓地产商是第三者。可惜他们都不住在青雨山庄。”

“他们不需要住在那里。”李亢冷笑，“假如我们告诉何孟周，这位大明星的出轨对象是那个十八线小明星呢？”

“哎哟喂，离婚、出轨、出柜、潜规则，全齐了啊。”蒋迎大笑，猛拍李亢后背，“哥们儿，你不去当编剧真是好莱坞的损失。”

“你把我拍死全世界损失大了。”李亢推开他，“这料够猛了吧？我们告诉他这是独家爆料，何孟周不扑过去才怪呢。”

“关键是怎么让他相信。”蒋迎转着眼珠。

“这就看你的手艺了。”李亢挑眉，“把料做足做细，不怕那孙子不上钩。咱顺手把温老板的账也给收了。”

李亢对邱秋讲他的计划时，能感觉到她有些害怕。

“他会被关进监狱吗？”姑娘愁眉紧锁，“证据不够的话，警察会把他放出来吧。”

“证据的问题你不用操心。”李亢坦言，“你之前报过案，居委会大妈也知道他打你的事，这就印证了何孟周有暴力倾向，说他会犯事儿，没人会觉得奇怪。”

“他不会承认的。”

“进去的人没几个痛快承认自己有罪。打几顿就服软了。”

“不会吧……”邱秋面露恐惧。

“总之呢，一旦警察找到你问何孟周的事，你该说什么说什么，用不着编瞎话，编得越多越容易穿帮。你有不在场证明，没人会把你当他的同伙，警察一旦信了你的话，你就可以提起照片的事了。”

“能提吗？”邱秋一副胆战心惊的样子。

“必须得提，说他偷拍还威胁你。”李亢告诉她，“警察要调查何孟周和那个商人的关系，会把他放在家里、办公室里所有的电子设备都收了。你不说他们也能找到视频和照片。”

“这事要是传出去……”

“放心，警察不会做这样的事。相反，你是受害人，他们会保护你，帮你处理掉照片，反正那些照片也不是刑事案的证据。你就再也不用怕他了。”

“他真的会被判刑吗？”

“你是希望他被判刑，还是替他担心？”李亢反问。

“我……我是怕他万一被放出来，还会骚扰我。”邱秋一副楚楚可怜的样子，“我也不能遇到点事儿就找你出头。”

“他能被判了最好。”李亢说，“就算最后警察觉得证据不够，但摊上这种案子，何孟周怎么也得被关俩月。趁这个时间，你可以搬家、换工作，可以离开这个城市。哦，把手机号、社交账号什么都换了。世界那么大，他上哪儿找你去。”

“也只能这样了。”邱秋轻轻点头，握住李亢的手，“需要我做什么？”

“他不常穿的一双鞋，他秋冬戴的皮手套，你们平时用的水果刀。”李亢重复了一遍，“还有，后天晚上你要想个合理的理由留在公司加班，并且让尽可能多的人知道你在加班。这个我帮不了你，你得自己想办法。”

“我有办法。”邱秋拿出一把钥匙递给他，“我家里的备用钥匙，你收好。”见李亢面色严肃，她忍不住问，“不会出什么乱子吧？”

李亢不知道怎么对她解释。计划是死的，人是活的，按剧本一步一步演那是在拍电影。现实是，你能料到一定会发生节外生枝的事情，只是不知道它什么时候到来。

温良突然扑向窗户时，李亢承认自己没有一丝一毫的防备，还好，到现在为止，还按照计划进行着。他把小铁盒里最后两颗薄荷糖丢进嘴里，用牙齿蛮横地将它们碾碎，不动声色地看着车窗外黑暗的世界。

“车只能停在这附近。”蒋迎指了指手机屏幕上的目的地，“那一片都是小胡同，不好走。”

车在五六分钟前已经驶下环路，经过一段坑坑洼洼、忽宽忽窄的道路，开进拥挤的城中村。

道路两旁是大片的平房，四通八达的小路如蛛网密布，平房后面可以看见几栋公寓楼的影子，那是 20 世纪 80 年代一座工厂的职工宿舍。十几年前，工厂已经整体搬走了，但因为地皮产权的纠纷，打算开发的新居民小区一直没有盖起来，周边城中村的拆迁也成了泡影。如今住在宿舍楼里的，没有一个是原来工厂的职工，全是像邱秋和何孟周这样，怀揣梦想但囊中羞涩的打工族。

蒋迎把车停在一间早已打烊的五金店前，关上车灯，套上乳胶手套，脱下脚上的鞋子，换上驾驶座下面的一双牛津鞋。李亢从车上找出另一支手电放进口袋，就提着沉甸甸的旅行袋下了车，要和五十万说再见，心中不是滋味，不过他想得明白，该去的去了，该来的才会来。

接近午夜十二点了，周围只有两三间房子还亮着灯。在没有路灯的胡同里拐了七八个弯，二人终于来到墙体破败的公寓楼后。隔着一道两米多高的铁栅栏，可以看到二楼的一扇窗户上挂着白色的晴天娃娃，那是邱秋和何孟周的住处。

走进狭小的公寓，正方形的门厅的南边是卧室，北边是厨房和卫生间。蒋迎拉开鞋柜，把刚才穿着的鞋小心地混在五六双男鞋之间，拉开旅行包，拿出用皮手套包裹的水果刀。

“我把它们放在厨房，你把钱放卧室去。”蒋迎低声对李亢说，“藏到床底下，别让他轻易发现。”

“明白。”李亢掏出手电四下照了照，“抓紧时间，干完了赶紧撤退。”

李亢提着旅行包走进只有十二三平方米的卧室，屋子里摆着一张双人床，一张四十年前风格的书桌，靠近窗户的墙边戳着一个比书桌的年代更为久远的薄木板材质的双开门立柜。他蹲下来，用手电照了照床下，差点被堆积的灰尘呛得打喷嚏。李亢揉揉鼻子，把手电叼在嘴里，伸手将两个鞋盒往里推了推，把旅行包塞了进去。

大功告成！李亢关上手电站起来，感到后背已经被汗水打湿，口干舌燥。他转身拉开窗户，凉爽的夜风拂过，晴天娃娃撞在他的额头上，一阵突如其来的眩晕让李亢站立不稳，踉踉跄跄斜着向后倒。他不明白发生了什么，下意识伸手扶住墙，想稳住身体，然而又一阵更强烈的眩晕袭来，突然手一软，后背狠狠地撞在立柜上。立柜被撞得向一旁挪动了一寸多，本就快要散架的板子摇晃几下，发出咯吱咯吱的响声。柜门被撞开了，咕咚一声闷响，什么东西从里面滚了出来。

李亢靠在柜子和墙的夹角，勉强稳住不停发抖的双腿，只觉得脑袋变得越来越沉，脖子快要撑不住了。风吹过敞开的窗户，扯动着窗帘发出哗哗轻响，晴天娃娃舞动的裙角仿佛变成恶魔惨白的触手向他伸过来。李亢赶紧扭开脸不去看它，然而地上的东西却更让人汗毛倒竖。

毫无血色的鹅蛋脸，在月光下泛着苍白的嘴唇，凌乱地散在脸上和脏兮兮的地板上的黑色长发……邱秋！她的身体躺在地上，一双脚还在立柜的柜门里。刚才从里面滚出来的是她……

蒋迎听到动静推开门冲了进来，看见地上的邱秋，吓得喊出了声，手里的水果刀滑落在地上。他看看一动不动的姑娘，又看看脸色苍白、不停喘息的李亢。

片刻，蒋迎才意识到，李亢眼睛里露出的恐慌并非来自地上的人，而是来自自己的身后。不等蒋迎回头，一双戴着手套的手从黑暗中伸了出来，一条绳索死死地勒住他的脖子，他奋力挣扎，扭动，就像拴在提线上的木偶一般，毫无还手之力。

全都乱套了！李亢看着徒劳挣扎的蒋迎，不由得悲从心起。他拼尽最后的力气冲向窗台，翻身跳了下去。

身体在半空中急速下坠，毫无防备地和铁栅栏短兵相接，锈迹斑驳的铁矛尖刺破肌体，疼痛让李亢险些昏了过去。李亢来不及搞清那是不是自己的伤势，便砸在了坚硬的水泥地上。有那么十多秒的时间，李亢的脑子里一片空白。

黑暗中，只能听见自己急促的呼吸声。全身好像被摔散了一样，五脏六腑都搅和在一起。右侧大腿和肩膀疼得几乎让他晕厥，伸手一摸黏糊糊的，是血吗？李亢顾不上分辨方向，连滚带爬地冲进最近的一条胡同，扶着墙半跪着喘息片刻，忍痛一瘸一拐地朝远方模糊的光亮奔去。

眼前的路，时而清晰，时而模糊，两侧的砖墙像着魔一般地摇晃着。李亢扶着墙，一次又一次不自觉地撞上去，撞得他头晕眼花，半个身子都快麻木了。今天是不是就要死在这里？他不敢想。不知走了多远，眩晕的感觉再次排山倒海般袭来。李亢感觉眼前的世界几乎颠倒过来了，两腿一软，摔在地上。

一阵凉意裹着腥臭扑在他脸上，李亢疲惫地抬起头，睁开沉重的眼皮，原来自己倒在路边一个臭水坑里了。近在咫尺的恶臭让他胃里一紧，翻江倒海地吐了一地，感觉把几天里吃的喝的连带吸进去的空气都吐了出来，凉风一吹，他比刚刚清醒了很多，但后背、腿上和肩膀的疼痛更加难忍。

要怎么才能离开这里？李亢绝望得几乎要哭出来。他弓着身体勉强站起来，又向前蹒跚了几步，发现已经来到了巷口，眼前就是一条大路，斜对面的一间房子竟然还亮着灯光。得救了！李亢难以抑制心中的狂喜，跌跌撞撞爬过空旷的马路，摔倒在房门前的石台阶上。

不行，万一被问起自己为何来这里，该怎么说呢？

刚要开口呼救的李亢被自己问住了。路灯下，他可以看见自己身上的血迹和一片片污秽。如果说出实情，一切就都完蛋了。可如果不说，怕是一样逃不过去。

正在他犹豫的时候，屋里传来说话声和脚步声。李亢慌忙看看四周，发现身后的街边停着一辆小货车，后车厢门敞开着。他手脚并用，用尽吃奶的力气爬了上去。车厢里堆放着十几个盖着苫布的泡沫箱。李亢爬到最里面，把自己挤进驾驶室后壁和两个箱子之间的空隙里。

有人在车边聊着什么，李亢因为受伤带来的耳鸣，听不太清楚，只能分辨出“城里”“老地方”之类的几个词。透过一排排箱子之间的缝隙，可以看见一闪一闪的火光。李亢蜷缩着身体，生怕被发现。他感到自己被一阵阵的恶寒与疼痛、疲惫、头晕、恶心一起交织成的大网死死地网住，动弹不得。

到底什么地方出了纰漏？李亢颓然地把头靠在泡沫箱上，不知道是不是错觉，一阵刺骨的凉意让他打了几个寒战。他能嗅到箱子里散发出一股难闻的味道，觉得一口吸进去就想吐。拥挤的空间带来的幽闭感诱发了强烈的倦意，李亢闭上眼睛，陷入一片混沌之中。

脚步声，呼吸声，李亢一只手扶住已经疼得麻木的肩。蒋迎……

李亢盯着那张熟悉的脸，你是怎么逃出来的？你手里拿着什么……刀尖一晃，直挺挺地刺进李亢的身体里，割开皮肤，撕裂肌肉，血喷薄而出。李亢想喊，却喊不出来，一双纤细的手扼住了他的喉咙。邱秋……你为什么要……等一下，后面站着的那个人是谁？为什么看不到那个人的脸却能听到他在笑……

头和硬物撞击的痛感让李亢清醒过来。他的身体晃了几下，整张脸差点拍在泡沫箱上。原来是车在动。这是要去哪儿？看不到时间，所以不知道自己已经昏睡了多久，只觉得因做噩梦流出来的冷汗打湿了全身，刺激着每一处伤痛。这一夜，究竟何时才是尽头？李亢已经没有力气再去多想，只把脸贴在冰冷的车厢壁上，闭上眼睛，不一会儿又陷入恍惚的梦里。

清晨的阳光像浸润过温水的丝线，拂在脸上给人沁入肌肤的暖意。黎希颖把车停在自家咖啡馆前的专用停车位上，伸手将搭在两肩的长发撩到身后，走进店里。刚过早上七点，距离咖啡馆营业时间还有两个多小时，屋里只能听见空调机的嗡嗡轻响。

“希颖姐，今天怎么这么早？”领班袁媛听到动静，从员工更衣间跑出来。在她的印象中，老板几天不来店里并不稀奇，若是一大早第一个赶到，或者深夜打烊后独自留下，那肯定是有什么要紧事。通常遇到“要紧事”，她和店员问了，黎希颖也不会说。

“定好的月饼礼盒是今天送到吧。”黎希颖把提包放在柜台上，看一眼腕表，“我记得和老王约的是七点半。”

“刚刚通过电话，他们快到了。”袁媛松了口气，“其实你不用亲自跑过来，我和小洪收货就够了。”

“小洪办事行……”

“猪能上火星。”洪雨辰嘟着嘴走进店门。他穿着皱巴巴的白色T恤衫和印着绵羊图案的深蓝色九分裤，光脚套着蓝色帆布鞋，一头永远梳不顺的头发被小风一吹又是乱糟糟的一团。“姐啊，在你心里我就那么靠不住？哼！”

“哦，你靠谱，去给我们煮杯咖啡吧。”黎希颖伸手给他理理头发，“咖啡豆你随便选，顺便烤个贝果面包。”

“这小子没救了。”袁媛无奈，“对了，姐，隔壁西餐厅的范老板……”

“救命啊！杀人啦！”小洪尖厉的号叫声打破一派祥和，吓得袁媛手一松，眼看手机就要落到地上，幸好黎希颖眼疾手快，保住了她一个月的工资。

“怎么了？”黎希颖将手机塞给袁媛，三步并作两步跑进厨房。

一进门，她首先注意到的不是坐在地上脸色煞白的小洪，而是倒在垃圾桶边的一个青年。

他看起来三十岁上下，瘦长脸上沾满黑乎乎、黏嗒嗒的污渍，几乎看不清本来相貌，一头短发比小洪还要乱，每一根头发丝都裹着灰土，远看还以为是染成了灰绿色的非主流发型。他身上的夹克衫和牛仔裤看着像从垃圾箱里捡来的，左一处裂口，右一个破洞，那一只深灰色的牛津鞋简直惨不忍睹。没错，只有一只，他左脚的鞋子不知道在哪里。

当黎希颖看到他身上的几片黑红时，瞬间意识到事态的严重。她上前探了一下青年的鼻息，气若游丝，但总算还活着。

“这人是谁？怎么会在这里？”跟过来的袁媛吓得直哆嗦。

“你什么时候到的店里？”黎希颖扭头问她。

“比你早了两三分钟。”袁媛呼吸急促，“我进门时，大门锁得好好的，大堂、吧台也没什么不对劲。我没注意厨房，先去更衣室换衣服，之后听到门口风铃声……你就来了。”

“大门有卷帘门和防盗锁，一般人进不来。”黎希颖站起来，“叫救护车，然后给派出所打电话，叫老严来看看。”

“要不要给秦大哥打电话？”袁媛拍着剧烈起伏的胸口。

“他还活着。”黎希颖平静地说，“事情还没搞清楚，不要兴师动众。报给派出所，让他们决定吧。”

“哦，好，我……这就去……”袁媛跑出厨房。

黎希颖从操作台上拿了一双新的厨用手套戴上，小心翼翼地拍了拍青年的身体各处，翻遍他的衣服、裤子口袋，没有手机，没有钱包，没有身份证，没有钥匙……任何能找到他身份的线索都没有。夹克衫内袋里是什么？黎希颖掏出一个黑色的丝绒盒子，靠在耳边听了听，才小心地打开，几点金黄色的光斑洒在地板上。

“哟，金丝雀。”

“哪儿有小鸟？”小洪四下看看。

“不是鸟。”黎希颖拿起宝石，“珠宝行内管这种颜色金黄、净度很高的黄碧玺叫作金丝雀。”她把碧玺放回盒子里，低头看着青年，“他这个样子，可不像买得起金丝雀的人。”

黎希颖把宝石盒子装进口袋，犹豫片刻，拿起刀架上的剪刀，在手里咔嚓、咔嚓捏了两下。

“老板不要啊！这人虽然莫名其妙跑到店里，还拿着值钱的宝石，看样子就不是好人。”小洪咽下两口吐沫，“但就这么把他捅死……”

“我真是服了你的脑子。”黎希颖朝他挥了一下剪刀，“我这是在救他！去柜台把急救箱拿来！再拿两块硬纸板。”她蹲下来剪开青年粘连在身上的衣裤，小心地让伤口暴露出来，拿手机拍了几张照片。

这创口参差不齐，创面有锈迹，应该是被比较钝的生锈铁器划伤。虽然流了很多血，但伤口并不深，与其说是故意伤害，倒更像是意外撞到了凶器上。比起流血，更有可能要了他的命的是破伤风的威胁，体温过低，还有……肋骨大概断了一根，不过应该没有刺伤内脏，否则内出血早就要了他的命。不过此刻，他的状态还算平稳，没生命危险。

黎希颖拉开抽屉找了几个小号垃圾袋分别装好青年的夹克、牛仔裤、鞋和T恤，然后放进一个大纸袋。

他手上的黑色皮手套里还有一双乳胶手套，黎希颖费了点力气才把两层手套完整地扒下来，分别用塑料袋套好。她从水槽边拿了一块干净的软布，蘸着清水擦了擦青年的面部。他的眼皮动了动，轻轻哼了一声。

“喂，听得见我说话吗？”黎希颖轻拍他的脸，但青年毫无反应。

“急救箱和硬纸板。”小洪跑过来，“老严说五分钟内能赶到，救护车也上路了。”

黎希颖接过硬纸板垫在青年的双手下，用力把他的手按上去。小洪看着老板把纸板小心地放在操作台上用保鲜膜盖好，放纸袋里，然后低头打开药箱，简单地清理青年的伤口，涂上一些药。

“眼下最麻烦的是，不知道他是谁。”黎希颖给伤口盖上纱布，让小洪去更衣室找个毯子来给青年盖上，保持他的体温。

“呀！该不会……”小洪拍了一下巴掌，“穿越！”

“你又发什么神经？”黎希颖没好气地说。

“你看啊，店里门窗锁得好好的，突然就出现这么个半死不活的人。”小洪认真地说，“肯定是穿越时空了呀！”他打了个响指，“未来，人工智能控制了世界。人类派出秘密战士穿越时空隧道回到现在，要消灭尚未成熟的人工智能的核心代码。”

“哦……”黎希颖用嘲讽的语气问，“若是人工智能派来的杀手刺伤了这位未来战士，可杀手为什么不把他弄死，而是只打了个半死不活呢？”

“这个嘛……”小洪摸摸下巴，一时语塞。

“小洪啊，昨天晚上打烊后，是你出去扔的垃圾吧？”黎希颖问。

“咦？姐你昨天不在店里，怎么会知道？”小洪大惊，“难道你长了一双能看透一切的上帝之眼？”

“我要能看透一切，当初就不该雇你。”黎希颖走到厨房连接后巷的门边，拉了一下门把手，“因为其他店员都没你这么不靠谱，他们都知道检查一下有没有锁好门。”

“我……”小洪的脸像煮熟的螃蟹，“我明明记得我……”

“你只是把门撞上了，但没有落锁。”黎希颖拉开门，丢下哭哭啼啼认错的小洪，走进幽暗的后巷。果然，门外侧沾着一小片黑乎乎的血迹。

后巷很窄，只够一辆车通过，墙边摆着一排分类回收的垃圾桶。平时除了给路边各家店铺送货的车子和定时来收垃圾的环卫车，没什么人会来这里。小巷很长，但两端都是死胡同，灰色的砖墙有两米多高，翻过去是一片居民小区。墙上安装了铁丝网，贴着不少锋利的碎玻璃，别说是受伤的人，受过一些训练的人想翻过去也不太容易。

黎希颖看看四周，这几天都没下过雨，所以地上分辨不出脚印。咖啡馆西边是一家花店，东边隔着一条连通大路的车道，有一家西餐厅。黎希颖弹了一下手指，把沾在手套上的一片透明的硬物弹进草丛，缓步来到西餐厅后厨的门前。

餐馆的厨余垃圾比咖啡馆多，所以垃圾桶明显大了两号。黎希颖凑近观察，在一只塑料桶侧面找到了蹭上去的些许血痕。垃圾桶边扔着五六个废弃的泡沫箱，里面的冰袋还没有完全融化，散发着阵阵鱼腥味。

门开了，西餐厅的老板老范叼着烟卷走出来。

“小黎，这么早少见啊。”他把还没抽几口的烟丢到地上用脚碾了几下，“我昨天问了你们小领班，能不能帮忙进一些蓝山咖啡。如今市场里的蓝山九成是用埃塞俄比亚的豆子冒充的！剩下一成是真货但贵得要死。听说你有路子从牙买加弄来货真价实的蓝山。”

“下周就有一批蓝山送来，我匀给你一些就是了。”接着黎希颖漫不经心地问，“老范，你家亲戚夜里又送海鲜来了吧？”

“嘿，这你都知道。”老范笑道，“没错，昨天半夜，哦不，今天凌晨一点，他们送来了一车海鲜。有帝王蟹、龙利鱼、大扇贝，还有上好的红龙虾呢。你要不要？我给你拿两只。”

“好啊。”黎希颖上前一步，“老范，你那亲戚是自己开店还是只做送货啊？”

“他自己的冷库，也做网店。”老范摸出一支烟在手里转着，“我店里的海鲜都从他那里进，便宜而且信得过。”

“你上次给我们的白金枪鱼就不错。”黎希颖附和道。

“你想吃啥就说话，我让他送货时顺手带过来。”老范美滋滋地说。

“他的冷库离城里远吗？”黎希颖问，“我倒想自己开车过去看看，虽说我店里不怎么需要生鲜，但是有其他开餐厅的朋友问起过。”

“不远，就在五环边上。”老范用三根手指从裤子后袋里夹出手机，“你想去随时可以呀。我把他名片发给你，帮忙介绍点生意。我给他打个招呼，你自己想吃啥过去拿就行。”

救护车和警车的鸣笛声由远而近，紧接着是清晰的刹车声。

“这一大早闹哪样？”老范皱眉，“小黎，是你家店里出事了？”

“我去看看，应该是搞错了。”

黎希颖向老范告辞转身走向车道，回到咖啡馆门前时，看见两个急救人员正推着担架往里走。派出所的老严拿着个小本子，在听小洪云里雾里、东一榔头西一棒子地介绍情况。

“也就是说，未来战士姓名不详。”老严用圆珠笔杆挠挠头，“只知道他是受了伤从外面跑进来的，是吗？”

“也可能是被仇家追杀。”小洪猜测，“未来战士……哎？什么乱七八糟的。”

“不是你告诉我，他是未来战士的吗？”老严一副要被气死的表情，“知道他是什么时候跑进店里的吗？后厨有没有监控？”

“后厨没监控。”黎希颖走上前，“他应该是凌晨一点左右，跟着一辆送货车过来的。”她看一眼手机，“添鲜，这是店家的名字，地点在五环外，但是我认为他上车之前就受了伤。”

“这可有点麻烦。”老严抄下地址，“出了我们区的地界，别说派出所，分局也不方便管。”

“他身上可能藏着什么惊天大秘密。”小洪眼睛发光，“没准是发现了走私集团的老窝被追杀，所以身上才带着天价宝石。搞不好是FBI的卧底呢。老严你可得抓住这立功的机会。”

“他到底是未来战士还是FBI卧底？”老严郁闷，“什么天价宝石？”

“后厨的纸袋里有他的衣物和指纹，需要的话可以拿走。”黎希颖试图岔开话题。

“哦……小洪说的宝石……”老严执拗地问。

黎希颖没接话，扭头看着戴上氧气面罩的青年被担架推出来，送上救护车。“救人要紧，其他的等他醒过来自然就清楚了。”她跑进店里，从钱包里抽出一张信用卡递给追进来的小洪，“你跟着车去医院吧，等他醒过来问清楚你的未来战士到底是来自哪儿，手里有没有武林秘籍。”

“那一会儿老王来送月饼……”

“这里我盯着就行了。”袁媛巴不得门口的警车、救护车赶紧离开，担心会引来不必要的围观，更怕耽误了店里的生意。

“姐你这是要去哪里？”小洪好奇地看着黎希颖从挎包里找出车钥匙。

“去查惊天大秘密。”黎希颖走向门口，“晚点在医院会合。”

03　双尸命案

所有的大城市在上下班时间都会变成不折不扣的堵城，是小堵还是豪堵视路段而定，堵到什么时候视运气而定。从咖啡馆到最近的珠宝城只有十五公里，开车却足足用了一个小时。

黎希颖走进电梯时，珠宝城里的大部分商铺还没有开门，只有零星几家打开了卷帘门，但都还在整理铺面。她来到二层中段的一家小店，推开玻璃门。

“早啊，急着叫我来店里有什么事？”店老板滕一鸣在柜台后招手。他是城里小有名气的珠宝鉴定专家，在圈子里人脉极广，因为帮警方鉴定过不少珠宝物证，为此还上过电视。

“你看下这个。”黎希颖把盒子递给他。她救过滕一鸣和他合伙人的命，所以只要是黎希颖开口，不管多大的事，滕一鸣从不推脱。

“哟，金丝雀，哪儿弄来的？”他拿起放大镜瞄几眼宝石，将它放在电子秤上，“二十三克拉多一点，好东西啊。我记得去年年底香港一个拍卖会上拍出过一颗类似的黄碧玺。”

“我怀疑就是那一颗。”黎希颖在柜台边坐下，“五克拉以上的黄碧玺非常罕见，二十克拉以上的几年也见不到一颗。”

“没错，颜色和净度这么高的就更难得。”滕一鸣用软布把宝石擦干净，“说是孤品不为过。”

“这种档次的宝石，一般小店里很难买到，应该能查到厂商或者购买人吧？”

“你等我再看一下。”滕一鸣找了块绒布垫着宝石，拿起高倍放大镜，“嗯，底下有个激光刻上去的编号，太小了，只有高倍放大镜下才能看到，可以查到买卖信息。”他在一张纸上记下编号，抬起头，“我说的是正常渠道的买卖信息，比如正规珠宝商、拍卖会什么的。要是这石头被黑市交易过，就查不到了。”

“别人查不到，你还能查不到吗？”

“你这话里有话啊。”滕一鸣警惕起来，“这石头到底哪儿来的？”

“正因为不知道，才找你帮忙查嘛。”黎希颖拿起金丝雀在手里掂了掂，“放心，不会让你有什么损失。”

“我也只能说试一试。”滕一鸣看着手里的编号，“如果它被转手太多次，真的是很难追下去。”

“金丝雀虽然值钱但并不热门。”黎希颖说，“商家每天都在鼓吹高档碧玺有多少升值空间，但买家还是倾向于传统的那老几样，钻石、红蓝宝石、金绿猫眼，还有祖母绿。会专门买黄碧玺的藏家应该不多。”

“嗯，收的人少，这么大的金丝雀也不常见。我先打几个电话，查查珠宝商那条线。”滕一鸣给她倒了杯温水。

“老板饶命！”黎希颖包里的手机叫了起来，古怪的铃音吓得滕一鸣手一抖，水洒在刚擦干净的柜台上。“什么鬼！”他赶紧找抹布。

“一分钟也不让人消停。”黎希颖皱眉，按下接听键，“洪二爷，你又怎么——什么？未来战士消失了？”

“什么乱七八糟的。”滕一鸣歪头看着她，“你改行开精神病院了？”

“一言难尽。”黎希颖从高脚椅上跳下来，“改天和你细说，金丝雀的事就拜托了。”

“未来战士？”滕一鸣看着她的背影，双手叉腰，“我还变形金刚呢！”

“搞不好他真是未来战士。”半个多小时后，黎希颖站在医院空荡荡的病房里，听小洪和老严轮流诉苦。

无名氏青年被送进医院后，医生给他做了全面检查，发现他全身有两处外伤，肋骨骨折，锁骨和右侧小腿有骨裂，肌肉挫伤有七八处，但幸运的是内脏和大脑都没有受伤。做了必要的处理后，青年被送进病房。老严和小洪就在门外守着。

“大概四十分钟前，我出去抽个烟。”老严回忆，“刚出急诊楼小洪就跑过来，跟我说病号消失了。”

“我从这里往病房里看。”小洪指着门上的小窗，“床上空了，吓得我赶紧进去找。床上床下找了个遍，人不知道哪里去了。”

“这里是五楼，他不可能跳窗户逃跑，小洪一直在门口。”老严说，“一个大活人突然消失了，怪事。”

“莫非他穿越回去了？”小洪挠头。

“他唯一能穿越的就是这扇门。”黎希颖哭笑不得地说。

无名氏并无性命之忧，在医生忙着救治时他便醒了过来，一直不动声色地观察周围的人和环境。被送入病房后，他仍然假装昏迷，等待时机。老严出去抽烟，守门的只剩下小洪，他知道机会来了。

黎希颖走到窗边，推开推拉窗向外看。

嗯，没错，无名氏拔掉输液管，爬出窗户，身体贴着墙壁站在外面不到半米宽的水泥台上。楼下是个小停车场，没什么人走动，所以没人发现他。小洪着急了进屋翻找，再跑去叫老严。趁着这个时间，无名氏就可以大摇大摆地离开病房了。

不得不说，这个人不仅聪明，而且冷静，伤得不轻竟然敢冒这样的险，离开时把窗户关好又擦了擦窗台上的足印。

“想方设法逃跑，必定是做了见不得人的事。”老严的马后炮来得恰到好处。

有点意思，黎希颖心想，此人不知道什么来路，但要和他继续周旋必定要小心了。她拿出叮咚唱响的手机，看到是滕一鸣的号码，按下免提键。

“小姑奶奶，你应该早点告诉我那劳什子和杀人案有关系。”滕一鸣的大嗓门带着点怒气，“我帮他们警察不是一次两次了吧？哪次坏过事？至于保密到这种程度吗？”

“滕爷，我是真不知道什么杀人案。”黎希颖好言相劝，疑窦顿生，“你查到什么了？”

“你那颗金丝雀就是香港去年年底拍出的那一颗，原来是一个菲律宾商人的收藏，拍卖的买家是大陆商人温良，锋恒影业公司的老板。”

“温良……”黎希颖对这个名字毫无印象，“他……杀人了？”

“你真不知道？”滕一鸣顿了几秒钟，“我刚看到新闻，青雨山庄发生一起入室抢劫杀人案，死者就是温良。”

他们说话这工夫，小洪已经拿手机检索到新闻报道，点开送到老板面前。

“温良是金丝雀最后的买家，能确定吗？”黎希颖扫一眼新闻。

“我再去问问看，目前没查到他通过合法渠道出售过宝石。”滕一鸣说，“这个人不是珠宝收藏的圈内人，我觉得他未必能找到黑市关系。再加上他的经济状况良好，没有走非法渠道变卖宝石的理由。”

“不是圈内人却买了这样一颗宝石。”黎希颖自言自语道。

“其实有个事儿，我不知道是不是我想太多，你等下。”电话那头传来键盘声，“我不懂外语，机器翻译的词不达意，你自己看吧。”

黎希颖点开手机上接收到的新闻截图，内容是法国书商迪布瓦失踪案。案发四个多月，至今没有进展。

“菲律宾商人加西亚去年年底拍卖了两颗宝石，除了你拿来的金丝雀，另一颗西瓜碧玺就卖给了新闻上的法国人。”滕一鸣说，“买家一个失踪，一个被人杀了。这菲律宾佬的宝石有问题啊。”

“宝石不会害人，会害人的只有人。”黎希颖想了想，“能帮我查下这个叫加西亚的商人吗？”

“看来咱俩想的一样。”滕一鸣说，“费点劲，我试试看吧。”

黎希颖谢过滕一鸣，挂断电话，看着老严一脸苦相地在病房里转圈。

“完了，完了，这下可全完了。”他长吁短叹，“那个未来战士该不会是杀人犯吧？”

“不能因为他身上有死者的东西就说他是杀人犯。”黎希颖拿出装宝石的盒子，“这宝石怎么从温良手中到了他手里还说不清。考虑到未来战士身受重伤，他更可能是知情人。”

“青雨山庄不是我们派出所的管辖范围，但是在同一个城区，让分局的人帮忙协调一下肯定没问题。”老严继续转圈，“不管他是嫌疑人还是证人，反正是从我眼皮子底下跑掉的，我可怎么交代啊。完了，完了……”

“他身上有伤，跑不了多远。”黎希颖提醒他，“你赶紧去找医院警务站的同事，让他们查一下监控，再问一问附近的病房有没有病人丢了衣服和钱包。”

黎希颖淡淡地笑了笑，转过身一声不吭地走出病房，离开了急诊大楼。楼前的花坛里，最后一丛盛开的月季迎着瑟瑟秋风释放出浓郁香气，勾起了来往过客对夏日的最后记忆。

车开出医院后不久，路况就不那么糟糕了，越往城外走，车流的密度越小。黎希颖按照导航的指示绕过三四个拥堵路段，一直向西开，一个多小时后下了环路又拐了三个弯，终于看见了老范亲戚家的生鲜冷库。这一带的道路不知道有多少年没翻修了，路面上到处是大大小小的坑，一不小心就会磕伤车底盘，有些地方用柏油补过，一块块形状随意的黑色如同乞丐衣服上的补丁。

黎希颖找不到停车位，又不敢贸然向小胡同里开，只得在挂着“添鲜”招牌的库房附近靠边停车。冷库此刻大门紧闭，从窗户看进去没有一丝光亮，估计是搞批发的上午没什么生意，索性就不开门了。路边停着一辆小货车，车身上贴着店名以及和窗户上同款的招贴画。一只流浪狗从旁边的小胡同跑出来，在一家洗车店门口转悠了一圈，被店主赶跑了。

黎希颖走进胡同，仔细看了看地上和墙面，又退了出来，跑过马路，来到冷库斜对面的岔路口。灯杆和墙上都有擦痕，应该就是这里。她正迈步要往里走，突然觉得背后有些异样，回头看看，街上的一切和刚才没什么两样，三两家正在营业的商铺，棋牌室里传出噼里啪啦的打牌声，超市门口一辆车在卸货，流浪狗溜达到电灯杆下面抬起后腿。

黎希颖在原地站了几秒钟，走进小巷，但那种感觉仍然挥之不去。她加快脚步，往前走了四五十米，拐进右手侧的一个路口，又疾跑一阵，闪进左侧的第一个岔口。她身体紧挨着砖墙站定，微微探头观察来时的路，却只看见静默的砖墙和凹凸不平的路面。别说是人，连一只鸟的影子都看不到。

真是怪了，那种感觉……肯定不会错。黎希颖屏息静气，感受着四周的微妙变化，有人在身后不远的小胡同里正向她迅速靠近。她回头一拳打过去，对方的动作更快，一只手抓住她的手腕，一只手抱住她的腰。四目相对，黎希颖看清了那张脸，扑哧一声笑了出来，手上放松了力道。对方却继续发力，把她拉到怀中，在她的鼻子上亲了一下。

“搞什么突然袭击。”黎希颖推开秦思伟，“你怎么会在这里？”

他是黎希颖的未婚夫，区里刑侦支队的支队长，这几天正在享受宝贵的假期。

“我还想问你呢。”秦思伟把她鬓边的乱发撩到耳后，“你不是在查什么未来战士吗？怎么会来这里？”

“小洪都告诉你了？”黎希颖扶着额头，“真是被他打败了。”

“他和老严在电话里吵吵嚷嚷的，我还以为他俩一起去看科幻电影了。”

“今天早上在我咖啡馆里发现的那个人，是在这附近受的伤。”两人并肩走出小路，黎希颖拿出一个黑色丝绒盒子，“我在他身上找到这个。”

“这就是小洪说的金丝鸟吧？”秦思伟打开盒子，“证明那个人和温良可能有联系。”

“是金丝雀。”黎希颖更正，“可惜让他跑掉了，不然现在就能问清事情的来龙去脉。”

“你的员工不小心放跑了嫌疑人，你得帮忙把案子破了。”秦思伟把金丝雀收进口袋，“对你来说小菜一碟吧？一个抢劫杀人犯肯定没有你过去抓的恐怖分子和间谍厉害。”

“人不要脸，天下无敌。”黎希颖白了他一眼。

“是刘局知道了嫌疑人在你的店里被发现，专门给我打电话，让我一定请你出山帮个忙。你总得给他面子嘛。”

“嗯，他刚刚给我发信息了。”黎希颖拿出手机回信息，“你还没告诉我，你来这里干什么。”

“我当然是来查案的。”秦思伟拿出手机，“今天早上在青雨山庄的案发现场，技术人员找到一个被踩坏的 U 盘。”

U 盘的芯片没有毛病，里面存着一些带着网站标识的照片和文稿。询问网站之后得知，那些照片是他们的一个叫何孟周的摄影记者拍的，这个人今天没去上班。

“你中止休假一个人跑来查案。”黎希颖好奇，“这案子里有什么玄机吗？”

“青雨山庄的现场勘查还没结束，调查温良的公司、家人又牵扯不少人手。”秦思伟翻着短信，“就凭一个 U 盘没法确定何孟周和温良的死有关，我就是友情赞助一下而已。哦，他就住在前面那栋公寓楼。”

“何孟周住在附近，他的 U 盘丢在凶案现场。未来战士……哎，我也被小洪给传染了。”黎希颖摇摇头，“拿着死者宝石的人在附近受了伤。我不相信这些是巧合。”她给秦思伟看自己拍的照片。

“关于未来战士，你还能想到什么线索吗？”秦思伟把照片传到自己的手机，“老严只查到他离开医院往南逃跑的视频。”

未来战士偷了清洁工的衣服和一个老大妈的钱包。有意思的是，他只从里面拿走了一张五十元的钞票，把钱包放在医院警务室门口了。

“我想他是本地人，偷钱是为了回家，五十元是他计算好的路费。

你们可以联系一下出租车公司，问问今天上午有没有这样的人在医院附近打车。”

“已经联系了，还在等消息。监控截图这会儿应该已经发到各派出所，由他们把消息散出去，联系出租车公司，再给各居委会和犄角旮旯的小诊所打个招呼。如果他是本地人，总会有一两个大妈能认出他。”

“嗯，她们搞情报的本事从来不输给中情局。”黎希颖笑道，“但是拉网排查需要很长时间，指纹能找到匹配对象吗？”

“刚输进系统，就算他有过案底，要检索出来也得花上几个小时。”

穿过几段两人并排走就有些挤的巷子，他们找到了何孟周租住的公寓楼。

楼后一排铁栅栏倒了一片，横在路上，砸坏了路边早已没用的指示牌。几条被扯断的白色的绳子散落在周围，看起来是有人在铁栅栏和一楼的防盗窗之间挂了几排晾衣绳，结果栏杆一倒，绳子跟着遭了殃。

“未来战士就是被它们划伤的。”黎希颖注意到倒下的几根铁栅栏锈迹斑驳的尖端都沾着血迹，拿出手机拍下照片。“何孟周住在几楼？”

“二单元……203 室。”秦思伟抬头看着布满枯黄爬山虎的墙壁，还有一扇扇和年迈的墙体很不相称的不锈钢窗，“居然住在这种地方，看来这个何孟周过得十分拮据，不可能有多少钱。”

他们绕过铁栅栏围墙，走进东侧数第二个单元门。老楼的楼梯间阴暗狭窄，空气中有一股说不出的陈旧味道。二楼右手边的门上用红色油漆写着门牌号 203。秦思伟抬手按了几下门铃，音乐响过，无人应答。

“没在家？”他思索了几秒钟，拿出手机拨通何孟周的电话。

电话铃音在防盗门内响了起来，隔着一层铁板听起来像捂在棉被里似的。秦思伟果断伸手按了一下门把手，咔嗒一声，门被推开，铃音立刻变得清晰响亮，循声望去，可以看到一只手机在鞋柜上闪着来电提示。

“不太对劲。”黎希颖低声说，随手关上了防盗门。两人在门厅里静静地站了一会儿，没听到什么动静。

秦思伟指了指虚掩着的一道木门，示意黎希颖一起过去看看。他贴着墙慢慢挪到门边，黎希颖则从另一侧绕了过来。从一寸多宽的缝隙里，两人看见地板上伸着一只脚，但小腿以上的位置就看不到了。黎希颖打了一个后退的手势，一脚把门踢开。

只见一个男的斜坐在地上，刚才看到的那只脚就是他的。他看起来二十五六岁的样子，方脸，高鼻梁，厚嘴唇。他的腹部猩红一片，有三处皮肉外翻的伤口。整个人半靠在门边的墙壁上，已经断气很久的样子。他的一只手上缠绕着一截带血的绳索。

距离这个男人不远的床边躺着另一具尸体，也是一个男人，看着有三十出头的年纪，圆脸，鼻子旁边有一颗黑痣。他穿着黑色夹克衫，蓝色T恤衫，牛仔裤和卡其色牛津鞋，双目圆睁，脖子上有一道醒目的勒痕，戴着乳胶手套的右手沾满了血迹，还握着一把水果刀。

“这是何孟周。”秦思伟调出照片和墙边的死者对比了一下，又看看床边的尸体，“这个人是谁呢？”他翻了翻死者的周身，没有找到手机、钱包、钥匙之类的东西，只在死者的裤子口袋里找到一支纤细的手电筒和一双带血的皮手套。

“我不知道他是谁，但他和那个跑到我店里的人一定有什么关系。”黎希颖说，“他们两个穿着一样的夹克衫和牛仔裤，牛津鞋也是同一个牌子。而且，这两个人身上都没有任何可以查到身份的物品，还都戴双层手套。”

“一个被勒死了，一个受了重伤半死不活地逃了出去。”秦思伟把手电和手套放回死者口袋里，“何孟周的U盘掉在温良的别墅，温良的宝石在另一个人的身上。我怎么觉得有点乱？”

“是有点乱，我们还没发现解开这团乱麻的窍门。”

“这些人之间肯定有什么猫腻。”秦思伟呼了一口气，“我还是叫队里组织人手过来勘查现场，给他们收尸吧。”

“你可以叫人过来搜证吗？”黎希颖想起老严的话，“你不是在休假吗？”

“本来就是来协助一下，没想到这儿又出现两个死者，工作还是要做的。既然死者之一和咖啡馆的伤者有联系，伤者又和何孟周、温良案有牵连，真是个有意思的案子。”秦思伟走出卧室。

黎希颖绕开尸体，走到窗边，戴上手套打开月牙锁，将推拉窗推到一边。挂在窗棂上的晴天娃娃随着吹进屋里的风舞动起来。铝合金窗框上有一片蹭出的痕迹。她探头看楼下，嗯，这里正好对着那一排倒下的铁栅栏。

墙边草丛里灰色的是一只鞋吗？这样一来，大部分线索倒是对上了，可是她总觉得有什么地方不对。

把窗户恢复到刚才的样子，黎希颖四下看了看。屋子里的装修极其简单，房主连踢脚线都懒得装饰一下，直接刷了层白漆。从宜家买来的廉价双人床，再过几年可以当古董卖了的书桌和立柜，立柜……好像有点歪。她蹲下来，发现立柜的一侧地板上有新鲜的划痕。看起来立柜是被移动过，又挪了回来。没错，地面上的灰尘不会说谎。其他家具应该是好几年没动过地方了，为什么偏偏动了立柜?

黎希颖思考片刻，拉开了立柜的两扇柜门。左侧柜门里的几个隔断已经塞满了衣服、毯子和枕头。右侧柜门里没有打格子，是一通到底的空间，除了顶端的横杆上挂着的几只衣架，什么都没有。

“打好招呼了。”秦思伟回到屋里，“他们赶过来至少需要一个小时。你找到什么了？”

“只是觉得这样收拾衣物的习惯有点不寻常。”黎希颖看着两侧衣柜里完全不同的景象，“这个季节，最常穿的是偏厚一些的衣物吧。虽然街上很多人还在外套里穿短袖，但毛毯、皮衣还没到派上用场的时候。”

“对啊，怎么了？”秦思伟不明白她的用意。

“你看啊，左侧柜子这边，下层是春秋季常穿的单衣、裤子，上面压着毯子、大衣和毛衣。假设何孟周今天要换衣服，他得把上面这些都搬下来，才能找到合适的外套或者衬衣。”

“确实，如果把上面那些杂七杂八的衣物都放到右边的空柜子里就没什么问题。”秦思伟摸摸下巴，“而且毛料大衣、皮衣和西装理应挂起来，这些衣服揉皱了很难打理。”

“有人把右边柜子里的东西都塞在了左边，所以看上去才这么怪异。”黎希颖弯腰在右侧柜子的木板缝隙里捡起一块贴着莱茵石的红色碎片，“男人修指甲我倒是见过，贴水晶甲片还真少见。”

“所以这屋子里可能有过一个女人。”秦思伟用手指捅了捅塞得满满的左侧衣柜，“但这都是男人的衣服。”

“我更想知道，费力把右边柜子腾空的人是想做什么。”黎希颖用手臂大概丈量了一下柜子的长宽高。

“你想的，和我想到的一样吗？”

“你说说看。”

“毫无章法的搬运说明有人急着腾出足够大的空间。柜子里这么大的地方，钻进一个身材瘦小的人倒是合适，比如一个女人。”

“问题是，这个女人是自己钻进去的，还是被迫进去的？她和屋里这两位有什么关系？如今又去了哪儿？”

“这些只是推测，只凭柜子里的物品还有一个甲片没法下结论。也许何孟周有个前女友，那是她以前丢下的东西。”

“你仔细看看。”黎希颖把甲片送到他眼前，“这种甲片时间久了会变色，上面的指甲油和莱茵石也容易脱落。而这只水晶指甲肯定是最近才做的，掉下来的时间不会太长。”

“看样子是不小心折断的。”秦思伟接过甲片，“如果关于女人的推测成立，她在这里经历了什么呢？”

“现在看来，青雨山庄发生的事只是冰山一角。”黎希颖退到床边看着如恐怖片片场一样的房间，“温良的死，可能另有隐情。”

“怎么会这样呢？”秦思伟发愁得揉了揉眉头，“两小时前，我只知道青雨山庄的案子是入室抢劫杀人案。如今，又多了两具尸体，还有一个身份不明的伤者从这里逃跑后又从医院溜走了。而且，我们还有一个只存在于合理推测中，身份和下落都毫无头绪的女人。接下来不知道还会冒出什么来，外星人控制的幕后黑手？”

“钱。”

“啊，确实，很多案子到最后都是钱闹的。人嘛，就那点出息。”

“我是说，床下有钱。”黎希颖指指地板，从她站的位置可以看见床沿下露出的一沓钞票的一角。

秦思伟绕过去，弯腰掀起床单，从床下拉出一只敞开的旅行袋，几捆钞票从口袋里滑了出来，好像灰蒙蒙的地板上开出了一片红花。

“你刚才还说何孟周这样的人不可能有多少钱。”黎希颖数了数，

“一二三……十个，二十个……至少五十万。”她抽出几张钞票对着光看，“真钱。”

“温良的别墅保险柜里，据说有五十万现金被劫匪拿走了。”秦思伟拍了拍旅行袋上的灰尘，“瞧，锋恒影业的标识。哎，这是什么？”

压在钱下面的是两只硅胶面具，长鼻子，大耳朵，咧到腮帮子上的嘴，眼睛位置上的两个黑洞给原本很诡异的笑脸又增加了几分邪恶的气息。

面具和大把的钞票，简直就是抢劫的标配。黎希颖走到墙边，捏了捏何孟周的肌肉、关节，扒开他的眼睛，又转身按了按地上的无名氏。这两个人至少死了十个小时了。

“青雨山庄的命案发生在什么时间？”她抬头问秦思伟。

“初步判断是晚上十点到凌晨两点之间。”他转了转手里的面具，“我们是不是已经发现了劫匪，还有赃款？”

“如果抛开逃跑的那位和柜中女人，事情看起来就简单多了。”黎希颖打开手机上的电子地图，查到青雨山庄距离这里大概二十二公里。

“昨天晚上，何孟周和他的同伙，这位……无名氏先生一起去了温良家。我们暂且不说他们的动机，因为还不清楚这二人和温良有什么关系。总之两人杀死温良拿走了保险柜里的五十万元现钞。”

“打斗中，何孟周的一只U盘丢在了现场。”秦思伟顺着她的思路，“两个人回到这里，把钱藏起来，打算等风声过后就分赃。之后发生了什么呢？”

“勒死无名氏的绳子在何孟周手里，捅死何孟周的刀子在无名氏手里。”黎希颖唏嘘，“假设何孟周不想和无名氏分钱，趁其不备拿出绳索勒住他的脖子。无名氏肯定不会坐以待毙，情急之下拿刀刺中何孟周的腹部。”

“何孟周用尽力气勒死同伙，自己因伤势过重倒在墙边。”秦思伟拍了一下手，“这个分析和现场能对上。但是，未来战士在其中扮演了什么角色呢？”因为不知道对方的身份，叫无名氏又会和现场的无名尸体混淆，秦思伟索性继续借用小洪古怪想象力的产物。

“金丝雀是贵重的宝石，假设温良把它和现金一起放在保险柜里，”黎希颖想了想，“劫匪拿走现金时，顺手拿走金丝雀。未来战士和无名氏穿着相似，未来战士是否当时也在青雨山庄命案现场？”

“这个就不好说了。”秦思伟猜测，“这里只有两个面具，不够三个人分。三人中有一个可能是帮忙转移赃物或者销赃的人。三个人在这里会面，发生了争执，可能是因为分赃不均或者其他内部矛盾，未来战士受了伤，带着宝石跳窗……”

“不对。”黎希颖打断他，“未来战士身上的外伤都是跳窗造成的。”

“那就是三个人产生矛盾，这两个人要对未来战士不利。他无路可退，抓起宝石跳了窗。”秦思伟修正自己的推理，“剩下的这两位打了起来，勒脖子加上捅刀子，双双毙命。哎，好像不对啊……”

“当然不对。”黎希颖捂嘴笑，“一个同伙拿着宝石跑掉，剩下两个应该先抓住他抢回宝石，之后才能踏实分钱。”

“有道理。”秦思伟沉吟道，“那就是……三个人在这里碰面，因为分赃不均吵了起来，何孟周勒住无名氏的脖子。”他伸手比画着，“无名氏反抗，未来战士见状不妙，拿了宝石跳窗而出。屋里的二人缠斗正酣无法顾及他，互杀而死。”

“那是谁关上的窗户呢？”黎希颖问，“未来战士带伤跑了，屋里两个人互杀死了。窗户应该是开着的呀。死人可不会爬起来关窗户。”

“说的也是。”

“还有，未来战士既然看到无名氏和何孟周打成一团无暇顾及自己，为什么不把钱一起拿走？宝石还需要找人变现，钱是可以直接花的。”

“一瞬间的判断，未必符合逻辑。”秦思伟走到窗边，“不过窗户这事确实说不通。莫非是衣柜女人干的？”

“你的意思是，他们三个在屋里争执时，那个女人正躲在衣柜里。”黎希颖反驳，“三个同伙中一个人逃跑，剩下二人死亡，她才从柜子里钻出来。如果是这样，她应该赶紧离开这个是非之地啊，没必要费心替死人关窗户。”

“这个嘛……”

“还有，她能顾得上关窗户，却没拿走那五十万，这也不合理啊。假设她听到了三个人的争执，应该知道屋子里有一大笔钱。”

“嗯，听你这么一分析，拿走钱、不关窗才是最正常的反应。”秦思伟承认，“而且这个女人为何要躲在衣柜里也说不通。”

“你再看这里。”黎希颖指着立柜下的划痕，“柜子被挪动过，又恢复原样。这是谁干的？逃之夭夭的和打架斗殴的肯定顾不上，钻柜子的更没有这个力气和心情。”

“如果说何孟周和同伙死后，还有其他人来过，好像也不对。”秦思伟作头疼状，“不管什么人来，都不会轻易放过五十万。”

“所以我说，如果没见过未来战士，没发现衣柜里的疑点，只看两具尸体、钱和面具，一切似乎都能说通。”黎希颖从挎包里拿出纸巾，擦了擦脖子和额头的汗水，“可是现在我们知道，事情绝对没那么简单。”

“若是有人在背后操纵，他的目的是什么呢？”秦思伟看了一眼手机短信，泄气地把屏幕转向她，“线索断了。”

一位出租车司机回忆，早上他在医院门口趴活儿时，一个身穿清洁工工作服，看起来面色疲惫的青年人一瘸一拐地上了车。他的相貌特征和警方截取的监控图像非常相似，上车后只说去内之门的交通枢纽，随后闭上眼睛靠着车窗一言不发，好像忍受着很大的痛苦。车开到交通枢纽附近，青年让师傅靠边停下，拿出一张五十元的钞票付账。因为司机师傅刚出车不久，身上零钱不多，希望青年用电子支付，他却说自己手机丢了，只有这张钞票。至于他下车后去了什么地方，司机就完全说不清了。

聪明！黎希颖心想，内之门附近有三条地铁线路，有将近二十趟公交车，未来战士可以随意选择一条线路离开。虽说地铁和公交站都有摄像头，但交通枢纽附近人流密集，等排查清楚他上了哪趟车，人怕是早都跑到大洋洲去了。再说，他完全可以在途中随意更换线路，神仙也很难查清他的去向。

若是通过媒体的力量找到这个青年，同样是大海捞针，不知道要等多久，更不用说十个消息里能有一个真实可信就不错了。而且那么做最大的可能是打草惊蛇。他一旦知道警方在四处找他，肯定会设法逃出城去，或者找个隐秘的地方躲起来。

正午太阳的光芒如烈火炙烤过的箭，刺痛眼睛和皮肤，让人觉得忽然之间时间倒流回了盛夏。晴天娃娃好像被晒蔫了，耷拉着脑袋，左转半圈，右转半圈，再有气无力地晃悠几下。

一道微弱的光在倒塌的铁栅栏之间闪动，在一堆濒死的爬山虎的枯枝败叶的遮盖下不怎么起眼。黎希颖瞥见这一丝异样，推开不锈钢窗，从二楼一跃而下。

“等一下……”秦思伟还没来得及阻拦，就听到楼下传来一声惨叫。他趴在窗台上探身瞭望，叫声来自一个四十岁左右，染着棕色短发的大姐。她提着大包小包，想走豁口抄近路上楼，看见有人跳楼，以为自己误入了武侠片的拍摄现场，心中正纳罕，却没注意到脚下，被枯藤绊了个跟头。

“您没事吧，伤到没有？”黎希颖安慰大姐。

“我说闺女啊，有啥事想不开也不能跳楼……哎呀妈呀！”大姐伸手捂住眼睛。原来是秦思伟心里一急也跳了窗户。

“大姐，还好吧？”他拍拍裤脚的尘土，把大姐搀扶起来。

“你们这些年轻人都什么毛病！”大姐气喘吁吁，“以为自己是蝙蝠侠还是超人？”

“不好意思让您受惊了。”秦思伟忍着笑，心想这大姐还挺时尚的，对二次元还都门清。

“你们不是这儿的住户吧？是来这儿找人的？”大姐打量着他们两个人，表情警惕起来。

“哦，我是住二楼的何孟周的表哥。”秦思伟帮大姐捡起地上的几个购物袋，露出春风般的微笑。他这一招对大妈、大婶们一向十分有效。

“小何的哥哥啊。”大姐果然中了美男计的招，警惕心放松了一些，“你们兄弟看着一点都不像，你可比他帅多了。”

“表兄弟嘛。”秦思伟继续编，“这是我媳妇，我们从老家过来办点事，在我弟家借住一天，您认识我弟弟？”秦思伟知道亮出证件对办案是最有效的，但他担心大姐听到他的警察身份难免紧张，若再知道楼上死了两个人，有些话就彻底没法说了。

“认识，我们不住一个单元。”大姐从他手里接过四个沉甸甸的购物袋。

“我们帮您拿回家吧。”黎希颖见大姐已经敌意全无，借机提议，“刚才真是不好意思，我们就是闹着玩儿的。”

“噫，你俩练过武术吧？”大姐比画了一下，“以后可不敢这么玩儿了，吓着老人和孩子就糟了。”

“您说得对，我们以后一定注意。”

大姐住在三单元的四层，自我介绍姓张，四年前和丈夫一起从河南过来打工。一开始，两个人都在餐馆工作。最近两三年，大姐觉得餐馆打工挣钱少，在上初中的女儿的帮助下开始经营网店，倒腾一些老家的土特产和手工艺品，日子过得虽不太宽裕，倒也还算舒心。

“小何搞摄影的，帮我拍过不少货物的照片。”大姐把购物袋都放在厨房，给客人倒茶，“他女朋友之前还给我做过网页设计呢。”

“我们这次来，没见到他女朋友。”黎希颖试探，“表弟说她出差了。”

“出啥差。”大姐讪笑，“他是不敢跟你们说实话。两个人已经分手了。”

“什么时候分的？”秦思伟问，“没听他提起过。”

“有几个月了。”大姐回忆，“四月吧……应该是五一劳动节前，那闺女就搬出去了。”

“吵架了？”

“你们平常和小何走动很少吧？”大姐意味深长地看着秦思伟，“要我说，这事是小何做得不对。两个人过日子，难免磕磕碰碰，但不管咋样都不能动手打人啊！人家闺女愿意跟着你过苦日子，你还动不动把人打得一身青，换谁都得走啊。”

“竟然有这种事！”秦思伟惊讶，“我们真是不知道。”他做气愤状，拍了拍桌子，“居然打人，真是太不像话了！”

“为这事，我也说过小何几次。”大姐叹气，“其他街坊也劝过他。但是这小子跟我诉苦，说他女朋友在外面勾搭别人，他忍不了才打了她。”

“她勾搭什么人了？”黎希颖问。

“那我就不知道了。”张大姐摇头，“小何也拿不出真凭实据。我看那闺女挺老实的，不像他说的那样。而且，她外面有了别人，你可以分手嘛。打女人的男人最差劲了。”她喝两口浓茶，对秦思伟说，“我看你是个正派人才跟你说的，你有空儿劝劝小何。”

“一定，一定。”秦思伟诚恳地说，“今天要不是遇到您，我都不知道他惹了这么多的事，真是给邻居们添麻烦了。”

“他女朋友没找过什么人调解下？”黎希颖问张大姐，“妇联啊，社区啊，总该管一管。”

“当然找过啊，有一次把警察都招来了。”大姐回忆，“但是清官难断家务事，总不能把小何关监狱去，你说是吧？再说他当时也承认错误了，还当着警察的面给小邱道歉。可没过几天，还是老样子。”

“报警了……是什么时候的事？”

“三月中的样子。那以后不久，我就听小何说小邱在外面认识了别的男人。”

警笛声从楼下传来，张大姐好奇地往窗外张望。“呀，怎么来了两辆警车？还有好多警察，这是出什么大事了？”

“你们坐，我去看看。”秦思伟起身朝“媳妇”使了个眼色。

黎希颖目送他出门，回头看见张大姐笑眯眯地打量自己，好像她脸上贴了黄金白银。“这表兄弟俩差别太大。小何人不错，但说话办事毛毛躁躁的，动不动就抱怨啥‘有才遇不到伯乐’。每隔十天半个月，他就念叨要辞职。”

“我只是担心他交到不好的朋友。”黎希颖说，“您知道他经常和什么人来往吗？”

“哟，我还真不知道。”大姐摇头，“我从没见他带朋友来家里。不上班的时候，他偶尔会帮邻里拍拍照片，剩下的时间就打游戏，跟我们老家那些半大小子一样，有了游戏连爹妈、媳妇都顾不上看一眼。”张大姐说着又露出暧昧的表情，“我看你家男人倒是个本分人。女人呀，这辈子能遇到个好男人真是千金不换。想想小邱，也怪可怜的。”

“您说笑了。”黎希颖捂嘴笑，“何孟周的女朋友也是有工作的吧？”

“我只知道她在广告公司坐办公室。”张大姐叹气，“一个人在大城市漂着，摊上个本事不大脾气却不小的男人，过不下去早点走了也好，人有几年青春能陪他耗着。”

“还好她可以自食其力，不然日子更难。”黎希颖问张大姐知不知道小邱的联系方式。

“我没留过小邱的联系方式。”大姐遗憾地说，“这事你该去问小何。”

“我是想私下见见她。”黎希颖解释道，“一来给人家道歉，二来想试试能不能再给他们说合一下。”

“说合倒是没必要了。”大姐说，“三天前小邱来找过小何，我看他们没啥戏了。”

“她什么时间来过？”

“上周六的晚上。”大姐回忆那天她进了一批新货，吃过晚饭去找何孟周帮忙拍照，进门却发现他的神色不太对，门厅墙边的餐桌上摆着七八个打包盒，还有两瓶啤酒。说话间，小邱从卧室里出来，很大方地和张大姐打招呼。大姐感觉有点尴尬，没提拍照的事，闲话几句便离开了。

第二天一早，大姐出门买早点的时候，看见小邱走出二单元的大门，穿着和前一天晚上一样的衣服，背着个帆布包。等她买完早点回来，在半路遇到去上班的何孟周，问起小邱的事，他说前女友只是来拿放在他家的几件东西，吃过晚饭就回去了。所以大姐觉得，他们俩之间还有疙瘩，至少何孟周并没有恢复关系的准备，否则不会不承认小邱留下过夜的事。

“他咬死不说，我就没有揭穿。”大姐用一种我可没那么好骗的语气说，“现在的年轻人我真是搞不懂。今天好，明天打架，后天分了，过几天还没说清楚又住一起，好像什么都无所谓似的。”

“那就随他们去吧。”黎希颖对这个被称为“小邱”的前女友更加感兴趣了，只是从张大姐这里应该挖不到太多有用的情报了。她随口问起楼后的铁栅栏，大姐说昨天半夜听到过动静，但没当回事。那铁栅栏围墙已经很多年没人维护了，去年冬天被风吹倒过一片，后来居委会找人勉强用铁丝给绑上了。今天她遇到几个邻居，提起铁栅栏，大伙儿都以为还是和上次一样，是刮风惹的祸。

“噫，又来一辆车。”张大姐睁大眼睛看着一辆厢型车停在楼前，几个在警服外面罩着白大褂，提着工具箱的人从车上走下来。

秦思伟走出二单元的楼门对他们说着什么，白大褂们都专注地听着，时不时认真地点点头。这个时候楼里的居民大部分都出去工作了，只有两三个人凑上前围观，被几个穿制服的警员客气地拦在楼门外。

“二单元出事了？”大姐很惊讶，“你家那位到底是干什么工作的？怎么看着那些警察在听他的指示……”

“他啊，就喜欢管闲事。我去看看。”黎希颖谢过大姐的茶，起身告辞。

04 脱罪团伙

离开大姐家，她绕回到楼后，抬头和伏在二楼窗台的技术人员打招呼，提示他们别忘了楼下还有一只鞋。

“还有这东西，是有人逃走时掉下的。”黎希颖用脚尖整了整周围的草丛，一只手电筒露了出来。

“你就是为这个跳楼的。”秦思伟走过来，“咱以后还是少玩惊险刺激。吓坏了不明真相的群众不说，万一崴了脚，磕了碰了，我会很心疼的。”

“这楼层不算高，下面是土地和草丛，没什么好担心的。”黎希颖蹲在栅栏边，挥手赶走围上来的几只飞虫，“这上面可能有帮我们找到未来战士的线索。”

“人类既然发明了楼梯，我们还是学着用比较好。”秦思伟低头看着手电筒，“这和楼上无名尸体口袋里的一样，看不出什么特别之处。”

“无名氏的手电上没有拴这样的挂绳。”黎希颖指着手电尾端的蓝色细绳。细绳上挂着一个有机玻璃的正方形坠子，坠子芯的一面印着某种黄色卡通动物，另一面是二维码。

她用手机扫描二维码，弹出了一家数码零售店的网页。页面中央自动跳出那只分不清种属的黄色卡通动物，转了一圈，以四小天鹅的舞步退场，拉出一条横幅显出店铺地址和电话。

“他把这么难看的挂绳拴在随身物品上，或许是因为和这家店有什么关系。”黎希颖猜测，“店员、老顾客、商业合作，我们查一下就知道了。”

“也可能他的审美品位就是这么差。”秦思伟看着那只动物又从网页右下角跳出来，夸张地扭动，“啊，反正没有其他门路，我们去这家店打听一下也好。”

“你不需要留在这里监督？”

“这个案子由重案组直接负责，我只是友情赞助。”秦思伟低声说，“这案子目前线索太多，我打算先看清楚里面的门道再说。”

“那我也给你一个友情提示。”黎希颖站起来，整理一下被汗水打湿的水红色衬衣，“三月中旬，何孟周的前女友小邱曾经报警控告男友家庭暴力，事情最后不了了之，但既然报过警，派出所必定会记录她的联系方式和证件号码。”

“我看这条线就交给老严去查好了。”秦思伟眼珠一转，“基层派出所之间，聊点什么都方便。”

“我看你是故意为难老严。”黎希颖撇嘴，她一个箭步跳到了院外的路上。

秦思伟低头看着朝自己翻白眼的黎希颖，“你误会了，我这是在帮老严。他要是能顺着何孟周前女友的身份找到一点有价值的线索，就没人再提他不小心让医院那个未来战士跑了的事。我这叫考虑周全。”

鸽哨的呼啸声打破深巷里的寂静。一群争食草籽的麻雀被惊动，掠过灰色的房檐，在蔚蓝色的远方化作一片模糊的黑点。被太阳折磨了一上午的柏油路在喧嚣的马达声中蒸腾起一片朦胧的烟尘，散发出滚烫的刺鼻气味。

“能力数码”商店位于城西南怡乐鑫居小区西侧的临街底商，店门口两米多高的气球人也是那个不知种属，似狗非狗、似熊非熊的动物造型，在气流的推动下舞动四肢，像极了恐怖片里会杀人的图腾。

数码店的店面有两三百平方米，摆着大大小小的电脑、平板、手机、智能手表。下午两点店里没什么客人，三四个工作人员凑在一起，用一台屏幕一角被摔裂的平板看网上的免费电影。柜台附近的玻璃展示柜里，摆着一排不锈钢保温杯和三支颜色各异却造型眼熟的小手电。旁边的红色标签提示，购物满 1000 元送手电筒或者信用卡包；购买满 2000 元的商品送保温杯；如果满 5000 元，就可以得到一套吉祥物图案的床上三件套。所谓吉祥物，就是门口那只动物。

“请问你们给顾客赠品需要登记吗？”秦思伟和带着店长胸牌的中年女士打招呼，并亮出证件。这个时候不亮证件就不好办事了。

“需要客户留下姓名和联系方式，以及营业员的工号。”店长有些紧张，“难道是有客人投诉？我们这些都是从正规厂家进货的，绝对没有质量问题。”

“我想看看获赠手电筒的客人名单。”秦思伟客气地说。

“哦……小卫去拿一下登记簿。”店长对一个扎着马尾辫的店员说，“咱们是这个月月初开始搞活动的，大概送出去三四十个手电筒了。”

“尤其是获赠一个以上赠品的客人名单。”黎希颖特意提了一句。

“呃……这可就……”店长的神色更加紧张，“我们规定每个客人只能送一个赠品。”

“如果他重复购买呢？比如今天买个手环，过几天又买个平板。”

“那是可以得到多次买赠优惠的。”店长点头，“不过一般的客人如果已经有了手电，第二次就会想要信用卡包，我还真是没印象有人拿走了两个手电。不过这些赠品的赠送都有记录，你们查一下就知道。”

“这个是你们店里送给客户的吗？”黎希颖给她看手电挂绳的照片。

“这本来是我们发给店员的。”店长回答，“让他们出去搞宣传时鼓励客户扫码关注店铺的促销信息。有时候也会送给熟客。”

“所以这个人是熟客？”秦思伟打开医院监控的截图。

“看着眼熟。”店长点头，招呼其他店员来看照片。

“这不是小白的熟人嘛。”抱着登记簿回到柜台的小卫插嘴，扭头看着身后一个发梢染成棕色的青年。

“嗯，真的像。”店长想起什么，“就是上次帮忙修办公室电脑的那个小伙子吧？小白，你看是不是你朋友？”

“有点像。”青年忸怩道，“但是侧脸看不太清楚。”

“你有没有送给他两支这样的手电筒？”黎希颖问。

“记不清了。”小白不情愿地回答，“我最近一段时间没见过他。”

“这里有记录。”店长迅速翻了一下登记簿，“小白是送出过两个手电，我还签字了，但没写客户信息。”

“是不是那天人家帮忙整电脑，您作为答谢让小白拿了赠品？”一个胖胖的小伙子提醒她。

“应该是这么回事。”店长想了想，用力点头，“那是月初的事儿了，你不提我还真想不起来。”

“小白，你知道这个人的联系方式吧？”秦思伟递给小白一张便笺纸。

“他……叫李亢，住在怡乐鑫居小区 8 号楼。”小白用歪歪扭扭的字体写下一个门牌号，“你们找他干什么？”

“只是了解点情况，没什么要紧事。”秦思伟用小白的手机试着拨了一下李亢的号码，电子音提示对方已关机。

8 号楼在怡乐鑫居小区的东北角。这栋楼是当初开发商盖的回迁房，因为楼体质量问题，成了方圆三四公里内房价和租金最低的一栋楼。楼内的电梯贴着上个月刚检修过的标签，但开门和关门键的按钮都掉了，运行起来咯噔咯噔的声音让被关在狭小空间里的人感到十分恐怖。

1804 号房紧挨着逃生楼梯，墨绿色的防盗门开着，站在楼道里可以听见本地新闻频道的记者正在报道青雨山庄入室抢劫杀人案的声音。屋子里看不到人影，门边的鞋柜旁摆着两双不同颜色的牛津鞋。一双头朝里整齐地摆着，另一双歪着躺在帆布拖鞋旁边。客厅的茶几上放着吃剩下的半个煎饼和一罐喝了几口的啤酒。易拉罐外壁挂满水珠，摸上去凉冰冰的。一套医院清洁工的工服丢在地板上，垃圾桶内是一堆染血的绷带。

十五分钟后，附近派出所的警员赶了过来。

这是一套小两居的公寓。一间卧室布置得异常整洁，床上罩着深蓝色的床罩，所有物品排列整齐，书架上都是编程语言和程序设计的书籍，墙上贴着一款刚上市的手机游戏的宣传画，床头如部队列队一般站着的四个手办也是游戏里的人物造型。未来战士，不，现在已经知道他叫李亢，是游戏公司的程序员。

和李亢住在一起的，就是死在何孟周公寓的无名氏。他医保卡上写的名字是蒋迎。和隔壁的简洁明快相比，蒋迎的卧室简直凌乱不堪。床上的被子揉成一团，枕头上竟然有一条穿过的内裤。墙角的洗衣袋中，脏衣服堆积如山，有几件掉在地上，和手办模型躺在一起。三五本漫画摊开在床边的小地毯上，倒在地上的两个空啤酒罐里塞着烟头。书桌上有一摞手绘的画稿、一只崭新的数位绘图板和两本电脑绘图的高级教程。书桌的两个抽屉都上了锁。

第一个抽屉里二十多张照片的主角都是一个四十四五岁、圆脸、体形微胖的男人。照片的取景地各不相同，有的在办公大楼，有的在餐厅，还有的在别墅和健身房。

“唉，这是温良，青雨山庄的死者。”秦思伟翻着照片，蒋迎偷拍温良肯定是在为入室抢劫做准备。

“温良手里有多少钱？”黎希颖问他。

“温良个人账户上的存款如今不到二十万。”秦思伟收起照片，“豪宅名车都是他老婆的。锋恒影业这两三年经营状况不错，但是大部分资金都压在项目上。你想说什么？”

“城里身家上亿的富豪不少，蒋迎这一伙儿人为什么会盯上温良呢？”黎希颖觉得不对劲，“他不算有名，没上过什么新闻，公司在业内也不算拔尖。要是让我去抢劫，我至少会选个比他身价高二百倍的对象。嗯，抢他老丈人家才对。抢劫杀人是重罪，被逮住肯定活不了，所以要干就干一票大的，然后拿着钱跑路。”

“蒋迎他们能力有限。”秦思伟说，“超级有钱的富豪家里都会有超级昂贵的安保设施，身边跟俩 24 小时不离不弃的保镖，没两下功夫的人可不敢对这种富豪下手。温良这样的，容易对付。”

“那他们是怎么在芸芸众生里选中这容易对付的猎物的呢？”

“我不是劫匪，不知道他们怎么想。”秦思伟看着黎希颖专注的表情，“或许何孟周在其中发挥了作用。他是个记者，可以帮忙搜罗这种人的信息。”

“何孟周只是个追三流明星八卦的狗仔。”黎希颖环顾忙着搜证的警员，“我总觉得这些人之间的关系比我们想的复杂。”

第二个抽屉里有十几个透明文件袋和一个木盒子。每个文件袋里都装着一个人的身份信息和详细资料，从家庭关系到银行存款一应俱全。这些人有男有女，各种职业几乎都能看到，其中最大的一个 65 岁，是某个部委的退休干部，最年轻的一个 19 岁，是一所重点大学二年级的女学生。温良的资料也在其中。

“这些都是什么人？”秦思伟吃惊，“莫非是他们计划中的猎物？”

“绑架、打劫电台播音员或者国企副总说不定能搞点钱。”黎希颖看着摊在床上的十几个文件袋，“但是大学生、装修工人、开网约车的司机能有几个钱？这些人里，还有几个不在本市。不太明白他们要干什么。”

“但是调查得这么细，还有偷拍的照片。”秦思伟打开几个文件袋，“你看，连作息时间表都列出来了。他们肯定没安好心。”

“真是一伙儿怪人。”黎希颖把文件袋按放在抽屉里时的顺序排开，发现最下面一个袋子里的资料是六年前的，温良的在最上面。这么长的时间，他们调查这么多不同生活圈的人，如果仅仅只是为了选择下手对象，有点说不过去。

“看看这里有什么。”秦思伟打开手绘向日葵图案的木盒子，脸色一下子就变了。

盒子里装着五个小玻璃瓶，每个瓶子上都贴着姓名标签。标签上的名字，在文件袋里都可以找到对应的身份证信息。但最让人不安的是瓶子里装的东西。

“这是人的牙齿吗？”他拿起一个瓶子对着光观察，“绝对是成年人的臼齿。所以这十四个人真是他们选择的猎物？”

“温良丢了牙齿？”黎希颖心中更加疑惑。

“没有，牙齿被拔掉可逃不过法医的眼睛。”

“那就奇怪了。这里有十四个人的资料，如果这些人是他们选择的猎物，那我们应该找到十四颗牙，但实际只有五颗。”

“有些人可能被放弃了。他们没有对那么多人下手。”

“他们对温良下手了，他的牙却没有被拔走。”

“是啊，到底是怎么搞的？”秦思伟盯着盒子里一颗颗让人感到极度不适的泛黄牙齿，“从入室抢劫到双尸命案，现在又出现个小型犯罪团伙，这案子跟滚雪球似的，越滚越大越离奇。”

“还有个问题，仍然找不到头绪。”黎希颖提醒他，“如果是蒋迎和李亢的犯罪小团伙杀了温良，何孟周是怎么跟他们搭上关系的？小团伙的覆灭又是怎么回事？我们已经知道内讧的推论有很多不合理之处。”

“李亢还活着，只要找到他，这个问题就有答案了。”秦思伟把木盒子盖好，“我们进门时他刚离开不久，因为走得匆忙没有顾上锁门。”

“一个浑身是伤的人，能跑到哪里去呢？”

真想不到一部不到一千元的山寨手机救了自己的命，坐在地铁上，李亢捂着疼痛不已的肩膀，心潮起伏。今年元旦年会抽奖拿到它时，他一度腹诽老板抠门，现在真想抱着他亲一口。

早晨在医院恢复意识的时候，李亢先是一阵狂喜，觉得消毒水味是那么清新脱俗，在身边团团转的白色身影都是神的化身。然而当医生疲惫地说找派出所的同志通报情况时，他旋即跌入惶恐的深渊。还好医生没给自己安什么心电设备，不然那仪器可能会被自己狂跳的心脏给弄爆炸。他强作镇定，假装仍在昏迷，盘算着如何脱身。

老天有眼，盯着他的那两位脑子都不太好使，总算让李亢找到脱身的机会。他忍着疼痛站在五楼窗外那会儿，脚下空荡荡的，好像随时会有一只手把他拽下去。李亢不知道他还能支撑多久，甚至想干脆跳下去一了百了，但是他不甘心，昨夜惊心动魄的一切形成一个巨大的谜团压在心中，搞不清前因后果，死了也不能瞑目。

他有惊无险地逃出医院，回到家已经快中午了。楼下大哥做的煎饼依旧那么难吃，只是亲切感陡增了一百倍。李亢换下不合身的衣服，给腿上的伤口涂了点消炎药、重新包扎，一松劲，他直挺挺倒在了地板上，肩上又传来一阵痛楚，昨夜生死一跳前的一幕幕模糊的景象在眼前闪过。

从柜子里滚出来的邱秋，脖子上套了绳索奋力挣扎的蒋迎，事情不该是这样的。按照商量好的，邱秋应该在公司加班，他和蒋迎布置好陷害何孟周的东西，等天亮后有人发现温良，然后顺着U盘的线索找到何孟周。李亢自以为计划天衣无缝，可他们明明是猎人，怎么就成了猎物？

太阳穴一跳一跳地疼，李亢揉揉脑袋，想起昨晚没由来的眩晕。自己的身体一直不错，每周至少去两次健身房，上个月体检也没查出什么毛病。

中毒……这两个字冷不丁地从脑海里冒出来，让李亢感到心头一紧，但随即更加茫然。他记得一个学医的好友说过，毒药也好，麻醉药也好，绝对不是小说、电影里的那样，碰一下、吸一口就能让人动弹不得。毒药起作用需要足够的剂量和时间，假设眩晕是因为中毒，那自己是在什么时候接触到毒药的呢？

李亢想了很久，只记得昨晚在快餐店吃了个鸡肉卷，后来又在车上嚼了几块薄荷糖，那是蒋迎最喜欢的糖。开车去青雨山庄找温良“收账”的路上，蒋迎也吃过两颗糖，没见他有什么问题。进了何孟周家后，李亢一直戴着手套，只被窗户上的晴天娃娃撞了一下头。不，还是不太对，要是自己中毒了，今天早上医生不可能查不出来。李亢越想越糊涂。

好吧，这事先放一放。邱秋发短信问他是否得手时，提到她在加班。半小时后，她却出现在柜子里。邱秋打车从公司到住处至少得四十分钟，所以发短信时她已经回家了。邱秋为什么说谎？李亢挣扎着坐起来，浑身开始冒冷汗。未必是邱秋说谎，自己只看到短信没有和她通话，任何人都可以拿她的手机发送信息。难道……被何孟周看破了？

一直以来，李亢和蒋迎最担心的就是这个。他一直觉得邱秋对他欲言又止，不知道是因为害怕，还是隐瞒了什么。或许她早被何孟周看穿，何孟周隐忍不言，昨晚设计把邱秋叫回家里，逼问出他们的计划，对她下毒手，然后假装什么都不知道的样子去青雨山庄，故意让他们看到，造成计划顺利的假象，再设法抄近路回家埋伏。

哎呀，天天打雁，就这么被雁啄了眼！李亢怒从心中起，恨不得抄起家伙跑出去找到何孟周，一刀捅死他。

冷静，要冷静，他提醒自己，蹒跚着走到冰箱里找了罐啤酒，喝了两口让他沸腾的思绪降降温。打开电视，新闻频道的记者正在报道青雨山庄的入室抢劫杀人案，话里话外都是对城里治安的担忧。住在近郊封闭管理别墅区的企业家，竟然被劫匪闯进家中连刺数刀毙命，保险柜也被洗劫一空，普通的老百姓更要多加小心……切！李亢心想，这些媒体真是唯恐天下不乱，还连刺数刀，骗人都不打草稿。

叮咚，放在茶几上的备用手机响了，是数码店小白发来的消息。

“哥，警察上门找你，不知道啥事。在家的话自己小心，不在就先别回来！”

竟然这么快就找上门！李亢惊得一身冷汗。还好自己一进家门就打开了备用手机和所有的社交软件，不然就真成了瓮中之鳖。再玩一次跳楼脱逃是万万不可能了，他踉踉跄跄跑进屋里抓了个双肩包，把自己和蒋迎的笔记本电脑塞进去，又从抽屉里拿了借记卡和仅有的五百元现金。李亢穿着拖鞋跑出家门的时候，听到电梯到达的提示音，赶忙钻进楼梯间，心想好险，就差那么几秒钟！

来人是一男一女，女的声音怎么听起来那么耳熟？显然现在想这些是不合适的，还是逃命要紧。平日里三分钟就可以跑完的楼梯今天好像没有尽头一般，每走一步，右边小腿就疼一下，一直牵连到大腿的创口；每一次呼吸，裂开的肋骨就隐隐作痛；不经意地抬一下胳膊，锁骨就像被针扎了一下；肩伤就像扛着个十斤重的铅球，不论动还是不动都难受得要死。

李亢拖着伤痛跑出楼门，看见一辆从没见过的黑色雅阁车，摸一摸机器盖子还烫手，他们肯定是开这辆车来的。李亢想万一他们追上来，自己绝不能被动等死，就从一堆丢弃的装修废料里捡起一根钉子，朝着车的两个后轮各捅了几下，却因为用力过猛，手指被硌得通红。这回看你们怎么抓我！

人干了坏事后，除了紧张，竟还有一丝得逞的兴奋。李亢赶快从侧门出了小区，坐上地铁后才松了口气。

李亢心里盘算着家是不能回了，公司里可能也有等他落网的警察，一时竟想不出去哪里落脚。他抬头看看车厢上的地铁线路图，琢磨沿线哪里有自己认识但交往不太深的朋友。住旅馆需要登记，一定会被捉住，关系太好的朋友同事会被盯梢，要不然……安广门，何孟周工作的地方在那附近。对啊，那混蛋害死了蒋迎和邱秋，只要自己能抓住他的把柄，再想个办法把一切都推到他头上，也就不必东躲西藏了。就这么办！

换乘了两次地铁，又坐了一次公交，李亢找到何孟周工作的写字楼。他在四周转了一圈，看到两个穿着物业工服的师傅在清理一楼的空调室外机，他凑过去，假装滑了一跤，倒在地上大声呻吟。

“哎哟，这是怎么整的。”一个师傅上前搀扶，“小伙子这边是死胡同，你要去哪儿？”

“我想抄个近道。”李亢趁其不备扯下师傅挂在裤腰上的磁卡和钥匙，谢过师傅的好意，转身进了大厦。

物业公司的办公室在地下一层。李亢拿磁卡刷开楼道里的门禁，溜进储物间找了套工服套上，又在一只装有二十几双旅游鞋的大箱子里挑了一双比平常大一号的鞋穿上，伪装自己的身份。墙边的架子上有三四个工具箱，李亢随手拿了一个。箱子里的工具他大部分都不认识，但也不需要认识。为了防止何孟周认出他，李亢翻了四个箱子，终于找到了一顶棒球帽。他戴在头上压低帽檐，坐电梯上了七楼，对前台小姐说是来检修电路的，轻易就混进了网站的办公区。

李亢一直以为，这种媒体的办公室应该人来人往，这边喊着交稿子，那边夹着电话说大新闻，然而这个有一百多平方米的房间给他的感觉异常冷清，一半的工位都空着，大概都跑出去追拍明星偷情了吧。他扫了一眼，没看见何孟周，怕周围的人起疑，于是磨磨蹭蹭地溜达到复印机附近，蹲下来拿个改锥在电路板上捅着。

呛人的香味从身边飘过，一个穿着超短裙，涂着艳丽红唇的姑娘从旁边的玻璃门走出来，垂头丧气地回到工位。

“百合，打听到什么了？”几个员工迅速包围了她。

“老板也不清楚，只知道是半夜在家里被捅死的。”百合拿出粉盒往脸上擦粉。

“撞上入室盗窃的贼了？”一个秃头男人猜测。

“何孟周家里没几个钱，不会有贼去的。”穿墨绿连衣裙的女子面露不屑，“你看他租那房子多偏僻，贼傻到极点才会去偷贫民窟。”

“城中村治安不好，入室盗窃比富人区多多了。”一个留着小胡子、体形干瘦的青年说，“小何真够倒霉的。”

“说来也怪。”百合扣上粉盒，“警察拿走了小何的电脑，还有抽屉里的所有个人物品。要是被入室的贼捅死了，不该拿那些吧？”

“会不会和他在追的爆料有关？”小胡子压低声音，“前几天小何成天躲在墙角傻笑，说是挖到个宝。”

“对，我也听他提过，神神秘秘的。”墨绿连衣裙点头，“可咱这儿追的无非就是艺人那些八卦，他挖到什么能惹来杀身之祸？”

“那么严重的事，咱还是别打听。”秃头提议，“就当什么都不知道。”

“行了都散了吧。”百合不耐烦地挥手，“老板的意思是，大家捐点钱，过两天派代表去看看小何老家的父母。养这么大的儿子说没就没，什么世道！”

“捐钱啊。”秃头用肥厚的手掌摸摸脸，“上个月刚给贫困儿童捐过。我家孩子上小学了，校服、书本费、兴趣班什么的都要钱，家里快揭不开锅了。”

“你少来。”小胡子撇嘴，“我这勒紧裤腰带还房贷的还没说话呢。”

“至少你还了贷款，房子是自己的，还能升值。”连衣裙苦着脸，“我那不争气的妹妹高考勉强摸个三类本科，一年学费五万。我爹妈没钱只能我出，老公还跟我冷战呢。”

“别跟我哭穷，自己跟老板说去。”百合“啪”地把粉盒拍在办公桌上，拿起粉红色的马克杯，朝饮水机扭过去。

李亢默默站起来，走出办公区，在楼梯间里脱下工服、帽子，把它们和工具箱、磁卡、钥匙一起放在墙角，下楼从侧门出了大厦，往北走了五六百米，来到护城河边绿树成荫的小公园。他一屁股坐在冷冰冰的石板凳上，才渐渐回过神。一路上，李亢满脑子只回响着一句话“何孟周在家里被人捅死”。

何孟周不是害死蒋迎和邱秋的凶手。正相反，他也是受害者。那凶手是什么人？李亢的脑子里一片混乱。

秋风吹过，头顶的树叶沙沙作响。他想到一个可怕的结果——警察找到了自己的住处，找到了何孟周家里的尸体，再加上那颗从温良家拿走的宝石，自己岂不是妥妥地成了第一嫌疑人？从医院逃跑更是心里有鬼的铁证。这么一来，自己是跳进黄河里也洗不清了。

越是觉得走投无路的时候就越需要镇定，李亢静坐了十几分钟，努力让自己的心跳恢复正常，乱哄哄的思绪也渐渐清晰。先不管邱秋为何会出现在何孟周家，单是凶手袭击邱秋之后，在那里等着李亢和蒋迎，就说明此人已经知道了他们的计划，邱秋的短信说不定也是凶手为了探明他们的行踪和进度才发的。

李亢确信他只对邱秋讲过行动计划。蒋迎嘛……为了引何孟周上钩，他用电脑合成了一些照片，还找熟人做了以假乱真的酒店开房记录。

帮忙的是蒋迎的发小，叫什么来着？李亢想不起来他的大名，只记得蒋迎叫他“咸鱼”。不知道蒋迎对这个咸鱼讲过多少内幕。但除了咸鱼和邱秋，应该没有其他人知道他们的详细计划。从这两条线去找，肯定会有一些蛛丝马迹。还好，李亢把电脑都带出来了，他倍感欣慰。

当务之急是找个栖身之所，哦，还是先歇会儿吧。李亢用双肩包垫着头躺在长椅上，从家里逃出来三四个小时了，他现在心中最惦念的不是舒服的床铺，而是止疼片，再这么下去，不等找到凶手的眉目，身上的疼痛就能要了他的命。李亢轻轻挪动身子，换了个舒服点的姿势，看着十多米外波光粼粼的水面，努力让自己松弛下来，挤走脑子里所有的想法。

景色真好，上一次这样无所事事地躺在路边是三五年前了。总想下决心找个闲在的时间走向大自然，享受阳光，可一闲下来就会抱着泡面瘫在电脑前看电影，只剩下孤独。无趣的工作，无趣的生活，周围无趣的人来了又去了，一门心思做着自以为很了不起的事，却越来越觉得看不到未来和希望。更讽刺的是，昔日独自看风景的愿望，今天竟然在逃亡的路上变成了现实。李亢看着河边枯黄的草尖，心里酸酸的。

不知过了多久，天色渐渐从湛蓝变成灰蓝，远方出现淡黄色的霞光。几个穿着校服的学生把自行车停在树下，松垮地坐在草地上聊着三班的班花会不会向教导主任告密，一班和二班的男生约架，约了两个星期，结果只是对骂几句，好没意思。

李亢以为他们是高中生，细听下去才发现原来都是刚上初中一年级的小毛头。一个个觉得自己比谁都厉害，看破人间百态，其实出了校园和自己家那栋楼，他们什么都不明白。呵，李亢寻思，谁也别笑话谁，十几年前的他在旁人眼里，可能还不如这些小毛头。

“这是我们练舞的地儿。”十来个提着音响，穿着碎花长裙的大妈气势如虹，对坐没坐相还占了她们地盘的中学生流露出强烈的不满。

“这才几点啊。”学生懒得挪地方，“公园这么大地方，你们去那边不就成了。”

“小小年纪这么没礼貌。”带头的大妈挥动手里的大红扇子，“你们哪个学校的？我们每天都在这儿练舞，怎么就你们那么多话！”

“放学不回家，有闲心逛公园，早恋呢吧？”旁边戴眼镜的大妈一脸鄙夷。

“我们这儿讨论作业呢。”学生们一脸不快。

“那边讨论去。”带头大妈转向李亢，“小伙子你也让一让，换个地方躺。”

“好，好……”李亢不想给自己找麻烦，一只手撑着身体想站起来，不料手掌打滑失去平衡，从长椅上翻到地上，摔得眼冒金星。

“现在的年轻人，怎么这么冒失。”带头大妈刚露出嫌弃的表情，突然往后退了一步，其他大妈的脸色也变了。学生们刚收拾好书包，看看大妈再看看坐在地上的李亢，彼此间神色紧张地交换眼神。

李亢的右侧裤腿上，一片殷红在扩散，刚才那一下摔裂了伤口。他咬紧牙关，一只手捂着腿，另一只手撑着长椅的椅背站起来。

“这是怎么搞的？”大妈们警觉起来。

“受伤了不去医院，跑公园来，该不是犯了事儿吧？”

“小伙子你这是在哪儿受的伤？”带头大妈靠过来，语气亲切，眼睛里却闪着发现坏分子的精明，死死抓住李亢的胳膊。

“要不去派出所吧。”眼镜大妈附和，“有困难找民警。派出所旁边就是社区医院，正好给你看看。”

“好，去派出所。”李亢很诚恳地点头，抓起椅子上的双肩包。

大妈们本以为他会挣扎、狡辩，完全没料到他会如此配合，一时间准备的台词、动作都用不上了，只剩下发蒙。李亢借机推开抓着自己的带头大妈，把背包甩进离自己最近的一辆自行车的车筐里，单腿跳上车，冲出重围。

“我的车！”被抢了代步工具的学生大喊。

“抓住他！”带头大妈在老姐妹们的搀扶下站起来，抛出一连串的咒骂。

学生们动作快，纷纷跳上车追了上去。李亢受了伤，体力远不如十来岁的男孩子，没骑出多远就被撵上了。所幸他的车技更好，忽而左拐忽而右偏，在河边小路上画着S形，学生们几次和他擦肩而过都没法抓住他，大妈们只有在远处围观呐喊的份儿。

一个男生猛踩两下脚蹬，蹿到李亢身边，伸手要推他。李亢勉强躲开，向一旁斜冲，一不留神险些掉进河里。三个男生已经近在咫尺，李亢用左腿点地，伸出已经开始变得麻木的右腿奋力踢过去。刚才想抓他的男生连人带车被踢翻，其他两个人因为离得太近也被带了个跟头，被自行车砸得连连尖叫。反作用力也推得李亢差点倒在地上，车筐里的双肩背包飞了出去，骨碌碌滚向河堤。李亢想过去抓住背包可惜被车绊住，眼看着它“扑通”一声掉进护城河的波涛中，泛起一片涟漪。

人走背字时连背包都跟着捣乱，李亢气得眼泪差点流下来。逃命第一，他以最快的速度跳上车，甩开躺在地上哭鼻子的学生和草地上大呼小叫的大妈，向西北方向的大路飞驰过去。

穿大街走小巷，从一个胡同钻进另一个胡同，从黄昏到天黑，李亢提心吊胆地往前骑着车，害怕前方可能会突然冒出一辆警车把他撞飞。腿越来越不听使唤，肩膀越来越沉，肋间的痛也让他呼吸急促。精疲力竭的李亢终于熬不住，身体一晃，倒在一片铁丝网围墙边。墙内是新铺了塑胶跑道的操场和沉寂的教学楼。

多少年没来这里了，李亢扶着铁丝网站起身，喘息了很久。前不久，同学们还问他教师节要不要一起回学校看望老师，李亢找了个借口拒绝了。以前种种不愉快的记忆浮现在脑海，不会因为时间流逝或者人变得成熟了就可以谅解、忘记。

李亢胡乱地抹了抹额头、下巴上淌下的虚汗，感觉嗓子眼里像被塞了一把辣椒，胃里像有一只老鼠在噬咬，两条腿抖得像筛糠。这里不宜久留，他也一刻都不想多待。在学校的那几年，唯一值得回忆的，就是和罗老师一起的时光。自从罗老师离开这里，李亢觉得这所中学对于自己已经毫无意义。

对啊，罗老师！除了他，李亢想不出谁还能帮自己。李亢眯起眼睛看清教学楼顶的挂钟指示的时间，每天这个时候，老师应该还没有离开少年活动中心。他想拉起自行车，试了三次都因为力气不够脱手了。算了，走吧，再拖一会儿，腿都迈不动了。

不到一公里的路，李亢走了将近一个小时。他步履蹒跚地走进活动中心熟悉的大门，路过一排空荡荡的教室，感到眼前的楼道在动，头顶的吊灯也摇晃起来，拖着光怪陆离的影子。他靠在墙边，觉得那些画框里的科学家都在用嘲笑的目光盯着自己。

“什么人在那里？”罗老师瘦长的身影出现在楼梯口，“李亢……你这是……”他快走几步，扶住缓缓滑倒的李亢。

“老师……快……”李亢一口气没捯上来，昏了过去。

空气清新剂的气味，混着一些消毒水的味道，还有香水味……李亢最讨厌香水味，不管是多贵的香水，只要闻了就浑身不舒服，蒋迎说这是心理阴影。李亢不懂那么多，只知道每有香水味飘过，他就会想起初中班主任一身呛人的香气，还有那张涂着脂粉、冷若冰霜的嘲讽的脸。

“无巧不成书。高子雯昨天刚丢了500元钱，今天你的书包里就多了500元。”班主任冷笑着数了数办公桌上的几张百元钞票，“不多不少刚刚好，这叫能量守恒吗？”

“这是我的钱。”李亢觉得扑鼻的香味让他想吐。

“你家得了拆迁款？能给你这么多钱？”班主任推一下眼镜，“你下次最好编好了瞎话再开口。”

“这是我攒下的钱。”李亢分辩道。每个星期一，他妈妈会给他一张百元钞票作为零用钱。最近一个多月，李亢拿到钱就藏在文具盒的夹层里。之前零碎攒下的一两百元够他每天中午吃一碗泡面及支付漫画、游戏、饮料之类的额外花销，其他能蹭别人的就厚脸皮蹭，只要能不花钱就绝对不花。他的目标是给自己那台二手电脑添两根内存条。

这事不能让爸妈知道，因为他们一向不愿意让李亢鼓捣电脑，觉得他就是在玩游戏，是玩物丧志。

“什么程序、什么硬件，不想着考大学，你整天琢磨它干什么！花钱供你念书不是让你守着电脑写那些乱七八糟看不懂的鬼画符。上大学、考公务员才是正道儿，有了铁饭碗再找个贤惠的媳妇，家里将来有没有好日子过就全靠你了。”爸妈的话仿佛萦绕在耳边。

李亢对他们说的那些毫无兴趣，但懒得多说，因为根本说不通。向父母要钱上补习班，他们不会反对，买内存条，那就万万不行。所以，他打算自己解决，反正偷偷买了装上，他们也看不出来。谁知道事情会这么巧，他昨天放学时数着五张大票子，刚沾沾自喜一番，今天就被叫到办公室，劈头盖脸地责问他为什么偷钱。

“算了我跟你说不着。”班主任一副你没救了的表情，“等你家长过来吧。”

李亢又燃起一丝希望，想着只要说实话，父母总会相信自己。他却没想到父亲走进办公室，对老师点头哈腰一番，转身回手就给了自己一个嘴巴：“小兔崽子，学什么不好，学做贼！”

“别当着我打孩子。”班主任没好气，“学校的意思是，给学生一次机会。把钱还了，也就不追究了。”

“我没偷钱！”李亢捂着被抽肿的脸，跑出办公室，一口气跑到几里地外的路边，蹲在马路牙子上痛哭起来。第一次，他感觉到了无法抵挡的恶意。

那天，他没有回家，在街上游荡了一晚。第二天，他没去学校，也没有投亲靠友，在平常总去逛的二手数码产品商店附近找了家二十四小时营业的快餐厅，从下午坐到深夜。他不知道有没有人在找他，或许像他这样的人，消失了也没什么人在意吧。

凌晨时分，李亢熬不住，趴在餐桌上睡着了。不知睡了多久，有人推他的肩膀，他抬头一看，是挂着黑眼圈的罗明亮老师。

罗老师在学校教授信息课，带信息兴趣班，管着小机房。李亢最喜欢上他的课，下课也会缠着他问东问西。但没想到，罗老师会在这个时间出现在这个地方。

“我猜你会在这里。”罗老师捶着酸胀的腿，“你爸妈都急死了，学校里的老师和同学都在到处找你。”

“找我干吗，继续回去偷钱？”李亢顶了一句立刻就后悔了。大半夜的，老师大老远跑来，自己还这么嘴贱，真是欠抽。

“钱的事，我已经搞清楚了。”罗老师依旧笑容满面，“高子雯承认说谎了。她花 600 元钱买了明星限量写真，撒谎说钱丢了。”

“可她说她丢了500。”李亢不明白。

“那天你在教室数钱，被做值日的高子雯看到了。”罗老师说，“她正发愁钱花光了怎么对父母说，所以就向老师报告说丢了500。”

“她是想让我背黑锅，拿走我的钱。”李亢气不打一处来，“我没做过对不起她的事，高子雯怎么能这样！”

“我知道你不会偷钱。”罗老师说，“我想着你这里有500，高子雯就丢了500，太过巧合，就找她谈了谈。她已经认识到错误，她爸妈说让她当众给你道歉。”

“道歉有什么用，我挨的那一巴掌怎么算！”李亢满心委屈。

“你爸爸也后悔没问清楚就打人。”罗老师耐心地说，“李亢啊，你是男孩子，不要这么小气。”

“我懂。”李亢沉默了一会儿，低下头小声说道。

那一刻，他十分感激罗老师，也明白了一个影响他一生的道理——被人冤枉了，辩解、哭泣都没有用，要拿出证据证明自己的清白或者证明是其他人犯的错。

回家，接受道歉，继续上课，生活又恢复了平静，但李亢发现自己眼里的学校、老师、同学、父母甚至整个世界都悄悄变了。唯一不变的是罗老师。他更喜欢上罗老师的课了，下课了直接跑到机房帮忙。几年后，他考上了一所中游水平大学的计算机专业，课余还是常去罗老师家叨扰。

六年前，罗老师光荣退休，被区里的青少年活动中心返聘。李亢自然而然地成了中心的志愿者和周末兴趣班老师。在他心目中，这座二十年没翻修的老楼和日渐消瘦的老师是自己最后也是最可靠的避风港。不过，他们能挡住今日的疾风暴雨吗？

针扎一样的疼痛从大腿传来，李亢哆嗦一下，睁开眼，发现自己躺在罗老师办公室的沙发上，浸透汗渍和血渍的衣服裤子都被脱了下来，扔在地上。穿着鹅黄色七分袖 T 恤和黑西裤的马澄半蹲半跪在一边，用镊子夹着酒精棉球给他清理伤口。

马澄是李亢从小玩到大的邻居，也是胡同里最有出息的孩子，考上了名牌医科大学，如今已经是区里最好的医院的主治医师。李亢记得上次见到马澄，已经是半个月前了，当时她正在装修婚房，同时盘算着出国进修。

“你这是……”他的脸红得发紫，抓起臭烘烘的衬衣挡在身前。

“我不稀罕看你。”马澄抢过衣服嫌弃地丢进垃圾桶，“不想残废就别乱动。”

“我……只是没做好和你坦诚相见的准备。”李亢一见到她，舌头就不利索，浑身麻酥酥的，像摸了电门，“你不要乘人之危，占我便宜哦。”

“伤成这样还贫嘴。”马澄给他包扎大腿，“小时候咱们光着屁股在湖里游泳时你怎么不躲着我？”

“光屁股这么粗俗的词从你嘴里说出来不合适。”李亢盯着她的长睫毛。

“我刚才咋没一针扎死你呢。”马澄哼了一声，轻轻摸了摸李亢受伤的小腿，“大亢，你是跳楼了还是被车撞了？身上到处是挫伤。”

“一言难尽。”李亢在她的搀扶下坐起来，“你怎么会在这里？”

“罗老师打电话说你一身血倒在楼道里。”马澄从药箱里拿出消炎药，倒了两片在手掌，“我想叫救护车、报警，老师说要等你醒来问清楚。”

“大晚上让你跑过来，真不好意思。”李亢得知罗老师他们没通知医院和警方，悬着的心落回肚子里。他吞下药片，喝了半杯温水，觉得自己活了过来，只是胃里一阵阵地痉挛。

“你凑合穿我的衣服吧。”罗老师从办公室里间的休息室出来，把一件白衬衣和一条灰色休闲裤搭在沙发背上。他比李亢瘦一些，但老年人喜欢买宽松的衣服，所以李亢还能穿。

“等我处理下背上的伤。”马澄绕到沙发另一边，皱眉，“你最好去医院再拍个片子，打一针破伤风。怎么会伤成这样？”

“对啊，李亢，到底出什么事了？”罗老师拉了把椅子过来坐下。

“说实话，我也没想明白是怎么回事。”李亢对他们讲了昨晚在何孟周家的遭遇，但隐去了之前去青雨山庄的那一段，更不敢提钱和宝石，只说想替邱秋收拾不是人的男朋友。具体怎么个“收拾”法，他没有明说，也不敢明说。

“突然头晕？”马澄收拾着药箱，眉头一颤。

“现在想起来，可能是凶手在屋里释放了有毒气体。”李亢说，“比如无色无味的麻醉剂。你应该能想到吧？”

“麻醉剂需要封闭空间和足够的剂量。”马澄迟疑地看了他一眼，“麻醉药起效需要时间。你确定你不是低血糖？”

“我……血糖没问题。”

“蒋迎和小邱被杀了？”罗老师的震惊溢于言表，“这么严重，你竟然到现在都没报警！”

“报警的话，他们会怀疑我是凶手。”

“为什么会怀疑你？”马澄帮李亢穿上衣服。

“我……偷偷摸摸去了何孟周家，又受了伤。”李亢硬着头皮说。马澄帮他系扣子，手隔着衬衣有意无意地碰到他的胸口，李亢觉得她的手指可能有电极，碰到的地方有一股灼热的刺痛。

“说清楚就好了。”马澄用征求同意的眼光看向罗老师，“你说那个姓何的娱记也死了？莫非凶手埋伏在他家是等他，你们只是倒霉撞上了？”

“那我们岂不是倒霉到家了。”李亢想了想，“别说，真有这种可能。”

“别胡思乱想，还是得报警。”罗老师劝李亢，“你这几次三番地逃跑，人家想不怀疑你都难了。”

“别的先不说，你不能不要命。”马澄担忧地说，“你这身体状况，至少得住几天院。”

“你们当医生的总把问题说得很严重。”李亢傻笑道，“伤风感冒也得先做个全身 CT 才肯罢休。”

“罗老师，你说说他。”马澄拉同盟帮忙。

“现在不是开玩笑的时候。”罗老师很严肃地看着李亢，“几条人命就这么没了。李亢，你以为这是你编的游戏，重置一下就好了？”

“我不是那个意思。”李亢知道自己一个人说不过他们两个，琢磨着先让老师和马澄消消气，再慢慢和他们讲自己的想法，“报警也好，去医院也好，总得让我先吃点东西，砍头前还有一顿饱饭呢。”

“我这……连泡面都没有。”罗老师发愁，“是得给你找点吃的，不然身体受不了。”

“附近的饭馆还没打烊。”马澄看表，“我去买点，老师您忙活半天肯定也饿了，我打包回来你们一起吃点儿。”

“我无所谓，年纪大了吃得少。”罗明亮嘱咐马澄，“李亢喜欢吃辣。”

“他现在可不能吃辣。”马澄起身拿起背包，递给老师一个药瓶，“我买点容易消化的给他吃。您看着他把这个吃了，这是止疼片，不吃的话我怕他晚上睡不着。”

“李亢啊，我们真的是为你着想。”马澄离开后，罗老师语重心长地规劝道，“我知道你在担心什么。”

“为你着想”，这四个字李亢从小听到大，听无数人说过。他愿意相信每个说为他着想、为他好的人都是真心实意地想他好。然而这个善意的动机，未必就真能得到美好的结果。就像父母一直说为他着想，到处找人给他介绍女朋友，却从未问过他喜欢什么样的姑娘，想过什么样的生活。因为在他们看来，他们认为好的就是好的，李亢这个当事人的感受反而并不重要。

“我想至少找到一点对自己有利的证据再报警。”李亢说。

“你这孩子从小就是这么倔。”罗老师叹息道。

“老师，您没忘六年前的事吧？”李亢看着灯下老师的满头银发，“我现在的处境，就是老师当时的处境。没有人比您更能了解我的不甘心。”

“你说的，我都懂。”罗明亮愁容不展，“当年你知道对手是谁，可现在呢？”

李亢被问住了，他很想知道对手是谁，要干什么。可如今，他并不清楚该怎么查。

“我刚和家里打了招呼。”罗老师用不容反对的语气说，“今晚你跟我回去，将就一下，明天一早我陪你去派出所。”

李亢沉默了几秒钟，扶着墙站起来，走向门口。

“大晚上的你去哪儿？”罗明亮拉住他。

“去洗手间，回来吃药。”李亢不想惹老师生气，也不想去找警察，他想等马澄回来先吃点东西补充体力，再好好睡一觉，等天亮了再想办法离开。如罗老师所说，这大半夜的，他没地方可去。“您放心，我这浑身疼得像被自行车碾过一样，想跑也跑不了。”

罗老师将信将疑却没说什么，起身帮他拉开门，紧接着突然大叫一声，差点坐在地上，脸变成比墙壁还浅的白色。李亢不顾伤痛上前扶住老师颤抖的身体，如果不是手上的感觉如此真实，他怀疑自己是在做梦。

门口站着一个人，不，李亢不知道那是不是真人。他穿着黑色的风衣、深色牛仔裤和黑色便鞋，戴着红色的棒球帽。帽子和脖子之间，是一张熟悉的硅胶脸，长鼻子、大笑的嘴，一双眼睛蔑视地透过两个黑洞看向李亢。

那是我的帽子，我的面具！

李亢瞪大眼睛确定自己看到的不是一面镜子。

05　第三个凶手

“你是谁？要干什么？”罗老师在李亢的搀扶下站起来，哆哆嗦嗦抓起手机，“我要报警了啊！”

面具人上前一步，劈手夺下罗明亮的手机，丢在地上一脚踩碎，拎着他的领口将老人推向一边。罗老师就像落在淘气孩子手里的毛绒玩具一样，被扔到沙发上，翻了个身，随后又跌落在地上不断呻吟。

李亢没来得及发出惊呼，便被一只手卡住了脖子。他的锁骨有伤，被强大的力道一压，疼得龇牙咧嘴。面具人一只手将没有还击之力的李亢按在墙上，挥拳朝着他的肋骨狠捶了几下，正打在他骨裂的位置。

李亢疼得差点昏过去，张着嘴奋力想掰开卡着他脖子的手，对方却越卡越紧，他喘不上气来，憋得脸色通红，眼前开始模糊。只听见咕咚一声，李亢感觉到压着自己的蛮力消失了。原来是罗明亮爬起来，奋力将面具人推到一边。面具人被这突然的袭击打断，左手一拳打中罗明亮的鼻子，右手从怀里抽出一只尖刀刺进他的腹部。血从罗明亮的鼻子和身体里涌出来，他身体晃了晃，瘫倒在地。

跟面具人拼了！李亢抱起沙发边花架上的一盆吊兰砸在面具人的脖子上。那人没想到李亢会反击，被砸得一个趔趄，倒地的瞬间灵敏地翻了个身，踢在李亢的伤腿上。李亢摔在沙发边，痛呼声和花盆摔得粉碎的响声在屋内回荡。面具人跳起来，挥刀刺向捂着腿大叫的李亢，李亢滚到地上躲开攻击，刀子扑哧一声划破皮沙发，里面白森森的海绵翻了出来。

李亢急中生智，抓起花盆里的一把腐殖土撒了面具人一脸，趁着面具人揉眼睛的瞬间，单腿跳到桌边，抓起马澄药箱里的酒精，果断地用烟灰缸旁的打火机点燃了瓶口。面具人见状一惊，飞身扑向里屋躲避。李亢将燃烧的酒精瓶砸在自己身后，跳向大门口。“砰”的一声巨响，火焰在屋里迅速蔓延，火灾警报响了起来。李亢步履蹒跚地在漆黑的楼道里拐了个弯，跑向活动中心后门。他每周都要来这里几趟，对地形再熟悉不过。

出后门隔着一条小路是新开业的汽配城，路边一排巴掌大的铺面租给了小饭馆、洗脚城、便民超市和小药店。听到警报声，不少人跑出来看热闹，指指点点。李亢怕面具人追过来，不敢停留，混在人群里一直往南走，一直走过三个路口，确认背后没人才停下来喘口气。

如果刚才不是灵光一现，现在他可能已经被捅成了马蜂窝。想到倒在血泊里的罗老师，李亢内心像被搅碎一样地疼。还好马澄出去买吃的，李亢不敢想如果她当时在屋里或者在他和面具人缠斗时跑回来，会有什么后果。

现在自己能去哪里呢？钱和备用手机都在脱下来的脏衣服里，警察在找自己。面具人如果躲开燃烧瓶的攻击，肯定不会放过自己。他是何方神圣？竟然打扮成自己的样子。李亢站在路灯下，茫然地看着夜色中模糊的城市。

清晨六点，青雨山庄的花草上蒙着露珠化成的寒气。走在清静的小路上，保安队长老韩感到鼻尖上像放了一块冰似的。连着两天凌晨五点起床，他觉得自己的老身板快要吃不消了。

前天晚上他值夜班，只断断续续睡了三个多小时。凌晨五点是交班前的最后一次巡逻，老韩和三个同事沿着既定路线来到温老板住的十六栋附近时，发现别墅的客厅灯火通明，透过没拉窗帘的落地窗，清晰地看到地毯上人形下的大片血迹。老韩慌了，跑过去拍窗户一不留神触发了警报，把半个别墅区的业主都吵醒了，之后唤来了警车。

昨天，一拨接一拨的记者在周围转了一天，晚上才散去。老韩被问了很多奇怪问题，有些他完全不知道怎么回答。好不容易回宿舍想睡个安稳觉，今天早上天不亮，经理打电话说警方的人还想再看看现场，让老韩陪同。

来访的是几个穿白大褂的警察，老韩知道他们叫法医。他上高中的儿子不知道看了哪国的电视剧之后，天天念叨要考法医。老韩原来觉得摆弄死人多吓人哪，可昨天看这些人似乎很神秘的样子，想着日后自家孩子要是能干这个也不错，这样在乡亲们面前说孩子办过什么上新闻的大案件，作为亲爹的他必定会很有面子。

十六栋和其他别墅没区别，现在却靠门口的警戒线一眼就能认出来。几个法医在厨房外的花园里转了一圈，从侧门进入别墅。老韩不知道自己该不该跟进去，叼着一根烟点燃了，绕着别墅转了小半圈。客厅里有人影在晃动，他们动作很快嘛，老韩吐一口烟圈，呃……为什么不开灯还把窗帘拉上了？他想到经理的叮咛，不能让这些人搞坏了房子。

老韩把还没抽完的烟丢在地上踩灭，上前推开房门。无奈大门上了锁，他拧了几下把手都没用。老韩正要转身绕回去，吱呀一声门开了，一个年轻女子出现在门厅。她白皙清秀的脸上带着一抹从容的微笑，打量一眼老韩胸前的名牌，用手拢了拢下垂到腰间的长发，转身走进客厅。

她肯定不是和刚才来的那一拨法医一起的。老韩不知道这姑娘一言不发是什么意思，追过去，只见她打开灯，蹲在落地玻璃窗边，饶有兴味地盯着窗帘下摆。地毯旁的地板上，放着一只黑色皮包。

“你什么人？”老韩紧张地拔出腰间的胡椒喷雾器。

“小心别伤到自己。”年轻女子回头看他一眼，站起来走到保险柜旁，拾起遮挡柜门的画。老韩觉得她的气定神闲里透出无形的压力，压得他喘不上气。

“怎么了？”听到动静，领队的法医张彤跑了过来，一着急手里的几张照片掉在地上。

“早啊。”黎希颖朝她招手，捡起照片。

第一张照片是一尊圆滚滚的泥塑公鸡造型，尾巴和爪子描了金粉，腹部鲜艳的彩绘被血迹污染。第二张照片是脸部的特写，左脸面颊上有一处不太深的狭长刀伤。第三张照片上是一只布满青紫和伤痕的手臂，小臂上有一处皮肉外翻的刀伤。刀伤附近有一个红色的印记，大小形状酷似扭曲的易拉罐的拉环。第四张照片是两双手的特写，左手无名指和中指，右手拇指都被折断，恐怖地扭曲着。第五张照片是后脑特写，剃光头发的皮肤上一块紫红色的凹陷伤痕格外扎眼。凹痕下方，也有个类似易拉罐拉环的印记。最下面一张照片是苍白的腹部截图，五个暗红色的刀口像裂开的山谷，三处比较浅，两处很深的可以看见刀柄在皮肤上留下的印痕，只是一瞥就令人作呕。那个可疑的易拉罐拉环的痕迹出现在侧腹的位置。

“是你啊。”法医安慰出了一身汗的老韩，“别紧张，自己人。”她摘下口罩问黎希颖，“刘局果然面子大，能请得动你。不对啊！你怎么进来的？房子三个门的钥匙都在我手里。”

“和劫匪一样，踩着打理樱桃树的梯子上了车库顶，二楼一个洗手间的窗户没上锁，一推就开。”黎希颖把照片还给她又回到落地玻璃窗边，“从那里进来可以完美避开安保系统。”

“我们一直以为劫匪是从厨房进来的。”

“在出事的那晚，正好洗手间有一扇窗户没关，这种巧合在小说里都不会有。”黎希颖问老韩，“大叔您在这里工作多久了？”

“三年多。”老韩自豪地说，“保安队里，我在这里的时间最长。其他人都是今年才来的。”

“温良一直都是一个人住？”

“早先他太太也在。”老韩回忆，“但这两年她身体一直不好，搬到郊区疗养院去了。哦，这房子的业主其实是杜女士，就是温老板的太太。”

“平时有什么人常来拜访温良呢？”

“温老板喜欢安静，很少有客人来。”老韩特意强调，“人家的朋友，我认不得。客人出入都得登记，你可以去查。”

黎希颖笑了笑，没说什么。如果是温良带回家的“朋友”，就不会出现在登记簿上。青雨山庄安保不错，但也只是面上的不错，至少劫匪进出时没遇到障碍。她透过窗户看向树荫下的小路，前天夜晚，那一带的监控拍到何孟周的画面，但整个别墅区的监控都没有拍到蒋迎和李亢，或者其他什么人的身影。看电影可以分头行动再会和，打劫分头行动就奇怪了。而且既然其他劫匪能找到摄像头的盲区，保证不被拍到，为何不告诉何孟周？他的U盘掉在凶案现场也透着不自然。就算何孟周想趁热打铁搞个大新闻，也不需要在抢劫时带着工作U盘。

“你们每天几点会在山庄里巡逻？”她问老韩。

“白天没有固定时间。”老韩说，“晚上八点，十一点，半夜两点和五点各在山庄走一圈。”

“路线是固定的？”

“对，每天转好几次，习惯了，闭着眼睛都能转下来。”老韩不知道她想打听啥。

“昨天凌晨两点，你们经过十六栋的时候，客厅的窗帘和灯是开着还是关着？”

“灯……我没印象了。”老韩努力想了很久，“窗帘肯定关着。”他终于把手心里捏出汗的胡椒喷雾塞回套子里，拔出手电筒，打开比画着，“巡逻路过别墅时我们会照一下，怕犄角旮旯藏着小偷。要是窗帘开着，温老板早就被发现了。”

“两点时关着，五点时开着。”黎希颖自言自语，用指尖把挤在一起的窗帘拉开。灰色遮光窗帘下面一片喷溅上去的血迹已经变成黑色。

“我猜是半夜两点我们走后，贼溜进来偷保险柜，温老板听见动静下楼。”每个人都有一颗成为大侦探的心，老韩也不例外，“贼急眼了，杀了温老板。哎，不对……”他摸摸脑袋，“要是我杀了人拿了钱肯定撒丫子就跑，没空管窗帘。啊，我不会杀人啊你们别乱想。”

凶手知道保安们五点会再转一圈，特意在离开时拉开了窗帘，黎希颖心想。劫匪们不仅对青雨山庄的地形非常熟悉，知道保安的巡逻周期，对温良家的里里外外也摸得清楚。房子里没有翻动过的痕迹，他们控制住温良后直接问出密码开了保险柜，说明这些人知道别墅中只有那个地方有值得抢的东西。二楼的窗户应该不是温良不小心忘了关，那洗手间在客卧，房间内的柜子都是空的，床很久没睡过人，温良不可能心血来潮跑去开窗。有熟悉猎物的内线提前进入房子帮劫匪留了入口。

这些人行动前做的功课可以打九十分，肯定是老手。不过为了五十万的现金，不值得做如此多的铺垫，金丝雀的拍卖价也不会超过五十万，而且警方向温良的助理确认过，保险柜里的重要文件都在。所以，凶手的首要目标是温良，钱只是掩人耳目的幌子。

两个助理法医过来打招呼，准备检查二楼的主卧。老韩怕将来杜女士觉得屋里少了啥东西他说不清，也跟了上去。

“温良不是被砸死的吧？”黎希颖问张彤，“我看那泥塑公鸡上有血，温良头上的伤口有带颜料的碎片。所以，凶手是用泥塑砸了温良的头。这种泥塑本来就易碎，应该不致命。温良应该是死于腹部刀伤。”

“没想到你一眼就能看出这么多。”张彤微笑。

“杀死他的刀，跟我们在何孟周家找到的那一把差不多，具体是不是还需要验证一下。”黎希颖自言自语，“这又砸又捅还折磨死者，凶手是和温良有仇，还是想从他嘴里逼问出什么？”

“我只管描述发现的事实，分析不归我管。”张彤深呼吸，把快爆发出来的疲惫吞下去。

“你多久没睡觉了？”

“忘了。”张彤困顿地眨眼，“凌晨四点做完蒋迎的尸检本来想睡会儿，临走前又看了眼温良，发现不太对劲，所以才回这里看看。”

“是他身上那个类似易拉罐拉环的痕迹吧。”黎希颖推测，“蒋迎和何孟周身上没有找到能留下这样痕迹的东西。我从李亢身上扒下的衣物里也没找到这种形状的东西。看你这样子，在这里也扑空了。”

张彤苦笑，失望地摇头。

“你去检查一下车库顶上，就能明白这伤痕是怎么来的。”黎希颖指指头上。

“房顶有这样形状的东西？”法医急切地问。

“没有。但是你检查一下屋顶的痕迹，就能明白为何找不到留下伤痕的东西了。”

“哎？”张彤不明白她在打什么哑谜。

“看天色，可能会下雨。”黎希颖提醒张彤，“迟了就来不及喽，还是快点检查吧。”她弯腰捡起地上的皮包，走出别墅。

天还没有大亮，灰蒙蒙的世界中，一道道朦胧的车灯如早起上班族的睡眼，从地铁站出来的人正快步走向目的地。早餐店散落在街边的底商中，行色匆匆的路人在飘着包子香味的便道上走过，有的不为所动，有的犹豫一秒坐了下来。

在医院对面一家快餐厅买了咖啡和汉堡，黎希颖走进住院楼，坐电梯上了七层的加护病房。两个守在门前的警员强打精神，坐直身体。秦思伟语气中的无奈和疲乏透过木门都能听得出来。

“罗老师，您这是何苦。”他站在床尾，“我不是日本鬼子，您犯不上坚贞不屈。”

罗明亮斜卧在病榻上，面色憔悴，被打断的鼻梁贴着胶布，右脸的烧伤呈现出一片蛛网似的红黑色。他腹部的伤口不深，只是流了很多血，后背和四肢取出了二十多块碎玻璃片，有几片因为爆裂时的高温，死死粘在皮肤上，医生不得不动刀子把它们割除。大火在罗明亮的脸和左手留下可怖的痕迹，医生怕伤口化脓，只得让它们暂时暴露在空气中，等伤情稳定了再去除死掉的皮肉组织，植皮都是后话了。

“我有权保持沉默。”罗明亮半闭着眼睛，“我要见律师，我有个学生就是当律师的。”

“真羡慕您桃李满天下。”秦思伟耐心地解释，“老先生您不是嫌疑人，咱就别大清早耽误律师的时间了，我只想知道昨晚发生了什么。”

罗明亮不说话，嘴角在微微颤抖。手术后大量注射吗啡缓解了疼痛，也让他的思维变得迟钝。他还没想好要怎么和警察对话，怎么说才能把对李亢的影响降到最低。

“吃早饭。”黎希颖把两个纸袋递给守门的警员，之后走进病房，将两杯咖啡放在床头的小桌上，递给秦思伟一个汉堡。秦思伟摇头表示吃不下。黎希颖掰开他的手，把汉堡塞给他。

“干什么都要先吃饱，对吧，罗老师？”她转身对罗明亮微笑。罗明亮睁开眼睛看看她，又进入假寐状态。

“罗老师，时间就是生命啊。”黎希颖走到窗边拉开窗帘，“如果昨晚我们晚到几分钟，恐怕您就见不到这么好的晨光了。”

“谢谢你们救了我，但其他的我什么都不知道。”罗明亮闭着眼说。

“您应该谢谢李亢。”黎希颖说，“要不是您的好学生破坏了我的车子，我们至少能提前三十分钟赶到活动中心。那样的话，您不会挨刀子，办公室也不会着火。如今躺在这里的，大概是刺伤您的人。”

沉默许久，罗明亮的眼皮和喉咙动了动，呼吸加速，但很快又恢复平静：“所以你们该去找凶手，而不是在我这里浪费时间。”

“要抓凶手，您得先告诉我凶手的特征。”秦思伟吃了一口汉堡，“他是男是女，多高多胖，脸上有没有胡子。”

“我不知道。”罗明亮睁开眼，“昨晚我在办公室加班，突然有个戴匹诺曹面具的人跑进来给了我一刀，还放了火。”

“您一个人？”

“对，过几天要组织孩子们参加区里的比赛，我只能加班。”

“可是您给家里打过电话，说要带一个学生回家过夜。”秦思伟毫不犹豫地戳穿谎言，“您说的学生就是李亢吧？您太太和女儿说，李亢逢年过节都会去家里拜访。”

“他……我……”罗老师编不下去了。

“罗老师，我知道您在担心什么。”黎希颖凑近他的耳边，“警察对您讲了吧，青雨山庄的抢劫杀人案，李亢是嫌疑人。您不信他会杀人，想替他争取点时间，这点我能理解。其实，李亢确实不是杀温良的凶手。”

“哎？”罗明亮睁开眼睛盯着她。

“我没骗您。温良是被别人杀死的。”

“蒋迎……不，他也不会杀人。”罗明亮艰难地摇头。

“当然不是蒋迎。”黎希颖拿起咖啡喝了一口，“真难喝。罗老师您刚做完手术不能吃东西，我就不跟您客气了。”

“李亢和蒋迎，到底怎么回事？”罗明亮受不了她故意卖关子。

“简单说吧，李亢在凌晨一点前身受重伤，逃离何孟周家。”黎希颖放下咖啡，“杀死温良的凶手凌晨两点时仍在青雨山庄。至于蒋迎，看您刚才的反应就说明他不是凶手。”

“我？”罗明亮蒙了。

“我说凶手不是李亢，您马上提到蒋迎，说明您知道他们出事那天晚上在一起。”黎希颖拉过椅子坐下，“李亢告诉过您他受伤的经过吧？不过我想他应该没说青雨山庄那一段。”

“青雨山庄到底发生了什么？”罗明亮虚弱地问。

“李亢和蒋迎，应该是因为某个原因和温良结了梁子。”黎希颖缓缓地说，“他们制订了一个一石二鸟的计划，另一只鸟便是何孟周。李亢他们将何孟周引到青雨山庄，按照提前设计好的路线进入温良的别墅，将温良捆起来打伤，拿走保险柜里的钱和一颗宝石。他们丢下何孟周的U盘，布置成抢劫现场。不过，他们离开的时候，温良还活着。”

“你等等。”秦思伟很介意地问，“你确定凶手另有其人？”

“你听我说完。”黎希颖塞给他一杯咖啡，“先别激动，那天晚上热闹得很。李亢和蒋迎自以为计划得周全，但是离开青雨山庄后，事情就开始朝着他们意想不到的方向发展。”

“李亢说，他们只是想给何孟周找点麻烦。”罗明亮挣扎着要坐起来。秦思伟上前帮他把病床摇起来一些，“我昨晚听他讲的时候，也是一头雾水。”罗明亮喘息了一会儿，断断续续地对他们讲了李亢告诉他的事情经过。

“他说看到邱秋从柜子里滚出来。”秦思伟一边做记录一边反复确认，“但没看清楚勒住蒋迎脖子的人。”

“李亢说他当时头晕目眩好像中了毒。”罗老师解释，“我就知道这么多了。”

“邱秋在你们活动中心的周末兴趣班教国画吧？”

“对，原来教国画的是蒋迎。”罗老师说，“六月底，他突然接了个很急的活儿，暂时顾不上这边的课。正好邱秋来应聘教油画，我发现她更擅长国画就说服她接了蒋迎的班。她来了之后和李亢很聊得来，好多人都以为他们在谈恋爱。李亢也是想帮邱秋才……”

“他没想到有人利用了他和蒋迎的计划。”黎希颖说，“在他们离开后潜入别墅杀死温良，把罪名推给他们。”

“会不会……就是昨天那个戴面具的？”罗明亮猜测，“他想杀人灭口。”

“有可能。”黎希颖话锋一转，“说到面具，您刚刚说的是‘匹诺曹’？”

“你小时候没听过那故事？”罗明亮斜眼，“说谎话的小木偶鼻子会变长，偷懒变成驴子，被蟋蟀和仙女点化……”

“我知道‘匹诺曹’是什么。”黎希颖拿出在何孟周床下找到的硅胶面具的照片，“我好奇的是，见到这样的面具，一般人不会直接联想到‘匹诺曹’，顶多说小丑、木偶之类。‘匹诺曹’这个名字，对您来说是不是有特殊的含义？”

竟然被她发现了。罗明亮心虚地闭上眼，把脸扭向床的另一边。

那件事可不能说。自己一把年纪，死里逃生，倒也不在乎什么脸面。只是李亢的嫌疑刚有洗清的苗头，一旦让他们知道那事，不知道还会牵扯出多少事。六年了，他没敢对任何人提事情的真相，心里的苦闷和担忧，也只有他自己知道。

还记得那也是中秋前后，一场大风降温，院子里几棵树的叶子都快掉光了。办公室里冷得像超市的生鲜区。

“老罗，咱们认识二十年，你是什么样的人我清楚。”于主任胖胖的脸上都是不解，“你当时是中了什么邪？”

“我不知道……”罗明亮缩着肩膀，眼睛看向脚尖，头还是疼得厉害，好像被人揍了一顿似的。到底发生了什么？他试图回忆，但脑子里只有一片空白。

张丽惠最近每天下班都来办公室找他，她在帮罗明亮张罗中心购买电脑的事，偶尔两个人会聊聊工作外的事情。在罗老师眼里，二十出头的小张只是个孩子，和自己教过的无数学生一样。她性格活泼，和谁都有说有笑的，偶尔会开过火的玩笑。老于曾私下提醒过罗明亮，男女同事之间最好保持距离，罗明亮觉得他想太多了。

那日下班后，和往常一样，张丽惠来找他，塞给罗明亮一兜子水果，说是老家种的，还非要给他削一个苹果吃。罗明亮几番推拒不成，就同意了。张丽惠切了两个苹果，去贩卖机买了饮料。两个人边吃边聊……后来……罗明亮只记得自己被尖叫声惊醒，看见清洁工刘大姐大喊着逃跑。当时他一个人躺在地板上，没穿裤子，手里抓着一条橙色的裙带。

“刘大姐和方大姐都看见小张哭喊着跑出你办公室。”于主任拍桌子，“我眼看她跑出楼门时，连衣裙的扣子都没来得及扣上。老罗！你倒是给我说清楚啊！”

“我没……”罗明亮不知道该说什么，因为他说不清楚。

警笛声，杂乱的脚步声，老于办公室的门几乎是被撞开的。罗明亮不记得自己是怎么被带出楼门推进警车的，只记得李亢奋力分开看热闹的人群跑过来，在他耳边说的话：

“什么都不要说，我来帮您摆平。”

罗明亮不知道李亢能做什么，只是似懂非懂地点了点头。罗明亮被带到派出所审了一夜，疲劳、恐惧和头疼令他痛不欲生，早忘了李亢说过什么。从民警的只言片语里，罗老师梳理出了张丽惠的说辞。

她下班时路过罗明亮的办公室，发现他还在屋里，就和平常一样进去打招呼，顺便把老家寄来的水果分给他一些。罗明亮问起采购的事，张丽惠如实回答，其间，两个人一起吃了水果喝了饮料。当谈话结束，她准备起身离开时，罗明亮突然抓住她的手，很露骨地向她求欢。罗明亮见张丽惠不从，就制服了她企图……

“他的岁数和我爸差不多，我只是把他当长辈。”张丽惠哭诉，“我想着还要在活动中心工作，不好撕破脸。他竟然把我按在沙发上，动手脱我的衣服……”

按张丽惠的供词，她怕招来其他同事让自己难堪，所以不敢大声叫喊，只想推开罗明亮。但对方毕竟是男人，即使岁数大了，力气也比她大得多。她觉得硬碰硬没希望，只得假意答应，趁罗明亮放松警惕才敲晕他逃了出来。

为什么我什么都不记得……罗明亮陷入绝望。他知道自己绝对不会做如此禽兽不如的事情，但拿不出任何证据反驳。清洁工大姐和他关系很好，总不会故意陷害他。罗明亮绝望地靠在冷冰冰的座椅上，一头撞死的心都有。

“您要没做，人家为什么会豁出脸面来告你？”民警一句话噎得罗明亮哑口无言。对啊，张丽惠图什么？他想了一夜，没有答案，只叹自己一辈子小心翼翼地做人，莫名其妙地晚节不保。

第二天中午，民警来开门。罗明亮以为要正式逮捕自己移交拘留所，结果民警让他做个血液检查，等结果出来就可以走了。在派出所楼道里，稀里糊涂的罗明亮看见两个女警扶着戴了手铐、精神恍惚的张丽惠往里走，还以为他在做梦。

派出所的同志告诉罗明亮，今天天不亮他们接到群众举报，说附近小区有人吸毒、藏毒。他们火速赶到电话中提到的地址，只见张丽惠神志不清地瘫在自家地板上，身边丢着用过的吸毒器具，还有几包白粉。在一间起居室内，民警找到化学玻璃器具和麻黄碱。麻黄碱是制作毒品最主要的原料，未经提纯的毒品因为成分驳杂容易导致吸食者陷入昏迷或者神智混乱。

“我不记得昨天下午的事，难道是……”罗明亮顿生疑窦。

“看到那玩意我们也觉得可疑。”民警解释。因为张丽惠完全无法回答问题，只得先送她去医院检查。为查清毒品来源，他们检查了张丽惠的手机，意外找到一段16秒的视频。

视频里，只穿着上衣的罗明亮一动不动躺在地板上，手里攥着一条橙色的裙带。拍视频的人绕着他转了半圈，动作平缓。视频的拍摄时间是昨天下午五点左右，周围的沙发、花架一看就是罗明亮的办公室。

“张丽惠说自己是逃出来的。”民警说，“逃出来就不可能有时间拍视频，所以她有说谎嫌疑。今天上午，她恢复神智后接受了讯问。”

“她怎么说？”

“她声称不记得昨晚回家后的事，否认制毒，但承认把毒品混在饮料里，陷害你。”

“为……为什么……”罗明亮大惊。

“她可能是毒品吸多了，精神状态特别不好，很多事还没问清。”民警送罗明亮到门口，“她甚至忘了什么时候拍的视频。”

“老师，我来接您。”李亢迎上来，感谢民警为民做主。

“你怎么来了？”罗明亮这才想起李亢昨天说过替自己摆平。莫非……

“罗老师，上车吧。”蒋迎从路边的一辆福特车里探出头。

“师母在家包饺子等你呢。”李亢几乎是把罗明亮塞进车后座的，他自己跳上副驾驶座，催促蒋迎快点开车。

“你们这是……”罗明亮感到不太对劲。车子启动，放在他身边座位上的一个纸袋子倒下，一只硅胶面具和一顶红色棒球帽从里面滚了出来。“这是什么！”罗明亮被面具的长鼻子和黑洞洞的眼睛吓得一哆嗦。

“前些天为了化装舞会在网上买的。”李亢满不在乎地笑笑，“匹诺曹，您给我讲过的故事，没想到这次派上点用场。”

“我也想要一个面具，怪好玩的。”蒋迎大笑，“我们不如就叫匹诺曹好了，听起来够炫酷。”

“你们到底做了什么？”罗明亮感到背后一阵发凉。

李亢和蒋迎相视而笑，没再说什么。

罗明亮回家休息几天后，照常去活动中心上班。但他从此再没见过张丽惠，只听说她挪用了买电脑的钱，担心被罗明亮察觉，打算先下手为强，将他送进拘留所然后设法把挪钱的事栽赃给他。所有人都说罗明亮运气好，有惊无险，可他越想越觉得这里面有问题。在他的再三逼问下，李亢终于承认视频是伪造的。

视频里躺在地上的人是穿着与罗明亮一样上衣、带着假发的李亢。因为李亢与罗明亮身材相仿，拍摄环境是办公室，再经过电脑处理，只要不拍到正脸，看视频的人自然而然地认为那有点模糊的昏暗画面中躺着的就是罗明亮。他们是在晚上潜入办公室拍的视频，显示的拍摄时间是用软件伪造的。

李亢想通过恐吓让张丽惠吐出实情，便准备潜入她家。保险起见，李亢灵机一动戴上了匹诺曹的面具和棒球帽。他潜入张丽惠家后意外发现，张丽惠居然在制毒，他知道麻黄碱制成的毒品纯度不够会造成神智混乱，于是给她注射了一些自制毒品，再把视频复制到她手机上，打匿名电话报警。

“我们的本意是弄死那个贱货。”李亢说这话时表情很平静，“没想到她的命那么硬。但只要警察看到视频和毒品就会怀疑她的人品和供词。”他用手掐掉吊兰的枯叶，“不过还真有点后怕，万一她想起有人把她按在床上注射……还好那毒品够劲儿，把她脑子洗得差不多了，看来以后真得戴好面具。”

“你疯了！”罗明亮浑身发抖。

“我只是想在最短的时间内把老师弄出来。”李亢说，“而且毒品是她自己制作的，她抵赖不了，昨天明摆着是要陷害您。”

“清者……自清。”罗明亮念叨。

“算了吧，老师，于主任和您二十年的交情，还不是信了那贱货。”

李亢嗤笑，“警察也是凡人。她说得有鼻子有眼，由不得他们不信。”

“假以时日……”

“时间拖得越久，信她的人越多。人活一张脸啊，老师。一旦大家都信了您是个老色鬼，就算我能找到证据证明她是陷害您的，还有什么用？”

罗明亮无言以对。他和李亢约好把真相烂在肚子里，却隐约地为李亢的未来担忧。罗明亮了解李亢，知道他肯定不是说着玩。果然……想到是因为自己的缘故让他们走上这条诡异的路，罗明亮心里很不是滋味。他私下隐晦地劝过李亢几次，夜路走多了总会撞见鬼，可那孩子表面满口答应，一转脸就全都忘了。如今，不知道那孩子怎么样了。

“罗老师，李亢会去哪儿呢？”黎希颖似乎读懂了他的心思。

“我……不知道。”罗明亮不敢睁眼。

身穿白大褂的女医生推着整齐摆放着药品、注射器的小车走进来，见屋里有人，露出不悦的神色。

“病人需要休息。”她给罗明亮量体温，“你们该讲讲人道精神。他是犯人吗？”

“不是。”秦思伟注意到她胸牌上的名字是马澄，职位是主治医师。

“那就请出去，让病人安静一会儿。”马医生拿起药袋挂在输液架上，替换已经快流空的两个袋子，“你们都有家人朋友，他们要是受了伤，你们难道不是让他们静养，还要问东问西？”

“我们这就走。”黎希颖歉意地点点头，“罗老师，有人想杀您的学生……”

“我真不知道他在哪里。”罗明亮执拗地说。

“你们听到了？”医生语气里的怒意更重。

“不好意思，还有一个问题。罗老师，昨晚除了您和李亢，还有谁在办公室？”黎希颖不肯轻易放过罗明亮，追问道。

“凶手啊。”罗明亮直视她的眼睛。

“您知道我不是这个意思。”

“就我们两个人，没有别人。”罗明亮坚定地回答。

马澄将病床周围的帘子拉开围成一圈，算是彻底下了逐客令。

“他在说谎。”退出病房，秦思伟低声说，“罗老师肯定还隐瞒了不少内情。真不知道这老先生怎么想的。”

“他不知道能不能相信我们。”黎希颖和他并肩走向电梯，“也可能有什么难言之隐。”

“他的学生在被人追杀，而且他已经见识过凶手的厉害，竟然还不说真话。”

“罗老师可能知道李亢目前很安全，所以不必对我们说太多。”

“他被送进医院时心跳血压几乎降到零，一直抢救到凌晨四点。谁会告诉他？”秦思伟努力回忆，“罗明亮被送入病房后，我们的人也一直守在病床边。”

“而且他醒来之前没有任何人接触过他，包括医生和护士。除非李亢和罗明亮之间有心灵感应，否则即使李亢脱身后找到安全的藏身之处也不可能通知罗明亮。”

“他不是真的未来战士，哪儿来的心灵感应！”黎希颖说，“你没发现罗明亮已经接到通知了吗？”

“什么时候？”

“换药量体温是护士的工作，马医生亲自过来，不是太敬业，就是有其他不得不来的理由。”

“她……可能是现场烧扁了的药箱的主人。”秦思伟明白了，“李亢经过昨晚的偷袭，身上的伤应该更严重了。他最需要的除了藏身之处，还有医生。”

“查查马医生的底细就知道了。”黎希颖抬头看着电梯面板上缓慢变化的红字，“家人朋友受伤了需要静养，这话既是说给我们听的，也是说给罗明亮听的，暗示他的朋友在静养，很安全。”

“罗明亮坚称昨晚办公室里只有他和李亢，是怕我们缠住马医生，顺藤摸瓜找到李亢。”秦思伟揽住黎希颖的肩膀，“和你比心眼儿，是他们不自量力。”

“我又不是马蜂窝，哪儿来那么多眼儿。”黎希颖说，“马医生不会蠢到把李亢藏在自己家，但只要盯着她，肯定能找到李亢。”

叮！电梯门慢慢滑开，老严低头按着手机从他们身边走过，一声不吭拐向右侧楼道，被秦思伟揪了回来。

“玩游戏还是炒股呢？”

“股市还没开盘。”老严抬头，“哟，秦队，我这给你发信息呢。何孟周前女友的地址找到了。”他抻了抻衣领，“费老劲了，差点把我给逼死。”

老严昨天查到邱秋去派出所报案时留下的电话和工作单位信息，但是电话关机。他辗转找到邱秋工作的广告公司，得知六月初的时候，邱秋已经辞职。同事和前任老板并不知道她是跳槽了还是回老家了。曾经和她关系最好的一个小姑娘记得邱秋在城北租了房子，但她实在回忆不起来几个月前听了一耳朵的地址。

“小姑娘说她辞职后不久就断了联系。”老严诉苦，“跑了一下午，只落下一身臭汗。”

失望透顶的老严离开广告公司，刚走到楼梯口，小姑娘拿着个纸袋追了上来。邱秋离职时给大家带了自己做的点心。点心味道不怎样，但小姑娘顺手把装点心的纸袋放进了抽屉。袋子上印着一家餐馆的地址和电话，应该是邱秋新家附近，她常叫外卖的一家店。

“你们这些年轻人啊，吃喝拉撒都上网订。”老严感慨。他谢过小姑娘，直奔地址上的餐馆。晚饭时间，餐馆里招呼客人、打包外卖忙得脚朝天，老板很善良地留下老严的电话，答应闲下来就帮他查记录。

老严抓肝挠心地等到晚上十一点多，终于收到餐馆老板的短信，邱秋住在距离餐馆三公里外的名筑晓苑 7 号楼 1702，最近两个月每周至少叫三次外卖。经常为这个区域送餐的外卖员看了老严提供的照片立刻就想起这个漂亮的妹子。

“你把信息转给我就行了。”秦思伟看手机，“没必要大早上跑一趟。”

“我听说未来战士的老师逮住了。”老严看看幽深的楼道，“这回可别让他跑了。”

“跑不了，有人盯着呢。”秦思伟问黎希颖，“怎么样？去邱秋家看看？”

“你这叫休假？比上班还忙。”

“多动手多动脑，预防老年痴呆嘛。”

艳阳当空，树影婆娑，一只篮球蹦蹦跳跳地滚进脚边的草丛。李亢抬脚拦住还想继续旅行的球，弯腰把它捡起来。

“谢了，哥们儿。”穿着红色球衣的少年从场上跑下来，接过他手里的球，抹一抹圆脸上流淌的汗水。

“就是他！”伴随着一声大叫，一个体态消瘦，头发耷拉到黑色眼镜框边的少年大步走进球场，身后跟着几个保安。

李亢下意识往后退了一步。眼镜少年气势汹汹，揪住红衣少年的背心。“蒋迎！闯进木村三赛房间的就是你！”

“文旭太郎你今天没吃药吧。”红衣少年推开他。

“我昨晚路过外教公寓时看到一个人偷摸溜出来。”眼镜少年撩头发，“就是你。轰多哒（日语音译，“真的”的意思）。”

“胡扯什么。”红衣少年嗤笑，“外教公寓外面那条路的路灯那么暗，以你戴眼镜坐第三排就看不清黑板的视力，能看到谁？少血口喷人。”

“你确定是他？”保安不敢不信也不敢全信，斜眼看眼镜少年。

“肯定搞错了。”李亢插了一句，“昨天蒋迎和我们一伙儿同学在校外酒吧，天亮才回来。”

“纳尼（日语音译，“什么”的意思）！”眼镜少年吃惊，“你谁啊？”

“计算机系大二的。”李亢给保安看学生证，“昨儿有球赛，我们约了好多同学一起看球。不信你们可以去问。”

“你确定看到的就是他吗？”保安把证件还给李亢，扭头对眼镜少年严厉地说，“我们已经报警了，你可别乱咬人。”

“我……”眼镜少年语塞。

“肯定看错了。”李亢拍一下红衣少年，示意他和自己一起离开。二人丢下气不打一处来的保安和红着脸解释的眼镜少年，走出球场。

“刚才多谢了。”红衣少年伸出手，“我是工业设计系的，也是大二，我叫……你已经知道了。”

“李亢，不用谢。”李亢和他握手，“那说话莫名其妙的是日本留学生？”

“他倒巴不得自己是倭国人的种。”蒋迎咋舌，“他叫文旭，大一的，太郎是我们给他起的外号。因为他成天就是日本这个好，日本那个好，日本就是比中国好。”蒋迎跑去小超市门口的自动贩卖机买了两罐可乐，递给李亢一罐，“这学期开始他每周都去蹭我们的日语选修课，跟屁虫一样黏着上课的外教。”

“真够贱的。”李亢喝一口可乐，“我看他那嘴脸就不是什么好东西。”

“日本好不好不关我的事，就是看不惯他那孝子贤孙的德行。这才学几天日语，话都不会好好说了。”

“今天是怎么回事？”

“昨天晚上，有人闯进外教木村的公寓，把里面的家具砸个稀烂。”蒋迎说，“好多学生背地里都说痛快。那日本佬，总拿出国交换勾搭上课的男生。我前不久就撞见文旭大半夜从外教公寓出来。”

“砸了公寓，没人看见或者听见什么？”

“昨天有球赛啊，外教们也都相约出去喝酒看球了。”蒋迎很郁闷，“昨晚我去西山拍星星——延时摄影，选修课的作业。谁知道文旭会诬陷我。”

“他为什么咬你？”

“就是上次那事，我看见之后和几个同学说了，大家私下调侃他来着。”蒋迎想了想，“其实我觉得保不齐就是文旭干的。木村之前好像答应帮他争取出国交换生的名额，但是最后公示没有他。”

“他知道你昨天去山里摄影？”

“嗯，昨天我带着薄羽绒服去上课，同学笑我来着。”蒋迎啐一口唾沫，“他是算好了时间栽赃我，可惜我没证据。”

“有些事不需要证据。”李亢心里一动。他抬头看着蒋迎，发现对方的脸上是心领神会的表情。

深夜，蝉鸣阵阵，一个消瘦的身影走在僻静的小路上。两条黑影从黄杨木墙后跳出来，套在头上的麻袋捂住了不成调的日语歌，四只脚轮番狂踢，木棒如捣蒜般砸在扭动哀号的身体上。

“什么人？”几个下了晚自习的学生听到异动跑过来，只看见地上痛苦蠕动的“麻袋”和消失在楼角的黑影。

“嘿，痛快！”一口气跑到半公里外的宿舍区。蒋迎靠在楼前小花园的一棵柿子树上，长舒了一口气。

“他能猜到是我们。”李亢揉着发麻的虎口，“明天有人问起，就说去我家了。”

“没问题吧？”

“没事，我和胡同里俩朋友打过招呼。”

“那就好。”

蒋迎转过身，语气突然变得生硬，眉眼间浮现出恐怖的笑意。那张圆圆的脸在黑暗中转动起来，变成一只巨大的晴天娃娃。李亢想喊但喊不出来，只是头晕目眩，动弹不得。晴天娃娃发出鸟叫般的笑声，惨白的裙角飘起来，扭成握着明晃晃刀子的触手的样子，刀尖向前一探，刺入李亢的左胸。

06　面具杀手

李亢猛地睁开眼，感到浑身冷冰冰的好像泡在水里，伸手一摸，原来都是冷汗。他小心地坐起来，裹紧被子，看着身边粘着死蚊子的白墙和布满蜘蛛网的天花板，好一会儿才回过神，意识到刚才只是一场噩梦。

床边的小板凳上，放着一袋牛角面包、一盒牛奶、一只正在充电的安卓手机，还有几张红色钞票。这些应该是马澄留下的，李亢心里一热。

昨夜，李亢仓皇逃出活动中心时，只想着跑得越远越好，远离身后的火焰和滚滚黑烟，躲开杀气腾腾的面具人。他只跑出半公里，就累得动不了了，站在路边被冷风一吹，被恐慌搅成一锅粥的脑子忽然清醒了很多。自己漫无目的地在城里逃窜不是个办法，隐身在一两千万人之中固然不容易被找到，可是身无分文加上行动不便，能不能熬到天亮都是问题。

路边不远处，警务站的灯光让心灰意冷的他有过一时的犹豫，这么逃下去，最后不是被面具人找到杀死，就是被自己的伤拖累死，最好的结果似乎是落入警察手里。

要不……去自首？李亢呆呆地看着那盏灯，耳边阵阵警笛声和消防车的嘶鸣声好像在催促他快点下决心。街上的人被混乱吸引，一下子多了起来，指指点点、窃窃私语或是大声议论。李亢总觉得他们的目光有意无意地飘向自己。

最可怕的事情，不是危险、疲劳或者伤痛，而是看不到希望。不知道自己的坚持到底有没有价值，正如眼前看不到远方的黑夜。夜，尚有尽头，毕竟黎明总会来到，阳光会赶走黑暗，世界会从沉睡中苏醒。李亢不知道自己期待的光明在什么地方。他一直在逃，想着活下去，守住自由。曾经，他以为找到何孟周就能抓住峰回路转的机会，可是现在，他根本不知道发生了什么。罗老师说得对，自己连对手是谁都不清楚，反而被人家处处占了先机。老师……李亢捂住隐隐作痛的胸口，都是因为自己的异想天开，害了一直无条件支持自己的老师。

都怪自己太自信。当年帮罗老师躲过一劫，李亢心里别提多高兴了，高兴自己也有点用处，不只是一味地接受老师的照顾，更高兴自己的机灵应对竟然骗过了所有人。

“我们就叫‘匹诺曹’吧！”蒋迎这句话在他心里萦绕了很久。说谎是不好的，鼻子会变长。可是，如果谎言可以帮无辜的人解除痛苦、摆脱灾难，李亢觉得自己的鼻子没什么要紧。

世上有很多像罗老师这样的人，有时会无端落入陷阱，有苦难言。从小到大，李亢和蒋迎因为家境不好、学习一般，没什么出众之处还有些不合群，常常被怀疑做了坏事，就算事后澄清，换来的也不是道歉，反而是嘲讽，每次都让他们自己好好反省。凭什么要我反省？李亢每每怒火中烧却无力辩驳，他知道为这种事争吵毫无意义。

那就做点有意义的事，李亢对蒋迎说。一开始，他们都有些游戏的心态，成功地做了“坏事”没被发现，比起帮助被冤枉的人，兴奋感更强烈。几年过去，他们渐渐觉得自己很了不起，甚至有点救世主的飘飘然。当然，除了感激涕零的无辜群众，他们也遇到几个温良这样狼心狗肺的家伙。处理这些家伙，看着他们哭喊求饶的㞞样，李亢和蒋迎有难得的快感。

有那么一段日子，李亢觉得自己在不可告人的“副业”里找到了摆脱无聊人生的乐趣，走在街上，看着来来往往的人群，想着他们绝对不可能知道这庸碌世界背后的刺激，竟有一种“众人皆醉我独醒”的窃喜。

当李亢把那一大袋沉甸甸的钞票塞进何孟周床下时，心中的窃喜还在发酵，但随后就和软弱无力的身体一同狠狠地摔落，到如今连渣滓都不剩。人习惯了高看自己、小瞧别人，直到被现实好好教育一番才能悔悟。是时候结束痛苦了，李亢挪动着不住发抖的腿，虽不甘心，但不知还有什么办法可以突围。

黑暗里突然伸出一只手死死抓住李亢的胳膊，他条件反射地挣扎，双腿一软坐在地上，抬头看见马澄又惊又喜地盯着自己。她的齐耳短发被汗水浸湿，一绺一绺的，像刚从游泳池里出来的样子。

“大亢，老师怎么了？”马澄把他拽起来，“着火，警察和救护车……你怎么在这里？”说着她“哇”的一声哭了出来，“吓死我了。”

“有人要杀我。”李亢怕在这里哭喊会引起不必要的麻烦，将她拉到路边的花坛坐下。

听完他的简短叙述，马澄揉揉红彤彤的鼻子：“我刚才在饭馆听到有人喊活动中心着火了，抬头就看见有黑烟往外冒，赶紧往回跑，远远看见消防车已经来了。”她大喘气，“我们医院救护车也来了，我看见有人被推上去但看不清是谁。我想回医院去，但是街上堵死了，打不到车。”

“有人被推上救护车？”李亢抓住她的肩膀，“罗老师，还是凶手？”他心怀希望，但不敢多想。

“我不知道。”马澄伸手抹掉脖子上依旧往下流的汗珠，“我得马上回医院去问问情况。你怎么办？”

“你忙你的去吧。”李亢失落地站起来，看一眼警务站的灯光。

“等一下。”马澄挡在他面前，“你刚才跟我说的，都是真的吧？”

“你也不信我了。”李亢苦笑，真想一头撞死在路灯杆子上。

“我信你才问！”马澄急得跺脚，“你好好想想你刚才说的。凶手有刀，他把你按住了，为啥不一刀杀了你？他对罗老师可一点都没手软。”

“这……”李亢一愣。对啊，为什么呢？凶手有机会捅死自己却没下手，后来拔刀也只是往自己肩膀的位置插，看样子只是想让自己没法行动。

“我觉得他的目的并不是杀你。”马澄说，“他捅了罗老师是不想他碍事。凶手好像只想打伤你，然后抓住你。”

“你这么说……”李亢心头的疑云在扩大。

“你要去自首吗？”马澄按着他的手，“大亢，我信你，但是我保护不了你，凶手不知道藏在哪儿伺机杀你。蒋迎的事，那娱记和他女朋友的事，再加上罗老师……只要你没杀人，警察一定会查清楚的。”

“可……”李亢此时犹疑不已。

“如果你不想自首就跟我走吧。”马澄扶着他的胳膊。

“去哪儿？”

“你别管了，跟我走，先找个安全的地方。”

“不行，我把罗老师害成那样，不能再害你。”李亢挣扎。

“走吧！”马澄的语气异常坚定。李亢知道，自己没办法对她说不。

从活动中心往西南三四公里，胡同越来越窄，两侧的房子越来越破旧。高矮错落的砖墙顶着参差不齐的瓦片，偶尔能听到几声狗叫。这里是人们口中的棚户区，是城市里一片凋零的风景。

李亢和马澄都是在附近长大的。至今他仍然怀念儿时爬上大槐树摘槐花，从冰凉的井水里捞出泡了一晚的苹果，和小朋友们分食的乐趣。那时候的日子真是没心没肺，有的吃、有的玩就是幸福。

长大了，一切就都变了，原来觉得可以捉迷藏的小巷曲折得可爱，如今却因为它变成贫穷的标签，心生厌恶。多少年前就说拆迁，到现在还是没有动静。估计这片土地和生活在这里的人们，早就被繁华的大都市抛到脑后了。

推开一扇小门，马澄扶着李亢走进黑漆漆的院子。

“我叔叔一家搬去郊区了。”她打开房门，“他儿子在那边买了楼房。这里的房卖不出去，拆迁也没个准时候。这里平时没人来，你可以放心躲在这儿。”

这小院是过去大杂院中的一角，院子北边是两间砖房，南边是厨房厕所。怕引起邻居的注意，他们只开了一盏小台灯。掀开家具上鬼影一般的防尘布，马澄扶李亢在床边坐下，伸手解他的衣扣。

李亢下潜识地躲闪了一下。

“我看看你的伤口！”马澄扒开他揪着衣领的手，“装什么良家妇女！”

“我真没事。”李亢抑制住乱跳的心，“你去医院看看吧。一想到罗老师我就……”

“唉……”马澄叹气，“先好好想想你自己吧，你到底得罪什么人了？”

“我……一时想不起到底得罪了谁。”李亢敷衍道。

“如果凶手的目的不是杀你而是抓你，说明他想从你身上得到什么。”

从我身上得到什么东西……那颗宝石……李亢感到后背被针刺了一样。

从何孟周家逃出来时，他身上什么都没有，只有从温良家保险柜里顺走的那颗宝石。他不知道那是什么，值多少钱，但或许那就是凶手想要的。因为除了宝石，李亢实在想不出自己身上还有什么值得别人惦记的东西，包括这条贱命。

“你想到什么了？”马澄注意到他的反应。

李亢不知道该怎么对她说，只是摇头道：“头疼。”

“那你睡会儿。”马澄扶他躺下，“别到处乱跑，等我消息。”

她走后，李亢努力想让自己停止胡思乱想，睡上一会儿，但一闭上眼睛就噩梦连连，即便如此他还是疲惫地陷入了睡梦中，一夜之间不记得惊醒了多少次。马澄肯定回来过，但李亢一直在梦魇和半清醒之间挣扎，完全没有印象。

李亢彻底清醒后吃了几口面包，喝了半盒牛奶，感觉身上舒服了一些。手机里有一条留言，告诉他罗老师已经脱离危险，但是被警察盯上了，在追问他的下落。

果然还是不肯放过我。李亢蹒跚着来到窗边，看着院子里堆积的杂物，心想不能再被人当兔子似的撵着跑了。昨夜乱了方寸，现在想来，落入警察手里或许能说清何孟周家的事，但温良的死，还有之前的那些“秘密”肯定全都会被翻出来。到那时，自己不会有什么好下场，自由就彻底别想了。

经过马澄的提醒，李亢已经想明白了，对方还不想杀他，至少在对方得到想要的东西之前，他是安全的。既然如此，李亢觉得还有机会和对方斗一斗，兴许可以反败为胜。虽然宝石已经不在他手中，但显然面具杀手并不知道这一点。

想要那宝石的，一定是熟悉温良的人。打开小黑盒子前，李亢并不知道有这么一颗宝石。蒋迎也不认识那东西。蒋迎找人帮忙查过温良，或许问题就出在帮忙的人身上，而且昨天面具人准确无误地出现在罗老师办公室门口，说明他很清楚老师的作息习惯。嗯，肯定是自己和蒋迎的熟人，会是谁呢？蒋迎信任的熟人，除了外号“咸鱼”的发小，还有几个道上的朋友。李亢偶尔也找几个黑客密友做事，不过这次调查温良，他没用自己的关系。

真是头疼。李亢拿起手机，登录了蒋迎的社交账号。几个月前蒋迎账号被盗，他帮忙找回来之后就劝他换个复杂的密码。蒋迎想不出来，李亢就帮他设了一个暂时的密码，没想到这家伙懒得要命，一直就没再换过。

“咱俩谁跟谁，我不怕你看我账号。”每次被问起，蒋迎都是满不在乎的样子。

蒋迎的好友列表里有两百多人，可惜看不到叫咸鱼的备注。李亢浏览了一遍蒋迎最近三四个月内发的所有状态，发现有九个人每条都给他点赞，应该是关系最亲近的朋友了。有三个他之前见过，也加过好友，肯定不是咸鱼。李亢把其他几个人的账号一一点开，发现其中两个人是话痨，每天发十几条状态，从吃吃喝喝、旅游风景到心灵鸡汤、娱乐八卦无所不有；还有两个人隔三岔五地晒娃，似乎生活没有其他重点。李亢觉得这几个人应该不会杀人，什么状态都发的人性格基本都是大大咧咧的乐天派，杀人对他们而言只是社会新闻里的谈资；把心思都放在孩子身上的，更没空儿考虑杀人，除非你抓了他家孩子。

剩下的两个人都在蒋迎的主页和他频繁互动，但从来不发状态，或者发了状态屏蔽了蒋迎，看起来是非常在意隐私的人，但这并不代表他们不会杀人，只看朋友圈是看不出多少名堂了。这两个人的备注一个是“吴诚宇”，另一个叫“于敬”，名字里都有类似“鱼”的发音，或许他们之中的一个就是蒋迎经常提到的“咸鱼”。该怎么找到他们呢？

李亢心里着急，身体也静不下来，坐立难安。他靠在床头，把被子卷一卷压在腰下，只凭一个社交账号根本找不到任何突破口，真是一筹莫展。李亢真想直接发消息约对方出来见面，但是他明白这是非常愚蠢的想法。既然他们都是蒋迎的好友，这时候应该已经知道他的死讯。用蒋迎的账号联系，对方肯定会被吓坏，如果真是凶手那就会打草惊蛇。不管是哪个结果，只要人家报警，自己的嫌疑就又加重了几分。

找其他人打听呢？蒋迎的家人和两个与蒋迎关系不错的同事他倒是见过几次。可惜自己如今是嫌疑人，他们不知道真相必定恨死自己了。李亢心想，贸然去见面，他不被打死也会被扣下交给警方，问什么都得不到答案。

要不……偷偷通报给警方让他们去查？还是算了，自己也说不清这两个人是不是“咸鱼”，更不能肯定“咸鱼”背叛了蒋迎对他们下杀手。他心急得像是在烤架上翻转，就差撒上一把盐和孜然了，可愣是想不出一点办法，他气自己没用，怒吼一声抓起被子蒙住脑袋。

“你闹什么呢？”马澄打着哈欠走进来，把手里提着的水果和一个大纸袋放在桌上。她回家换过衣服洗过澡，不再像昨夜离开时那么憔悴。因为工作的原因，马澄很少化妆。但李亢看出她擦了一点粉，想努力遮住疲累，却效果不佳，原本很健康的小麦肤色显得黑黄，没有光泽。

马澄削着苹果听李亢讲完自己的苦恼，若有所思地点头："找人这种事，咱们可是搞不定。"她切下一块苹果，用刀戳着送入口中。

"我还以为你是给我削的果子。"李亢做出气鼓鼓的夸张表情。

"德行。"马澄耸鼻子，又吃了一块苹果，不搭理他的撒娇。

"老师怎么样了？"

"那么大岁数，挨了一刀，又被火烧伤了，一大早还被围着盘问，想想我就有气。"马澄放下水果刀，"不过有个好消息，我听他们说已经认定你没有杀人，你不用再继续躲躲藏藏了。"

"谁？警察？"李亢吃惊。

"嗯，我听罗老师转述的，具体怎么回事还不太清楚。"马澄嘴里嚼着苹果，"反正听说他们相信杀那个电影公司老板，叫……什么来着？"

"温良。"

"对，警察说你和蒋迎没杀他，蒋迎也不是你杀的。"马澄推李亢一下，"这下你就不用提心吊胆了。"

听完这话，李亢没有感到欣慰，反而疑惑重重。他清楚地记得温良要扑向窗边时，自己抓起电视柜上的泥塑公鸡将其砸倒，血溅得到处都是，地毯、窗帘……还有自己的裤子上，现在想起都仿佛能闻到血的腥臭味。那时温良明明快死了，为何警察说不是他和蒋迎杀的人？

或许……他们是为了引诱罗老师吐露和自己有关的内情，故意这么说的。看马澄那高兴劲儿，李亢想她和罗老师都上当了。但想这样也好，如果他们知道自己是杀人犯，肯定会失望、害怕，甚至再也不想搭理自己了，而且说不定还会把自己的一切都抖搂给警察。

“你怎么看起来不高兴呢？”马澄注视着李亢低垂的眼睛。

“他们盘问你没有？”李亢打起精神。

“没，他们不知道我昨天在办公室。”马澄说，“老师没告诉他们，怕他们跟着我找到你。我已经告诉老师你现在很安全，让他安心养着。”

“那就好。你今天当班？”

“我今天休息。”马澄打哈欠，“我和主任打了招呼，他给我行了方便，我才见到罗老师。现在警察盯得很紧，我晚上再去一趟，看看老师的状况。你有什么打算？真要找那条咸鱼？”

“我只是想把事情搞清楚。”李亢看她恹恹欲睡的样子，感到心疼，“你别管我了，回家睡觉吧。”

“没事，我经常上夜班，习惯了。”马澄想起什么，转身打开纸袋，拿出一条休闲裤和一件长袖 T 恤衫，“赶紧把老师这衣服换下来吧，扣子都快让你撑掉了。”

“一会儿再换。”李亢接过衣服有点介意地问，“这不是史佳平的吧？你……有没有把我的事告诉他？”

史佳平是卫生局的公务员，今年刚提了副科长，国庆节就要和马澄结婚了。李亢打心眼里不喜欢这个青年才俊，虽然也说不出他哪里不好。

“我跟他说不着。”马澄酸酸地说，“我们分手了。衣服是路上买的，我记得你的尺码。”

“分了？”李亢差点说太好了，但很理智地忍住，“好好的怎么就分了？原来定的十一办喜事，红包我都准备好了。”

“前几天刚分的。”马澄平静地说，“你知道，我打算出国进修。大学的老师给我介绍了那边的学校。”

“嗯，你说过，结完婚就准备出国。”

“其实我是想着，在那边学个一年半载熟悉一下，如果有可能，就不回来了。”马澄拿起个苹果在手里玩，“可史佳平说不通，他说是不同意我出国，其实是舍不得副科长的位置。听说他们局长给他口头承诺明年有升科长的机会。”

“所以你们……就分了。”李亢窃喜不已。

“本来我是打算婚期延后，大家冷静下。”马澄怒道，“谁知道他背地里找了我们院长，把我进修的名额给了别人。等我发现这件事已经没办法挽回了，所以这种人我惹不起躲得起，趁着还没结婚赶紧分了干净。”

“分得好！”李亢终于敢说出心声了，“你这么好的条件，不愁找不到对象。有的是人排队等着呢。”比如……他心里想着，却没说出来。

李亢很想告诉马澄，他心里一直装着她。过去，她交的男朋友不是连年奖学金得主，就是像史佳平那样的书香门第。李亢虽然自以为不差，但只能维持生计，偶尔赚点外快也是辛苦钱。他觉得自己怎么都配不上马澄，所以从没对她有任何表示。如今，她倒是恢复自由身了，可他的前途一片渺茫，甚至还不如从前，就更不敢开这个口了。

“你怎么了，发烧了？”马澄发现李亢的脸色通红，伸手摸他的额头，“有点烫，是不是着凉了？”

“没事，就是伤口闹的。”李亢恨自己没出息。

“哎，我有办法了。”马澄拍手，“找咸鱼。”

“什么办法？”李亢有些迷惑。

“我去找蒋迎的爸妈，他们肯定认识他的发小。”

“人家又不认识你，凭什么对你说。”李亢摆手，“你可别乱来，万一让他们起疑就糟了。”

“我不认识他们，但我和蒋迎还算熟悉。”马澄眼睛发亮，“大亢，我就说我是蒋迎的女朋友，但是还没来得及见家长，我觉得他们会信我。”她翻一翻手机，“我这里有几张之前和蒋迎一起去唱歌、郊游的照片。”

“这……行吗？蒋迎他爸有高血压，你可别吓到他。”李亢不太肯定。蒋迎的爸妈一直希望他早点结婚，催了很多次，他们肯定愿意相信儿子交了个当医生的漂亮女友。马澄这主意乍看有点馊，细想还真是可行。

“作为朋友，我也该去看看他们。”马澄认真地说，“我知道骗人不好，但是……这也是没有办法的办法了。”

“你打算怎么向他们问咸鱼呢？”

“还钱。”马澄想了想，“我一会儿去取点钱，就说是蒋迎想自己创业开工作室借了一些钱。创业这想法是真的，蒋迎身边的朋友都知道，他爸妈应该也知道。”

“他从咸鱼那里借了钱，你打算亲自还给人家。”李亢赞赏她的聪明。

“但是我们刚交往不久，还没见过咸鱼。”马澄继续编着剧本，“所以需要叔叔阿姨给我联系方式。”

“他们要是说，把钱留下由他们转交呢？”

“我就说还是我亲自去比较好，也想和蒋迎的好友聊一聊，多了解他的过去。”马澄说，“总之我会想办法让他们给我地址和电话。

我每天在医院和各种各样的人打交道，医闹也遇到过几次，我应付得了。”

“听你这么说，应该靠谱。”李亢考虑片刻，“不过你一走，他们可能会联系咸鱼，告诉他你要找他。这是人之常情嘛，但这么一来就穿帮了。”

“确实。”马澄盯着墙角的蜘蛛网，突然笑了，“没关系，我要来联系方式，当着他们的面给咸鱼打电话。”

“你不怕穿帮？”李亢从不知道马澄如此大胆，敢想敢干。

“由我联系倒是不怕穿帮。”马澄解释，“如果咸鱼说他没借钱给蒋迎，我可以说是记错或者听错了，再联系别人。反正最终是要到他的姓名、电话和地址了。”

“假设他贪心，或者动了歪心思，顺杆儿爬呢？”

“那更好，我就约他出来。”马澄说，“到时候咱们给他来个关门打狗。”

“妙啊，小澄！”李亢感叹，“你这智商让我对人类的未来又燃起了希望。”

“快拉倒吧！”

这时，马澄的手机响了。她看一眼来电显示，笑容立刻消失了，跑到院子的一角去接电话，大概五六分钟后才悻悻地回到屋子里。

“是不是老师有什么不妥？”李亢紧张起来。

“不是医院。”马澄收起手机，“是你妈。”

“她……找你什么事？”李亢更紧张了。

“担心你呗。”马澄坐下，“昨儿警察去你家了，你妈一夜没睡，担心得要死，怕你在外面遇到危险。”

“你告诉她了？”

“没有，我没敢说。”马澄叹气，“老太太打了一上午电话了，把她能想起来的所有你的熟人问了个遍。我听着嗓子都哑了，不知道是急的还是说话太多。”

“哦……”李亢不知道该说什么好。

“哦？你这啥反应！”马澄轻轻戳他的胳膊，“大亢，要不……你想办法和家里联系一下吧，不能让他们干着急。”

“我是为他们好。”李亢突然觉得，轮到自己用这样的理由真是讽刺，“警察可能监听了我家电话，我这一联系，他们就成了同谋。”

“监听不至于。”马澄摇头，“再说你可以打网络电话或者用模拟号码发个短信，这种不容易追查，还是你告诉我的。”

“我……”

“我觉得他们只要听见你的声音，或者看到一条短信也就不用那么担心了。”马澄劝李亢，“警察已经认定你没杀人，不会盯你家盯那么紧啦。”

“这可不好说。”李亢心想警察就是想让你放松警惕，上当了就坏了，“我一会儿给我妈发个消息试试。”

“这就对了嘛。”马澄喜笑颜开，“把蒋迎家的地址给我。”

“你这就去？”

“当然是越快找到咸鱼越好。”马澄好像比他还着急，“免得夜长梦多。”

她离开后，李亢换上新衣。大小刚好，精细纺织的面料贴着皮肤很舒服。李亢觉得心里的不安随着那不合身的衣服一起被脱了下来，扔在墙边。不知道马澄能不能成功查到咸鱼的真身，但至少有了希望。对，只要有希望，一切看起来就没那么糟糕。

李亢推开吱嘎乱响的门走进院子，发现天还是那么蓝，风中依旧是秋天特有的干爽味道，好像阳光晒过的棉被。院外一棵核桃树的枝丫跨过院墙，沉甸甸的青色果实压在枝头，让他想起小时候去邻居家偷核桃，被人家看家的黄狗撵出几条胡同的惊险。只可惜那棵树今年春天被砍了，说是要补种石榴，也不知道种了没有。

李亢掐指一算，原来自己已经几个月没有回过家。上次和父母通电话是什么时候？好像是端午节吧，自己从网上订了粽子给他们送到家，人却没回去。

其实他家距离这里并不远，步行也就是十几分钟。

要回去看看吗？李亢拿不定主意。他不知道见了父母该怎么解释自己这几天的遭遇，而且，如果他们知道自己在生死攸关的时候选择去找罗老师，选择接受马澄的安排，却没有找他们求助，应该会对自己很失望吧。无所谓了，很多年前，他们对自己这个不争气的儿子已经放弃了所有希望。李亢一阵心酸。听马澄的描述，他没法不担心母亲的状况，如果打听不到自己的下落，母亲可能真会病倒。

那么，回去？嗯，与其打电话、发信息，还不如回去。李亢这才意识到，人最难面对的不是生死，而是不知如何安放的感情。

“房子是四月中旬租出去的。”冯大叔打开名筑晓苑 7 号楼 1702 的房门。他今年刚满 60 岁，十几年前炒黄金、炒股赚了不少钱，干脆辞了工作，把所有投资变现再加上老家拆迁的补偿款，一口气买下名筑晓苑 7 号楼十七层的六套房子，自己住一套，出租五套，过上了舒舒服服的包租公生活。

1702 是一套六十多平方米的一居室，精装修，摆着简单漂亮的家具。冯大叔对邱秋的印象不错，偶尔会叫她到自己家和老邻居们一起喝茶、打牌。

“邱秋出啥事了？竟然把警察招来了。”大叔把钥匙递给秦思伟，站在门口往里探头。

“她是一个人住？”秦思伟请他进来说话。

“对，我没见别人来找过她。”大叔走进门厅，站在小地毯上，他看过电视，不能在现场留下脚印，否则会被怀疑，“不过她肯定是……嘿嘿。”

“嘿嘿？您这是哪儿的方言？”秦思伟好奇。

“我是说，她那么年轻，从小地方来，家里又没几个钱。”大叔露出暧昧的笑，“邱秋本来有个工作，不怎么赚钱所以就辞了，之后几个月，她都没找新工作。你说，她哪儿来的钱？我们小区的房租可是周边最贵的。”

大叔记得邱秋来租房子时，只是进屋看了一圈，便立刻交了半年的房租和物业费。当天下午，她拉着一个小旅行箱就住了进来。

“反正不是她有能来钱的营生，就是有人愿意给她花钱。”大叔做得意状，“我旁敲侧击问过她。可她并不懂什么投资，也没啥一技之长。一个漂亮姑娘还能怎么赚大钱呢？明摆着的，嘿嘿。”

“您刚说从来没见有人来找她。”秦思伟提醒大叔这一切只是他的猜测。

“这事儿我也奇怪呢。”大叔承认，“她白天偶尔出门，晚上就宅在家中。只有一两次，我早锻炼时看她从外面回来。这姑娘长得是不赖，也会打扮。你说她要是……嘿嘿，可不就是她那样的。”

“大叔，邱秋是内向型，还是活泼型的？”一进门就直奔卧室的黎希颖推着个小旅行箱走出来。

“邱秋挺会来事儿的，嘴甜。”大叔笑眯眯地说，“不过你要是招惹了她，她可是得理不饶人。”

六一儿童节那天，楼下王二姐家的胖小子来邱秋家玩，不小心弄坏了她客厅里的一个泥娃娃。大家都说小孩子无心之失算了吧，邱秋却不答应。

“小孩子不懂事，大人得懂事。”大叔一手叉腰一手捏着兰花指学邱秋的语态，“从小习惯犯了错就算了，长大了他还真以为自己干什么都不用负责！那怎么可以！”

“她说得没错。”黎希颖问大叔是不是茶几上没了一只耳朵的兔儿爷。

“就是那个。”大叔讪笑，“我看不怎么精美。邱秋说那是她朋友给她专门做的，全世界独一无二。”

“结果呢？”

“她当场开手机上她朋友的网店。”大叔摊手，“找到一个大小类似的纯手工定制兔儿爷，王二姐只好掏钱。两千三百多，我的乖乖，我一辈子没见过那么金贵的兔儿爷。”

“纯手工，又是独一无二，再贵一倍的都有。”黎希颖放下兔儿爷。

“嗨，事后想啊，弄坏人家东西是得赔。”冯大叔说，“只不过当那么多邻居的面儿，王二姐被一个小姑娘训得下不来台，场面可真够难看的，再说小孩儿也不是故意的。”

“尊老爱幼，首先老的小的得自尊，不是说老人或者小孩做了什么错事，都可以用他的年纪摆平。当然了，邻里之间的磕碰可以私下解决，当众撕破脸是不太雅观。”黎希颖笑道。

“是啊，是啊，你没看见王二姐当时那脸色。”冯大叔撇嘴，“后来好长时间，她都不和邱秋说话。我看邱秋倒是无所谓，照样和大家有说有笑。”

“所以说，邱秋和邻居的关系相处得还不错？”

“嗯，那可不嘛，我们这儿可是和谐社区。”大叔认真地问，“不过，邱秋到底咋了？这好几天没见她回家，还以为出去旅游了。”

“您为什么觉得她是旅游去了？”黎希颖问。

“上个星期，我看她买了这个回来。”大叔终于肯离开小地毯了，他犹犹豫豫地走到旅行箱边，“我问她是不是要出门，她很开心地说要出远门。”

“她没说要去哪里？”

“没有……哦，对了！”大叔竖起一根指头，“她告诉我不再续签租房合同了。我当时还抱怨她应该早说，好另找租客。现在想租房子的多，来看的也多，真掏钱的却少。她一走，我这房子至少得空一两个月。”

“她说过她哪天搬家了吗？”秦思伟忙问。

“她说房租到期就走。”大叔看看窗明几净的房间，“我可没催她搬家。”

“谢了啊，冯大叔。”秦思伟客气地欠身。

“明天会有人来看房子。”大叔关切地问，“看你们这架势，我这房子还租不租？”

“邱秋的租约什么时候到期？”

“19号，还有两天。”

“那就缓两天，等19号以后再带人看房吧。谢了，大叔。”秦思伟再次致意。

“好吧，钥匙你拿着，不用急着给我。”大叔走到门外，恋恋不舍地回头看了一眼，才关门离开。

“邱秋到底有没有嘿嘿呢？”秦思伟学冯大叔的口气玩笑道。

“至少她对李亢说了谎。”黎希颖好像很喜欢破损的兔儿爷，拿在手里看了又看，“如果李亢对罗明亮说的都是实情。”

“邱秋四月就和何孟周分手搬到这里，她身上的伤肯定不是何孟周家暴的结果。”秦思伟走进卧室，“而且邱秋没告诉李亢她辞职的事。”

房间不大，单人床上铺了鲜花图案的床罩，窗帘上也是一片花草。梳妆台摆着面霜、化妆水，还有一本翻开扣在台面的爱情小说。左侧抽屉里的用了没多少的粉底是进口的贵妇品牌，几个眼影都是超市开架货，两只唇彩一支用了一半，是开架货，另一支还很新，和粉底是同一个牌子。右侧抽屉里有几只发卡和颜色各异的头绳，两个红色漆盒内总共有一条项链、两个戒指和两个项坠。

“这是宝石吗？”秦思伟捏起项坠。

“是染色的玻璃。”黎希颖接过项坠对着阳光看看，“另一个也是假的。戒指上镶嵌的倒都是钻石，可惜也就10分大小，不值钱。”

“所以要说她嘿嘿，也不太像。”

“得看她嘿嘿的对象是什么人。”黎希颖扣上盒子，“有些土豪不缺钱，但不懂宝石。对他们来说买个大金镏子比什么都合算。”

“可是邱秋这里没有金镏子。”秦思伟继续翻抽屉，“冯大叔的怀疑不无道理，邱秋在搬过来之后，明显不缺钱花。这和她原来与何孟周在一起过苦日子，付不起房租比，差别太大了。”

“何孟周说过，邱秋有了别的男人。”黎希颖走进洗手间，“可是这里只有她自己的私人物品，邻居也没见过有人来找她。”

“可能新男友身份比较尴尬，不想被人知道——比如有家室的男人。他们在别处见面，小心地不被发现。”

“那么她对李亢说谎，把他的注意力引向何孟周的理由呢？”

“报复何孟周对她的伤害，或者……何孟周知道她的什么秘密。”秦思伟猜测，“她想借李亢的手除掉他。”

“她怎么知道李亢会帮她呢？”黎希颖继续抛出疑问，“如果只是每周在活动中心见面的朋友，顶多能指望他帮忙打何孟周一顿出气。那样的话，没准会刺激何孟周，对她反而更不利。”

“我好奇何孟周捏住了她什么样的把柄，照片和视频只是她骗李亢的说辞，何孟周的电脑和手机中并没有发现那样的文件。”

“那就要看邱秋打算隐藏什么。”黎希颖关上洗手间的灯，回到卧室，“我总觉得她顶替蒋迎并不是偶然，认识李亢不是偶然，找李亢帮忙更是别有用心，就像知道他一定会帮自己设计何孟周一样。”

蒋迎的同事知道他偶尔会接私活儿赚钱。六月时突然接到一个做商业策划书设计的大甜活儿，他还和朋友们炫耀一番，请客吃饭。但过了几个星期又听说对方不满意蒋迎的设计，生意黄了。在蒋迎无暇顾及活动中心课程的时候，邱秋去找罗明亮应聘，顺利成为活动中心的国画老师。这样的时机把握，再考虑到她在活动中心和名筑晓苑表现出来截然不同的性格，很明显那个在李亢和罗明亮眼中温顺可爱、楚楚可怜的邱秋是装出来博得他们信任的。

可她为何要把李亢和蒋迎拉下水？更重要的是，她怎么知道他们可以成为对付何孟周的工具？黎希颖觉得，既然何孟周握着邱秋的把柄，她的目的未必只是将他推入囹圄，更可能是杀人灭口。毫无疑问，她的目的已经达到了，但这并不是李亢和蒋迎设计的结局。他们和何孟周一样，都是这场阴谋的猎物。

猎食者是谁呢？邱秋和她的神秘男友？

这里面还有几个问题。第一个问题是如果邱秋和神秘男友联手可以杀掉何孟周和蒋迎，并险些让李亢丧命，那邱秋就没必要拉这两个人进来，自己和男友直接干掉何孟周就行了。一个计划，参与的人越多就越容易出纰漏。莫非……从一开始李亢和蒋迎就是她的猎物？但从李亢对罗明亮的叙述看，他们和邱秋之前并无瓜葛。另一个问题是，罗老师跟他们的叙述中提起过，李亢在何孟周的家中看到邱秋的“尸体”从柜子里滚出来。这一点印证了“衣柜女人”的推测，但她如果是猎食者或者猎食者的同伴，怎么会在衣柜里？这个女人身上疑点重重，一时难以梳理清楚。

黎希颖打开邱秋的衣柜，她的衣服和化妆品类似，简直可以说泾渭分明，大部分是网购的，目测单价不超过一百元。但挂起来的三四套新衣服都是私人定制的牌子。

“邱秋这两天肯定没回家。”秦思伟点开手机上物业传来的刷卡记录，“她会去哪儿呢？”

“你首先应该问，她还活着吗？”黎希颖关上衣柜。

“有几种可能。”秦思伟分析，“我们已经知道邱秋骗了李亢，但并不清楚邱秋那天晚上为何会在何孟周家。她潜入何孟周家，遇到真凶，对方怕她破坏了自己的计划，将邱秋打倒，塞进柜子。”

“但是没想到李亢后来撞了柜子，邱秋掉了出来。”

“对，但是我们没法判断她到底死了没有。”秦思伟又想了想，“也有可能是她进入何孟周家后，凶手来了，邱秋情急之下自己钻进柜子。”

“那样的话，李亢撞到柜子她就不会掉出来。”黎希颖摇头，“掉出来的邱秋也不会躺着不动。她又不是负鼠，擅长装死。我认为邱秋进入柜子时要么死了，要么失去了意识。现在的问题是，事后她去了哪里。”

“要么是她自己离开，要么是凶手将她带走的。”秦思伟说，“如果凶手只是不想让她碍事将她打晕，事后完全可以留她在现场。”

“所以凶手没管邱秋就走了？”黎希颖觉得不合理，“邱秋醒来，看见地上的尸体，扭头也跑掉了？”

“那就是凶手把她带走了？”秦思伟也觉得不太对路，“那么邱秋很可能还活着。如果她死了，凶手似乎没理由单独把她的尸体带走，而留下其他人的尸体。”

“如果是凶手带走了邱秋，说明他还想从这个女人身上得到些什么。”

“这女人接近李亢和蒋迎看似有她的目的。”秦思伟一夜没休息十分疲惫，此刻被一大堆的问题搅得头疼，“她和冯大叔说不再续约，收拾东西打算出远门，看着就是办完什么见不得人的事准备跑路的样子。”

“不知道她和凶手之间有没有关系。”

“要说没关系我不可信，两人同时出现在何孟周家，都知道李亢和蒋迎的计划，像约好了似的。而且若是完全没瓜葛，凶手也没必要带走她。但你要说他们认识……好像又不是一路的。”

07　消失的女人

“那天晚上到底发生了什么？”黎希颖也感到一筹莫展，“李亢说自己见到生死不明的邱秋，见到有人想勒死蒋迎。但是第二天我们赶到何孟周家时，见到的是何孟周和蒋迎的尸体。邱秋被凶手带走可以说得通。何孟周是怎么回事？”

“是啊，蒋迎和李亢都不可能杀何孟周。他显然是在他们遇袭后被杀的，法医也证实了，他们俩的死亡时间前后差了三四个小时。”秦思伟在屋子里转了几圈，严肃地说，“现在可以确定，在李亢和蒋迎袭击温良后，第三个人进入别墅杀了温良。根据法医的判断和保安的证词，他是在凌晨两点左右被杀的。”

“温良胳膊上的环形痕迹是第三个人留下的，所以现在找到的物证里没有发现能留下那样痕迹的东西。”黎希颖点头，“我让法医去查看车库顶，那里发现第三人留下的脚印。这人才是杀温良的真凶。”

“他选择的时机刚好在李亢他们离开后，说明早已知道他们的计划。”

“连进入的路线都一样，不知道就怪了。”

“那他也一定知道，那两个人会去嫁祸何孟周。”

“你的意思是……”

“假设你是这个人，想干掉温良并且把一切都栽赃在李亢和蒋迎头上。你会怎么做？”

“一个办法就是联合何孟周。”黎希颖思考，“让李亢和蒋迎以为自己得逞。何孟周在他们离开青雨山庄后抄近路回家埋伏，伏击二人组。那么邱秋……她和伏击组应该不是一伙的。”

“我就是这么想的。”秦思伟点头，“何孟周打晕邱秋，防止她碍事。在他勒毙蒋迎时，没想到李亢逃跑了。而他的同伙并不清楚此事，还是按计划去杀了温良。”

“法医说温良身上的刀伤，就是蒋迎手里的那把刀造成的。但是他腹部的刀伤出血量很大，那把刀上的血迹残留却很少。”

“难道是，杀死温良后，凶手把刀子带到何孟周家。又杀死他，伪装成他与蒋迎互杀的样子。除此之外，凶手还带走了邱秋。”

“为什么要杀死何孟周？”

“他肯定是不想让任何人知道自己的计划，杀人灭口。带走邱秋，可能是想通过她寻找李亢的下落。李亢不死，他的计划就有破绽。”

“所以你认为这人就是闯入活动中心刺伤罗明亮的人？”

“罗明亮看到他戴着匹诺曹面具。在何孟周床下的钱袋子里，我们也找到了类似的面具。虽说是网上随意可以买到的面具，但肯定不是巧合。”

“可邱秋在整件事里扮演的角色还是说不清，包括她接近李亢的动机，还有钱的来源。”

“嗯，从我们发现衣柜女人的影子开始，她的出现、她的失踪，都感觉很别扭。”秦思伟又看了看四周，“这女人，到底是哪一路的？”

“你刚才的分析有几个问题。”黎希颖提醒他，“凶手让何孟周对付蒋迎和李亢，我感觉不太可靠。要是换上你，杀了他们绰绰有余。

何孟周不算健壮，一对二……就算突然袭击，成功率也挺低的。”她伸手比画了一下，“同时对付两个人，最好的武器是刀子，一人一刀干脆利落。为什么又选择用绳索？”

“这个……”秦思伟答不上来，“显然他们在杀人的技巧方面没你懂得多。”

“还有，凶手为何进入温良家补刀？”黎希颖不搭理他的挑衅，“他是确信李亢和蒋迎不会杀死温良吗？”

“温良遭受了虐打。”秦思伟说，“我觉得凶手是要从他口中逼问出什么事，得到满意答案后才下了杀手。”

“你别忘了，蒋迎和李亢是要嫁祸何孟周的。要完成嫁祸，他们得杀了温良。”黎希颖伸手擦擦脖子后长发下的汗水，“他们不能给何孟周塑造一个同伙。若温良活着，会告诉警方袭击他的是两个人。”

“啊……”秦思伟惆怅，“这么说是有点怪。凶手需要温良活着，才能问出他想要的信息，总不能赌二人组失手。”

“可他的所作所为，似乎很确定二人组杀不了温良。为什么？”

“这可真是……说不清了。”

“说不清的不止这些。”黎希颖盘算着，“这些人你杀我、我杀他，图什么？杀人总得有动机。凶手折断温良三根手指，想得到什么？他又想从邱秋身上得到什么？”

“这些人都有不可告人的秘密啊。”秦思伟思索，“比如李亢和蒋迎。罗明亮肯定知道他们的底细，但不肯说，而且我觉得李亢对罗明亮也没说实话。”

“你指的是他说自己头晕差点倒在何孟周家。”

“他被送进医院后，医生给李亢验过血，没发现中毒的迹象。他随身的物品，法医都提取了样本送去化验，目前为止，没发现有毒物痕迹。”

“在何孟周家找到的东西呢？”

“包括那两支手电，都送检验了，没检测出有毒物质。总之不能确定他说谎，但也没证据支持他的说辞。”

“他如果在说谎，肯定是要掩饰什么。”

“这些人啊，一个个的，活得像捉迷藏。”秦思伟伸手揉揉双肩，“别忘了，李亢只对罗明亮说要帮邱秋对付何孟周，但他并没有对老师提去过青雨山庄以及在温良家发生了什么。这人的话不可全信。”

“藏头露尾，心里有鬼。他没杀温良和同伴却拼命要逃过警方追查，肯定还是做过什么，怕自己进去就出不来。”

黎希颖转身走出邱秋的小卧室，再次拿起茶几上的兔儿爷。

“你喜欢就买一个呗。”秦思伟很少见她对什么东西如此感兴趣。

“我总觉得这两天在哪里见过这样的东西。”黎希颖把兔儿爷翻过来，看到底下印着个二维码，拿出手机扫了一下。

兔儿爷的制作者自己注册了工作室和网店，承诺每件作品都是手工制作、传统工艺。网店里的陈列品价格一个比一个贵。最受欢迎的除了各种造型的兔儿爷、兔儿奶奶，还有十二生肖。最贵的是定制礼品，可以根据客人的要求制坯子、上色、勾金，需要将近两个月才能做好。因为手工制作费时费力，店里的商品种类非常少。

用手指刷了一下屏幕，黎希颖对着页面中间的图片一笑。圆滚滚的泥塑大公鸡，炯炯有神的大眼睛，鲜艳的羽毛红、绿、黄褐相间，尾巴和爪子描金，羽毛间也绘有一些金色线条。

“我就说在哪里见过。”她指着店铺里的大公鸡商品图说道，“砸了温良脑袋的公鸡，色彩、描金、造型都和邱秋的兔儿爷相似。果然是一个人做出来的。”

“这你都能看出相似？”秦思伟看看大公鸡，又看看兔儿爷。

“你看这红色，不是正红，比橘红更鲜艳，应该是店家自己调出来的。”黎希颖放大图片给他看对比，“就像我们店里的咖啡，自己调出来的口味，其他地方找不到。”

“温良……邱秋，难道神秘男友是他？”秦思伟骇然。

“记不记得路上我跟你说，有人在温良那里给李亢的二人组做内应。”黎希颖放下兔儿爷，“内应和温良肯定关系密切，摸清他家的一切，找到合适的进出路线，还特意留了扇窗户给二人组。”

“那房间没人住，所以难说窗户上的锁是什么时候被打开的。可能是几天前或者是一两个星期前。温良住着老婆的别墅，对婚外情必定严防死守地保密。就算传言属实，也不可能是邱秋，怎么想都觉得有问题。”

“邱秋和温良有染，为了钱算计他，勉强能说得过去。”黎希颖说，“情妇图的就是钱，不论她们怎么解释自己心中有爱，给温良这样的软饭专业户做情妇，都没什么前途可言。为钱赌一把，可能性很大。但如果是这样，她绝不会是李亢的内应。李亢他们不可能信温良情妇的话。”

“而且他们一旦知道邱秋是温良的外遇对象，就不会帮她算计何孟周了。”秦思伟打开空空如也的冰箱，又关上，“反正邱秋骗了李亢嘛。说不定她就是温良安插到对手身边……哎，不对！”他懊恼地拍自己额头，“被自己绕晕了。邱秋就算表示要反水，二人组也不会轻易相信。”

“我还是更倾向于内应反水。”黎希颖轻轻点头，“这个人是李亢二人组非常相信的对象，但不可能是邱秋。”

“不过邱秋只想要钱的话，完全可能动其他心思。”秦思伟想到另一种可能，“她知道二人组的计划但没提醒温良，反而打算顺水推舟，坐收渔利。所以她去了何孟周家，目的是想拿走抢来的钱。哎，有这个可能！”他再次“袭击”自己的额头，“想拿钱的邱秋被打晕塞进柜子，事后凶手认为她可能知道温良的更多内幕，所以将她带走。”

“你的意思是，这女人利用二人组把前男友和现任情人都害了。”黎希颖捂嘴笑，“真有想象力。”

“最毒妇人心。”秦思伟看见她脸上表情的微妙变化，“我不是说你啊，你心眼儿最好了。”

“你想太多了。”黎希颖伸手抚着他的胸口，“我们只猜测邱秋和温良有关系，其实，邱秋可以骗李亢，她也可以骗温良嘛。”

“你的意思是，她不是这两头的同伙。”秦思伟抓住她的手。

“如你所说，这些人都有不可告人的秘密。”黎希颖走到客厅中间转了一圈，“他们活得像捉迷藏，想尽办法掩盖自己的另一张面孔。”她抬起头，阳光透过玻璃窗照在她的脸上。

人为什么不能活得阳光一些？他们从小生活得虽不富足，但至少衣食无忧，日子过得平淡却平静；偶尔会和家人、朋友、师长闹别扭，可是更多的时候还是开心地在一起；也许不是想做什么就可以做什么，至少不想做的事可以选择少做、不做。久而久之，他们忘了，或者说从来想不到，世上还有很多人见不到阳光。

人和人之间，根本就没有什么感同身受。不论你自诩多么善解人意，但事实是，走不到那种境地，永远不会明白身处其中的他人为何会做出让你瞠目结舌的选择。你彷徨，想找个简单的答案，所以开始嫌弃他们愚蠢、不努力，鄙视他们自暴自弃，腹诽他们企图用贫弱绑架你的好心，其实是想占你的便宜。你在日记本上写着善良是自己的艰难选择，却不知不觉把和你不一样的都当成人性本恶的示范，当成阴险的敌人。一番挣扎之余，你希望他们赶紧回火星去，远离你的世界。反正他们身处黑暗，不是因为你挡住了太阳。

这么想错了吗？善良确实是一种艰难的选择。不是所有人在任何时候都能承受这种艰难。极端的如战场，生死一线之间，你的善良要以自己和战友的生命为代价。能不分时间地点的保持善良太难了。

黎希颖一直羡慕秦思伟，觉得他具有这种潜质。而她自己，无论如何是做不到的。在看过那么多被践踏得连皮毛都不剩的善良之后，还能笃信善良的价值，比坚持善良更不容易。

邱秋应该坚持过善良吧。在她离开校园，和男友挤在那阴冷的出租房时，她和他，肯定有过靠着自己的努力改变一切的向往。那时候的他们，心中还是有善良的吧。可是后来，大家都变了，离梦想越来越远的何孟周选择用暴力逃避世界对自己的打击，他打错了对象，也打碎了那个女人心中可能仅存的善意。很多人并不是不想活在阳光下，只是他们更受乌云的眷顾。

那么，放弃善良可耻吗？黎希颖觉得自己没法回答这个问题。每个人放弃善良或许都有自己的原因，比如不知身在哪个阵营的邱秋；比如用着大舅子拉来的钱，住着老婆的别墅，却偷偷搞婚外情的温良；又比如“行侠仗义”的二人组。黎希颖清楚地知道，一旦跨过那条线，一定会越走越远，到最后要承受的可能比坚持善良还要多。

“邱秋这是打算去南方吧？”秦思伟打开了旅行箱。箱子里面有几条裙子，单鞋，两罐防晒霜和一支防蚊喷雾。行李还没收拾好，看来邱秋在失踪前还没有确定离开的时间，多半是因为还有没料理完的事情。箱子里没有夹层或者暗层，所以没发现什么值得关注的线索。

大门被悄悄地推开，冯大叔探头进来：“你们还没走，正好。”他几乎是踮着脚尖走进屋子，“我刚才回家和我老婆说起邱秋，她说曾经看见有人和邱秋在街对面的咖啡馆见面。我觉得是个要紧的情况，你们得听一听。”

“什么样的人？”秦思伟合上旅行箱盖子，站起来。

“去我家吧。”大叔招呼他们，“让她们自己说，刚才吵吵嚷嚷的，差点把我耳朵震聋。”

“她们？”

“那些老娘儿们……啊，不好意思。”大叔察觉自己失言，脸一红，“我老婆叫来了她的几个老姐妹，都是小区里的志愿者。走吧……”

冯大叔和老伴郑阿姨住在一套大二居里。楼上的孟大姐，楼下的孙阿姨，还有隔壁楼的胡姐此刻都围在红木八仙桌旁嗑瓜子，聊着东家的孩子、西家的狗，隔壁小区业主和物业又闹了什么别扭。

“来来，坐下喝口水。”冯大叔倒了两杯茶。

“老头子真是的，人家年轻人谁爱喝茶。”郑阿姨晃着圆滚滚的身躯走到冰箱边，拿出两罐果汁递给客人，“随便坐啊，别客气。你们来是为了邱秋啊，她怎么了？”

“邱秋上周还答应帮我家孙子完成美术作业，看着没啥事。”孙阿姨用染成鲜红色的指甲捏着瓜子。

“别耽误人家警察同志的时间了。”胡姐揉揉戴着大金耳环的耳朵，“郑阿姨，你来说嘛。”

“我这正要说呢。”郑阿姨招呼客人落座，“大半个月前，哪天我不记得了。我和小胡、孙姐一起出去买菜回来……哦，那应该是星期五，每个星期五超市的鸡蛋都打折。”

“您还记得是哪天吗？”秦思伟问。

“应该是上个月月底。”孙阿姨肯定地说，“这个月，我不是和老头儿去郊区串亲戚，就是我女儿带我们老两口去旅游，一直不在家，这两天才回来。”

“那就是了。”郑阿姨开心地说，“我们回来的路上，看见邱秋坐在街对面的咖啡店和一个人在聊天。”

“一个女的。”胡姐抢着说，“短头发，很瘦，拿着个爱马仕的包，不知道是真的还是高仿。”

“肯定是高仿啦。”孙阿姨嗑瓜子，“邱秋搬来有半年了，从没见她家里来过客人，我们就多看了几眼。”

“而且当时邱秋的样子很怪。”郑阿姨觉得同伴抢了自己的话，不太高兴，“脖子和胳膊上都缠着纱布。那天早上我锻炼时遇到她在楼下画画，还好好的呢。”

“那个女人长什么样子？”黎希颖问她们，“再见到她或者看到照片能认出来吗？”

“哟，那可说不准，这都过了多长时间了。”郑阿姨摆手，“我就记得她当时背对着我们，只看见是个女的，穿着连衣裙，还有桌上放着的红色皮包。”

“看邱秋的样子，她们聊得挺开心的。”胡姐补充，“后来那女的结了账，出门拦了辆出租车走了。”

“下午遇到邱秋时问她，她说是同事。”郑阿姨转转手上的钻戒，“可是我记得她早就辞职了，突然来个同事也是怪啊。”

“您没问她身上的伤？”

“问了，她说中午出去散步，过马路时遇到个横冲直撞的电动车给她剐倒了，擦破点皮，她去社区医院包扎了一下。”

“电动车最讨厌了。”一直没开口的孟大姐感同身受，“好几次我过马路都差点被撞。骑车的连一声道歉都没有，也不减速，直着就跑了。”

“昨天我开车等红灯的时候，一电动车猛拐过来。”胡姐比画着，“咣当就扑我前机器盖子上了，吓死我了。”

“碰瓷儿的吧？”孟大姐捂着胸口，“你可得赶紧买个行车记录仪。”

“还好他不是碰瓷儿的。”胡姐说，“不过你说的对，记录仪是得买。现在开车的、骑车的、走路的都跟不要命似的。”

黎希颖打住几位阿姨的话头，再次向她们确认，除了拿爱马仕包的女人，邱秋还有没有其他访客。

“我是没见过有人来找她。”胡姐说。

“我们小区是封闭式管理，刷卡出入。”郑阿姨得意地表示，“没门禁卡的进来都要登记，你们去物业查吧。要是有人来找过邱秋，一定查得到。”

“对啊，我们小区房价贵是有道理的。”孟大姐说，“电梯、楼门口都有监控，能躲过我们的眼睛，还能躲过电子眼？”

“我看你们也别夸口。”冯大叔坐在红木摇椅上，喝一口茶，“青雨山庄那事听说了吗？别墅区比咱们这里安保条件好，还不是一样死人了。”

“别墅区真未必比我们这里好。”孟大姐不爱听了，“他们那儿房子间隔远不说，周围都是树，还有好几个门，那些保安根本转不过来。”

“就是。”孙阿姨帮腔，“我们这儿除了保安，还有自己组织的巡逻队，他们有吗？”

“住别墅的都是家财万贯的，咱们比不了。人家一个个忙活搂钱，没空管邻里间这点事。”郑阿姨附议，“别说自发巡逻，连邻居是谁都不认识吧？”

“所以啊，我把手里三套房子卖了也够买个远郊的小别墅。”孙阿姨说，“但我不愿意买。”

“吹吧你！”郑阿姨不屑，“买得起又咋样，别墅物业费多高你知道吗？每年维修的钱就够掏空你那点老底的。”她看看秦思伟，“对了，小伙子，你知道青雨山庄的杀人案吗？听说是灭门案啊。”

“好像是一家四口加上一条狗都死了。”胡姐瞪大画着浓重眼线的眼睛，“我一直觉得别墅这种地方治安挺好的呢。”

“生意人，得罪黑社会了吧？”孟大姐猜想。

“嘿，我说现在谣言那么多呢。”冯大叔打断她们，“都是你们这些老娘……老念叨家长里短给编出来的。新闻都说了，青雨山庄那是入室抢劫。还灭门？你们有空想想小区怎么灭蚊吧。下楼遛个弯，都能被秋后的毒蚊子咬我一身包。”他朝客人致歉，“别管她们，都是道听途说来的。”

秦思伟的手机响了，借着要接电话，他和黎希颖谢过几位阿姨，向冯大叔告辞。老严向他汇报自己捞到了宝贝。

昨天下午安广门一带，有几个大妈和中学生向当地派出所报警，称他们在街心公园遇到了可疑分子，上前盘问时让他逃跑了，还害一个学生受了皮外伤。老严看到通报，想起何孟周在那附近工作，目击者的描述也像极了未来战士，于是赶紧联络当地派出所。老严出示了李亢的照片，大妈们一眼就认出是他，还说起坏人的背包掉护城河里了，她们确信里面装的不是走私的武器就是毒品。

“捞上来两个笔记本电脑，可惜泡了那么久开不了机。”秦思伟发牢骚。

“只是进水的话，还有修复的可能。”黎希颖按下电梯下行键。

“在邱秋家没看到电脑也是奇怪。”秦思伟看着指示灯，“和她见面的女人不知道是什么人，和她失踪有没有关系。”走出电梯时，他脑子一转，“哎，她该不会就是邱秋的金主吧？我们以为她有个新男友，其实……说不好是新女友呢？如今这年代，男女都一样啊。”

“你怎么跟小洪似的，见到个线索就编本小说。”黎希颖笑他，“拿爱马仕的女人除了不是邱秋同事，她是什么人，和案子有没有关系，现在不好说。邱秋已经习惯性地对所有人说谎了，包括受伤的事。”

“对，她对李亢说是何孟周打的，对郑阿姨说是电动车撞的，实情如何，没人知道。”走出7号楼的楼门，秦思伟戴上墨镜挡住正午的太阳，“哎，我得睡会儿了。你昨天也没怎么休息，累不累？”

“我还行。”黎希颖拿出手机，“先去见见李亢如何？”

“找到他了？”秦思伟立刻觉得不困了。

“马澄名下有两个手机号都是开机状态。”黎希颖给他看手机上的定位红点，“一个在城东南，一个距离李亢的父母家很近。”

“东南这个地址……好像是蒋迎家。”秦思伟放大屏幕，“李亢是回去看父母，还是探望好友父母？”

“我觉得这个红点是马澄。”黎希颖说，“蒋迎的父母见到李亢不打死他才怪。”

“不管了，去看看。”秦思伟掏出车钥匙。

车开出名筑晓苑，走走停停一个多小时，才来到李亢父母家所在的风光路。这一带在百年前还可以称得上风光，有不少外地来的生意人曾经在这里置办房产，岁月如梭，原来的大宅子被不断地分割、改建，成了迷宫一般的大杂院，满眼都是拆不动的旧房子。

两辆消防车闪着红灯呼啸而过，隔着两个十字路口，秦思伟他们看见大片的平房上腾空而起的滚滚黑烟。

“着火了？”秦思伟好容易在挤满看热闹人群的路边找到个停车

的空位。

胡同里不断有人往外跑，也不断有人端着装满水的锅碗瓢盆往里冲。因为道路坑洼狭窄，消防车开不进去，胡同里又没有消防栓或者合适的水源，消防员正在请示上级、想办法。

“这是怎么了？”黎希颖拦住一个满身大汗、带着联防红箍的中年人。

“玲珑胡同九号院儿着火，左右两家都遭了殃。”中年人抹一抹脸上的泥灰，“他家隔壁还堆着不少木材正要打家具，唉！”

“砰！”的一声巨响，火光伴着更浓烈的黑烟冲上云霄，大概是谁家的煤气罐被引燃爆炸了。地面明显震动了一下，旁边墙上松动的瓦片哗啦啦砸向尖叫着四处逃窜的人们。

“九号院。”秦思伟不敢相信自己的耳朵。风光路玲珑胡同九号院，正是李亢父母家的地址。

这里是人间还是地狱？李亢知道自己没机会上天堂所以压根不做期待。耳边响起的嗡嗡声不知道是来自脑子里面还是外面，后脑勺上像扎进一颗钉子似的，疼得随时要炸开，仿佛头颅已经离开身体，好像在水里漂着，随意沉浮、摇摆。

不知道过了多久，视线中的迷雾慢慢散去，耳边的轰鸣变成哽咽和抽泣。疼痛从头部开始蔓延到脖子、肩膀、腰腹……从皮肉钻入骨头的煎熬让李亢终于搞清楚——自己还活着。

昏暗的房间显得空旷，空气里满是灰尘、机油味和动物排泄物的骚臭。他勉强抬起沉重的头，看到哭泣声的来源——和他一样躺在地上，手脚被绑住，嘴上贴着胶带的马澄。她的连衣裙因为一块块污迹看起来像是迷彩布，一只袖子被扯了下来，裙摆裂成几片。马澄看到李亢睁开眼，奋力蠕动了几下，嘴里发出含糊的呜呜声，她脚上的鞋早就不知道哪里去了，丝袜破得如蜘蛛网一样，裹住伤痕累累的双腿。

这是哪儿……我是怎么到的这里……李亢翻身想坐起来，但根本使不上力。他只得仰面躺在冰冷的地上，闭上眼睛把令人心慌的现实隔离在意识之外，被恐惧踢入脑海深渊的回忆渐渐苏醒。他中午回家的时候，从未想过会陷入如此糟糕的境地。

那是正午时分，狭窄的胡同一到饭点儿就到处弥漫着烟火的气息，不知道谁家在炒辣椒，烟味儿呛得李亢直咳嗽。他快走几步，绕进另一个狭长的胡同，因为担心父母家周围有埋伏，他拖着伤腿已经在周边绕了一个圈，没发现什么动静，但仍不敢轻易冒险。

一辆电动三轮车像乱窜的兔子似的和李亢擦肩而过，他吓得猛地往后退，后背贴在墙上才躲过车轮的碾压。骑车的小伙子却好像什么都没看见，连个表示都没有，拉一下手刹，把车停在前面不远处的大杂院门口，打开车后面的货箱，开始打电话。

看着他收起电话，搬着一个半尺高一尺长的纸箱子吃力地走进院门，李亢不动声色地快走两步上前，跨上车子，一转车把。电动车嗖地向前冲去，差点撞到墙边的老槐树。李亢一手扶好车把，一手将挂在上面的一顶绣着快递公司大名的棒球帽扣在头上，拉低帽檐遮住大半张脸。

上学时看小说里写过，一个公寓发生杀人案，所有目击者都说当天没人来找过死者，最后才知道，原来杀人的是早被大家视若无睹的邮递员。这年月，看到邮递员上门人们会惊讶一番吧，但快递小哥呢？李亢暗中夸自己聪明，一不留神被路上的半块砖头颠了一下，屁股被车座震得发麻。身后扑通一声，肯定是哪个包裹从没关上的货箱里掉了出去。他顾不上这些，只是降低车速，拐进一个又一个迷宫般的小路口。

几分钟后，自家的绿色大门出现在眼前。李亢看四下没人，就推开院门，把三轮车挪了进去。院子里熟悉的砖房、葫芦架，厨房里菜刀和砧板碰撞的声音让他一路上提到嗓子眼儿的心往下沉了沉。

“谁啊？”南屋的门开了，身穿洗得褪色的黑色T恤、灰色睡裤和皮拖鞋的李裕林走了出来，看见来人是自己儿子后，瞪大眼睛往后退了两步，突然脸色一沉，上前揪住李亢的衣领，抡圆胳膊给了他一个大嘴巴。

李亢被打得眼前一黑，一个趔趄坐在了地上，头上的帽子骨碌碌滚到墙边。

“谁？怎么……”听到动静的常新兰跑出厨房，身上裹着油腻腻的围裙，手里还拎着切菜刀。看见丈夫满脸通红，气得哆哆嗦嗦地指着坐在地上的儿子，爷儿俩你看着我我瞪着你，谁都说不出话，她吓得赶紧捂嘴，怕自己的尖叫声引来街坊四邻。

“大亢，你可算回来了。”常新兰扔下切菜刀把儿子扶起来，转头对丈夫低声喝道，“抽什么风，还不赶紧关门进屋！”

李裕林被媳妇一吼，猛地反应过来，狠狠地用手指隔空戳儿子两下，探头看看院外，关上大门，又上了锁和门闩。这个工夫，常新兰已经把李亢拽进了屋里，长长地松了口气。

“昨儿警察来了。”常新兰心疼地看着儿子略显病态的脸，“他们说了半天我也不大懂是什么意思。反正就听说蒋迎出事了，你也失踪了，还死了个什么有钱人，闹得满城风雨。”

她开始絮絮叨叨地倾诉自己积压已久的恐慌和疑问。警察走后，居委会的人就来了，居委会的刚打发走，街坊邻居又来了几个，一个个都像是平常串门的样子，可话里话外总是往李亢身上拐，仿佛这从小到大没人待见的孩子突然成了大明星，人人都想打听他最近常去哪里，好去堵着要签名。

常新兰一开始还安慰自己儿子不会做出格的事，可这来来往往的人都在问，她开始怕了。尤其是在给所有能想到的认识儿子的人打电话，发现没人知道李亢下落时，她终于意识到，儿子是真的摊上了大事儿。

“你这是要急死你妈。”她开始抹眼泪，哭诉自己命苦。从小因为家里穷脑子笨，没念过几天书，嫁了个比自己强不了几分的老公，工作不好不赖混到了提前退休，养个儿子就盼他有出息，结果到现在连个媳妇都娶不上，竟然还把警察招家里来了。

“这日子可真没法儿活了。”常新兰拍着自己的大腿。

“哭哭哭！就知道哭！”李裕林走进屋里，关上门，“啪”地一巴掌差点把桌上的凉菜和啤酒震飞到地上，“你小子能耐了！”他虎着脸，“不把咱家祖宗八代的脸都丢光你都不甘心是吧！”

“咱家祖宗八代也没攒下多少能丢的脸。”李亢早就习惯了他们这红脸加白脸的组合，给自己倒了杯温水，喝了两口，顺手抓了两颗油炸花生米丢进嘴里。花生米已经凉了，吃在嘴里干巴巴的。

“你还有脸吃喝！”李裕林又抬起手上前，但被李亢躲过。

“哎呀行了，你打死他有什么用？”常新兰继续抹眼泪。

“不管你们信不信，我没杀人。”李亢开始后悔自己跑这一趟。

“那警察为什么要抓你？”李裕林端起桌上的酒盅又放下，深吸几口气，语气平和了一些，“你以为，我们当爹妈的愿意相信自己儿子杀了人？可他们说……”

“他们搞错了。”李亢拿起父亲的酒盅，一仰头把高度白酒灌进喉咙。他感觉刚才脸上火辣辣的灼痛感立刻转移到了嘴里，酒精在血液里疯狂扩散，冲上大脑，有点头晕。他很少碰白酒，但此刻他需要酒精来增加一些向父母坦白的勇气。

听着李亢不成逻辑的叙述，李裕林和常新兰的脸色由红转白，又染上些许黑色，很快又因为担忧变得发青。

“什么人……要杀你……”常新兰被李亢这些话吓得六神无主，抓起丈夫的酒瓶喝了两口压惊，“罗老师怎么样了？”

“老师已经救过来了。”李亢又抓了两颗花生米，被父亲打了手，“现在最可疑的就是蒋迎的发小咸鱼。”

“咸鱼，哼，还松花蛋呢。”李裕林故作镇定，“他为什么要杀你们？”

“不知道。”李亢坦言，“看马澄能不能找到他吧。”

“你不该拉小澄下水。”常新兰急得直翻白眼，“她一个姑娘家家，真要遇到啥事……”

“我看小澄比这小王八蛋有用。”李裕林瞥了儿子一眼，“人家好歹念过博士，脑子转得开。”

“我是王八蛋，那你们成了什么？”李亢嗤笑，脸上立刻又挨了一巴掌。

“从小到大，你就不能让老子省心一天。”

“打！打！打！你把他打死算了！”长时间的担惊受怕又加上喝了点酒，常新兰有点控制不住自己的脾气。

“做你的饭去！”李裕林对老婆摆摆手，敲敲手腕上的表，“这都几点了，要死要活也用不着省这点粮食。”

常新兰瞪了他一眼，起身摔门出去了。李裕林给自己倒了杯白酒，抿了一小口，头也不抬地问李亢："你老实跟我说，和蒋迎是不是干了什么见不得人的事？"

"我们……真的没干什么。"有些事，李亢没办法对父母明说，怕他们会害怕，更怕他们会担心。

"既然没干什么，那个鱼干……咸鱼，为什么要杀你们？"李裕林放下酒杯，脸上挂着一副洞察一切的表情，"你什么德行，干过什么鸟事，我心里清楚得很，老实说吧。"

"真的什么都没有。"李亢知道父亲这是在诈自己，小时候他总是上当，如今不会了，"我只是怀疑咸鱼，并不能肯定要杀我们的就是他。"

"不管是谁，总不会无缘无故要你的命。"李裕林夹了块萝卜干咬了一小口，"你这烂命值几个钱？你不说也行，那就别指望我们会帮你。"

我告诉你们，你们也帮不了我，李亢心里想，但没说出来。他拿起酒瓶给父亲倒了杯酒。现在说什么都没意义，不如安静地陪他们吃完饭，找个借口离开。李裕林见儿子不说话，也不再追问什么。父子俩就这么相对无言，靠花生米和萝卜干打发尴尬。

等了半个多小时，午饭上桌了。李亢对母亲的手艺没什么期待，这么多年来，她经常炒的菜也就是这老几样，肉片西葫芦、手撕圆白菜、西红柿炒鸡蛋，不过那盘地三鲜和切片的午餐肉肯定是特意为他准备的。母亲平日里做饭连切丝都懒得切，几乎很少碰茄子之类需要过油的食材。李亢喜欢地三鲜这道菜，经常要磨母亲好几天才能吃到。对于下酒菜，母亲的观点是已经有了花生米和萝卜干，还要拍黄瓜简直是痴心妄想，更别提香肠、午餐肉了。

已经两天没有好好吃饭了，李亢一口气吃了两碗饭，扫荡了半盘地三鲜和西红柿炒鸡蛋，仍然意犹未尽。人们总是赞美妈妈的味道、家的味道，其实他们只是为了表达孝顺才会说这种违心的话吧。爱家人的方式很多，但总是围着几盘味道一般的菜做文章，得有多贫乏。李亢觉得，即便在忍饥挨饿之后，他仍然体会不到母亲的手艺有多高明，但是一家人围在桌边吃饭的感觉，可以让他暂时忘了那一幕幕血腥的过往。和儿子的狼吞虎咽相反，李裕林老两口几乎没动筷子，一个默默喝酒，一个唉声叹气。

“大亢，你在家里躲两天吧。”常新兰下了很大的决心后说道，“等风头过了，说不定也查清楚了，再说别的。”

“我不能住家里。”李亢往碗里夹了两块午餐肉，“我不想给你们找麻烦。”

“麻烦已经找上门了，你以为躲得掉？”李裕林用筷子扒拉着盘子里的西葫芦，挑出一块肥肉。

“咚咚咚”，院子外有人敲门，屋子里刹那间静得像一潭死水。

“去看看。”李裕林对老婆点了点头，又示意儿子坐下别动。

常新兰理理头发，一边大声回应，一边走向院门。李裕林皱了下眉头，跟了出去，连拉带拽地把李亢骑回来的三轮车拖到厨房后面藏起来。

“大白天的，你们锁着门干什么？”居委会的齐大妈不等常新兰拉开门就钻了进来，四下里看了看。

“吃饭呢。”李裕林从厨房后绕到门口，“您吃了吗？没吃就跟我们吃两口呗。”

“吃过了，煮的西红柿面。”齐大妈朝厨房瞄了两眼，“大亢回来了？”

“回来什么。”李裕林故作气愤状，“他要是敢回来，我就打断他的腿！”

“瞧你这暴脾气。”齐大妈嗔怪道，“我家老二的媳妇出门买东西回来，说看见个送快递的小哥很像大亢。”

“看错了。”常新兰面露不快，“我家李亢是写电脑程序的，不是送快递的！他齐大妈你可快别瞎说了，你瞅瞅，就为他这点烂事，我昨儿一宿没睡。”

“你也放宽心。”齐大妈敷衍着，眼睛却瞟向南屋，“正好，他常婶儿，把你织毛衣的花样借我两张吧。这中秋都过了，我想给我外孙女织个小外套。”说罢，她自顾自地朝屋里走去。李裕林和常新兰阻拦不及，惊出一身冷汗。

南屋里空无一人，桌上的饭菜余热未尽。齐大妈对着三副碗筷心领神会地哼了一声。“不是说没回来嘛。你俩吃饭咋摆着三副碗筷，还炒这么多菜？”

“他爸的同事上午来家里了。”常新兰拼命圆场，“您进来之前刚走。”

“同事啊。”齐大妈盯着桌上的一只酒盅问，“那没和老李喝两口？”

“我今天休息，喝酒没事。”李裕林端起酒盅，“但人家下午还要出车，没法喝酒。”

“他齐大妈，您这是上我家拿人来啦？”常新兰怒道，“我儿子没回来，你要是不满意，干脆把我们老两口抓派出所去算了。”

“对咯。”李裕林冷笑一声，“进了班房我们也不愁吃喝了。”

“这话儿怎么说的。”齐大妈辩白，“我是担心大亢，没别的意思。”她趁常新兰给老伴儿倒酒的空当，拉开里屋的门，对着空屋子极力掩盖失望，“花样儿……”

“我给你拿。”常新兰装作没事人的样子走进里屋，拉开床头柜的抽屉，拿了一摞花样递给齐大妈，“您都拿走吧，我最近不打毛衣。”

“用不了这么多。”齐大妈心不在焉地拿走最上面的两张，转身告辞，走出院门时还心有留恋地回头看了一眼。

“大亢……大亢……”锁好院门，常新兰满头冷汗地跑进屋里。

“我在这里。”李亢推开衣柜的门，差点栽倒在地上。他太了解齐大妈的性格，听到她进院就知道大事不妙，赶紧跑进里屋躲到了柜子里。

“她绝对不是为了花样来的。”常新兰扶着儿子的胳膊，“她刚才拿走的不是织毛衣的花样，是绣花用的，连看都不看，心思肯定不在那个上面。”

“那母老虎轻易不会罢休的。”李裕林站在房门口对李亢说，“你赶紧走，过一会儿她说不定找借口又来了。那辆车也得赶紧弄走，被人看见分分钟露馅儿。”

“对，你赶快走。”常新兰拉开衣柜的抽屉，从一堆衣服下拿出一沓钞票塞给儿子，“找个没人的地儿躲几天。”

“我现在怕是走不了了。”李亢把钱推还给母亲，“齐大妈不过是来探路的，她听她儿媳妇说见过我，肯定去找了派出所和联防队。”

这会儿警察说不定已经埋伏在门外，只是没有理由随便搜查民宅才让齐大妈先进来看看。虽然父母尽力掩饰，但桌上的三副碗筷是瞒不过去的。他们此刻应该在等自己现身，李亢明白自己一旦出门，在胡同里被两头一堵，想跑都跑不掉。

“那就先在家躲着。”常新兰听罢咬了咬牙，“他们没证据，总不能私闯民宅进来搜查。”

常新兰急得满脸通红又想不出办法，一屁股坐在床上掉起了眼泪。

“哭有什么用！”李裕林剜了她一眼，走回到餐桌边，手握着酒瓶，满脸愁云。

“算了，你们别管我了。”李亢心想豁出去了，“我骑车出去，只要跑出咱家门前这条胡同，他们就拿我没辙。”

李亢从小在这里长大，对这四通八达又极尽曲折的胡同太了解了，闭着眼睛都能绕几圈跑出去。只要出门往南走几百米，钻进周围的小巷拐几个弯儿，再穿过几个乱哄哄的杂院儿，不论是齐大妈还是那群戴红箍的联防队或是警察，都别想找到他的踪迹。

“他们真要盯上这里，你根本跑不出去。”李裕林盯着桌上的剩菜。

李亢没说话，他知道父亲说的没错。出家门往北走几百米就是大街，在那里他一样可以混入人群脱身，可若是南北两端有人把守，东边那条小路又是死胡同，他几乎不太可能脱身，除非能想个办法把盯梢的人引开。他抬头看着父母凝重的神色，更加后悔回来这一趟，原本只是一个闪念，却把他们也卷入到进退两难的境地。李亢甚至觉得，此刻父母要是把他交给警察，他也愿意认命。要不……

08　火中逃生

“你小子真的没杀人吗？”李裕林突然问。

“我没杀人。”李亢盯着父亲的眼睛，“所以我才要拼了命去搞清楚，到底是谁在跟我过不去，还一次次地追杀我。”

“拼命有用，你还长脑子干什么？当摆设还是挡雨。”李裕林摆摆手，示意老婆和儿子坐下来商量对策。

院门外，胡同静悄悄的，连一只野猫都看不到。在小巷南边的拐角处，齐大妈拿常新兰给的花样扇着风，时不时地偷看一眼胡同，她身后站着三名联防队员。

“北边堵住了没有？”齐大妈忍不住看表，“派出所的同志怎么还不来？”

“人家民警正忙着往这里赶。”齐大妈的邻居王大叔说，“人家可说了，让咱们不要乱来。”

“那是，可不能打草惊蛇。”齐大妈用我自有分寸的语气说。

“您儿媳妇看清楚没，真是李亢？”旁人问她，“搞错那可就闹笑话了。”

“错不了，他肯定猫家里呢。”齐大妈拍着胸脯说，“我老太太眼睛里可不揉沙子，看那小乌龟精能躲到几时！”

“李亢犯什么事儿了？”王大叔问，“那孩子我从小看到大，不像是能干坏事儿的，他还是大学生呢。”

“现在进大学跟萝卜撮堆儿似的，是个人都能摸进大学。”齐大妈用鄙夷的口吻说，“大学生怎么了，有的还不如农民工挣钱多。我跟你说，李亢那小子是个蔫土匪，坏着呢。”

突然，众人看到一股黑烟腾空而起，还伴随着噼里啪啦的声音。冒烟的地方正是李亢家的玲珑胡同九号院。

“着火了，救火啊！”李裕林和常新兰大喊着从院子里跑出来，手里端着湿淋淋的水盆。

“怎么回事？”

“哪儿着火了？”

棚户区家家户户挨得太近，消防栓早就成了摆设，稍不留意一点小火星都会火烧连营。胡同两头蹲守的联防队员看到黑烟和火光登时都跑了过来，周围几家邻居也呼朋唤友跑出来帮忙，生怕祸害了自家房子。

黑烟的源头是院子一角的一辆三轮车，火舌借着一阵疾风燎着了堆在旁边的纸箱杂物，火焰一下子蹿得比院墙还高。

院子里葫芦架下的水龙头早就不能出水了。王大叔带头撸胳膊挽袖子跑进厨房去取水，因为房门太小和提着水桶往里蹿的李裕林撞在一起。两人推挤之间谁也没进去，反而摔在了门口。

齐大妈这时眼珠一转，扭头跑向房门紧闭的南房。“砰！”的一声，像平地而起的闷雷，三轮车后的货箱四散炸开成无数碎片。人们号叫着，抱着脑袋，蹲在地上缩成一团躲避滚烫碎片的袭击。齐大妈还没来得及反应，就被一块带着火苗的箱板拍在后背，一声尖叫，脸朝下扑倒在门前。

火星飞上了厨房屋顶，飞进葫芦架的枯藤之间，整个小院迅速火光四射。被吓坏的李裕林和常新兰扶起被拍得晕头转向，满嘴、满脸都是血的齐大妈，一边喊着叫救护车，一边架着她往外跑。几乎在同时，隔壁两个院子里也传来救火的喊叫声。原来飞过墙头的火苗点燃了院内堆积的杂物，火势已经蔓延开来。

“消防车！快叫消防车！”跑出九号院的王大叔抹了一把脸上的黑灰，放声高喊。

不大一会儿，胡同里浓烟四起，只能看见端着锅碗瓢盆的匆忙人影。骑着自行车赶来的派出所民警也顾不上什么逃走的嫌疑人，拎起水桶加入救火的队伍。街上的路人，其他胡同里的四邻也被火焰、浓烟和消防车的笛声引了过来，跟着张罗的，忙着拍照的，幸灾乐祸看热闹的人越围越多。烈火不见丝毫退让，须臾，不知引爆了谁家的煤气罐，炸得地面跟着抖了几抖。

李亢换上格子衬衣、牛仔裤和运动鞋，戴着棒球帽，分开四面八方不断拥过来的人钻出胡同，低着头穿过车声鼎沸的马路，躲进街对面的巷子里。那破车里不知道装了什么易爆的货物，竟然爆炸了，想起三轮车箱爆裂的瞬间，他仍然觉得后背发凉。本来只是想点个火把挡道的都引过来，趁乱逃跑，谁知道这回闹大了。李亢看着从自家院子里冒出的烟雾和闪耀的火光，想起了自己跑出院子前父亲抛过来的一句话——“千万别回头”。

如今他已经没有回头的余地了，身边的亲人朋友几乎都被他祸害了。李亢突然觉得父亲并没有看错自己，原来他就是这样没出息，只能给身边的人带来灾祸。曾经，他不服，他想证明他们都是错的，固执地把那些责骂当成父母对自己的偏见，甚至怨恨过他们。现在想一想，他们愿意为自己不顾一切，又怎么会不爱自己？相反，自己总是带给他们各种烦恼。

手机铃声打断了李亢的自责，来电显示是马澄，她一定是有了“咸鱼”的消息。李亢拿着电话的手开始发抖。

“大亢……”马澄的声音听起来干巴巴的，好像很不高兴。

“你见到蒋迎爸妈了吧。”李亢问，“怎么样，知道咸鱼是谁了吗？”

“知道了。”马澄拘谨地问，“你那边……怎么听起来有警笛？”

“着火了。”

“哪儿着火了？”

“电话里说不清楚。”李亢往小巷深处走了几步，“我一会儿回住处，你呢？”

“我得去趟医院。”马澄顿了顿，“晚点儿去找你。你……”

“没什么事吧？”李亢觉得她说话的语调怪怪的。

“没事。”马澄说，“你好好歇着，别乱跑。”

“那，一会儿见。”

李亢收起电话，特意在巷子里绕了一圈，确定没人跟着自己，才回到栖身的小院。他推开院门的瞬间，感到身后有什么东西向自己袭来，一愣神的工夫，后脑挨了重重一击，眼前一黑，堕入无知无觉的混沌之中。

被偷袭了……

终于缓过来的李亢睁开眼，再次挣扎着，想搞清楚自己身在何方。他可以肯定这里不是马澄叔叔家的小院，倒像是个破旧的手工作坊。没错，墙边堆着一些生锈的废铜烂铁，还有两台不知道干什么用的机器。

是什么人对自己下了黑手？为什么马澄也中招了？莫非……是咸

鱼？李亢立刻紧张起来。

沉闷的脚步声，人影晃动。两个穿着好像随时会从腰间滑下来的肥大牛仔裤，面口袋一样的条纹衬衫，染着灰色头发的年轻人走了进来，一个脖子上挂着自行车链条一般粗大的项链，项链上挂着个骷髅头。另一个左耳戴着一只蝎子形状的大耳钉，嘴里叼着烟卷。李亢借着门窗透进来的光亮仔细辨认他们的脸，但完全想不起何时见过这些人，更别说得罪过他们。

在李亢纳罕之际，又一个人影出现了。那个人推开两个年轻人从他们中间挤了过来，拔下耳钉男嘴里的烟卷，夹在肥嘟嘟的手指之间，吸了两口。

李亢躺在地上也能看出那人个头不高，膀大腰圆，穿着紧紧勒着肚皮的黑色半袖 T 恤，露出手臂上爬虫一样的文身，顺着他肥硕的脖子往上看，这一眼看得李亢哆嗦了一下。

那张脸其实只能算半张，因为左半边布满烧灼过的疙疙瘩瘩和伤疤，五官全都扭在一起，像一团没醒发好的稀烂面团。

是……乔三笠！这回是死定了！不对啊……他怎么可能找到自己呢？李亢冷汗涔涔。他坚信乔三笠没见过自己的脸，不知道自己的真实身份。

“呵，认出老子了哈。”乔三笠伸出棒槌一样的手指扯掉李亢嘴上的胶带，掐着他的脖子把他拎起来，按在一把破椅子上，吐掉烟卷，贴近了直视他的眼睛。

李亢勉强扭过头，闭上眼不想看他。看来想办法脱身如今是个奢望，他觉得乔三笠如果能给自己一个痛快就算自家祖上积德行善了，但马澄怎么办？看她衣衫褴褛满脸泪痕的样子，李亢心疼得要死，也无力得要命。

“装什么死鱼！”乔三笠手起拳落，砸在李亢的脸上。一股咸腥伴着疼痛冲出喉咙，哇地喷在地上。

李亢倒在血迹旁边，没喊出疼，肩膀上的伤处又挨了一脚，像被刀捅了一样的感觉立刻传遍上半身。

“我说小木偶，你现在终于猖狂不起来了。”乔三笠再次把李亢提起来按在椅子上，一手按住他的肩膀，一手在他的腹部和胸部狠捶几拳。

李亢不由自主地颤抖、痉挛，鲜血和呕吐物不受控制地从嘴里冒了出来。他弯着腰，无力地喘息，祈祷乔三笠不要注意到自己的手。刚才摔倒时，李亢的手被什么锋利的东西刺了一下，大概是块铁皮，他无法回头所以看不到，只是抓住时机将它攥在手里。

“嘿，你同伙呢？”乔三笠捏着李亢的下巴，把他的脸扳向自己，“你们对老子的大恩大德，老子可一直没忘。”

“你认错……人了。”李亢沙哑地说，手指转动铁皮磨着手腕上的绳子。他心里像被蚂蚁噬咬一样着急，还不敢动作太大。

“接着装！”又是两拳，打得李亢眼冒金星，鼻血横流。

卧在地上的马澄脸色煞白，嘴里发出含糊的悲鸣，绑在一起的双腿无意识地扭动着。挂着骷髅项链的年轻人听见动静回头，一脚踢在她的腹部，马澄的脸顿时疼得变了形，绝望地在地上翻滚两下，又被蝎子耳钉男一脚踩住了腰，动弹不得。李亢被这一幕激得眼泪流了下来。

“要不是有人花钱买你的活口，老子现在就送你上西天。”乔三笠揪着李亢的头发，把他的脑袋向后扯，“小子，记得当初自己说过的话吗？不是不报，时候未到。今天老子就教教你，什么叫现世报！”他伤疤累累的半张脸露出狰狞的笑，从腰间拔出一只老虎钳子，“支付人品是吧？老子来看看，你的人品值多少钱！”

乔三笠一把捏住李亢的下巴，用蛮力掰开他的嘴，哈哈大笑着把冷冰冰、带着机油臭味的老虎钳子捅进他的嘴里，夹住一颗牙。李亢用尽全力想挣脱他的控制，不料向右扭脸时乔三笠借机向左发力，老虎钳子连拉带扯硬生生地把牙齿带着牙床上的肉丝连根拔起，血突突地向外冒，灌进李亢的嗓子眼，呛得他咳嗽、干呕。汗水、血水混在一起顺着李亢的下巴流下来，衣襟上、裤腿上绽开一朵朵的殷红。

“这会儿舒服了。”乔三笠捏着李亢带血肉的牙齿，冷笑三声，将它丢在脚下，半张脸上尽是嘲讽的表情，“别着急，还没完呢。你们当初用在老子身上的，老子都会一件一件地还给你。”

一件一件……他该不会要……李亢感到心脏收缩成一团。他抬头看着乔三笠，那半张完好的脸在模糊的视线中渐渐幻化成自己的样子。不……李亢手抖了一下，铁片差点滑落，还好接住了。这绳子结实得令人灰心，他不由得加快了动作，因为看不见，铁片时不时划到手上，割破皮肤。李亢已经记不得割了自己多少下，只知道手腕上热乎乎渗出来的都是血，但是他不能停下来，已经没有多少时间了。

“好戏不怕晚。”乔三笠哼着不成调的歌，戴上一副皮手套，从墙角拿来一只棕色不带标签的瓶子，他“啪”地拔出瓶口的玻璃塞，“怎么样，喜欢吗？”

乔三笠在李亢的鼻子下面晃了几下瓶子，刺鼻的气味直冲脑门，呛得李亢差点背过气去。硫酸……他闭上眼睛，祈求老天赶紧打个响雷劈死自己。

乔三笠咯咯咯地笑起来，整张脸扭曲成一幅毕加索的人像画。他手一抖，几滴硫酸泼了出来，落在李亢的胳膊上，白烟飞起，衣服瞬间被烧出一个洞，皮肉好像在火上炙烤一般发出吱吱声。李亢被硫酸腐蚀的疼痛激得尖叫几声，身体像被飓风席卷一样疯狂摇晃。乔三笠仰面放声大笑，两个小弟也跟着嘿嘿嘿地傻笑。马澄又哭着挣扎起来，蝎子耳钉男不耐烦地又给了她两脚。

“呀呀呀，有人心疼你啦，难得呀。”乔三笠看看地上的马澄，又看看几近虚脱的李亢，伤痕累累的嘴角露出一抹残酷的笑。

他走到马澄身边蹲下来，揪着她的头发端详起那张写满恐惧的脸，点了点头。“有人关心多好啊，是吧，小木偶。”乔三笠狂叫一声，把马澄的连衣裙从她身上扯了下来。马澄又羞又怕，但只能无力挣扎。

“干什么！乔三笠你冲我来！”李亢急了，“是男人就别对女人下手！”

“哦，承认认识我了？”乔三笠瞥了他一眼，伸手撕下马澄嘴上的胶布，拿着硫酸瓶子的手一翻，整瓶液体都泼在了她的后背上。

马澄的尖叫差点把房顶掀开。她光滑的后背在一片青烟之下变得血肉模糊，身体像被扔进开水锅的活虾一样抽搐、扭动，没一会儿就昏了过去。

“混蛋！乔三笠你不是人！”李亢哭喊着骂道，“你不得好死！”

“彼此彼此。”乔三笠站起来走到他面前，“再说，我怎么死不用你操心，还是好好想想你会怎么死吧。”他从裤子口袋里摸出手机看到新短信，“好了，咱们该上路了。”

“这女人怎么办？”骷髅项链男问他。

“我早就想好了，不然怎么留她一张脸呢。”乔三笠转了转腰间的皮带，“这模样卖到山沟里应该能卖个不错的价钱。”

两个小弟点头，拖着毫无知觉的马澄出去了。乔三笠捡起操作台上的一柄尖刀，在李亢面前示威一样地晃了晃：“老实点，不然有你的苦头。”他蹲下来割开李亢脚上的绳子。李亢就势一抬左腿，狠狠地踹在乔三笠的下巴上，把他踹了个四仰八叉。

“我杀了你！”李亢挣开手上终于割断的绳子，扑到乔三笠身上，卡住他的脖子。

可惜李亢本就受了伤，刚才又被折磨得死去活来，纵然憋着一口气但早就没了体力，身强力壮的乔三笠一翻身便把李亢压在身下，抬手一巴掌打得李亢眼前发黑。

“还敢叫板！”乔三笠抓起掉在地上的刀，按在他的脖子上，“信不信老子给你放点血？”

这时，一道阴影挡住了门口射进来的光。

“哟，打扰你们的好事了。”

这声音低沉柔和，李亢是第三次听到这个声音了，第一次是在恍惚之中，第二次是逃离自己家的时候。

原来，她长这个样子，看起来和自己年纪差不多。

她看着地上摞在一起的两个男人，不慌不忙地用皮筋把垂到腰的长发扎成马尾，甩了一下，好像是在T台走秀。李亢躺在地上仍然能看出她个子挺高，身材……呸！都什么时候了还有脸琢磨这些！

“你谁啊？怎么进来的？”乔三笠从李亢身上爬起来，用刀尖指着长发女子，“快滚！”

“你没有医保吧？”她仍然不慌不忙，从肩上挎着的皮包里掏出一支羽毛球拍手柄大小的黑色棒子，顺手将包丢在门边。

“啥玩意儿？”乔三笠迷糊了，这是来卖保险的吗？不过，没看见老子正忙着打人？不对，外面那俩废物跑哪儿撒野去了？居然没拦住这莫名其妙的女人。

乔三笠从地上爬起来，一只脚踩住李亢的胸口，手握尖刀朝女人挥了一下。“老子让你滚！你听不懂人话吗！”

“你告诉我要把他送给谁，我保证你不会残废。”长发女子一甩手，黑色棒子瞬间弹出来几截，原来是个碳钢的伸缩防身棒。

“我去你……”乔三笠挥刀刺过去。

长发女子一闪身，一棒子打在他的手上，打掉了刀子，紧接着又是一棒抽中乔三笠短粗的脖子，打得他扑通一声趴在了地上。动作之快，李亢觉得自己根本没看清发生了什么。

“我不想和你这种人动手。”长发女子又甩了一下马尾，“咱们像个文明人那样，好好说话行吗？”

乔三笠疯了似的号叫一声，抓起刚才拔牙用的老虎钳子又发起攻击。长发女子轻松地躲开，一棒抽在他的腹部，抬腿一记窝心脚踢向乔三笠的胸口，踢得他跪在地上，双手捂着胸口，不住地呻吟。

这是哪路的神仙……凶神恶煞的乔三笠在她手中竟然如落水狗似的不堪一击。李亢给自己一嘴巴确定不是在做梦，随即意识到身上早就没了绑缚，要赶快逃命！趁着乔三笠再次挣扎起身要捍卫男人的尊严时，李亢连滚带爬地跑出这间破作坊，奔向清新空气和阳光。

作坊外是一个小院子，停着两辆车。一辆大部分车漆被蹭掉的日产轿车前后门都开着，钥匙就插在车上。乔三笠的两个小弟一脑袋血地躺在泥地上，双手都被简易手铐拴住。不省人事的马澄趴在车边，身上盖着一件衬衣，应该是那个姑娘给她盖上的，衬衣已经被她背后渗出的血浸染出一片黑红。

哗啦，作坊早就裂开的玻璃窗被撞碎，乔三笠的身体飞了出来，差点把泥地砸出一个坑。他满脸的土和血，向前爬了几步，顽强地抓起地上的一只铁锹。李亢瞥见他爬过的地方有一个黑色的长方体微微反光。

“你还挺扛揍。”长发女子走出来，脸上是不耐烦的表情，“差不多得了。”

乔三笠咬牙爬起来，疯狂地挥舞着铁锹，放声大叫给自己壮胆。李亢爬过去抓起他掉下的手机塞进口袋，转身想把马澄抱到车上，无奈被割开七八道口子的手腕和带伤的锁骨、肩膀根本使不出力气。他试了三次，疼得眼泪哗哗地淌，感觉身体要裂成两半了。

此时，乔三笠又挨了几下，已经彻底失去战斗力，被长发女子踩着脖子，像翻了肚皮的蛤蟆一样只能毫无意义地蹬腿。

李亢心想不能再等了，不知道这个女子是敌是友，这么能打，要是对自己下手，自己肯定就完了。他爬上轿车的驾驶座，顾不上关车门，拧一下钥匙，猛踩油门，车飞也似的冲出院子，在坑洼不平的道路上狂奔。

他不知道这是什么地方，也不知道自己要去哪里，只知道踩油门，见到路口就拐，不知不觉就上了大路。他懵懵懂懂地往前开了很久，终于看到一个有印象的路标，知道现在他在城市东北方向的近郊，心跳总算平缓了一些，身上的汗渐渐褪去。

李亢拿出乔三笠的手机，看到最后一条短信没有显示号码——“下午五点，西山森林公园南河滩。”

大鱼这是要浮出水面了。李亢看看窗外翻滚着金色波浪的麦田，揉一揉几乎失去知觉的右腿，发动了车子。

下午五点，天色渐暗，霞光浮现在天边。

黎希颖回到家中，甩掉鞋子走进浴室，站在热水下冲了五六分钟，感觉舒服多了。今天下午可真是让人揪心，她揉着湿漉漉的头发，洗去汗水和灰尘。

她本以为追着手机信号找到隐藏在胡同深处的小院时，曙光就在眼前，进去才发现，李亢使用的那只手机丢在地上，房子里被翻得乱七八糟。那些人如果是冲着李亢来的，要找的也许是金丝雀，嗯，他身上应该没有其他值钱的东西了。但是对黎希颖来说，找到李亢才是最要紧的，没想到发现了马澄的手机信号莫名其妙地跑到郊区，这可不是个好消息。

最后和李亢联系的号码就是她的手机号，时间是两个小时前。黎希颖感觉情况有变，来不及找帮手，一路开车追着信号的位置找到了城郊村落里停工小两年的手工作坊。幸好她及时赶到，作坊里的状况比她想象得要糟得多。

人类的凶残果然没有底线。马澄被人泼了硫酸，如今趴在医院里抢救，就算能保住命，后背也会留下永久的疤痕。唉，要是去晚了，天知道马医生会被糟蹋成什么样子。唯一的遗憾是又让李亢溜了。这家伙真是属蟑螂的，被打得一嘴血还瞅准机会脚底板抹油。

黎希颖走出浴室，光着脚回到客厅，打开恒温柜拿出一瓶雷司令，用海马刀拔下瓶塞，给自己倒了杯酒，靠在沙发上喝了几口。墙上的时钟指向 5:35，手机依旧没有动静，那就说明没有抓住“大鱼”。

乔三笠哭喊着求饶时交代有人出一万元让他去抓李亢。如今经济不景气，人命也在贬值，李亢要知道自己只值这点钱，心里一定不好受。

开门声和脚步声从身后传来，秦思伟进屋后径直在厨房洗了把脸。黎希颖又拿了个玻璃杯给他倒了杯酒。他摇摇头，打开冰箱找了瓶矿泉水，仰头喝了几口，坐到了黎希颖身边。

“没逮住？”黎希颖问。

“接到你的报信，周鹏带人去南河滩布控。”秦思伟把凉冰冰的瓶子贴在脸上，“等到五点半，连个人影儿都没见到。估计是没收到乔三笠的信儿，改了主意。”

“李亢的父母怎么样了？”

“家烧了一半，人没事，和周围几个遭了灾的邻居一起安置在附近的小旅店了。”秦思伟双手枕在脑后，“一开始他们咬死三轮车是管朋友借来，改天去买家具用的，着火只是偶然。没承想丢了车的快递小哥找上门了，认出他家墙角那顶帽子。李裕林知道纸包不住火，才承认是李亢偷的车，他们一家子放的火。”

“他们图什么？”黎希颖喝完第一杯酒，又倒了第二杯。

“想制造个小混乱帮李亢逃跑，谁知道火一烧起来就控制不住了。”秦思伟说，“为了清点损失，快递公司联系了买家，那车货里有不少化妆品，都是易燃易爆的玩意儿。李亢的性格看来是遗传的，他爹妈真是贼大胆，什么都没搞清就敢点火。”

“不是一家人，不进一家门。”黎希颖去浴室洗掉面膜，“李裕林两口子为了儿子真是豁得出去。不过，最倒霉的还是那些邻居，简直是无妄之灾。”

“可不是嘛，隔壁家煤气罐被飞过墙头的火星燎着，炸塌了半个房子。”秦思伟追去浴室，靠在门框上看着她往脸上拍乳液，顺手拿起个保湿喷雾往自己脸上喷了两下，“你们女人这些瓶瓶罐罐稍加改造就是大规模杀伤性武器。”

“我看有人叫了救护车。”黎希颖夺回罐子摆好，回到客厅，“没死人吧？”

“万幸，无人伤亡，就是有几个帮忙救火的受了轻伤。居委会的那个齐大妈被三轮车炸开的铁板拍晕了，摔倒时磕掉两颗门牙，之前就是她给派出所通风报信说‘李亢潜伏回家’的。”

“她这语文跟电视剧学的吧。”黎希颖晃着酒杯，“老太太现在怎么样？”

“医生给她做了全身检查，确定没事。”秦思伟忍着笑，“可齐大妈非说自己脑震荡了看什么都是模糊的，要住院检查，还问自己这算不算见义勇为。”他躺在沙发上，“你可是没看见那一通乱，齐大妈的俩儿子差点打了李裕林，被烧了房子的邻居们也是不依不饶，要集体打官司告他们两口子赔偿损失。”

“我看见的那才叫乱呢。”黎希颖玩着浴衣带子，“李裕林两口子加起来有一百多岁了，竟然觉得让儿子跑出去被不明身份的人追杀比他落入警方手里更好。这样的人，还帮他们干什么。”

“你呀，就是嘴上说说。”秦思伟笑嘻嘻地闭上眼睛，“他们的做法我倒是能明白。很多父母都这样，他们希望孩子只相信自己，和自己最亲近。久而久之，孩子信了，他们自己也信了。”

“人付出了感情就一定想要得到回报，不管是物质上的还是精神上的。想把孩子的心死死捆在自己身上的父母，想要的其实更多。”

“他们只是怕自己辛苦养大的人生续集和自己渐行渐远。”秦思伟喃喃道，“你不是常说嘛，保护欲其实也是占有欲的一种。常新兰和李裕林虽然对儿子诸多不满，但他们内心还是觉得只有他们最懂自己的儿子，能保护他。”

“他们就不想想这么做会害了多少人。”

“人嘛，总是自私的。或许在他们看来，只要儿子能领情就够了。当然李裕林跟我坦白，说很后悔一时冲动。”

“父母为他把家都烧了，李亢敢不领情肯定会被唾沫星子淹死。所以说，所谓彻底地不求回报的情感根本就是骗小孩的。”

“也不能这么说嘛。”秦思伟坐起来，“世事无绝对哦，我对你就是一片真心不求回报的。”

黎希颖起身回卧室换了一套运动服，秦思伟打开电视看晚间新闻。

青雨山庄的入室抢劫已经无人问津，取而代之的头条是棚户区大火。涂着烈焰红唇的女主播一脸正气地宣称事件还在调查之中，警方已经逮捕了三四个在网络上散布死伤惨重或者恐怖袭击谣言的人，其中一个人看着十分眼熟，仔细一想原来是齐大妈那个在医院露过一脸的孙子。

“你是准备停止休假了吧？”黎希颖提醒他不要幸灾乐祸。

“我还没想好。”秦思伟敷衍道。

黎希颖看手机上的新消息提示：“滕一鸣问我能不能去店里碰面。”

“查清金丝雀背后的玄机了？”

“他一本正经地要面谈，必定是要紧事。”

“看，还是我有先见之明。”秦思伟拿起茶几上的车钥匙在手指上转圈，“家里总得有个不喝酒的当司机啊。”

咖啡馆二层的四人座上，滕一鸣正透过放大镜观察两颗象棋子大小的“玉石”，脸上是应付差事的表情。

“怎么样，是和田玉吧？”坐在对面的小洪兴奋地问，“籽料，能值点钱的样子。”

“你别插嘴。”重案组的周鹏用胳膊肘捅他，“听滕爷说，人家是行家。”

“你听说过那句话吗，世上没有两片相同的树叶。”滕一鸣解释，

“宝石和玉石也一样，满世界找不到完全相同的。”

“人也一样。”周鹏插嘴，“就算双胞胎也会有细微差别。”

“就是这个理儿。”滕一鸣点头，“只要是天然的，就有独一无二的地方。你看你这俩什么和田玉，”他把放大镜递给小洪，“形状一样也就算了，皮子、裂缝都在同一个地方，明摆着是模子里做出来的。一眼假的东西，我就不跟你细说手感、光泽了。”

“我就说，人家几万元都买不到好玉，不可能让你几百元捡漏。”周鹏又捅小洪一下。

“事后福尔摩斯真便宜。”小洪捅回去，“我现在找你报警行了吧，给我把骗子抓起来！”

“你告诉我在哪儿买的，我给你把钱要回来吧。”滕一鸣端起手边的咖啡，“这点钱就别惊动警察了。”

“那就好，辛苦您啦。”小洪探头，“您可别告诉老板啊。”

“你又惹什么事了，怕被我知道？”黎希颖出现在桌边。

“那个……我去招呼客人。”小洪低头就跑。

“我去帮忙。”周鹏刚起身，就被秦思伟拽住，按回座位上。

“别瞎腻味了，叫你过来是有正经事。”秦思伟坐下和滕一鸣打了个招呼，闲聊几句客套话，谢谢他帮忙调查金丝雀的来路。

袁媛端来两杯热咖啡，黎希颖对她耳语几句，袁媛点头，对大家笑笑，转身去招呼刚上楼的两位客人。

“你来看这些。”滕一鸣从身边的背包里掏出平板电脑，推给黎希颖，“我查到金丝雀是加西亚去年八月从一个莫桑比克宝石商人手里买入的，去年年底在香港进行拍卖。一入一出之间，他并没有赚到多少钱。

“在同一场拍卖会上卖给法国书商的西瓜碧玺是去年四月从同一

个宝石商手中购得，同样没有加价太多就成交了。扣除拍卖的佣金，加西亚只赚到微薄的利润。他并非拍卖会的常客，在宝石收藏圈没有名气。”

“感觉他只是找个合法合理的途径把宝石送到买家手里。”秦思伟舀了两勺糖倒进咖啡杯。

“我也这么觉得，所以我继续挖了几铲子。”滕一鸣用手指划着平板的屏幕，“加西亚四年前卖了一颗十七克拉左右的海蓝宝石给澳大利亚船运商人科鲁兹。三年前，科鲁兹自杀了。”

“这里只说宣布自杀。”黎希颖细看了报道的内容。

科鲁兹在郊外别墅度假时，房子意外起火坍塌。堪培拉警方没有找到任何遗骸，无法确定生死。所以，科鲁兹是死是活，只有他自己清楚。

“这也太诡异了。”周鹏紧紧捏着装冰咖啡的杯子，“搞不好加西亚是个变态连环杀手，专杀买他宝石的人。”

“也不尽然。”滕一鸣竖起一根手指，“前年，他卖了一颗带猫眼效果的黑碧玺给一个哥伦比亚人……这名字怎么这么长？”他问黎希颖。

“何塞·贝尼特兹，”黎希颖喝一口咖啡，“这名字耳熟。”

“哥伦比亚警方怀疑他贩毒，国际刑警盯着贝尼特兹也很久了，但一直没找到证据，还在调查中。”滕一鸣说，“这人现在还活着，如果加西亚是连环杀手，肯定不会选这种危险人物做目标。”

“贝尼特兹在被调查……”黎希颖想了想，“法国人和澳大利亚人呢？他们的经济状况如何，有没有案底？”

“我正要说这个。”滕一鸣露出一脸高深莫测的笑，“为了查清这些，我昨夜一宿没睡，差点被各种外语整死，幸好有人发明了翻译软件。科鲁兹的公司在他自杀前，或者说失踪前，刚刚宣布破产，所以媒体认为他是自杀。法国人迪布瓦失踪前因为涉嫌贪污公款被调查，警方至今怀疑他畏罪潜逃。”

“我明白了。”黎希颖颔首。

“明白什么了？”其他人不解。

“我还要再细查一下加西亚的底细。”黎希颖若有所思道，“这人很有意思，买他宝石的人不多，身在世界各地。如果不是因为温良的宝石被拿走，引起我们的好奇，恐怕至今没人能发现这些蹊跷。”

“不错，各国警察各管一摊。”秦思伟用勺子搅拌着快凉了的咖啡，“这些人没涉及什么了不得的案子，不会勾来国际刑警之类的组织调查。宝石和那两个人的失踪没有直接关联，又是合法途径买卖，谁也想不到这里面会有问题。”

“到底是什么问题呢？”周鹏感到晕头转向，“如果不是加西亚干的，为什么买他宝石的人会接连出事呢？”

“我只是有个想法，还需要证据。”黎希颖把平板还给滕一鸣。

奶汁的香气飘来。袁媛端来两盘焗龙虾配蘑菇和抱子甘蓝出来。

“你们这儿伙食可真好。”滕一鸣摸摸肚子。

“好吃的来啦。”小洪端着托盘跑过来，给他和周鹏一人一盘咖喱饭，“今天我请客，你们趁热吃。”

“这差别有几光年啦。”周鹏用勺子拌匀了眼前的咖喱饭，一脸郁闷，“秦队，你到底什么时候归队主持工作，青雨山庄这案子如今都扯上境外黑恶势力啦，没有你，我们搞不定哎。”

“我看你们表现得很不错嘛。”秦思伟咬了一口鲜嫩的龙虾肉。

“这么大的龙虾你吃不了吧？”滕一鸣斜眼看着黎希颖的盘子，“案子什么的我帮不上太多忙，吃倒是可以效劳。”

“我还真有件急事需要你帮忙。”黎希颖把他伸过来的勺子挡开，“其他的就不劳您费心了。”

“帮忙没问题。”滕一鸣抬起下巴，捻动手指，“那有没有……”

“滕爷，抓住凶手是为民除害，谈这个就俗了吧。”秦思伟学他的样子捻手指。

“我老滕本来就是个俗人。”滕一鸣咧嘴道。

“帮你省点医药费如何？”黎希颖冷眼道。

“三句话离不开使用暴力……”滕一鸣一脸的郁闷，匆匆扒拉几口饭，和黎希颖嘀咕了一阵子，起身告辞。

秦思伟分给周鹏一块龙虾肉，问他温良的人际关系有没有新发现，尤其是婚外情的线索。

“情人的事查无实据。”周鹏说，“但是我发现个疑点，温良的合伙人薛仲林六月初被人杀了。”

“他们公司风水不好啊。”黎希颖吃惊道，“谋杀还是……”

“初步的判断是入室抢劫杀人，但后来发现是伪装过的谋杀现场。”

“和温良的案子一样。”秦思伟放下叉子，拿起餐巾，“凶手抓住了吗？”

“案子至今没结果。”周鹏告诉他们，“当时的第一嫌疑人是温良，因为他是死者生前最后见过的人。但温良和薛仲林关系良好，没有杀人动机，之后因为有了新的线索和嫌疑人，温良就被排除了。”

在薛仲林遇害后不久，警方接到一个匿名电话，举报薛仲林的老战友孙禹，说他曾放话要杀死薛仲林。

送老婆和孩子移居国外后，薛仲林开始有计划地出售在国内的资产。去年秋天，孙禹以低于市场价两成的价格接手了薛仲林在华南的一套房子。薛仲林告诉孙禹降价是因为他们的交情，以当前房地产的走势，孙禹只要等上一年半载再将房子出手，就可以狠赚一笔。

然而今年春天，满心希望坐等房产升值的孙禹就听到附近要开建大型垃圾处理厂的消息，当下就坐不住了。

当地居民谁也不想家门口有个垃圾处理厂，想尽办法阻止处理厂开工，找投资方谈判了五六次，但对方都以环评达标为由拒绝让步。垃圾处理厂在一片骂声中开工，周围的房价一路下跌。

眼看房子砸在手里的孙禹多方打听，才知道原来垃圾处理厂的项目在一年前就通过了审批，他终于明白薛仲林低价出售房产的目的。

面对怒气冲冲来找他算账的老战友，薛仲林坚持自己并不知道要建垃圾处理厂的内幕，同时他还表示买卖双方你情我愿，合理合法，不接受孙禹要求他按原价回购房产的提议。

孙禹气得当场掀了桌子，还当着几个帮忙说和的老友的面扬言，要把薛仲林宰了，挫骨扬灰。

“气话不能当真。”秦思伟提醒他，“真要杀人绝对不会到处说，你看那些吵嚷着要跳楼的，有几个会真跳啊？就算孙禹确实有杀薛仲林的动机，那通匿名电话也很可疑。”

“案发当天孙禹一个人在家，没有不在场证明。”周鹏拿出手机找到翻拍的卷宗。

公寓的邻居记得孙禹去找过薛仲林一次，不到十分钟就被保安上来拖走了。之后，孙禹屡次登门都被拦在了外面，因为保安队和物业经理都收了薛仲林的小费，条件就是保证他不受孙禹的骚扰。

“姓薛的看来不是什么好东西。”黎希颖撇嘴，“竟然活到这么大岁数才被打死，啧啧。不过，既然孙禹在保安那里挂了号，就不太可能去公寓里打死薛仲林。”

“可疑之处就在这里。”周鹏继续翻照片，“接到举报后办案民警去复查现场，结果在薛仲林那辆 SUV 的后备厢中发现一顶帽子，证实是孙禹的。在公寓卫生间的地漏里，他们发现两颗散落的沉香木珠子。”

“手串上的？”

“检验报告上没写。”周鹏为难地解释，“但他们查证那是孙禹的东西，上面还提取到一些血迹。孙禹辩解说自己的手串和帽子已经很久没戴过，早就不知道放哪里去了。警方当时是怀疑他钻进薛仲林的车内混进公寓，杀人后又躲进别的车里离开。”

“如果只是要杀薛仲林，没必要费这番周折。”黎希颖不禁升起了好奇，“珠子、帽子，第一次勘查没有发现？”

“不是我们区里的案子。”周鹏苦着脸回答，“负责这起案子的根本不愿意搭理我，还以为我要抢案子呢，好说歹说是和青雨山庄的命案有关才让我看的案卷。看卷宗显示，第一次勘查应该没有查车，因为薛仲林是在客厅里被打死的。卫生间……我就不清楚了。”

“所以后来他们把孙禹定为第一嫌疑人？”秦思伟说，“既然说案子至今没结果，就说明最后还是把他的嫌疑排除了。”

“因为从沉香木珠子上提取的血迹经过 DNA 比对，既不是薛仲林的，也不是孙禹的。搜查孙禹家，没找到薛仲林丢失的手机、金表，及其他任何可能把他和凶杀关联起来的物证。调查一下子乱了套，到现在连个嫌疑人都没有。”

因为证据不足，被关了小一个月的孙禹重获自由。他老婆早先怪他错信奸人投资房产失败，打包细软带着孩子回了娘家，孙禹被抓后，她立刻提出离婚。

孙禹发现后怒不可遏地跑去理论，还动手打了劝架的小姨子，又被抓起来关了几天，被迫同意离婚。他前妻以报警证明申请了人身安全保护令，要求他不得接近她和孩子。

“有动机，有证据。”周鹏掰着手指数到，“要不是那点血迹，抓他真不能算冤枉。”

“间接证据，而且来源可疑。”秦思伟反对。

“接到匿名电话前，薛仲林公寓的监控是不是出过问题？”黎希颖问。

“你果然有穿越时空的视力。”周鹏用力点头。

“你果然和小洪前世有缘。”黎希颖冷淡地说，“明摆着有人扰乱侦查方向，破坏现场。”

“是和孙禹有仇的人想陷害他吧。”周鹏猜测道。

“不，他只是想把水搅浑。”黎希颖说，“结果就是所有证据都会被质疑，除非有新的、决定性的发现，否则案件就陷入僵局。孙禹只是个棋子，没有直接证据，就算没有来历不明的血迹，他最终还是会被释放。”

“有人想保护真正的凶手。”秦思伟拿过周鹏的手机翻了翻，“他的目的已经达到了——说不清的物证，抓错了人，如今谁也不敢轻举妄动。”

“公司的创始人和合伙人都死了，现场还都是入室抢劫，肯定不是巧合。”周鹏猜测道，“我们查温良的案子，说不定能把薛仲林之死的真相查出来。”

“青雨山庄的事已经够乱了。”秦思伟摇头，“很多线头没有理清，既然不能证明薛仲林的死和温良有关，还是先不要去碰这个泥潭，免得陷进去出不来。”

“也是……”周鹏叹气，“国内的国外的，失踪的逃跑的，青雨山庄的案子我一直没看透。收集那么多物证，也没个明确的结果。”他往嘴里塞了一大勺咖喱饭，“对了，在何孟周床下找到的钱肯定是温良的，那些钱上有他的指纹。但那两面具上啥都没提取到，指纹、DNA，统统没有。”

“果然如出一辙。”黎希颖用叉子猛地戳穿一颗甘蓝，“我明白是怎么回事了。”

“但你就是不告诉我们。”秦思伟挑眉。

“因为拼图只完成了一半。”

“我也知道了！”周鹏像挥舞指挥棒一样晃着手里的勺子，“没准这一切都是孙禹的苦肉计。”他像教书先生那样晃着脑袋继续说道，“他杀了薛仲林，为了摆脱嫌疑，干脆设法丢下假证据，再举报自己。这叫以退为进！等证据漏洞暴露，他自然会被释放，而假证据把整个调查拖入困境，他就安全了。”

“可孙禹一开始并不在嫌疑人名单上，直到被匿名举报。”秦思伟懒得和周鹏掰扯，“他老实躲着就够了，何必费那么大力气到看守所体验生活，还把自己害得妻离子散的，傻啊？”

“抹茶是姐夫的，黑天使是老板的。”小洪端来冰激凌，“姐，我昨天看了本盗墓小说，想到个问题。那个未来战士，叫啥来着？在他身上找到的宝石说不定就是被下了蛊，所以拿到它的人都死了。”

“下蛊，呵，亏你想得出来。”周鹏对小洪不给自己冰激凌表示不满，“不过啊，说不定加西亚在下一盘很大的棋。他的宝石买家身在各国，有的还有犯罪背景，可能在暗地策划恐怖活动，宝石就是他们组织的信物。”

“那还是下蛊吧。”秦思伟头疼，“你这比八流电视剧还狗血的剧情到底是怎么想出来的？不得不说你和小洪真是天生一对。”

09　六月杀人案

月上梢头，灯火闪着朦胧的泪光和即将离去的日子道别。秋风在街道上做着最后一轮巡视，摇醒急着入睡的树叶。

咖啡馆迎来一天中的最后一轮忙碌。上午来店里的客人大半是想换个轻松点的办公场所，或者聊一聊在会议室不方便谈的话题。午后占据座位的除了抱着平板电脑敲打的文艺青年，还有逛街采购提着大包小包战利品的女士们。到了晚间，恋爱的气息几乎能掩盖咖啡的味道，带竹帘的小包间供不应求，店里提供的情侣套餐和桌游早被一抢而空。一些终于可以放下工作，出来小聚的朋友穿插其间，喝着不会影响睡眠的花果茶，聊着生活的烦恼和墙上电视里滚动播出的新闻，仿佛有口饭吃，有个三十年内还不清贷款的蜗居，偶尔还可以不加班的日子，就算是一种难得的幸福。

门上的风铃响了，有客人进门，小洪赶紧迎上去："欢迎光临！请问几位？"

进来的是一个二十五六岁、鹅蛋脸的姑娘。她穿着不太合身的黑色衬衣、休闲裤，搭在肩上的长发乱糟糟的，脸色发白，站在门前不敢往里走，好像怕前面的地板会塌陷似的。

"小姐您……一位吗？"小洪试探地问道，"楼下客满了，您楼上请。”他做了个请的手势，客人依旧没动，双手紧紧攥着一个盒子，端在胸前的位置。

“欢迎光临。”袁媛看情况不太对，走了过来，对客人致意，“小姐喝咖啡吗？”

“你们……老板……在吗？”客人的声音比蚊子大不了多少。

“请问您有什么事？”袁媛和气地问。

这位客人看着面生，不像是老板的朋友。但看她一副战战兢兢的样子，像被吓坏了的小动物，怎么都不可能是来找茬的。

“这个……”客人将手里的盒子举到袁媛面前。

“您怎么称呼？”袁媛没敢接盒子，朝小洪使了个眼色让他去楼上叫人。

“交给你们老板。”姑娘举着盒子像复读机一样，半低着头，语调机械。附近的其他客人也察觉到异样，纷纷投来好奇的目光，开始低声议论。

“您总得告诉我为什么要见我家老板？”袁媛下意识后退了半步。

客人咬紧嘴唇，眼神呆滞无光，一副千言万语说不出的表情。她手里的盒子，比一只手机大一点，大概有两盒香烟的厚度，盒子用灰色的麻绳捆绑几圈，打了一个水手结。

“哪位找我？”黎希颖出现在楼梯上，俯视门厅，看见战战兢兢抬起头的客人，她脸色一沉，“邱秋！”

那客人像挨了一巴掌似的，把手中的盒子硬塞在袁媛怀里，扭头跑出咖啡馆。黎希颖追到街上，没看到她的影子，只听见马达轰鸣，一辆黑色福特轿车风驰电掣地开过前方不远的街角。

“是邱秋吗？你看清楚了？”秦思伟和周鹏听到那句邱秋都跟了出来。

“肯定是她。”黎希颖盯着车远去的方向。

回到店里，袁媛还站在原地，捧着如烫手山芋一样的盒子，不知道该不该放下。

“袁姐你可别乱动。”小洪缩在柜台后咋呼，“谁知道那是炸弹还是……哎呀！”他捂着挨了一记五指山的后脑勺，“姐夫你打我干什么！”

“打死你都不多。”周鹏把他从柜台后抻出来，“怎么说话呢！这么多人，你这是唯恐天下不乱啊！”

秦思伟默不作声地从袁媛手里接过小盒子放在耳边听了听，转身进了厨房，把忙着做糕点的两位厨师请了出去。

“很轻，肯定不是炸弹。”他拿剪子挑开缠绕在盒子上的麻绳，“你们都站远点。”

“不用自己吓自己。”靠在餐台上的黎希颖双手抱在胸前，扭头看看身在门外，既好奇又怕死，只敢远远观望的几颗脑袋。

绳子捆得很紧，在纸盒上勒出几道清晰的痕迹。打开盒盖，里面塞满了快递包装里常见的填充物，什么东西埋在一堆泡沫正中。

“是什么……”小洪大着胆子凑过来。

“人的眼珠子。”秦思伟故意拿起盒子转向他。

“我的妈！”小洪吓得扭头就跑，把头埋在周鹏肩膀上。

“别叫这么亲。”周鹏拍拍他的头，“没事啊，不怕！”

“是什么人……的眼睛？”袁媛揪着衣服的前襟，舌头发硬。

“只是一柄钥匙，瞧把你们给吓的。”秦思伟用两根手指捏起钥匙。它形状扁平，比常见的防盗门钥匙小几圈，在灯下泛着银色的微光。

“不知道邱秋这是什么意思。”黎希颖接过钥匙看了看，把它扔回盒子里。

“我看她……很害怕的样子。”袁媛扶着门框，浑身发抖，“会不会是被人胁迫？”

“先把这个拿回去检验。”秦思伟盖好盒盖，和绳子一起递给周鹏，“查一下周围几个路口的监控。”

“这是车牌号。”黎希颖用厨师抄写配方的纸笔写下号码，“没想到邱秋竟然会找到这里。她和她背后的人送一把钥匙过来，是想让我们去开哪一把锁呢？”黎希颖看向窗外的夜色，不知道答案。

黑色的轿车混迹在车流中，不快不慢地行进。戴着皮手套的手将一张沾满灰尘的名片小心地装进口袋。今天这一着险棋，还不知道效果如何。路灯透过车窗，给苍白的面具涂上一层变幻莫测的柔光。

医院可能是城市里最早醒来的地方，曙光吹熄了街灯，住院大楼一层的拥挤和喧嚣丝毫不比节日里的火车站逊色。黎希颖绕过人群，挤进电梯来到七楼，推开电梯间和楼道之间的玻璃门。

加护病区一片静谧，仿佛和楼下是两个世界。

她走进左侧的走廊，拐了个弯，迎面遇到两个推着小车的护士。她们在浅蓝色的护士服外披着深蓝色的针织衫，口罩挂在一只耳朵上，边走边聊。

“真是不像话。”梳着光滑发髻的护士长说话带有明显的东北口音，“被铐起来了还不老实。”

“这种人就不该浪费药给他治病。”年轻的护士愤愤不平，“瞧他把马医生都伤成什么样了。您胳膊没事吧？”

“没事，擦点药膏就好。”护士长抬头和黎希颖打招呼。

“出什么事了？”黎希颖注意到她的胳膊上有几道红色的血痕。

“昨天你送来的那个病人，我看可以出院了。”护士长说的是乔三笠。

昨天下午被送进医院时，他声称自己骨头断了，脑子被打傻了，什么都想不起来了。医生说他全是皮外伤，身体比谁都健康，但乔三笠就是赖在病床上说自己浑身无力，死活不肯起来。警察问话，他就哭天喊地说自己是伤员，需要人道主义关怀。

医院和警方商量，让他住院观察两天，有了全套的X光片、检验报告，可以提防乔三笠日后拿受伤的事耍无赖。虽然医生和护士们心疼挣扎在生死线上的马澄，对乔三笠恨之入骨，但治病救人是本分，就算他再十恶不赦，只要送进了病房就得尽力而为。

乔三笠被铐在病床上哼哼了一夜，自知逃不过，所以每隔几个小时就哭闹一番。几分钟前，护士长去给他打点滴，刚插好针，他连抓带挠地一通折腾，大喊大叫说输液袋里都是毒药，有人要杀人灭口。

输液架子被踢倒，护士长的胳膊被抓伤，帮忙的小护士摔了个跟头。负责看守的两个警员合力将他按住，乔三笠又开始缩在被子里极尽能事地装虚弱。

“管子扯断了，药水流了一地，简直不可理喻。”护士长怒视着小车杂物筐里的一片狼藉，“输液就免了吧，一会儿所有的检验报告就都能出来了，让他赶紧去班房里啃窝头。”

“这是被乔三笠扯断的？”黎希颖感到不妥，拿起缠成一团的软管看了一眼，转身大步跑向病房。两位白衣天使见她脸色不对，对视一眼，跟了上去。

她们还没跑到门口，就听到了病房里的尖叫声。守门的警员冲进去后，愣在门口。

原来乔三笠闹事只是幌子，他扯断输液管时，巧妙地将埋在血管里的输液针头留了下来，顺手又抓了小车筐里一包没开封的软管。一片混乱中，没人注意到他的小动作。等众人离开，乔三笠忍痛挤出针头，用它捅开手腕上的手铐，静待时机。

因为药液流了一地，护士长离开时呼叫清洁工大姐过来收拾。这是乔三笠算中的一步。他趁大姐低头擦地时跳下床，用软管勒住她的脖子挡在自己身前。

“让开，不然老子勒死她！”他高声叫道，“都给我滚开！”

“别激动，对心脏不好。”黎希颖推开警员走进屋里，“行啊，老江湖。”

“少废话，滚出去！”乔三笠没忘了昨天的一顿打，扯着清洁工大姐往后退了两步。大姐被勒得喘不上气，脸涨得通红。

“我是来帮你的。”黎希颖抬起右手，车钥匙发出叮当轻响，“放开她，我把车给你。”

“你们先退出去！”乔三笠大吼。大姐双手拉扯着脖子上的软管，发出咿呀的求救声。

“好，你放松，真勒死她你可就没救了。”黎希颖摆摆手，示意大家退到楼道里。

乔三笠拖着大姐走出病房，四处乱瞄，额头已经蒙上一层汗珠。“把钥匙扔过来！”他对黎希颖高喊，“不许耍花招！”

“好，你看清楚。”黎希颖举起右手，用力晃了一下钥匙，做出抛出的动作。

光影一闪，钥匙还在她手里，一张门禁卡飞进乔三笠的右脸，鲜血伴着号叫喷涌而出。乔三笠被这毫无防备的一击打乱了阵脚，双手条件反射地松开软管，捂着脸上的伤。趁这半秒钟的时间，黎希颖已经来到他面前，一只手推开腿脚发软的大姐，一只手狠狠地砍在他的喉咙上。

喉闭锁带来的痛楚和缺氧让乔三笠头晕耳鸣，憋闷难忍，眼前一片漆黑，四肢松软无力。他双手放在脖子上，张开嘴巴努力想吸入一些空气，身体不由自主地跪在了地上。黎希颖抬脚踢中他的腹部，乔三笠的身体短暂腾空，在地心引力的召唤下，“砰”的一声砸在水磨石地面上，姿势完美地解释了什么叫五体投地。他的一只手正好搭在靠在墙边喘息的清洁工大姐腿上，大姐吓得尖叫，抬腿就踢，不偏不倚蹬在乔三笠的右眼上，疼得他眼泪直流。两个警员不给他任何反抗的机会，迅速上前，一人按住一只胳膊往身后一扳，咔嚓，锁上了手铐。

“就你这点出息还学人家挟持人质！”黎希颖蹲下，给了乔三笠一巴掌，顺手拔下插入肉里的磁卡，丢进垃圾桶。

“恶心死了。”护士长皱眉掩鼻，和黎希颖一起扶着惊魂未定的清洁工大姐到护士站去休息。

清洁工大姐喝了几杯热茶，吃了小护士跑出去买的早饭，情绪稳定了很多。闻讯姗姗来迟的副院长亲自给她做了检查，确定没有大碍后，同意大姐回家休息两天，工资照发。

“马医生怎么样了？”黎希颖问护士长。

“还没醒过来。”护士长叹气，“整个后背……唉，乔三笠那种人！你刚才真该把他打死，替国家省点粮食。”

“马医生的父母守了一夜。”小护士搭腔，“刚才终于被院长劝回去休息了。外科主任正和整形中心那边商量，看等马医生好一些之后能不能做植皮。”

“马医生那伤，没有一年半载好不了。”另一个小护士伤心道，“留疤是肯定的了，那流氓简直不是人。”

“大家帮个忙。”黎希颖站起来，“如果有人来看马医生，请立刻通知我。”

“没问题，我来安排。”护士长点头。

黎希颖离开护士站，到楼下走了一圈透了透气，才回到加护病区乔三笠的病房。一进门就看见秦思伟对窝在被子里装死的乔三笠晓之以理。

“这铁家伙我暂且帮你摘下来。”秦思伟晃了晃手中的手铐，“反正你后半辈子离不开它。做人呢，最重要的就是想清楚自己想要什么。你逃不过去，不如好好合作，争取个好态度。”

“跟他讲理，比对牛弹琴还不划算。”黎希颖走向床边。

见她靠近，乔三笠像被抽了一鞭子，跳起来伸手抱住秦思伟的腰：“她……就是她差点打死我！”

“你能干出那些不要脸的事，就是因为从小挨打太少。”黎希颖又往前走了两步。

“救我！”乔三笠努力假装发抖，“你让她出去！让我干什么都行！我什么都能交代！”

“我跟你好好说话呢。”秦思伟扯开他的手，“你要是再装傻充愣，我就只能请她和你‘亲切交流’一下了。”

“你想……知道什么？”乔三笠坐回床上。

“你和李亢之间的恩怨。”秦思伟退到窗边。

“谁？”乔三笠的疑惑不像装出来的。

“你拔了他的牙，拿硫酸泼了他的朋友。”黎希颖拿出手机给乔三笠看照片，“别跟我说不认识他，乔三笠，装孙子也得有个限度。”

“我记不清他叫什么。”乔三笠盯着李亢的照片，伸手摸摸不成人样的左脸，“我这脸就是被他害的，还有……”他把嘴往旁边扒开，给黎希颖看他牙床上的一块空缺。

“我们找到了你的牙。”秦思伟从口袋里拿出装着一只臼齿的小瓶子，瓶盖上贴着“乔三笠”字样的标签，“李亢为什么要对你下手？”

“这事儿……”乔三笠低下头，吭哧半天才挤出一句，“说起来话长。”

“咱们长话短说吧。”秦思伟把小瓶子放在窗台上，“我查过记录，你坐过两次牢，一次是走私，一次是故意伤人。四年前，你第二次出狱后不到一个月再次被捕，但是那一次被你逃过去了。”

第二次出狱后，乔三笠没有回家，而是直奔常去的网吧，在一个有名的寻人论坛发了名为“寻仇启示”的帖子，声称悬赏五万元，找前女友曹娴。

原来他在监狱里碰到一个曾经有些来往的混混，得知自己几年前因为走私香烟被捕入狱是被曹娴举报的。当时曹娴已经厌倦了随处惹是生非的乔三笠，不仅举报他还趁着他蹲班房的时候，卷了家中所有值钱的东西，一走了之。乔三笠气得七窍生烟，扬言要给曹娴好看。

帖子不到半日就被管理员删除，但已经有了上千回复，大部分都是骂他心术不正，还有一些起哄、看热闹的无聊群众。

没过多久，早已搬到外省的曹娴在回家路上遇到袭击，被一个蒙面歹徒拖上面包车劫走。第二天中午，当地警方在郊外一条小河边找到被丢弃的面包车，车厢里的曹娴还有一口气，但身上多处骨折，脸已经被硫酸腐蚀得看不出本来面目。

乔三笠因为发过寻仇帖子，而且案发当天被目击者看到在曹娴家附近徘徊，于是一周后就在街边的烧烤摊上被捕。他百般抵赖，声称自己发帖子只是图一时痛快，并没有真的对前女友下手，并且不慌不忙地提出自己有明确的不在场证明。

一张高铁车票可以证实案发时他坐在时速三百多公里的飞驰列车上，根本不可能跳下来杀人。乔三笠承认有狐朋狗友告诉了他前女友的现住址，他去转了一圈想和曹娴谈谈，但考虑再三还是没去打扰。

车票是真的，而且能找到他的登车记录。唯一的疑点是车站的监控录像某一段被无端抹掉了，查不到他进出站的影像。

“你的不在场证明是假的吧？”秦思伟说，“我能想到是什么人在帮你，虽然还不太清楚他是如何做到的。是李亢，对吧？”

乔三笠犹豫片刻，默默点头。

“你们是怎么结下仇的呢？因为你赖账不给他们报酬？”

“他们不要报酬。”乔三笠正常的半张脸上浮现出一丝痛楚，“我一开始不明白是怎么回事，还以为自己遇到傻子赚到了。过了几个月……”

乔三笠早已把曹娴的事抛到脑后，每日除了和朋友厮混就是继续搞走私的营生。深秋的一个月黑风高之夜，他提溜着啤酒瓶子，去找一个新认识没几天的小情人，一进屋便被麻袋套了脑袋，劈头盖脸一顿闷棍。

等乔三笠醒来时，他已经被捆上手脚，带到荒郊野外的一片河滩。袭击他的人是两个戴着长鼻子面具和棒球帽的家伙，听口音很年轻，是本地人。乔三笠开始以为是自己得罪了道上的朋友，或者有人要抢他的地盘，开口讨价还价被扇了几个大嘴巴，才明白眼前站着的就是当初帮他制造不在场证明的那伙人。他们自称“匹诺曹”，但他不明白那是什么鬼意思。

“他们说我说了谎，需要支付人品。”乔三笠说话声越来越低。

“所谓支付人品，就是用你戕害曹娴的方式报复你。”黎希颖看着他抽动的嘴角，“拔了你的牙齿是作为战利品。”

“他们根本就不是人！”乔三笠激动得声音颤抖。

“曹娴的命虽然保住了，但她现在还躺在床上，神志不清，生活完全不能自理。”秦思伟厉声道，“你觉得他们对你残忍，你对曹娴和马澄的所作所为又算什么！”

乔三笠顿时语塞，青筋凸起的双手紧紧抓着被子。他心里不服，但不敢明说。作为一个混迹江湖多年的老油条，他明白此刻摆在自己眼前的只有漫漫无期的牢狱生涯，继续反抗情况只会更糟。

“你是怎么找到‘匹诺曹’帮你脱罪的？”秦思伟问他。

“朋友介绍的。一个偶尔一起打台球的朋友提到认识一伙儿怪人，说或许对我有用。”乔三笠想了想，“我有两三年没见过那哥们儿了，不知道他在什么地方。”

“以你的性格，被伤成这样，必定会想方设法报仇。”黎希颖说。

“我找了他们好几年，但没人知道那两个人的底细。”乔三笠解释，“当初给我介绍的哥们儿只知道一个电子邮箱地址，还特意提醒我那些人有点怪异，能不招惹就不招惹。要不是我当时想不到别的路子，唉……这几年，我都认命了，直到昨天上午……”

接到那个不显示号码的电话时，乔三笠正和两个小弟在自家院子里晒太阳、吹牛皮。电话那一端的声音听不出男女，直接问他想不想报当年被小木偶毁容之仇。

“他告诉我找到一个女人，就能引出小木偶。”乔三笠加快语速，“条件是把活口交给他，他愿意出钱。”

虽然将信将疑，但是压抑多年的复仇怒火瞬间爆发，烧得乔三笠头疼。他去了电话里提到的小区，将马澄拖上自己的破车，问出了让他血脉沸腾的消息。乔三笠不知道打电话的是什么人，没问对方为何知道自己的事，也不在乎他买走小木偶活口后要干什么。

“我并不想要他们的命。”乔三笠强调，“我不杀人，从不。”

“那还应该给你颁个年度感动大奖，是吗？”黎希颖讥讽道，“你害得别人生不如死，给别人留下一辈子都去不掉的伤疤和心理阴影，现在还觉得自己挺仁义，只是因为没要他们的命。”

“他的字典里没有仁义。”秦思伟更正她，“他只是明白故意杀人是重罪，被抓住不判死刑也出不来了。”

“他现在进去也不太可能出来了。”黎希颖耸了耸肩。

“我该说的都说了，真的没什么可以交代的了。”乔三笠哭丧着脸。

“给你打电话的人提到金丝雀了吧？”黎希颖问他。

“什么？”

“你们把李亢栖身的小院翻了个底朝天，难道不是在找那颗宝石？”

“宝石？我不知道什么宝石。”乔三笠瞪着死鱼眼，“我们抓到小木偶就走了，没空翻那个院子。附近不是什么地方着火了来了好多警察和消防车嘛，我们不敢久留。我说，你可别把什么污水盆都往我头上扣。哎，我活不了啦。”他又开始倒在枕头上哼哼。

秦思伟忍不住翻了个白眼，给乔三笠重新套上手铐，拉着黎希颖离开病房。

“我会尽最大努力让乔三笠不再出来祸害人。”

走廊的尽头用玻璃门隔出一片会客区，摆着小圆桌和塑料椅子。他们找了一张没堆着用过的茶杯、纸巾的桌子坐下，打开窗透透气。窗外是秋风、艳阳，但坐在光线不足的楼道里，仍然令人感到阵阵凉意。

“看来其他几颗牙齿的来路也类似。”秦思伟把装着乔三笠牙齿的瓶子放回口袋里，“李亢和蒋迎暗中设计，帮一些人逃脱法律的制裁，但事后他们发现其中有些人并非无辜，就会找上门去以暴制暴，比如乔三笠。”

“蒋迎的抽屉中有温良的资料，说明他也是委托人之一。”黎希颖说，“他们用假证据误导警方，以陷害孙禹的方式扰乱侦查方向。沉香木珠子上的血迹可以来自任何一个街头混混，根本没法查证。这说明温良确实是杀薛仲林的凶手，所以李亢他们才会时隔几个月找上门对他下手，并且把现场布置成抢劫杀人的样子，正如温良对薛仲林所做的那样。”

“但和之前几次不同的是，他们并没有拔掉温良的牙齿作为战利品。”

“因为他们想一石二鸟，陷害何孟周。如果温良的牙齿不见了，肯定会引起怀疑，横生枝节。所以李亢他们改变了自己的习惯。”

“那么要买李亢活口的又是什么人？”秦思伟用手托着脸，“我曾经想，是不是和乔三笠一样，是被李亢他们讨要过‘人品支付’、想要报复的人。但细想又不太可能，那些人应该不会碰巧和金丝雀有瓜葛。现在我们仍然不明白那颗宝石到底扮演了什么角色。”

“所以说，这拼图只完成了一半。”黎希颖说，“我怀疑金丝雀和薛仲林的死有些关系。温良和加西亚之间，也肯定有一些不可告人的秘密。”

“你说，有没有可能是薛仲林发现这个秘密，被温良杀人灭口？”

“说不定真是。温良肯定把这个秘密隐藏得很好，可薛仲林不仅发现了这个秘密还让温良知道了，于是他痛下杀手。同时因为温良隐藏得足够好，所以在外人看来，他没有杀薛仲林的动机。”

“李亢和蒋迎调查过温良，应该是发现他杀了薛仲林。那他们是否已经知道了这个秘密？所以李亢拿走金丝雀，并因此招来杀身之祸。”

“我想过这种可能。”黎希颖摇了摇头，“如果乔三笠没说谎，在小院翻找的就另有其人。目标只可能是金丝雀，因为李亢身上没有其他值得别人大动干戈的东西了。他要乔三笠留下活口，应该也是想确定李亢知道多少。但是……”

“我最怕你说这两个字。”

“我只是觉得证据还不够，不能贸然下结论，免得误导自己。”

“有道理。”秦思伟想了想，“但有几点可以确定，第一，凶手是李亢他们的熟人，知道他们的行动细节，也知道乔三笠和他们之间的恩怨。”

“对，尤其是乔三笠的事，李亢他们不会把这种事随意透露给别人。”

“第二，凶手和温良关系匪浅。”

“我感觉他捅了温良那么多刀，折断他的手指，仿佛有很深的恨意。”黎希颖看向蓝天白云，“可惜，周鹏已经排查了李亢、蒋迎和温良的人际关系，根本找不到某个人和他们都有交集。”

“或许金丝雀的秘密就是他们的交集。”秦思伟说，“我有预感，宝石肯定是打开现有谜团的钥匙。”

“说到钥匙，昨天有人给咱们送来一个。”黎希颖从包里拿出邱秋送来的小盒子，“现在还是查不到她的下落？”

“刚才收到周鹏的短信，还没来得及看。”秦思伟拿出手机，一字一句地说，“你昨晚看到的那辆车，登记在蒋迎名下。”

“哈，真热闹。”黎希颖深吸一口气，“蒋迎和李亢深夜里去对付温良，嫁祸何孟周，肯定开着车。蒋迎身上没有车钥匙，在何孟周家附近也没有找到车，应该是被凶手开走了。”

“所以，邱秋就是凶手的同伙吧？”秦思伟点头，“这就能解释你刚才的疑问。凶手是从邱秋那里得到木偶二人组的行动细节。我们早就知道，她接近李亢是有目的的。”

“但邱秋不太可能知道乔三笠。”黎希颖反驳，“那已经是四年前的事了，她和李亢才认识没多久。”

“也是啊……”秦思伟咋舌。

“在所有人中，邱秋是我最看不透的。”黎希颖若有所思地说，“而且我觉得……凶手的行为很奇怪。”

“哪里奇怪？”

“他亲自设伏杀了蒋迎，害李亢落荒而逃。后来又去活动中心刺伤罗明亮……”

“罗明亮说他力气很大，行动迅速，像是受过训练的人。”

“可是这次，他明明知道马澄了解李亢的下落，为什么不自己动手，而是花钱让乔三笠代劳？乔三笠这种人，在我看来可信度实在很低。”

“或许他被其他事情拖住了，没法自己行动，又想尽快抓住李亢，只能利用乔三笠。”

“也许吧。”黎希颖微微颦眉，显然对这个解释并不满意。

“要说奇怪，李亢和蒋迎也很奇怪。”秦思伟靠在椅背上，“帮别人脱罪连带私刑裁决，简直是玩火上瘾。”

“他们只是喜欢做上帝的错觉。”黎希颖起身走到窗边，看着几只在枝头跳跃的麻雀，“谁无罪，谁要被惩罚，都由他们决定。可以随意摆布别人命运的诱惑比毒品更让人欲罢不能。”

“还有挑战法律的刺激。一次又一次的成功，让他们觉得自己无所不能，凌驾于法律和道德，别人都只是他们手中的玩物。”

“结果一招失手成了别人碗里的肉。”

“夜路走多了早晚遇到鬼。”秦思伟挪到黎希颖身边，“李亢一逃再逃，除了怕我们知道他和蒋迎‘行侠仗义’的勾当把他抓起来，多少也是因为自我膨胀，想亲自解决找上门的麻烦。”

“他是自作自受。”黎希颖转过身，靠在窗台上，“多吃些苦头也好，能帮他提神醒脑，认清自己的斤两。”

很多人不撞得头破血流都不会明白，平静得近乎无趣的生活其实也是一种享受。黎希颖很难理解为什么李亢和他的同伴会自作聪明地想要干出一番令人惊讶的大事情。都说经历过战场的人很难再进入平淡的生活，但其实没有经历过残酷杀戮的人们才更渴望披挂上阵，因为他们从没切身体会过挤在生死缝隙间的窒息和绝望，也就不懂珍惜活着这样的简单幸福。

“你知道你这种幸灾乐祸的表情不合时宜吗？”秦思伟捏她的脸，“好歹是一条人命，能救还是得救。毕竟每个男人心里都有过成为英雄的梦想，只是大部分人长大了就被日复一日的庸碌夺走了激情。”

“想当英雄，他可以做消防员，参军去维和，当缉毒警。”黎希颖嗤笑，“他们想要的只是一种凌驾于他人之上的感觉。”

“因为他们在生活里找不到这种感觉。他们不想被人踩在脚下，又没能力挣脱，有些人靠毒品、酒精麻醉自己，有些人呢，却想着反咬一口。”

“所以，我觉得他们还不如那些庸庸碌碌的人。至少那些人有勇气面对真正的自己，在努力支撑着生活，寻找希望。”

“护士长，早啊，让您受累了。”秦思伟转头笑着打了个招呼。

“早，你们也辛苦了。”护士长搓了两下手，“小黎，有个男的来看马医生。”

“走，去看看。”黎希颖对秦思伟点头。

马澄的病房在七层右侧楼道中段，是一个单人间。她现在仍然没有恢复意识，趴在床上，全身插着管子，后背露出死皮的部分已经开始溃烂，医生要时不时地为她换药。换药的小护士正谨慎地盯着站在病床前的一个男人。

他个子挺高，有一米八左右，身材偏瘦，黝黑的长方脸，丹凤眼，薄嘴唇周围留着精心修剪的胡子。灰色T恤、运动外套、藏青色休闲裤及帆布鞋的打扮和斜挎在肩头的背包，给人一种率性而为的感觉。访客自我介绍叫吴诚宇，是马澄男朋友的朋友。

“马医生没男朋友。”护士长更加警惕，“你是史科长的朋友？”

“谁？”吴诚宇一愣，看看马澄，“她……不是蒋迎的女朋友吗？”

“你认识蒋迎？”秦思伟也起了疑心。

“啊，我们是从小一起长大的朋友，怎么了？”

“你和马澄是怎么认识的？”

“我们不认识。”吴诚宇已经彻底蒙了，“昨天，马医生在蒋迎父母家给我打电话，约我见面，说她是蒋迎的女朋友。”

“既然不认识，她为什么要约你？”

“我也觉得很怪。”吴诚宇愣愣地说，“她说要替蒋迎还我钱。我没借过钱给蒋迎，而且他绝对不可能管我借钱，我不知道蒋迎是怎么和他女朋友说的。”

“为什么蒋迎绝对不会找你借钱？”黎希颖强调了“绝对”二字。

“我的情况他很清楚。”吴诚宇说，“我父亲得了前列腺癌，为了给他治病，我把前两年买的房子都低价出手了，根本没钱接济朋友。”

“这些你都告诉马澄了？”

“没，我不知道她和蒋迎是怎么回事，所以约好昨天下午在我家附近见面。”吴诚宇又看一眼马澄，“我等到路灯都亮了也没见有人来，没想到今天一早接到蒋迎爸爸的电话，说马医生被人打伤进了医院，就想着来看看怎么回事。”

“所以昨天一下午，你都在咖啡馆？”黎希颖向他确认。

“对啊，昨天我休息，本来想出门钓鱼。”吴诚宇说，“但……老实说，我真觉得马医生跟我说的那些话非常奇怪，想当面问个清楚。蒋迎的事搞得我这几天整宿睡不着。”他问秦思伟，“蒋叔叔说，和蒋迎同住的那小子是杀人犯，你们还没抓住他？”

“李亢？他没杀人。你见过他吗？”

“没见过，只看蒋迎发过照片。”吴诚宇越发搞不清状况，“他不是凶手，那是谁干的？马医生怎么会伤成这样？我刚才进门，吓了一跳。”

“伤害马医生的人已经被捕了。”秦思伟岔开话题，“你是做什么工作的？”

“我在铁路上工作，是电气工程师。”吴诚宇拉了拉肩上的挎包袋子，从裤袋中摸出一张名片递给他。

“铁路啊……”黎希颖微微一翘嘴角，“乔三笠这个名字，你有印象吗？”

“乔……”吴诚宇歪头想了想，“这名字我肯定在哪里听过，是在哪里呢？”

“四年前，他拿硫酸毁了前女友的脸因此被捕。”黎希颖提示他。

“啊……那应该是我看过相关的报道。”吴诚宇把目光迅速移向地板，手紧紧攥住背包带，“这人……和蒋迎、马医生有关系吗？”

“你是蒋迎发小，他的交际圈子你应该清楚。”黎希颖把球踢回去。

“我……肯定没见过这人。”吴诚宇尽力掩饰着不安，抬手看表，“我得去上班了。”

看着他逃跑一般地离开病房，秦思伟伏在黎希颖耳边低声说：“乔三笠的事从没被媒体报道过。当年那张帮他脱罪的高铁票，会不会就是……”

“很可能是他。”黎希颖点头，“有了内部人帮忙，李亢他们才能顺利拿到真票，篡改登车记录和删除监控录像。”

“你觉得，吴工程师对匹诺曹那些勾当了解多少？”

“找机会听他亲自说吧。”

“再查一下他的底细。”秦思伟摸摸下巴，“除了身高体重，吴诚宇倒是蛮符合我们给凶手描绘的画像。”

“很快你会觉得所有人都符合凶手的侧写。”黎希颖打趣道，“放轻松，如今离抓人还早得很。”

一旁的护士扑哧一声笑了。黎希颖见秦思伟对自己挤眉头，迅速转身走到床边，帮准备给马澄清理创口、换药的护士端起托盘。

护士用镊子夹住沾满药液的棉球，轻轻擦拭马澄的后背。当棉球碰到一处创面边缘时，她的身体明显抖了一下，发出低沉的呻吟。

“马医生，听得见我说话吗？马医生！”换药的护士放下棉球，靠近马澄的耳边，焦急地呼唤。

“我去叫值班医生。”黎希颖扭头跑了出去。

忙碌和喧嚣是会传染的。医院里的人声鼎沸会从大楼里蔓延到院子里，一直波及周边的大街小巷。

吴诚宇在医院门口打不到空驶的出租车，只得步行向北，一直走过两个路口，仍然看不到期待中的红色小灯。附近停车位紧张，道路两旁挤满临时停车，便道上每隔几米就有违章占道的小摊，把行人几乎全挤到了路中间。吴诚宇尽量靠边走，拿出手机点开叫车软件。

喇叭声骤起，一辆破烂的日产轿车颠簸着从他身后驶来，因为靠路边太近，硬生生将吴诚宇剐了个跟头。

“啊！不好意思！”穿着条纹T恤、工装外套和牛仔裤的车主跳下来扶起他的胳膊，“我光顾着找路，没看到您，伤着了吧？”

“你会不会开车！要命啊！”吴诚宇怒骂，捂着钻心疼痛的脚踝。

“我马上掉头送您去医院。”车主一副惊慌失措的样子，“那个……我车后面有药箱，先给您喷点白药吧，进医院去排队也得半天。”

车主扶着吴诚宇来到车后，掀开车后盖，让他坐在后备厢的边缘上。吴诚宇这时注意到他的腿有点瘸。

“真是太抱歉了，都怪我不小心，我给您上点药。”车主探身，从后备厢里抓出来的却不是白药喷雾，而是一根棍子。

吴诚宇脑袋被击中，翻身滚入后备厢的瞬间，他突然意识到，这人看起来有点眼熟。他来不及呼救，脑袋上又挨了一棍子，昏了过去。

行色匆匆的路人们眼看工装外套男重重扣上后盖，提着一根棍子两步跳进驾驶座，冷漠地继续前行。车子冒着黑烟疾驰远去，很快消失在灿烂的阳光下。

车开到郊外，视野越来越空旷，李亢仍然不愿放慢速度，脚好像黏在了油门上，一个劲儿地往下踩。腿伤让他有苦难言，但他知道现在不是放松的时候。这辆破日产不知道多长时间没检修了，发动机的声音非常沉闷，座椅上都是烟头烧出来的窟窿，跑快了就晃晃悠悠的，每个零件都在呻吟，不知道什么时候就会散架。

进村之后，小路崎岖起伏，路上的几块砖头颠得他头晕眼花，伤口撕开一样的疼。李亢只得屈服，减速靠边，紧张地从后视镜中观察。他确认周围没人，才将车拐进布满干涸泥坑的小院。李亢颓然地趴在方向盘上喘息了很久，才意识到全身的衣服早已湿透。

他不敢多停留，提着棍子一瘸一拐地来到车后，俯下身听了听后备厢里的动静，用力迅速掀开后盖，后退一步举起棍子。俘虏一身臭汗蜷缩在肮脏的毯子上，脸色发白，双眼紧闭。李亢探了一下他的鼻息，放松了一点，从口袋里掏出胶带捆住吴诚宇的手脚，把他从车上拖下来，拽进屋里。

昏死过去的人体重好像一下子增加了一倍。李亢抱着吴诚宇的腿连拉带扯，觉得自己快要虚脱了，才将他弄到墙角。背靠关上的房门，李亢一屁股坐在地上，闭上眼睛，大口喘气，被空气中的灰尘和异味呛得咳嗽不止。他抓起旁边塑料袋里的一瓶纯净水往嘴里倒，水顺着下巴流淌，和汗混在一起，打湿了衣服。

总算逮住他了，李亢看一眼靠在墙角的俘虏，泄愤一样地把空水瓶砸在地上。

10 躲不掉的追杀

昨天李亢逃出乔三笠的魔爪后，开着破车在田野之间转了大半晌，终于明白他已经没有地方可去。逃跑，继续逃跑，说好的主动出击呢？说好的给对手一点颜色看看呢？马澄的尖叫还在耳边萦绕，就这样把她丢在那种地方……李亢忍不住抬手给了自己几个嘴巴，脸上的灼烧感勾起了他心中愈加旺盛的怒火。再不全力反击，就真的要被逼上绝路了。不，现在已经到了绝路，自己再也没有什么可以损失的，所以，还有什么好怕的呢？

天擦黑时，李亢回到曾经让他生不如死的小作坊。砖房里黑漆漆的，地面上有几摊血，分不清是谁留下的。这是乔三笠的地盘，短时间内不会有人再过来，所以应该是安全的。李亢点上一支火光飘摇的蜡烛，勉强在伤口上涂上在街边小药店买的消炎药膏，重新包扎。他把沾满汗渍和动物排泄物的衣服脱下来铺在地上，换上从几公里外一根晾衣绳上卷来的一套不怎么合身的衣裤。

李亢席地而坐，啃完村口小铺子买来的凉烧饼和几片猪头肉，才想起饭前应该洗手。他懊恼地在裤子上抹抹手指上的油，从脚边的塑料袋里翻出一小瓶白酒，拧开盖子喝了一大口。

酒精的刺激从口腔冲入鼻腔再涌向大脑，李亢感到一阵飘忽，眼泪被辣得流了出来，他捂着嘴，不让自己哭出声，但心中的苦楚仿佛冲破堤坝的洪水，浸透了他的泪腺，不可抑制地流淌出来，他慢慢地躺倒在地上，哽咽着、颤抖着。窗外的风声窸窸窣窣，好似在陪着他一起哭泣，直到他被眼泪和疼痛耗干最后一丝体力，昏昏沉沉地睡了过去。

醒来时，天已经大亮，李亢奢侈地用矿泉水洗了洗脸和手，开着破车在城外一家民营加油站加满油，来到医院附近的街边找了个不起眼的空位。出门前他用乔三笠余电不多的手机上网看了新闻，马澄受伤的事已经被一些媒体臆断成没治好病的患者绑架伤害医生，让大家好好反思是谁的错。

是我的错！李亢摔了手机，心里实在放不下，打算混进医院去看看她。

趁着刚下夜班的护士疲惫不堪，李亢偷了她的胸卡混进医院，在更衣室找了件白大褂罩在身上，戴上口罩，装模作样地跟咨询台的护士聊了几句，得到马澄的位置后迅速脱身。他刷开楼梯间的门禁上了七楼，找到了马澄的病房。

马澄看起来很糟糕，脸色焦黄，头发乱蓬蓬的，后背裸露出来的一片让人不敢直视。因为病房一角坐着个穿护士服的姑娘，李亢不敢进去，只能干着急。

几个护士拿着查房的写字板路过，觉得李亢面生多看了两眼，他作若无其事状走开了。等护士们走远后，他溜进空无一人的配药室给自己找了一瓶可以清洗伤口的碘酒，还有几瓶常见的消炎药片。这几天没完没了地折腾，他感觉肩伤可能已经化脓了，时常痛痒难熬。不过，这些并不是他此次大冒险的最大收获。

他没想到咸鱼竟然会自投罗网！

细想之下，这倒是那厮的最合理选择。马澄联络咸鱼假意还钱，肯定引起了咸鱼的怀疑，所以他联络乔三笠出面绑走马澄，用马澄做诱饵顺利拿下李亢。咸鱼肯定为自己制造了很多不在场证明，避免警方日后的追查。

昨天，李亢差点一时冲动去了南河滩，但衡量再三忍住了。之前在罗老师那里，李亢见识过对手的体力，目前自己的身体状况硬拼绝对不是对方的对手。

人算不如天算，那个长发姑娘的突然出现打乱了咸鱼的计划，乔三笠被抓，自己也得以脱身。想来咸鱼应该不知道这些，只是从新闻看的马澄入院，知道事情有变，所以才装好人去探视，顺便摸清情况。一来他可以搞清自身有没有被怀疑；二来，要找到李亢，马澄是唯一的线索。

这是个绝佳的机会，在病房门外偷听的李亢提醒双手颤抖的自己，只能智取不可硬来。

如今，换成这家伙无路可逃了。李亢吞下几片消炎药，走到俘虏身边踢了他一脚。吴诚宇哼唧一声，眼皮动了动。

“装死！”李亢恶向胆边生，伸手抓住他的胡子硬生生拔下一撮。

吴诚宇疼得眼泪横流，睁眼看看目露凶光的李亢，扯着嗓子大喊救命。李亢想捂住他的嘴，不料被他咬了一口，直接反手狠狠抽了吴诚宇一嘴巴。

“反天了你！”他扯下一截胶带贴在吴诚宇嘴上，退到一旁喘息片刻。

吴诚宇努力晃动几下身体，差点摔倒磕到脑袋，这才发现自己已经彻底成了瓮中之鳖。他抬起急得通红的脸，发出求救的低沉呜呜声。

“你就是咸鱼？”李亢蹲下来，揪住他的头发。

吴诚宇点头。

“你为什么要杀我？”

吴诚宇慌乱地摇头，伴随着听不清的哽咽。

“问你话呢！别跟我装傻！”

对方继续摇头，眼睛里都是泪水。

“还敢不老实！”李亢抬手要打时，愣了一秒钟，拍了拍自己脑门。真是气昏了头了，忘了他嘴上还贴着胶带呢。

“我给你撕下来。”李亢怕吴诚宇再次大喊大叫顺手抓了一块碎玻璃贴在他脸上，“你要是还敢乱叫乱咬，我就让你尝尝自己的舌头，听得懂人话吗？”

吴诚宇拼命点头，眼泪哗哗地往下流。

李亢故意用力撕扯胶带，吴诚宇的胡子被扯下一大片，疼得直哆嗦。他喘息半天才平静下来，用恐惧的眼神盯着李亢。

“兄弟，你这是要干什么？”

“轮不到你问东问西。”李亢怒道，“回答我的问题，你为什么要杀我？”

“我根本不认识你。”吴诚宇哭诉。

“别跟我玩文字游戏，咱们是没见过面，但你肯定知道我是谁。”李亢直视他的双眼，“蒋迎告诉过你多少关于我们的事？”

“我真不知道。”吴诚宇摇头否认，“而且我也不想知道，蒋迎需要我帮忙时会跟我说，多了我也不会问。”

“你不问，但你可以自己去查。”李亢冷笑一声，“咸鱼，你是不是以为我傻？蒋迎找你做过那么多事，你怎么可能完全不好奇。”

“我不想被自己的好奇心害死。”吴诚宇辩白道，“兄弟，天地良心啊。这么多年，我管你们要过一分钱没有？我跟任何人提过你们的事没有？”

“你真没跟任何人提过？”

“当然没有！”

“哦，你这可就是不打自招了。”李亢嘿嘿一笑，“乔三笠的事，蒋迎是找你帮的忙，但是他死活不肯告诉我你是怎么办到的。我呢，当时觉得事情能办成就行，从来不多问。”

“你想说什么？”吴诚宇翻着眼皮看着他。

“他的事，只有我、蒋迎和你知道。”李亢说，“现在蒋迎死了，我不可能找乔三笠来残害我自己，那么就只有你知情，你利用他来抓我，是为了那颗宝石，对不对？”

“什么宝石？”吴诚宇急得脖子上青筋暴跳，“乔三笠这名字我早就忘了，今天在医院听到差点没想起来。我帮你们可不止那一次，去年，那个女教授被学生控诉性侵，也是我帮忙摆平的，还有……”

“行了，行了，少跟我岔开话题。”李亢打断他，“马澄给你打过电话不久就被乔三笠抓了，这绝对不可能是巧合。”

“你们……”吴诚宇皱眉，突然做出恍然大悟的样子，“她在骗我！是你让她找我的对不对？她不是蒋迎的女朋友，我就说蒋迎不可能管我借钱。她是你的女朋友，对不对？你们为什么找借口把我叫出来，你们……要干什么？”

“问那么多问题你不也嫌累！”李亢抬手又给了吴诚宇一巴掌，“事实俱在，你还想抵赖不成？”

“我什么都没干为什么要抵赖？”吴诚宇哭笑不得地申辩，“兄弟，我昨天和马医生约好了下午要见面，等了整整一下午，后来才知道马医生出事儿了。我要是想对你们不利，只要等你们露面就好了，何苦找什么乔三笠、乔四斗。”

“废话！你这小身板当然对付不了……”不对，李亢心里一动。

他一直沉浸在抓住咸鱼的兴奋中，一心想尽快问出答案，找到洗白自己的证据，竟然忽略了一件事——眼前这个人身材偏瘦，和在活动中心遭遇的面具人体形不同。莫非自己真的搞错了？

李亢后退几步，刚才的兴奋瞬间消失，他靠着墙，心里好像塞进了一个打击乐队，叮叮当当地闹得他心烦。他曾经以为抓住咸鱼，事情就都清楚了，可如今抓到了咸鱼，才发现根本不是那么回事。究竟是这家伙太能装，还是自己从一开始就搞错了？李亢抓起最后一瓶矿泉水，用袖子抹抹嘴唇边的汗，喝了几口。

“兄弟，能不能给我一口？”吴诚宇舔舔嘴唇，咽了几口唾沫。

“老实窝着！”李亢没好气地说。

“我腿麻了……能不能给我松开？”吴诚宇央求道，“我保证不会逃跑。”

“保证，呵呵。”李亢放下水瓶抄起棍子，“要保证你不逃跑，我只能把你的腿打断！”说罢他高高地举起棍子。

“那还是绑着吧！”吴诚宇高呼，脸吓得发紫。

“算你识相。”李亢丢下棍子。

“我这是倒了八辈子的霉。”吴诚宇哭诉，“帮你们那么多次，别说什么好处，一句谢谢都没有，现在还落到这地步。”

“你想要什么好处？”

“我要什么你也给不了啊。”吴诚宇瞪他，“兄弟，你们到底是怎么回事？蒋迎……他是怎么死的？为什么蒋叔叔说你杀了他？我今天又听说……”

“你是真不知道还是装糊涂？”李亢反问。

“都这样了，咱就别打哑谜了。”吴诚宇叹气，“我是真的不知道啊，刚才你说的宝石是什么？”

“既然不知道，就不要问那么多！”李亢心里更含糊了。

他因为紧张带来的干渴，喝了不少水，此刻感到小腹一阵阵酸胀，快要支撑不住了。瞥一眼有气无力靠在墙角的吴诚宇，李亢捡起棍子在他面前挥舞几下以示警告，转身走出砖房。赶走在墙边方便的两只野狗，他解开腰间的绳子，唉，已经沦落到和野狗一样的境地了，真是不赖。

突然，屋里传来咣当一声响，打断了李亢内心的自嘲。他胡乱系上裤子，提着棍子往回跑。进门一看，原来吴诚宇趁他放水这空当用嘴撕咬开手上的胶带，此刻已经把脚上的胶带也扯下来了。刚才那声响，是吴诚宇动作太大，胳膊肘碰倒了靠在墙边的一根钢管。

“好小子，想跑！”李亢急火攻心，抡起棍子上前两步，劈头盖脸朝吴诚宇头上砸去。

还没站稳的吴诚宇侧身往旁边躲避，却因为脚被绑得太久使不上劲，一个踉跄脑袋撞到墙上，疼得直叫唤。他猫腰躲开李亢的又一记猛击，顺手捡起一根钢管挡在身前，颤颤巍巍地喘着粗气。

“你……你……不要过来。”吴诚宇挥了一下钢管。

“我就知道你不是什么好东西。”李亢自知有伤，不敢冒进，但嘴上可不能输了阵势，“你跑不掉的，我刚才趁着你昏迷的时候给你灌了毒药……”

“我呸！”吴诚宇怒道，“你当我两岁孩子，信你的鬼话。”他抹抹脸上的冷汗，“你……放我走，我保证不对任何人提起见过你的事。将来你要是不小心被警察抓住，也别把我帮你们的事儿给捅出来，咱井水不犯河水！”

“做梦吧你！”李亢铆足劲发起攻击，但被吴诚宇一晃躲过，棍子砸在墙上，震得他虎口发麻。吴诚宇趁机用肩膀一拱，将李亢撞倒在地，扭头就往门口跑。李亢一咬牙爬起来，跳着脚猛追。

吴诚宇跑了没多远，突然急刹车一般停了下来，随即后退几步，差点倒在追过来的李亢怀中。李亢下意识伸手推开他撞过来的后背，以为自己是在做梦。

门口站着一个黑色的影子，中等身材，肩膀差不多有自己的两倍宽，穿着黑色的外套、黑色的休闲裤、黑色便鞋，压住脑门的红色棒球帽下，是长鼻子、咧嘴大笑的硅胶面具。

“你……什么人？”吴诚宇被不速之客的模样吓了一跳，已经忘了李亢的威胁，双手举起钢管咋呼，“你要干什么？”

面具人一如既往地不说话，从怀里抽出明晃晃的尖刀，双腿分开，手腕一翻摆出电影里常见的打斗姿势。

李亢心想这下完了，看来是真的搞错了。可面具人怎么会突然出现呢？没时间想这些了，为今之计就是要离开砖房，只要进了院子上了车，就能顺利逃出去。他佯作攻击，抡起棍子砸向面具人。

对方比他强大得多，一伸手竟然直接攥住了棍子，抬脚正好踢中他肋骨裂开的位置。李亢惨叫一声，双手捂着伤处跪在了地上。和上次一样，面具人显然并不想要他的命，所以没有上前补刀，而是冲向愣在一旁的吴诚宇。

吴诚宇见状不妙，一边躲闪，一边用钢管挡开刺过来的刀子。面具人的动作又快又狠，两三下就将他逼到墙边。吴诚宇急了，发疯似的挥动钢管，但这种反抗除了耗费自己的体力外毫无裨益。面具人看准机会抓住钢管，把它拉向自己，翻转刀锋朝他胸口捅过去。吴诚宇慌忙松手躲过一劫，就势扑倒在地，连滚带爬地来到李亢身边。

再这么下去，谁都活不了。李亢见面具人转身扑来，仓皇起身，抄起一只木箱的盖板抡圆了胳膊往他脸上拍过去。面具人一抬手，啪，木板击中他的小臂，碎成几块，面具人吃痛，身体倒向一旁。

趁这几秒钟的时间，吴诚宇抬腿用吃奶的力气狠踹他的膝盖。面具人大叫一声摔倒在地，抱着腿翻滚。李亢这才清楚地知道他不是哑巴。

“走啊！”李亢想把吴诚宇拽起来，无奈胳膊已经使不上力气。吴诚宇慌乱之下抓住了李亢的裤腿，不料用力过猛，将那不合腰身的裤子直接扯到脚踝，把李亢也带了个跟头。

“你有病啊！”李亢已经顾不上难看，奋力蹬掉缠住脚腕的裤子，拖着伤腿跑向门口。吴诚宇翻身捡起几块砖头，丢向摇晃着爬起来准备再战的面具人，追着李亢跑出砖房。

“快走。”吴诚宇扶着李亢的胳膊连拉带拽地将他推上停在门口的日产车的驾驶座。

幸好李亢早有准备，停车时特意把钥匙留在了车上，车门也没上锁。

此时面具人已经连蹦带跳地追了出来，但膝盖上的伤明显拖延了他的速度。李亢用力一拧钥匙，日产车如脱缰野马一般闯出了半掩的院门。

车蹿到院外的小路，他注意到路口一侧停着一辆眼熟的黑色福特轿车。那是……蒋迎的车！

李亢清楚地记得那个每每在他噩梦中重现的夜晚，他和蒋迎把车停在了何孟周家附近的一条大路旁。它怎么会出现在这里呢？难道是面具人开过来的？他感到脑子要被这些凌乱的问题撑爆炸了。

“去哪儿？”吴诚宇捂着胸口，眼睛紧张地盯着后视镜，好像生怕面具人化身怪兽飞着追过来。

“去哪儿……”李亢机械地回应，仍然沉浸在自己的混乱中。

吴诚宇沉默了几分钟，让李亢开去城西的杏莲路，椿楸顺园小区，问李亢能不能找到路，不行就换位子。

“那是哪里？”李亢迷糊地问。

“我家。”吴诚宇闭着眼睛，“方向盘在你手里，所以去不去在你。”

开过几片田野，路变宽了，车多了起来，李亢暂时放下心中的不安，降低车速，汇入川流熙攘之中。从六环外开到四环内，开进椿楸顺园小区的大门，一路上两个人几乎没有交流。

“路的尽头右转，第二个口再右转。”吴诚宇看着窗外指挥道，“对，慢点，5号楼，就这里了。”他松开勒在身上的安全带，用力推开车门，“走吧，上楼。”

“怎么……走。”李亢尴尬地低头看着自己光裸的腿。

吴诚宇挠头想了想，脱下自己的运动外套递给他，李亢不情愿地接过外套围在腰间，忸怩地下了车。他看起来就像穿着一条不合体的短裙，格外滑稽，引来两个遛狗大爷的侧目，眼神中好像在暗示两个人之间有不可告人的事。李亢发现这些目光恨不得找个地缝钻进去，十分尴尬地钻进电梯。吴诚宇略带嫌弃地瞥他一眼，一声不吭地按下六层的按钮。

606是一套五十几平方米的小户型，一间卧室兼具客厅和起居室功能，一个狭长的小卫生间用玻璃门隔出一块浴房。为了让房子显得宽敞一些，房主把厨房做成开放式并和卧室打通，缺点就是不能做重口味的饭菜，不然满屋子的味道一天都散不掉。

"随便坐。"吴诚宇脱下外套丢在地上，眼看李亢几乎坐到小沙发上时又将他拉起来，"等一下！你这一身泥和狗屎的，别弄脏我的真皮沙发。"

"你说让我随便坐的。"李亢摊手，"那我坐床上？"

"你坐这儿。"吴诚宇把沙发靠垫放在地上，去卫生间找了块毛巾铺在上面，"随便坐，别客气。"

李亢撇嘴，但没说什么。柔软的垫子对他诱惑很大，而且在别人家里，轮不到自己挑剔。他坐了下来，伸直受伤的腿，轻轻揉着伤处。

"想吃泰国冬阴功还是韩式火鸡？"吴诚宇从厨房的柜橱里拿出两碗泡面，"哦，不好意思，只剩下国产红烧排骨了。"

他撕开面碗的纸盖，从饮水机里接了热水，打开冰箱拿出一罐啤酒喝了几口。吴诚宇抬头看见李亢渴望又不好意思说的小眼神，便找了个杯子分了半罐啤酒，放在茶几上。

"谢了。"李亢低声说，拿起杯子。

"那戴面具的神经病是什么人？"吴诚宇问他。

李亢摇摇头，没说什么，因为他也想不明白。

"不想说就算了。"吴诚宇去阳台拽下晾衣竿上的一条裤子丢给他，"你想在我这里躲几天都行，我管吃管住。你要走，随时请便。但是不要告诉我你想干什么，要去哪里，免得哪天你担心我泄密要杀人灭口。"

"我不是那个意思。"李亢解释，"今天的事……我不是故意……"

"哎哟，那你是路过医院对我一见钟情，所以随手绑架想逼婚是吧？"吴诚宇抢白道，"你那都不算故意的，什么才叫故意?！"

"对不起……"

“算了，我没力气和你掰扯。”吴诚宇提着啤酒罐走进卫生间，不大一会儿工夫，里面传来水声和不成调的歌声。

裤子的裤腿长了差不多一寸，腰还算合适，李亢心想有的穿总比没有强。他喝掉啤酒，拿起餐台上的泡面，三口两口就吃完了一碗，却感觉和没吃差不多，于是干脆把另一碗也吃掉。胃里有了充足的食物，全身都感觉暖暖的。李亢心满意足地放下面碗，缓缓走到阳台门边，看到几盆绿色植物叶子开始转黄，迎着阳光开出粉红色的小花。

李亢心想，这房子虽小，收拾得倒是干净，蒋迎要是能跟他发小学学就好了，瞧他那屋子里，永远是脏乱一片。每次说他，他还振振有词。

李亢拭去眼角溢出的泪水，吸吸鼻子，把目光移向屋子里唯一混乱的地方——阳台门边的小书桌。一张张满是文字的纸上画着黄色、绿色的荧光条，还有红铅笔写的潦草批注。一个熟悉的名字引起了他的注意：温良。

抓起桌上的纸，李亢翻了两页，发现全都是乘车和酒店的住宿记录。温良不是很喜欢旅行，但是经常需要出差，差不多每个月都会出去一两次，足迹遍布沿海各地。吴诚宇在调查温良？他……这是要干什么呢？

“那是蒋迎托我查的。”吴诚宇走出浴室，身上裹着浴衣，打开床边的衣柜找衣服。

“查这些做什么？”李亢不记得蒋迎对自己提过。

“不知道，他让我帮忙查，我就查咯。”吴诚宇在身上比着两件圆领衫，“我说过，你们那些事，我多少知道一点，但也就是一点，多了我也懒得问。”

“我不明白……”李亢盯着纸上的荧光条，“蒋迎还让你查什么了？”

“没有其他的了。”吴诚宇大大咧咧地脱下浴袍，套上黑色带闪电图案的圆领衫和运动裤，“温良没什么特别之处，我也搞不懂为什么蒋迎对他格外上心。”

“什么叫格外上心？”

“之前他找我帮忙，无非就是做个文件啊，或者搞个装置。”吴诚宇说，“这次不一样，他一会儿让我查温良父母，一会儿又让我查温良的出行记录。”

“他父母怎么了？”李亢更加疑惑了，他从没听蒋迎提起过。

“没怎么，就是普通人，做点小生意不赚不赔。”吴诚宇走到餐台边，转身怒吼，“兄弟，你就不知道给我留点，有没有良心啊！”

“不好意思……”李亢举手示弱，“要不我帮你再泡一碗？”

“你帮我？亏你说得出口。”吴诚宇摇头叹气，又找了一碗面泡上，“我说，你和蒋迎怎么回事，不是你们要对付温良吗？怎么反过来问我为什么要查他。”

“我们是要对付温良，但这些……”李亢放下打印纸，“我不知道蒋迎为什么要查。”

“我也不知道。”吴诚宇说，“除了知道温良很忙之外，没别的收获。他最近半年还出过一次国，去的吉隆坡，但国外的资料很难查，我还没找到。”

“应该是去度假。”李亢猜测。吉隆坡他听说过。

“度假不可能只去四天吧？”吴诚宇翻资料指给李亢看，“不过温良一直来去匆匆，你看他这些行程，几乎每次都是到了当地，待一天就返程。”

“对哦，搞不好他真有什么见不得人的勾当。”李亢突然想起蒋迎说过，温良去年年底在香港失踪了两天，而薛仲林很可能就是因为盯上了这两天空白，遭遇杀身之祸。

这样一来，蒋迎调查温良的出行记录就说得通了。可是，他为何不告诉自己，而是暗中让咸鱼帮忙？难道自己对于蒋迎来说还没有可信到可以推心置腹，分享所有秘密的程度？李亢心里酸溜溜的，觉得事到如今自己不该想太多，却又忍不住去想。不过蒋迎应该也没对咸鱼全盘托出，所以大家半斤八两吧。这样一想，李亢释然了一些。

"你们俩要收拾温良，应该把温良的底都摸清了啊。"吴诚宇问，"就没查到他在做什么？"

"没有，温良很小心，没露出过马脚。"李亢双手撑着桌子，"我只是猜测，他频繁的动作可能和他老婆有关系。"

"他老丈人家确实有钱。"吴诚宇点头。

"不是一般的有钱。"李亢说，"他老婆在城里有高级公寓，有青雨山庄的别墅，她家在郊外还有湖边度假小屋。有钱人都喜欢到处买房子，呵呵，搞得房价飞涨。"

"朱门酒肉臭啊。"吴诚宇看看自己的小窝，"就我住的这破房子一个月租金三千多呢，我都不知道明年还能不能租得起。买房就更不用提了，这辈子都别想。"

"想开点，有钱也得有命花。"李亢酸溜溜地说，"温良的老婆病得不轻，她一死，温良的这碗大软饭就凉了。"

"可他自己也挺有钱的，还有公司呢。"

"听说他和老丈人家关系不怎么好，人家要是想捏死他就是分分钟的事儿。"

"别管这些了。"吴诚宇撕了打印纸扔进纸篓，"我听说蒋迎出事，脑子一下就乱了套。想来想去也没觉得哪里有问题，你说会不会和他在查的事有关？但是现在看，也未必有关，或许——”

“等一等。”李亢打断他，“也未必没关系吧？”

“你要这么说……”吴诚宇也找了个垫子铺在地上，抱着泡面盘腿坐下，拉了拉李亢的裤腿，“坐下说，站着腿疼。”

李亢小心地坐下，揉着刺痛不已的肋骨。“你刚才说，几乎每次温良到了一个地方都只住一天，那说明有几次是例外。”

“我印象中有两次。”吴诚宇用叉子挑起面条，吹着气，“一次是他去厦门，四天后才回来。而且……”

“是不是中间有一两天他好像人间蒸发了，什么痕迹也找不到？”

“你别说，还真是。”吴诚宇把递到嘴边的面条放回碗里，“你怎么知道的？”

“那是什么时候的事？”

“三月底。”吴诚宇说，“还有一次是五月底，温良去深圳，消失了三天。”

“这些你告诉蒋迎了吗？”

“说过，但他也搞不懂为什么会这样。”

“所以让你继续查？”

“没有，他说不用查了，也没再过问。”吴诚宇吃几口泡面，“其实我也觉得奇怪，一个大活人两三天时间踪迹全无。你说……这温良该不会是什么秘密特工吧？”

“别逗了。”李亢笑他想象力太丰富。李亢记得温良在自己手里毫无反抗之力的样子，生死攸关时，人的反应是装不出来的。再者说，若温良是秘密特工，他完全可以搞定薛仲林的死，没必要找人消灾。

薛仲林的死……嗯，薛仲林恐怕是知道温良间歇性消失的秘密，所以才会被温良杀死。蒋迎是不是也知道了什么？

如果温良可以为了保住这个秘密杀死薛仲林，就会有其他人为了相同的目的杀死蒋迎，以及可能知道秘密的自己。其他人……李亢眼前又浮现出面具人的影子。温良一个文弱商人脑子虽然好使，但要干什么坏事他绝对需要同伙，而武力值生猛的面具人就是他的肌肉。这么一来，很多事就能说得通了。只可惜蒋迎从没提过他有什么发现，自己被卷进来实在太冤。他不知道那些人想保护什么，但值得杀人的秘密一定是很了不得的事。如果能查到……

“想什么呢？”吴诚宇伸手在他眼前晃晃。

“关于温良，蒋迎还和你说过什么？”

“没什么了。”吴诚宇吃面，“本来我是想问问他女朋友，结果差一点就着了你的道。”他放下碗，“你怎么会认为我是凶手呢？”

“三句两句说不清。”李亢不愿意提这个话题，故意耍赖，“当时看你确实有点可疑嘛。”

“反正我没被警察当成杀人犯到处追着跑。”吴诚宇撇嘴，把剩下的面都塞进嘴里，“你有什么打算？总不能一辈子就这样逃下去。”

“我想搞清凶手的真面目。”李亢阴郁地说。

“这可有点难。”听过李亢的简单叙述，吴诚宇发愁地说，“凶手那么凶狠，差点把咱们两个都给弄死了。只凭你和我，根本搞不定。更不要说咱在明处，凶手在暗处。而且看样子他对你的举动了若指掌，可你连他的脸都没见过，也不知道他和温良之间到底有没有关系。太被动了，想搞清楚恐怕很难。”

“看今天的情况，他肯定是不想杀我。”李亢说，“这证明我的判断没错，他确实想从我身上得到什么。”

“他是想知道你是不是了解和他有关的内幕吧？”

“不，那样的话他直接杀了我更好。”李亢说，“只要我死了，不管我知道什么都不重要了。我认为他的目标还是那颗宝石。”

“可是，宝石早就不在你身上了。”

“但凶手不知道。”李亢说，“我觉得可以用它把那个戴面具的家伙给引出来。”

“行了吧，你可别乱来。”吴诚宇忧心道，“别说你手里没有宝石，就算找回宝石，你打算怎么引出面具人？站大街上嚷嚷，瞧一瞧看一看，宝石在我手里，先到先得！”

“那我干脆去电视上做广告算了。”

“快拉倒吧，广告都是按秒算钱，你连一碗泡面都吃不起的就别做白日梦了。”

“你放心我没你那么傻。”李亢斜眼瞥了吴诚宇一眼，“只要找回宝石，我就有办法把凶手引出来的。”

“那你要怎么找回宝石呢？”吴诚宇讥讽道，“你连自己是怎么逃出来的都糊涂，世界这么大，宝石说不定掉什么地方，被什么人捡走了呢。”

“不，我大概能想到宝石在哪儿。”李亢说，“我那天穿的夹克，口袋是有拉链的，不太可能掉在半路。只不过……”

“只不过？”

“想拿回来没那么容易。”

“说了跟没说一样。”吴诚宇起身，把空面碗扔进垃圾桶，“赶紧的，把衣服脱了。”

“你要干什么？”

“呵，你说我要干什么？”吴诚宇歪着嘴乐，“把你洗剥干净，蒸熟了蘸着盐吃？”

他从床边的柜子里找出纱布、碘酒和药膏，又从衣柜下层拿出两块干净的大号浴巾扔在李亢头上："去洗澡，一会儿我给你上药。浑身臭烘烘的，再把蟑螂招我家来！"

"那个……"李亢忸怩地拿着浴巾。

"怎么，还要我点根香，亲自伺候大爷您沐浴？"

"不是，不是。"李亢脸红，"帮我找个凳子吧，我这腿实在是站不住了。"

"唉，你也是遭够了罪。"吴诚宇从餐台下搬了个塑料小板凳夹在腋下，扶着李亢走向浴室，"你这一身伤不老实去医院治病，还想学做大侦探抓凶手，小心落下残疾将来娶不到媳妇。"

"先保住命再想媳妇。"李亢说，"凶手把我害得这么惨，我当然不能就这样罢休。"

李亢已经好几天没洗澡了，被热水当头一浇，每一个憋闷又饥渴的毛孔开始肆无忌惮地呼吸，香波的泡泡和浴液的香精味从未如此曼妙，搓澡巾摩擦皮肤的微痛竟然有令人流连的快感。他被包裹在似幻似真的蒸汽里，感受着温暖的畅快淋漓感和水的干净气息，他真想就地躺倒再也不起来。然而伤口的疼痛在水流不断的冲刷下愈演愈烈，让他不敢久留，也时刻提醒他，此刻的幸福感和头发上的泡沫一样，虚幻到禁不起任何触碰。

李亢关上花洒，扶着墙站起来，草草擦干身上的水迹，在腰间裹上一条浴巾，光着脚走出浴室。吴诚宇盘腿坐在沙发上打电话，晃着手指示意他不要出声。

"好的，谢谢叔叔。"他挂断电话，把李亢按在垫子上，准备给李亢上药，"蒋叔叔说，马医生醒了。"

"那就好……哎哟！"酒精棉球碰到伤口，让李亢疼得尖叫。

“忍着点吧，你这都流脓了。”吴诚宇换了个吸饱碘酒的棉球。

“你轻点……轻……啊！啊！”

“你轻点！”吴诚宇捂住李亢的嘴，“邻居听见还以为我把你咋样了。”

“没有麻药吗？”

“你想什么呢，谁家里能有那玩意儿。你别乱动，很快就好。”

“你自己来试试……啊！能忍住才怪，啊！”

“你盼我点好！”

在杀猪般的号叫和喋喋不休的争吵中，吴诚宇帮李亢清理了伤口，敷药、包上纱布，又找了块垫板劈开，当作夹板给他捆扎了一下骨裂的右腿。

“差不多了。”他把沾满脓血和蘸满药液的废棉球都倒进黑色垃圾袋，扎紧口，“你要不要睡会儿？不过床就别想了，哪块地板随你选。”

“我想去看看马澄。”李亢套上吴诚宇递来的灰色圆领衫和运动裤，把裤腿卷起来。

“兄弟，你饶了我吧。”吴诚宇苦着脸，“这才安稳几分钟，你就又想去干傻事。马医生身边肯定围着大把的警察，等着你自投罗网呢。”

“我管不了那么多。”李亢激动，“我一定要见到马澄。”

“你别冲动。”吴诚宇抓住他的胳膊，“就这么跑去，你还没见到马医生就得被铐走了。”

“那怎么办……”李亢颓然地跌坐在地上，“我把她害那么惨，现在连见一面都不行……”他伸手捂着脸，怕眼泪会随时溃堤。

“哎，你别这样。”吴诚宇蹲下身，拍拍他肩膀，“你跟我说实话，你是真的挂念她，还是仅仅因为愧疚？”

“现在说这个没用了。”李亢说，“我真希望马澄从来都不认识我。我这样的人，不值得她……”他拼命眨眼，泪水还是流了下来。

“行了兄弟，啥都别说了。”吴诚宇站起来，“我一定想办法帮你见到马医生。”

“怎么办？”

“别急啊，你踏踏实实的，等天黑透了咱再行动。”

秋风肯定更喜欢黑暗，不到晚上七点就赶走了太阳。寒气借着风势攻城略地，肆意妄为。城市中的灯火在一片肃杀中显得疲软无力。

医院的探视时间早已结束，护士们都忙着换班。值班医生聚在休息室吃着食堂送来的简单晚餐，聊着远未结束的忙碌。谁也没注意到两个穿着维修工衣服的人溜进了楼梯间。病房楼层的电梯间都是封闭的，需要护士开门或者用医院提供的专用磁卡才能开门，而且一到晚上就会有专人在门口值班。走楼梯则需要职工的胸卡作为开锁的钥匙。

“快点，他们一发现就会通知保卫处废了这张卡。”吴诚宇拉着李亢的胳膊往楼上走，“被困在楼梯间可就完了。”

“我倒是想快，可快不了啊。”李亢每走几级台阶就要停下来休息片刻，磕磕绊绊地来到七楼时已经出了一身汗。

楼道里一如既往的安静。他们小心翼翼地摸到马澄的病房门口，透过门上的小窗往里看。万幸，只有一个小护士在值守。她坐在墙边的椅子上，翻着一本小说，时不时拿出手机按几下，看样子应该是在和家人聊天。

李亢推门进屋，给一脸困惑的小护士展示手里的写字板。“是您报修说这病房里的空调不出热风吧？”

“没有啊？”小护士低头顺着他的手指看记录，“记错了吧……啊！”电击器的噼啪声在封闭的病房里竟然有一点回声，小护士瘫倒在地上。

“来帮忙。”吴诚宇抬起护士的上身，李亢丢下写字板，抱起她的双腿。两人合力将小护士抬进病房的卫生间，让她靠墙坐着。

李亢摘下帽子，三步并作两步来到床前跪下，看着趴在床上的马澄。她双眼明显凹陷，大大的黑眼圈，面如菜色，还粘着不少凌乱的发丝。李亢伸手替她撩开耷拉在鼻子前的一绺头发。马澄沉重地喘息两声，缓缓睁开眼，看了他几秒钟，艰难地动了动干裂的嘴唇。

“大亢……”

“嘘……小声。”李亢按了一下她的嘴唇，“小澄，你怎么样？”

“难受……”她迟钝地移动目光，看着蹲在李亢身后的男人。

“马医生，我是吴诚宇，咱们通过电话。”

“咸鱼……”马澄的嘴角抽动一下，监测病人状况的监护仪上的波形立刻变得跌宕起伏。

“别怕，他不是面具人。”李亢握住她冰冷的手。

“这里不能久留，要说什么抓紧。”吴诚宇催促李亢。

“大亢……你的腿怎么样了？”

“我……”李亢心酸难耐，抱着马澄的手伏在白床单上忍不住哽咽起来。吴诚宇在一旁劝也不是，不劝也不是，急得如坐针毡。

由远及近的手机铃声和脚步声在楼道中响起，有人在说话，能听出来人停到了723病房门口。李亢跳起来抹眼泪的工夫，声音已经近在咫尺。

“这边！”吴诚宇见势不妙，拽着还在抹眼泪的李亢跑进卫生间，关上门。

“小杨去哪儿了？”还是那个熟悉的女声。

“上卫生间或者打水去了吧。”是个年轻的男声，有点耳熟但想不起来在哪里听到过。

透过门缝，李亢弓着身子往外看。

是她，长发盘在脑后，插了一支黑檀发簪，玫瑰色的短针织开衫下露出裙式衬衣下摆。不知道是不是鞋跟的原因，她显得比旁边的同伴高了半头。那头发乱蓬蓬的年轻人看起来二十五六岁的样子，穿着黑色带卡通猪图案的帽衫，手里提着个保温桶。

“马医生，你感觉如何了？”长发姑娘扫一眼床边的仪器。

“很糟。”马澄喃喃道。

“我姐给你煮了汤。”黑衣青年把保温桶放在小桌上，“一会儿让小杨姐姐喂你喝啊，里面放了护士长给的中草药，对身体好。”

“谢谢你们。”马澄闭上眼睛。

“有个东西想麻烦你看一下。”长发姑娘在病床边单膝着地矮下身子，从玫瑰色的手提皮包中拿出一个黑色小盒子，咔嗒一声打开。一道金光在灯下闪耀，不知道的人可能会误以为她在求婚。

宝石！李亢差点喊出来，幸好被吴诚宇捂住了嘴。

“这是什么？”马澄抬起眼皮，舔舔嘴唇。

“李亢有没有对你提起过，他在温良家找到了一颗宝石？”长发姑娘低声问，“这是金丝雀，一颗挺值钱的黄碧玺。”

“没听他提过。”马澄又闭上眼睛。

“你好好回忆一下，这很重要。”长发姑娘说，“凶手对李亢穷追不舍，就是因为这颗石头。”

“你确定？”马澄立刻睁开眼睛，眼珠转了一下。

“是的，所以我才想知道，李亢是否了解这颗宝石的底细。”

“我不清楚。”

“李亢一定对你说过他的复仇计划吧？否则你怎么会谎称是蒋迎的女友去骗吴工程师。你们怀疑他是凶手？”

“不，我们只是想找咸鱼打听蒋迎近来有没有和什么人结仇。”马澄随口瞎编，“宝石，我真没印象。”她喘息了一阵子，“这东西有多值钱？凶手居然为了得到它杀了那么多人。”

“不是钱的事儿。”长发姑娘收起宝石，拿出一张烫金名片放在床边柜上，“你好好休息吧。要是想到什么，让护士给我打电话就好。”她朝同伴点头，两个人退出病房，轻轻关上了门。

“吓死我了。”吴诚宇瘫坐在地上，看看身边动弹不得的小护士，抬手朝她作揖，一脸歉意。

李亢已经按捺不住，听到脚步声渐远，拐着腿跑出卫生间，拿起桌上的名片。

黎希颖，这名字听起来有点傻白甜的味道，果然凡事不能只看表面。李亢之前以为，宝石有可能是在自己昏迷不醒时，被医生们找到交给了警方。现在的好消息是，确定它就在那个小皮包里。坏消息是，要想得到它，估计得脱层皮。

“你们快走吧。”病床上的马澄有气无力地说。

“走吧。”吴诚宇从李亢手里抢过名片放回桌上，拿手机拍了照，拉着他出了病房。

回到破车里，两个人才松了口气。马澄身体虚弱，伤口看着令人揪心，精神状态萎靡，但比想象中已经好很多了，李亢感到心里踏实了不少。既然所有人都盯着那颗宝石，只要把它弄到手，主动权就妥妥地握在了自己手中。唯一的问题是，那大妹子是个狠角色，这虎口夺食的事，一不留神就会把好不容易保住的这半条命给搭进去。

“见也见了，哭也哭了，回去吧。”吴诚宇催促他开车。

“名片上的地址是哪里？”李亢问他。

“你要干什么？”

“一不做二不休。”李亢拧了一下车钥匙，“咱们不妨去探探路。”

11　计中计

晚高峰一过，路上畅快了许多。开车不到十五分钟，他们便在手机导航的指引下找到了灯火通明的咖啡馆。李亢将车停在街对面的树下，解开安全带。不远处，一个坐在一楼落地窗边敲打一台精致小笔记本电脑的红色身影在金色的温柔灯光下格外醒目。

“你能想办法把她引开吗？”他问吴诚宇，“一分钟就好，我去拿宝石。”

“我？”吴诚宇指着自己的鼻子，一副不可置信的表情，“别逗了，她知道我是谁。引开她我要怎么说？”

“哎呀你想想办法。”李亢把电击器塞给他，“拿着这个以防万一。”

“你是真疯还是装疯？”吴诚宇骇然，“刚才你放倒人家护士，已经和医闹一个性质了，现在医闹已经入刑了你知不知道！现在还要……”

“不是我放倒的，是你干的。”李亢提醒他，“你烧高香吧，只是个护士小姐。要是个警察，你得按袭警算，挨枪子儿都有可能。”

“我以德报怨收留了你，还帮你去见你女朋友，你这会儿还倒打一耙！”吴诚宇怒道，“我干脆把你电倒交给警察，将功补过得了。”说罢他按一下开关，电击器噼里啪啦火花乱跳。

“开玩笑，我开玩笑的。”李亢抓住他的手，“咸鱼哥，咱可不能内讧，要一致对外才是。我错了，你消消气啊。”

“这还像句人话。”吴诚宇放下电击器，“咱不能就这么进去，得想个办法……有了！”他打个响指，“烟感报警器一响，店里一定会乱起来，咱们可以趁乱……”

“咸鱼哥，你比我狠多了。”李亢惊讶，“放火烧人家店可不是闹着玩的。这要是让那妹子知道，几条命都不够她收拾啊。”

“不是真放火。”吴诚宇解释，“现在店铺里的报警器都是电脑控制的，你又是学计算机的，弄个报警器还不是动动手指的事。”他从后座拿出笔记本电脑，“怎么样？”

“你的意思是让它假报警啊。”李亢明白了，“这好办，没问题。”他又想了想，“我看干脆给她来个演奏会，到时她肯定会去查线路箱和中控，这样就会离开座位一段时间。”

“这里信号不行，咱们得靠近一些。”吴诚宇推开车门。

两人一边过马路一边商量妥当。李亢抱着电脑绕到咖啡馆后门，黑暗中他感到一丝熟悉的气息。幽深如黑洞般的小巷，落满灰尘的砖墙，鬼魅一样的大垃圾桶，受伤的那个深夜，自己一定来过这里。冷风拂过，他仿佛又回到那个充满痛苦和绝望的时刻，浑身一阵僵硬，靠在变电箱上几乎动弹不得。

口袋里的手机振了一下，将李亢的思绪拉了回来，是吴诚宇发来的消息：“我进店了，你抓紧。”关键时刻不能掉链子。李亢深呼吸，蹲下来，打开电脑。

咖啡馆里和平日里一样忙碌。吴诚宇强作镇定地走进店里，声称自己约了几个朋友，要坐靠窗的位置，被服务员引到背靠黎希颖的四人沙发座上。他随便点了一杯红茶拿铁，拿出手机假意自拍，观察背后的动态。

小手提包就在桌上，它的主人正戴着耳机用吴诚宇听不懂的语言和什么人视频聊天。聊了一会儿，她又换到另一个窗口，换了另一种语言。一两分钟后，她放在桌上的手机响了，这回她说的是法语。

吴诚宇听出了香港、股份、出入境记录和……温良。什么意思，她是不是查到了什么？真后悔当初学第二外语时只顾着和同桌的学妹调情，现在黎希颖说什么他完全听不懂。

突然头顶的吊灯瞬间全部熄灭，咖啡馆内一片漆黑，吴诚宇回过神，知道是李亢得手了。周围的客人都着急地问出了什么事。几秒钟后，灯亮了，烟感报警器嘀嘀响起来。

“着火了吗？”客人们议论纷纷。

两个中年人拔腿就往外跑，穿着领班制服的姑娘喊着还没结账追了出去。这时，嘀嘀声停下来，玻璃破碎探测器开始叫唤，几秒钟后，换成前台的服务员喊电脑黑屏了。黎希颖以极快的速度敲了一阵儿电脑，服务员才说系统恢复了。她起身犹豫片刻，跑向后厨的方向。千载难逢的机会，吴诚宇跳起来，伸手抓过小皮包，开始翻找，就是这个小盒子。

“哎，你干什么！”头发乱蓬蓬的青年端着一杯红茶拿铁出现在桌边，见吴诚宇抱着老板的皮包，脸色骤变。

吴诚宇乱了阵脚，奋力撞开挡住去路的青年，因用力过猛把他撞了个跟头，整杯滚烫的咖啡泼在前胸，激起青年的尖叫和围观者的惊呼。

“对不住了！”把小皮包丢进青年怀里，吴诚宇攥着小盒子冲出咖啡馆，跑过马路的时候差点被一辆驶过的出租车撞到。他不顾司机源源不断抛来的咒骂，呼哧带喘地跳上破日产车的副驾驶座，李亢已经发动了车子。

“拿到了，吓死我了。”吴诚宇顾不上擦汗，打开小黑盒子，车灯下熟悉的金色光芒让李亢忍不住又一哆嗦。

上一次也是在车上，盒子打开后他的心情有点好奇也有点兴奋。可是随后，蒋迎被杀了，罗老师挨了一刀，马澄不知道会不会落下残疾……他突然感到害怕。这宝石是不是有什么魔力？盒子一旦被打开，它就会释放出无穷无尽的恶意和伤害。如果是这样，下一个会是谁呢？

“接下来怎么办？”吴诚宇问他。

“发信息。”李亢说，“别用你的手机，用这个。”他从裤袋里抽出新买的老人手机扔在吴诚宇腿上，“你拍个照片发给他，就说想要宝石就联系我。”

“发给谁？我们都不知道凶手的号码。”吴诚宇给金丝雀拍了照片，举着手机发呆。

“发给蒋迎，还有我自己。”李亢把号码念给他，“那俩手机我们当时放在车上了。凶手开着蒋迎的车，戴着我的面具和帽子，肯定也拿到了我们的手机。他要找我，应该会时不时开手机查看我俩的通信录、短信还有社交账号。你发了消息，他肯定能看到。”

“那只能试一试了。”吴诚宇按着九宫格键盘编辑短信，“唉，咖啡馆里有没有监控啊？”

“有，还是进口的系统。”

“那完了，我被拍下来了。她肯定一眼就能认出来！”吴诚宇欲哭无泪，“明天一早警察准找上门，玩儿完了……我这半辈子的清白就毁在你手上……”

“不用怕，我捣鼓报警系统之前先把监控系统给灭了。”李亢扫一眼后视镜，“放心，没人能知道是你。”

“可是我被服务员看见了。”吴诚宇嘀咕，“不知道他们会不会像电影里演的那样，找个画画的给我画像，果然干坏事没那么容易。”

“但很刺激，不是吗？”

“呃……咱还是少来点刺激的吧。”

咖啡馆的更衣室内，黎希颖在给小洪涂药。

“姐，我这得算工伤吧？”他掀着衣襟露出胸前一片红，“疼得厉害。”

“明天给你放一天假。”黎希颖放下药膏，“好好养养。”

“小洪，我和经侦的两个小姐妹约好明天去看电影，你一起来吧。”靠在门框上的小杨说。她已经脱下借来的护士服，换上自己的警服。

“好啊，我好久没看电影啦。”

“小杨，你没事吧？”黎希颖指指脖子。

“小意思。”小杨抿嘴笑，“那俩傻子，还真以为自己多能耐呢。”

“姐，滕爷做的假宝石不会露馅儿吧？”小洪有点担心。

“放心，滕爷手艺很好，不送实验室，很难看出破绽。而且吴诚宇和李亢都是外行，根本看不出来。”

“我还是不太懂。”小杨问，“为什么你要想方设法让他们抢走假宝石？”

“你就等着看好戏吧。”黎希颖笑了。

咖啡馆的前厅已经打扫干净，客人们正吃吃喝喝，聊得火热。服务员忙着送糕点、饮料和收银，好像什么都没发生过一样。黎希颖又发了几封电子邮件，听到外面汽车喇叭声组成的莫尔斯电码“.–../–––/...–/./..–”，她微微一笑，收拾东西，出门上车。

“我跟了一路，吴诚宇把李亢带回了家。”秦思伟发动车子，“他俩是怎么搞到一起的？”

“不知道。我的目标只是李亢，没想到吴工程师会掺和进来。”黎希颖说，“就让他们一起多蹦跶几天吧。对了，看望病人带什么东西好呢？”

“谁病了？”

“杜畅，温良的太太。我们约好明天上午在疗养院见。”黎希颖给他看手机，“记得在温良家看到的泥塑公鸡吗？我查到那是杜畅买的。她不仅和店主有来往，和邱秋也有频繁的联系。”

“莫非去拜访邱秋的爱马仕女人就是杜畅？”

“明天见面就能问清楚了。”

入夜，绵绵细雨滋润着大地，一直下到第二天天亮，把城市浇得像掉进了北冰洋。踩着残花败叶出门的人们套上薄棉服，缩着肩膀，一张嘴就像打开冷库的门，白气嘶嘶地冒出来。

荷香温泉疗养院摆满鲜花的会客室里，暖气开得很足，窗户上一片朦胧的雾气。身穿紫红色羊毛长裙，披着灰白格纹羊绒披肩的杜畅用木勺舀了一些茶叶，倒入韦奇伍德茶壶中，灌进开水。

“原来我只知道锡兰茶，后来朋友送了这种滇红，才发现一点不比进口的红茶差。”她拿起银色的小滤网挡在茶杯口，给客人们倒茶，“你们是邱秋的朋友？我已经有一段时间没和她联系了。”

“邱秋失踪好几天了，音讯全无。”黎希颖端起茶杯，“我们怕她出什么事，不得已才来打扰您。”

“但我并不知道她在哪儿。”杜畅轻轻揉着耳垂上的大颗珍珠耳环，“我和邱秋只是普通朋友。”

“杜女士，您最后一次见邱秋是什么时候？”秦思伟问。

“记不清了，大概有一个月了吧。”杜畅从身边的红色爱马仕皮包里拿出一只粉饼，打开照了照镜子，她为了会客特意化了妆，但病态是遮不住的，“我只是进城办事刚好路过她家，约她出来喝了杯咖啡。”

“名筑晓苑的房子是您出钱给她租的吧？”秦思伟不打算再听她遮掩，“邱秋对我们提过。”

“她都对你们说了什么？”杜畅脸上的笑容消失了。

“您给她买过昂贵的手工礼物。”黎希颖乘胜追击，“还有，她近来新买的衣服、化妆品和您的都是一个牌子的。”

“你们想说什么？”

“杜女士，我们无意冒犯您。”黎希颖看着她的眼睛，“邱秋卷进了很危险的事情中，而且我能肯定这件事和您先生有关。”

“温良？这怎么可能……”杜畅惊讶。

“邱秋失踪的日子，正是您先生遇害那天。”秦思伟说，“相信您不会认为这只是巧合。”

“你们到底是什么人？”杜畅表现得越发紧张。

“我们只想知道真相。”黎希颖特意强调最后两个字，加重了语气，“杜女士，邱秋和您之间，究竟是怎样一种友谊呢？”

杜畅整理了一下披肩，默默喝了几口茶，把目光落在水雾蒙蒙的玻璃窗上。“我和邱秋是去年秋天认识的。”她缓缓地说，“我身体不好，又不想成天躺着混吃等死，所以在网络上参加了几个帮助遭遇家庭暴力的妇女的互助论坛。”

“我们知道邱秋经常被何孟周毒打。”秦思伟说，“但您应该不会给每个受助者都租房子吧？”

“对一个活不了多久的人来说，钱只是数字。”杜畅的眼睛里竟然泛起泪光，“那些女孩真的太可怜了。如果花点钱就能帮她们渡过难关，我真的无所谓。”

“但您不能否认，对邱秋比别人更上心一些。”黎希颖追问道。

“就像你说的，我们是好朋友。去年冬天开始，她经常来看我，陪我聊天。与其说我在帮她，倒不如说我们在互相帮助和安慰。”她停顿了一会儿，“医生早有定论，我最多再活一年。邱秋愿意陪我度过最后的时光，我也希望为她做一些力所能及的事。”

“这事您先生知道吗？”黎希颖惊讶于杜畅的坦诚。

“他……应该知道，但不会大惊小怪。”杜畅说，“我们的婚姻只是一个各取所需的交易。”

“什么？”

“当年在国外读书时，我有一个相爱的女友。”杜畅双手交叉放在膝盖上，“但我的家人无法接受我的选择，勒令我分手、回国。”

“您完全可以脱离家庭的束缚和爱人一起生活。”秦思伟说。

“小伙子，如果你家里像我家那么有钱，我想你就会明白我的妥协。”杜畅苦笑，“我不是没有试过，只是发现自己不愿意放弃优越的生活。或许……是因为爱得不够深吧。”

“后来呢？”

“回国之后，我在一次聚会上认识了温良。我不打算骗他，他也说他不介意。”

“您不担心他只是看上您家里的钱？”黎希颖问。

“我不担心。”杜畅微笑，“我很清楚他就是看上我家的钱，因为除了那几个臭钱，我也没什么值得别人去惦记的。”她看着客人无语的表情，嗤笑一声，“你们可能认为，两个没有爱情的人一起生活二十年，彼此会很痛苦。”

“难道不是吗？”

“我和温良相处得很愉快，因为我们都很清楚彼此需要什么。虽然在我生病后的这几年，我们之间的关系有点……不过既然我已经活不了多久了，还有什么可顾虑的呢？”

“温良有情人的事，您也是知道的咯？”

“结婚时我就告诉过他我不介意。”杜畅点头，“只要他做好保密工作，别让我爸爸和哥哥们知道就行。他们是老脑筋，接受不了。”

“您认识温良的情人吗？”秦思伟追问。

“不认识也不想认识。”杜畅谨慎地说，“他应该有过几个情人，但都不长久。毕竟对大多数人而言，感情的长久需要婚姻这样的稳定关系去维系。对温良来说，和情人结婚是绝无可能的事情。”她又拿起滤网给客人倒茶，“你们对我丈夫的兴趣明显大于对邱秋的兴趣。”

“抱歉，刚才您说，温良‘应该’知道您和邱秋的关系。”秦思伟很疑惑。

“邱秋隔一两天就会来看我一次，温良每周来一次。”杜畅解释，“五月中旬他过来时，邱秋正好也在，我们三人一起吃的午饭。我没有明说，但温良和我结婚二十年了，他了解我。”

“邱秋和温良私下有联系吗？”

“没有吧。”杜畅眨眨眼，“他们不是一个圈子的人，没什么好说的。”

“邱秋年轻漂亮，”秦思伟说，“温良孤身一人……”

“你觉得他们可能有感情或者肉体关系？”杜畅扑哧一声笑了，“不可能的。”

“您很自信。”

“谈不上自信，但这一点我还是有把握的。”杜畅说，“而且邱秋对温良的印象并不怎么好。”

“为什么不好？”

“他们对彼此的印象都不怎么样，或许就是传说中的八字不合吧。”杜畅摘下两只耳环放在桌上，揉着耳垂，“很久没戴耳环了，不舒服。”

“会不会……他们只是在您面前故意表现对彼此的恶意，免得您起疑？”

“你真的想太多了。”杜畅抿嘴笑。

“杜女士，我想问个可能会冒犯您的问题。”黎希颖做出歉意的表情，“您肯定立过遗嘱，对吧？”

“我和温良结婚前就立了遗嘱。”杜畅叹气，“家里怕他为了钱对我不利，所以遗嘱上写明，在我死后，我名下所有财产都会捐给慈善机构。”

“二十年了，您没改过遗嘱？”

“在医生宣判我死刑后，我想过修改遗嘱，把青雨山庄的别墅和我名下的存款留给温良。”杜畅微微皱眉，“今年春天，我联系了律师，草拟了文件。不过……”

“有什么事让您改变了主意吗？”

“三月初，我生日那天，本来和他约好去父亲家一起庆祝，但是整整一晚上都联系不上他，害得我好没面子。”

“您知道您先生为什么没去吗？”

“第二天，温良来疗养院看我，解释说他去马来西亚谈生意，赶上大雨，飞机没法起飞，手机又耗没电了。”杜畅露出鄙夷之色，“说谎都这么不专业。我对他非常失望，就通知律师放弃了修改遗嘱。”

“您觉得温良没能来给您庆生的真正原因会是什么呢？”黎希颖有些纳闷。

“事后我旁敲侧击过几次，都被他糊弄过去。”杜畅拿出手机，按了几下，“不过，之后我在他手机里找到两张那天拍摄的照片，觉得这事有点不对劲。”

照片上是一座石崖和一片蔚蓝的大海。石崖上长满了翠绿的植物几乎延伸到海面附近，显出一片斑驳的灰白色。

“看着像塞班岛的万岁崖。”黎希颖放大照片。

“对，定位显示就是那里。”杜畅点头，“奇怪的是，我问过温良的助理小冯和公司合伙人老薛，他们都说温良确实是去马来西亚吉隆坡出差。”她继续翻手机，“我又去查了新闻，发现那天吉隆坡的航班没有任何延误，反而是塞班岛的班机因为大雨晚点了六个多小时。”

“手机定位不会说谎。”黎希颖有了兴趣，“塞班岛对温良而言，有什么特殊意义吗？”

“那是我们度蜜月的地方。”杜畅说，“当时一上岛我们就分开行动，各自找乐子，玩了半个月。他是想故地重游还是当年在那里有个私生子，我就不得而知了。”看着客人脸上的惊愕，“开玩笑啦，那是不可能的。温良最近几年和东南亚几个公司私下来往密切，我猜和我的病有关系。”

“您的意思是，他担心在您离开后会失去资金支持，所以在积极寻找外援。”黎希颖说，“又或者……他想通过那些公司转移资产，为自己留下后路。”

“我并不介意。毕竟他还算年轻，为自己的将来打算无可厚非。”杜畅淡然地说，“现在想想，我真有点后悔，应该早些把公司的股份转给他，毕竟我很少过问公司的事。如今温良和老薛都不在了，我又是这般田地，我大哥正逼着我把手里的股份都转给他。他打算卖了公司，把钱都投在房地产上。”

“您手中有多少股份？”

“不少，百分之三十。”杜畅说，“公司是我出钱创建的，温良手里的百分之三十的股份是我转给他的，老薛有百分之二十的股份，如今在我大哥手里。余下还有百分之二十的股份，这些年都用来激励核心员工了。”

“温良应该担心的就是这种局面。”秦思伟分析，“如果您离开，股份给了家人，就会对他来说非常不利。您的家人很强势，他不是对手，而薛仲林未必会站在他一边。那样的话，他很快就会失去对公司的控制。”

“老薛的性格，只是看怎么能让自己多赚钱，不会干涉温良的决策。”杜畅整理了一下披肩，“我能理解温良，也不想干涉他。二十年了，我们和普通的夫妻已经没什么两样。”

“有了感情？”

“有了亲情。”黎希颖用感慨的语调说。

“是的，亲情。”杜畅的眼中流露出些许悲伤，“爱情美丽，是因为它灿烂而短暂。大部分的婚姻走过十年、二十年，都会变成彼此扶持的亲情。”

“这些事您告诉过邱秋吗？”

“我时常对她诉苦。”杜畅突然陷入沉默，双手下意识地拉扯披肩，将它紧紧绷在身上。

“杜女士？”

“温良曾经告诉我，邱秋搭他的车进城时向他转弯抹角地打探我的事。”杜畅盯着凉透的红茶，“当时我以为是他过于敏感。今天和你们这么一聊……”她抬起头，露出惊慌的样子，“难道邱秋她……真的和温良的死有关系？”

“她肯定没有杀您先生。”秦思伟玩文字游戏，“我们只是怀疑邱秋是因为知道什么内幕被凶手抓走了。”

“可她能知道什么呢？”杜畅开始焦虑，“温良的事，我都不是很清楚。”

“那是因为您没有刻意去打探。”黎希颖抛出一个疑问，“杜女士，最近几天邱秋音讯全无，你都没有起疑或者试着寻找她吗？”

“我发现她电话打不通后，留了语音信息。”杜畅解释，“我以为邱秋在躲避她的前男友，何孟周。那小子可不是好东西。”

“您见过何孟周吗？”

“最近几个月，他经常通过各种方式来找我，不仅想从我这里打听邱秋的下落，还调查我的过往，真是不可理喻。”杜畅露出愤恨的表情，“我不知道他是怎么找到我的，大概是通过论坛里的一些人吧。”

“他是个娱乐记者，专门挖各种八卦。”黎希颖解释道，“您肯定不会把邱秋的下落告诉他。”

“当然不会。”杜畅厌恶地说，“他一上来就对我恶语相向，我让保安把他赶了出去。他临走时撂下狠话，说一定会让我后悔。”

“所以您提醒邱秋注意防范何孟周？”

“嗯，尤其是这个月月初，我的房间被人闯了空门。”杜畅攥拳，“肯定是何孟周干的，可惜我没证据。”

“这么高级的疗养院，安保设施应该很完善。”秦思伟警觉起来，“那是哪一天的事，您丢了什么东西吗？”

“十几天前……嗯，12 号。这事也古怪得厉害。”杜畅说，“房间被翻得一团乱，值钱的东西一件没少，所以我才肯定是何孟周干的。我估计他是想吓唬我，让我知道他有办法对付我。”

“报警了吗？”

“一发现就报警了，但还没查出结果。”杜畅摇头，“没找到指纹、脚印，监控什么都没拍下来。”她按墙上的对讲机，请工作人员送热水和果盘、点心过来。

“不用麻烦了。”秦思伟摆手道。

“不麻烦，这疗养院有我家的股份。”杜畅微笑，“那天去派出所做过笔录后，我马上和邱秋联系，提醒她小心。她说她打算去朋友家避一避风头，可能会暂时失联一段时间。”

“那是你们最后一次联络？”

“对，随后两天我忙着组织一个反家暴的线上活动。”杜畅拿起手机看日历，“16号一早，我还没起床就有警察上门，告诉我青雨山庄别墅发生抢劫案，温良被杀了。这几天，我家人和他家人一直在吵架，我夹在中间不知如何是好，也顾不上和邱秋联系。”

“为什么会吵架？”黎希颖问。

“还能为什么？”杜畅反问道，脸上是蔑视之情，“我曾经自责无法扮演好一个伤心寡妇的角色，但后来我发现，根本没人在乎这些。他们关心的只是他名下的钱和股份要怎么分配。”

身穿天蓝色制服的服务员端来一壶新茶、新鲜的无花果和山竹，还有做成麻将大小、各种颜色和样式的小蛋糕。

“这些点心都是用健康配方做的，可以放心吃。”杜畅换了一套新茶杯给客人倒上茶。

“杜女士，邱秋有没有告诉过您，她不再续租名筑晓苑的房子？”秦思伟接过杜畅递来的一只剥好的山竹。

“哎？”杜畅睁大眼睛，伸手挡住嘴，镶嵌大颗钻石的结婚戒指和干枯的手指看起来很不协调，“怎么会……我给了她钱，让她再续租一年。名筑晓苑的房子位置好，进出都需要刷门禁卡，可以帮她躲开前男友的骚扰。她……怎么会……”

“她对房东大叔说要出门旅游。”黎希颖说，“您和邱秋交往这么久，有没有注意到她有什么不对劲的地方？任何细节都可以。”

“我不明白……”杜畅迷茫地站起来走到窗边的一盆插花旁，用指尖拨弄着山石上的菖蒲和兰花，许久才迟疑地开口，“最后一次见面时，她不知怎么受伤了，对我说是洗澡时滑倒摔的，不过看着不像。”

“她对邻居说是过马路被车撞了。”秦思伟用叉子挑出山竹肉，“对其他人说是被何孟周打的。”

“啊，她为什么这么说？我真的搞不懂了。”杜畅摇头。

“杜女士，您知道邱秋在离职后和什么人来往比较多吗？”黎希颖捏起半只无花果，蘸了蘸蜂蜜。

“不知道。”杜畅显得更加难过了，“说来说去，我并不怎么了解邱秋。”她伸手揉了揉太阳穴，“我真不敢想象，如果这一切都只是一场算计……”

“找到邱秋才能找到答案。”黎希颖说，“您没做错什么，不必想太多。”

闲聊了一会儿无关痛痒的话题，黎希颖他们起身告辞，杜畅送他们到楼门口。

“杜女士，您先生有没有在这里存放什么个人物品？”黎希颖问她。

“没有啊……”杜畅想了想，“他每次来都会给我带东西，但他自己的应该不会存在这里。”

“最近几个月，他有没有在您外出时来过疗养院呢？”

“来过一两次，都是给我送水果之类的，碰巧我不在。接待他的服务员说温良放下东西就走了。怎么了？”

“没什么，打扰您休息，真是抱歉。”黎希颖欠身致意。

雨已经停了，楼前的花园内，园丁正忙着移走夏秋两季的植物，种上冬天仍然可以蓬勃生长的多肉植物。

“邱秋接近杜畅，肯定是有目的的。”秦思伟系上风衣的扣子。

“我想她一开始是知道杜畅有钱，又能帮她摆脱何孟周，所以刻意逢迎。”黎希颖说，“但后来，她的兴趣点转移到温良身上。”

“要说有钱，温良远不如杜畅。”

“但杜畅帮不了她多久了。温良在海外捣鼓的那些事，才是所有人的目标。”

“你不是已经知道温良和加西亚在合谋什么了吗？”

“我还在等确切的消息。”黎希颖调整一下围巾，“现在的疑点是，邱秋接近李亢，利用李亢陷害何孟周的目的是什么。”

“薛仲林因为查到温良的底细被灭口，温良找匹诺曹帮忙善后，事后邱秋也和他们搭上关系，这些肯定不是巧合。”

“根本就没有巧合。”黎希颖抬头看着灰蒙蒙的天际，“这一切是早就布好的局，然而再精细的算计也总有算不到的地方，比如李亢的逃离，再比如金丝雀落到我的手里。可邱秋……她在这张网里的位置多少有点令人费解。”

“人总是令人费解的。”秦思伟用悲凉的语气说，“比如温良和杜畅，他们只是各取所需，用利益来权衡感情。人不该是这样啊，动物都不会这样。”

“干出动物都不会干的事，才是人啊。”黎希颖伸手抚着他的脸。

秦思伟一声不吭地将她抱在怀中。他清楚人心中都有恶与贪婪，但仍然相信善良与无私始终是人的本性。可很多时候，他发现自己的坚信无法为人的荒谬“洗白”，因为他们已经忘了，人类进化数百万年后最终站到生物链的顶端，并不是为了展示自己比动物低级的阴暗面。他知道自己不能纠结于这样的情绪，因为他怕自己会动摇，会怀疑自己一直以来的坚持是否一钱不值。

“每个人用邪念挖出的深渊，需要他们自己粉身碎骨去填。”黎希颖靠在他的肩膀上。

太阳红着脸从云层的缝隙中偷窥，很快又像怕被发现似的躲了起来。

下午三点，咖啡馆二层只有一桌客人。靠墙的四人台边，看完电影的小洪意犹未尽，正在和同伴神吹海哨。

“你猜到第一个答案时我还不信。”小杨捧着卡布奇诺感叹，“没想到你都猜对了。”

“什么叫猜，那是推理，严密的逻辑推理。”小洪不快地反驳道。

“你推个磨还差不多，推理，呵。”袁媛给他们端来咖啡和点心，“你肯定是瞎猜的，这些可得自己掏钱哈，咱店里谁都不能赊欠。”

“哎呀，放心啦。”小洪笑看小杨，“谢谢姐姐啦。”

“愿赌服输呗。”小杨招呼身边的小姐妹尝抹茶慕斯，“小洪啊，我已经兑现承诺请客了。你就老实告诉我们，到底是怎么猜出来的吧。”

“只怪你们平时不读书。”小洪一口咬掉半个舒芙蕾，“那电影前半部分的诡计是抄一本日本小说的，后半部分的情节是抄一本美国小说的，最后逆转的那个局是抄一本英国小说的。只有人物和故事背景是编剧自己的。”

“嘿，你这是作弊。”小杨拍了他脑袋一下，“这客我不请啦！”

“哈，想得美。”小洪嗤笑，“你恐怕没胆子在我们店里欠账。”他故意扭着身子演示被打的样子，“我会去医院看望你的。”

“赖皮！”小杨吃一口巧克力蛋糕，狠狠瞅他一眼。

“自己请的客，含着眼泪也得付钱。”坐在斜对面靠窗包间里的秦思伟，从敞开的竹帘里朝他们做了个小声点的手势。

“姐夫，我今天看电影时受到一个启发。”小洪端着咖啡靠过去，“未来战士倒在我们店里时，我看见他的伤都在身体右侧。”他伸手在身上比画着。

“那又如何？”

“说明凶手是左撇子啊。”小洪两眼放光。

“他身上的伤不是凶手干的。”秦思伟抬头冷冷看他一眼，继续看手机，“凶手不是左撇子，不是色盲，也没有双胞胎，现场没有钓鱼线、胶带、融化的冰块或者镜子，也没人氰化钾中毒。你那一套还是收起来吧。”

小洪不知道该怎么接话，不满地撇嘴，端着咖啡讪讪地回到自己的座位。

“国际刑警怎么说？”秦思伟问坐在对面，一直专注看电子邮件的黎希颖，“你那些前合作伙伴应该能查到我查不到的东西。”

“加西亚原来是工程师出身，后来投身商海，黑道关系查无实据。”黎希颖把电脑转向他，“他在四年前投资了一家位于马来西亚的影视公司，拥有大约百分之四十九的股份。”

名为“珍拉丁”的公司借用了海湾的名字。公司成立后很快便与温良的锋恒影业接触，并渐渐有了业务合作。

“这家公司的老板名为艾瑞克·洛，马来西亚国籍，华裔，祖籍福建。”黎希颖点开邮件的附件，向秦思伟介绍道。

洛的资料显示他今年 45 岁，出生在吉隆坡，曾经留学新加坡。他长着一张典型的华裔面孔，看资料身高和体形都是中等，特别大众化的外形。在开公司之前，他是一家小影视公司的雇员。

“这人没有犯罪记录，加西亚也没有。”

“但洛的公司和温良有很多合作，每个项目都是进行中的状态。”黎希颖按几下键盘，“你看这些项目，电影还说得过去，筹备三五年的都有。可网络视频、流媒体这样的项目，三四年没进展还在继续投钱就奇怪了。洛还以合作的影视项目为由，申请了马来西亚政府的退税补贴。”

“这家公司可能是替温良转移资产的空壳。”秦思伟说，“他知道老婆一没，自己就保不住公司了，所以干脆来个乾坤大挪移。洛只是他雇来看场子、装样子的。温良是打算在杜畅死后，靠洛的空壳公司给自己养老。”他沉思片刻，“也许洛是加西亚介绍给温良的。”

“加西亚对于温良和洛而言，远不是一个中介以及合伙人那么简单。”黎希颖把电脑转过来继续看新收到的邮件。

“洛这两年来过中国三次，分别是从厦门、深圳和香港入境的。”黎希颖给秦思伟看出入境记录，“他在香港的时间，正好是拍卖会前后，温良当时也在香港。”

“他们见面了吗？”

“查不到。不过我查到洛在厦门和深圳时，温良也在。他们肯定是商量好要见面，时间完全对上了。”

“今年三月初，洛去过塞班岛吗？”

“没有，但温良去吉隆坡是和他见面。”黎希颖关上邮箱，“你的假期还有几天？”

“下周一收假。”秦思伟看日历，“但是我不知道还能撑多久。”

“你的因私护照在自己手里而且还在有效期吧？”

“嗯，你要干什么？”

“等我安排好了再告诉你。”黎希颖拿起电话，按了一个号码，说着英语下楼去了。

秦思伟拿起手机，翻着邮箱里的新邮件。他放大几张刚收到的图片，仔细读了几遍，失望地叹气。

“线索又断了？”打完电话回到桌边的黎希颖说。

“何孟周的电脑已经检查完了，河里捞上来的两个笔记本也恢复了。”秦思伟给她看记录，“李亢的电脑里有些匹诺曹调查猎物的资料，但这些我们早就知道了。”

“蒋迎的电脑里有什么？”

“电影，硬盘塞得满满的都是电影。”秦思伟说，“就算蒋迎是个超级影迷，电脑里也总该有些其他东西，可整个磁盘的空间几乎都被各种电影占了，肯定是有想覆盖的文件。”

“蒋迎这么做确实有蹊跷。”黎希颖问，“何孟周的电脑里有什么？”

“何孟周在偷偷地调查自己的‘大新闻’。”秦思伟给她看技术人员翻拍的照片。

从初夏到初秋的几个月内，何孟周一直在调查杜畅，不仅假冒律师、疗养院员工联络了她在国内的同学、好友，还设法关注了她在国外很多朋友的社交账号。何孟周的嗅觉和挖掘能力果然非同一般，八月中的时候，他竟然假托是反家暴论坛的志愿者，联系上了杜畅分手二十年的前女友。

“他的电子邮箱里存着一封发给邱秋的邮件。”秦思伟说，“何孟周怨恨杜畅‘教唆’邱秋离开他，并且发现两人之间的一些蛛丝马迹，打算用自己最擅长的挖八卦新闻来报复杜畅。”

“杜畅不是明星，但她的父兄在商界的影响力很大。”黎希颖说，“虽然如今的社会已经变得宽容，但在他们的交际圈里，老派的人还是多数。一旦何孟周抓住猛料大肆炒作，舆论肯定会对杜畅有影响。”

“何孟周给邱秋发邮件，是想以不曝光杜畅为由要挟邱秋回到自己身边。”秦思伟继续说道，“这就是邱秋要利用匹诺曹对付何孟周的原因。她回到何孟周家过夜，可能是去做最后谈判的，只是没谈拢。”

“但是邱秋接近李亢肯定有其他目的。”黎希颖说，“她去活动中心应聘是六月底，那时她还不知道何孟周在查杜畅。后来，何孟周发现杜畅的秘密，联络邱秋，她才假装被家暴，引李亢替她出头。”

“疗养院的工作人员都知道邱秋和杜畅来往密切。邱秋是怕何孟周曝光杜畅，引起好事者的兴趣，难免会牵连到她，影响到她的真正计划。”

“也可能，她只是想报答杜畅。”黎希颖用手指转了下发簪，“邱秋的动机，只有找到她才能问明白。”

一股甜味和茶香飘来，袁媛端来一壶刚沏好的红茶。

刚上楼的周鹏大步走到桌边，不容分说地抓起茶杯一仰头咕咚、咕咚都灌进嘴里，惬意地长长吐了口气，片刻又哼唧一声，扭头冲向卫生间。

“这是怎么了……”袁媛拿起空空如也的茶杯，皱眉道。

“看样子是累坏了。”黎希颖说，“你让厨房给他煮杯罗汉果茶来败败火气。”

不大一会儿工夫，周鹏回到桌边，脸上的表情像刚泡完温泉又喝了一杯加冰的威士忌，就差哼小曲了。

“你不是去盯着李亢和吴诚宇了吗？”秦思伟问他。

“换班了。”周鹏坐下，“忘了带塑料袋，差点憋死我。不敢跑出去上厕所，换班的因为路上堵车来晚了，我车上的水早喝光了又不能去买。唉……嗓子跟火烧似的，下面眼看要溃堤，真要命。”

“遭这么多罪，发现什么了？”黎希颖问他。

“吴诚宇应该是请假了，除了早上出门买菜，之后就一直在家里。李亢一直没露面。听楼下张大爷报告，吴工程师昨天不知道从哪里找了辆破车，带了个打扮古怪，一看就不像好人的男人回家。”

“他们还在用乔三笠的车？”秦思伟问。

“对，但吴诚宇在小区里没有租停车位，物业不许他长时间停车。”周鹏告诉他，根据3号楼梅大妈的情报，车停在小区侧门八百米外的路边。

“让你们的人撤吧，不用浪费时间了。”黎希颖同情地说，“李亢和凶手还没商量好见面的时间和地点。”

“你怎么知道？”周鹏难掩惊讶。

“李亢冒险夺走金丝雀，是想用它引出凶手。”黎希颖说，“你觉得他要怎么联系凶手呢？”

“这……”周鹏想不出来，“莫非他已经猜到凶手是谁？”

“他不需要知道。”黎希颖说，“你记不记得，在找到蒋迎的尸体和发现李亢时，他们身上都没有手机。”

“放在车上了吧？”秦思伟说，“不带手机出门不方便，带着也不太方便。万一丢在现场，或者手机突然响了……所以扔车上最合理。”

“蒋迎的车被凶手开走了，他们的手机在凶手手中，所以李亢只需要联系自己就够了。”黎希颖点开电脑上的一个窗口，“昨天一个新注册的社交账号给李亢和蒋迎的账号发了金丝雀的照片和联络要求。刚才，蒋迎的账号回复他了。”

“你咋不早说。”周鹏为自己遭了大半天的罪鸣不平。

12　挨揍专业户

“破解密码需要时间，我这刚得手。”黎希颖话里有话地说，“我来做已经是最快的了，要按你们打报告、审批，再让技术人员操作的流程，下星期能不能办完都不好说。”

“程序正义它也是正义。”秦思伟使眼色，让她别教坏了小同志，“你这些间谍手段再怎么厉害它也当不了证据。”

“行，下次再走流程吧。现在他们在讨价还价。”黎希颖盯着电脑屏幕上一行行跳出来的文字。

对方：时间你选，地点我定。

李亢：你想要的在我手里，时间地点听我的。

对方：我怎么能相信你?

李亢：爱信不信，你不来，我就把宝石送给警察。

对方：时间地点?

李亢：这是地点，时间明天告诉你。

发了最后一条文字消息之后，李亢给对方一个链接，点开之后是画了红圈的电子地图截图。

“这是……”周鹏靠近屏幕。

“西山森林公园南河滩。哎？”黎希颖按了几下键盘。

“怎么？”

“没什么，对方下线了。”她拉出对方的定位界面，“城北街心公园。凶手知道手机可以追踪他的位置，所以非常小心。”

“保险起见，还是继续监视吧。”周鹏不放心。

“别紧张，李亢和凶手都不会贸然行动。”黎希颖安抚他，“你就等着那两个聪明人作茧自缚吧。”

“凶手这么容易妥协，说明金丝雀确实是他的软肋。”周鹏捏着酸痛的喉咙，“他到底是什么人呢？”

“在所有已知的和案子有关的人里，只有一个人和罗明亮对面具人的描述相符。”黎希颖说，“这个人也有杀蒋迎和李亢的动机。”

“你是说孙禹吧？”秦思伟双手交叉支在桌上。

孙禹在退伍后考入体育大学的专科，毕业后做了十几年的中学体育老师，是业余散打选手。在七八年前，他辞职去健身房做私人教练，理想是开一家自己的散打俱乐部。不过这个梦想被薛仲林的骗局和匹诺曹的陷害彻底打破。被捕后，孙禹被就职的健身房辞退，丢了饭碗。离婚时，为了孩子他放弃了大部分财产，几乎算是净身出户。

“离婚后，孙禹找了个送快递的工作。”周鹏说，“但是九月初他辞职了，同时退掉了和同事合租的房子里的铺位。他对所有人说自己要回老家，然后换了手机号，可是他老家的人并没见到他的影子。”周鹏接过刚刚送来的罗汉果茶，“孙禹突然失踪有蹊跷，他肯定想知道是谁陷害了自己，查来查去，说不定就查到了匹诺曹。”

“只查出来是不够的。”秦思伟说，“凶手对匹诺曹的情况和温良的情况都了若指掌，那么短的时间，以孙禹的能力很难做到。”

“再说，他有杀匹诺曹的动机，并没有杀温良和何孟周的动机。”周鹏说。

“匹诺曹是温良雇来的，孙禹如果查到匹诺曹，肯定不会放过温良。”黎希颖说，“但何孟周……他和孙禹确实没仇。”

“孙禹要杀匹诺曹和温良也就是报一箭之仇。”周鹏说，“只是为了报仇，他完全可以拿走匹诺曹放在何孟周家里的五十万，远走高飞。”他咕咚、咕咚喝了大半杯罗汉果茶，“我觉得凶手是被什么人雇来的。”

“你想说加西亚吗？”秦思伟并不接受这个想法。

“不用猜了。”周鹏一副大可放心的表情，“反正凶手已经是网口的鱼，李亢坑了老师坑爹妈，坑了爹妈坑朋友，这回总算想明白去坑坏人了。”

“但愿他别把自己给坑进去。”秦思伟意味深长地说。

“要不……我再找孙禹原来的同事问问，看他近来有没有消息。”周鹏拿出手机，“那位大哥忒热情，见过一面就称兄道弟，怪不适应的。”

“我再试着查一下。”周鹏喝干罗汉果茶，放下杯子就跑。小洪喊着警察不许拿群众一针一线，必须要买单，追了出去。

秦思伟摆摆手道：“关于孙禹，你是不是想到了什么？”

“想到一种可能。”黎希颖用手托着脸，“拼图还剩下最后几块，也是最要紧的几块。”

“这两天先静观其变。”秦思伟身体向后仰，靠在沙发上，“李亢和凶手对决，你觉得谁能赢？”

“毫无疑问，我赢。”

之后的两天，吴诚宇照常上班，傍晚带着外卖回家，除了外卖的塑料袋明显大一些，好像什么都没发生似的。

这期间李亢一直没下楼，中午就靠泡面或者头一天晚上剩下的饭菜充饥。他几乎整天都趴在计算机上，一直到深夜睡下后，还会时常起来打开手机扫一眼再关机。

时间不管人的烦恼，只是按既定的步伐向前，走到决定性的时刻。

夜晚，好像比平时降临得更早些，郊外的路上车灯闪闪，一如落入黑色海洋的繁星。李亢开着车，时不时神经质地左顾右盼，他根本无法分辨后面的车是归家的路人还是跟踪自己的人，只是表现得警觉一些给自己打气。胜败在此一举，任何细节都不能疏忽大意。

李亢驶下公路，沿着运河开了一段，关上大灯，降低车速，慢慢地开进村庄。路边一盏盏灯火和空气中淡淡的油烟味让李亢忍不住又想起了父母。好几天没有联系，不知道他们怎么样了，家里的房子怎么样了。他不敢多想，怕自己分神，深吸一口气，握紧方向盘，轻点刹车，车缓缓靠近路边，停在一片低矮平房旁边的空地上。

就是这里。李亢拿出手电握在手中，但没打开，摸黑进了院子。靠着虚掩的院门，他驻足聆听一会儿，确定没有动静，才打开手电叼在嘴里，从口袋中掏出工具捅开正房的锁眼。这院子和自家的房子一样，都是等着拆迁、年久失修的老房子，主人早已搬走，并以很便宜的价格租给了来往做小生意的租客。

没弄几下，锁就投降了。李亢关上手电推门进屋，站了十几秒钟，让眼睛适应黑暗的环境。

这房子不大，大约二十平方米，用砖头垫着瘸腿的八仙桌上摆着吃剩的饭菜。沙发上扔着一团脏衣服，李亢翻了一下，手摸到一片柔软，月光下，一只熟悉的小木偶面具在朝他大笑。李亢丢下面具，后退一步，愣了几秒钟，抬头看着东侧耳房洞开的房门。

他踮着脚尖走过去，侧身进门，打开手电。微弱的亮光在凌乱的房间里划过，一张堆着被褥的单人床，一个小衣柜，一只扔在地上的旅行包，敞开的拉链中间露出一堆衣服。旅行包旁，躺着两个哑铃和一只健身轮。透过布满灰尘的窗户，他可以看到院门模糊的影子在一片漆黑中有点扭曲变形。

东西在哪里呢？不，应该先问，要找什么东西。李亢其实并不清楚自己来这里究竟是为了什么。他想知道答案，但思来想去，发现连谜面都看得不那么清楚。他知道在这里，肯定能找到什么的，他努力让自己躁动的心平静下来，开始动手翻找。

床铺除了一股臭烘烘的汗味什么都没有，被罩和床单不知多久没换过，摸上去都是潮乎乎的感觉。衣柜，空的，一打开就扑出一股霉味和蟑螂药的味道，呛得他转身朝地上连着打了三四个喷嚏，眼泪都流了出来，心里抱怨这都什么玩意。李亢赶紧关上柜门，用袖子抹抹鼻涕眼泪，他已经开始后悔了，这时候躺在家里等结果多好。可惜，自己的性格就是这样，凡事不亲自搞清楚就坐卧不安。

旅行包里有什么？扒开一堆运动外套、休闲裤，手指碰到一个硬硬的东西。这是一只钱包，里面有一沓现金，数一数大概五千多元，还有几张借记卡和信用卡，手电光下，卡背面那龙飞凤舞的签名让李亢头皮发麻。

他？怎么会是他呢？不对啊……他是怎么知道的？温良告诉他的？不对，他们之间不应该有交情，而且像温良那么精明的人，不会轻易说出能害死自己的小秘密。那他是怎么……李亢从口袋里摸出黑丝绒盒子，这宝石又是怎么……找到意料之外的东西，本是李亢此行的目的，但此刻，他发觉自己的大脑更加混乱。

他提醒自己要冷静，顺手把信用卡和宝石盒子一起装进口袋，拉上拉链。至少现在知道对手是谁了，看看包里还有什么。李亢一激动，干脆抓起旅行包把它朝下翻过来，包里的东西噼里啪啦掉在地上。

剃须刀，没用；手机充电器，没用；指甲刀套装，没用；几瓶药，都是健身的人常吃的，没用；两部眼熟的手机，唉，依然没用；钥匙……放在这里的肯定不是大门钥匙，看周围也没有上锁的抽屉和柜子。西耳房的钥匙还是……去找找看，需要锁起来的东西才是最要紧的。

李亢举着手电走出东耳房，光柱扫过之处，一个黑影岿然不动，像一尊蜡像似的坐在沙发上。国字脸，身材魁梧，黑色的衣裤好像融入了黑暗。

“找到你想要的东西了吗？”他站起来，一手拿着面具，一手拿着红色棒球帽。月光照在他紧绷的脸上，一双大眼睛中流露出一点得意，一点嘲弄，一点凶残。

他怎么会在这儿！李亢吓得腿脚发软，手一抖，手电骨碌碌滚到对方脚下，熄灭了。

李亢第一次给对手发信息时，希望把他引出来，报仇雪恨。但之后他感觉这个计划并不可行。对手体格健壮，自己完全不是对手，面对面硬来的结果就是自己被杀死，宝石被抢走。智取？经历了这么多波折，对方肯定也和自己一样，会越发小心，一击不成那等于去送人头。思前想后，只能借力打力了。

对方同意接头后，李亢发过去一个链接，打开地图的同时，可以下载一个木马到对方的手机上。李亢设计的木马，可以让手机在凌晨四点时开机，自动给指定的邮箱发送消息。这样，借助手机自带的GPS定位，他就可以确定对方的大概位置。凌晨四点，一般情况人都在睡觉，所以对方不会察觉手机在偷偷工作。

这一招生效了，李亢顺利地把对手的藏身之处缩小到城市东部边缘的东路村，村子东南口的一片平房最东边的位置。那里毗邻公路和运河，很容易逃往外省，是个很合理的藏匿地点。他压制着内心的喜悦，给对方发消息，约好22号晚上十点在南河滩碰面。

当然，他是不会去南河滩的。吃过晚饭后，李亢开车出门，在距离椿楸顺园小区五六公里外的一个加油站加油，顺便去了趟洗手间。在那里，他和下班后就在等待的吴诚宇换了衣服和车钥匙。

“一定要去吗？”吴诚宇拿着车钥匙直哆嗦。

“你快到的时候就报警，到了之后不要下车。”李亢戴上他的帽子，“锁好车门，我估计他会提前去埋伏好夺取宝石，你不出现他说不定察觉到不对劲就跑了。”

“警察来了我怎么说？”

“往我身上推，就说我逼你去的。帮忙抓住杀人犯，说不定你能得个最佳吃瓜群众奖。”

“呵，别惹我一身骚就好。”

李亢走出加油站，上了吴诚宇下午租来的车。自以为计划很完美，李亢在木马的指引下来到这里，怎么也没想到有人在守株待兔。他应该去南河滩了啊，为什么？

“你那点小九九，留着自己玩吧。”面具人丢下面具和棒球帽，“明明可以直接发图片，却给我发链接，我当时就觉得不对劲。”他从怀里掏出尖刀，“我曾经有个客户是编程序的，他给我讲过这里面的门道，你是不是以为我傻，会中你的调虎离山计？南河滩那里，应该有警车在等着我吧？”

竟然被看穿了，李亢真想一头撞死，但转念记起，自己身上还有一张王牌没打出去。

“你想要这个吧。”他慌乱地拉开拉链拿出黑丝绒盒子，“我们来谈谈。”只要面具人过来拿盒子，裤袋中的电击器就能派上用场了。

“我不需要和你谈。”面具人嘿嘿一笑，“杀了你，拖到河滩上埋了，宝石自然就是我的。”他举起刀子，在月光下晃了晃。

“等等！”李亢抬起手挡在身前，“你总得让我死个明白，这宝石到底有什么故事？”

“你死了就够了，其他的对我来说一点都不重要。”面具人哈哈大笑，挥刀朝他刺过来。

李亢拼命躲闪，避开刀锋，伸手将八仙桌掀翻，桌上的盘子、碗带着残羹的汤汁砸在面具人身上。他后退一步，伸手拍拍衣服，气得大叫一声，稳住步伐再次冲向李亢。李亢瘸着腿逃向门口，被他的大手揪住衣领向后一拽，横着飞到沙发上，愣是把沙发撞翻了，然后翻滚着摔在水泥地上。寒光带着杀气飞来，刀子插在李亢脑袋边的沙发背上。李亢掏出电击器，朝着近在咫尺的手臂捅过去，面具人只得松开刀子往后撤，带着电火花的触头擦过他的上臂，电得他跪倒在地，捂着胳膊大叫。

李亢爬起来跑向门口，然而电击并没有给面具人常年锻炼的身体带来多少影响。他就地一翻，一脚踢到李亢的屁股上。李亢正全力往前跑，这一脚的助力使他的身体像短跑撞线一样撞向门框，撞得他眼前闪出一片银河，鼻血流了一脸，身体摔在地上的同时，手里的电击器飞到墙角。

面具人捂着胳膊站起来，捡起电击器，一脚踩住捂着鼻子哼哼的李亢，低头朝着他的脸上、前胸猛捶几拳。李亢胡乱招架，被打得口吐鲜血，情急之下掏出口袋里的钥匙扔向东耳房门口。面具人的注意力被飞起的光影吸引，李亢想趁机用力掀开他踩得自己喘不上气的脚，可惜没成功，脸上立刻又挨了一拳。

“认命吧。”面具人脚上发力。李亢感到自己的五脏六腑快被压扁了，于是用仅剩的力量抱住面具人的脚，拼命向上抬，但那只脚好像挂上了无数秤砣，越来越沉，压得李亢只有出气没有进气，眼前一阵一阵地模糊起来。

突然耳边传来咔嗒、咔嗒的声音，是意识模糊产生的幻觉吗？就在李亢打算接受命运惩罚的时候，屋里的灯亮了。面具人一惊，脚上的压力没那么重了。李亢张大嘴用力喘息，扭头看向门口，从没正式打过招呼的老熟人靠在门框上，低头盯着他，眼神里没有怜悯，倒有几分嘲弄。

“是你？”面具人讶异地举起电击器，虚张声势地按了下开关。

“初次见面，孙禹，但你好像知道我是谁。”黎希颖朝面具人挥挥手，歪头看地上的李亢，“晚上好啊，为什么我每次见到你，你都是被人打得要死要活的鬼样子呢？”

“救我……”李亢嘶哑地喊道。

“你是他的同伙？”孙禹眯起眼睛。

“我才没有这么蠢的同伙。”黎希颖做出很受伤的表情。

“那你是怎么找到这里的？”

“连你都能看穿的把戏，骗不了几个人。”黎希颖开心地说，“我没法截获木马的消息，但我只要跟着他，肯定能找到你。”

“跟着我”，李亢大吃一惊。一路上他自以为眼观六路，没有放过任何可疑的跟踪者。

“别琢磨了，我才不会开车傻傻地跟在你后面。”黎希颖读懂了他脸上的表情，“你要开着手机收木马的信号，我就可以远远跟着你的手机信号。”她看看屋里被砸得一团糟的家具，“你们这些人啊，永远都不会用文明人的方式交流，我都看不下去了。”

李亢心想，看不下去你还不出手，既然跟着信号过来，那说明你早在院子里了。明明可以阻止孙禹却躲在暗处看热闹，是故意想让我多挨几拳吗？这什么人啊，见死不救还幸灾乐祸地说风凉话。

“你到底是什么人？”孙禹沉不住气了。

“那对你来说并不重要。”黎希颖说，“你更应该知道的是，在你俩打斗的时候，警察已经来了。”

“警察？”孙禹惊愕片刻，突然按着电击器开关朝黎希颖冲过来，她一侧身躲开四射的电光，抬肘打中孙禹的下巴。孙禹后退两步，脸色越发阴沉。

“你还真是一条路走到黑啊。”黎希颖不耐烦地叹气，弯腰躲过孙禹踢过来的腿，一拳捅向他的胸口。

孙禹挡开这一拳，冷不丁腹部挨了一脚。他险些跪倒在地，一翻身站起来，喘息着调整好姿势准备再战。

“对女士动手很不礼貌。”一个身材高大的年轻人走进来。他皮肤黝黑，脸形硬朗，浓眉大眼，黑色的紧身立领T恤和迷彩裤包裹着健壮的身躯。身为男人的李亢都忍不住盯着他使劲地看。

孙禹的目光左右摇摆，他听到有更多的人进了院子，急促的呼吸带出内心的不安。

“放下武器，咱们聊聊。”秦思伟张开双手，“孙禹，你本来是受害者，何苦一定要把自己往绝路上推呢？”

“我没什么好说的。”孙禹咬牙切齿地说。

“那邱秋有没有什么想说的呢？”黎希颖看看房门紧锁的西耳房，“她和你在一起吗？”

没听错吧，邱秋？李亢捂着胸口坐在地上，冷汗流了一身。邱秋没死，太好了，不对啊，邱秋为什么和孙禹在一起，一定是这家伙绑架了她。难怪他能知道罗老师，知道马澄，这都是从邱秋嘴里逼问出来的。可是邱秋不认识马澄啊……邱秋真的在这里吗？李亢左顾右盼地扫了一圈，但房子里除了他和眼看要开打的三位，似乎没有别人了。

此时此刻，孙禹的脸色比李亢还要难看。他知道再拖下去会对自己更加不利，眼珠一转，挥舞着噼啪作响的电击器刺向秦思伟的前胸。秦思伟避开攻击，抓住他的手腕，肩膀一顶，将孙禹扔在八仙桌的残骸上。孙禹就地翻了一下，一身汤水地站起来，脸上挨了两拳，身体左右摇晃着后退，后背狠狠撞在墙上，他弯腰捡起八仙桌的断腿，怒吼着以进攻代替防守。秦思伟躲开迎面砸下来的棍子，一拳打在孙禹的腋窝，顺势扳住他的手腕向上一翻。孙禹很听话地用棍子打了自己的脑袋，身体猛地向前一倒，腹部正好撞上秦思伟抬起的膝盖。

要命了，一个比一个能打。李亢偷看一眼靠在墙边的黎希颖，她正用欣赏的眼光看着孙禹被左一拳、右一脚打得毫无招架之力。

正在李亢胡思乱想之时，孙禹的身体飞了过来。李亢就地卧倒滚到沙发边，才躲过被砸死的命运。慌乱之中，李亢手上摸到一个冷冰冰的东西——刀子，孙禹刚才掉下的刀子。这厮再也猖狂不起来了啊。李亢看着努力要从地上爬起来的孙禹，突然想起蒋迎垂死挣扎的样子，想起罗老师身上流出的鲜血，想到马澄惨痛的尖叫，一时间全身的血好像被点燃了一样，烧得他发抖。

“不要过去！”黎希颖想出手阻止但已经晚了。双手抓住刀子的李亢奋力一跃，刺向孙禹的前胸，然而不等李亢反应过来，刀子就到了孙禹的手上，架在了李亢的脖子旁边。

“都退后！”孙禹一手勒住李亢的脖子，一手持刀，拽着他晃晃悠悠地站起来，挪向窗边，被打肿的眼睛里溢出凶残。

“有话好好说。”秦思伟双手举在胸前，“孙禹，你能不能告诉我，你所做的这一切到底是想换来什么呢？仅仅是为了报复，没必要牵扯那么多无辜的人。”

“你想知道，就自己去查。”孙禹冷笑一声，瞟一眼在自己臂弯里挣扎的李亢，“我走到今天这一步，无非就是运气不好，但能拉上他垫背，我觉得挺值的。”

“何必呢。”黎希颖上前半步，从秦思伟的裤子口袋里掏出一只黑色丝绒盒子，轻轻地打开。金丝雀在灯下闪闪发光。

“这……”李亢更加糊涂了，宝石明明在自己口袋里，她是什么时候拿走的？

“你以为就凭你和吴诚宇，可以从我手里抢走宝石？”黎希颖用鄙夷的口气说，“李亢，孙禹，让你们两个今晚冤家聚首的，其实是我找人做的赝品。”

“你……”李亢懊恼万分。如果不是脖子上的刀，他真想扑过去……打她？算了，根本打不过啊，也只能心里骂几句了。

“这东西背后有什么故事吗？”黎希颖收起宝石，“你们为了它可以夺走别人的生命，甚至豁出自己的命。一颗石头，到底能值多少？”

“还是那句话，想知道就自己去查。”孙禹突然发力，抓起李亢，将他扔向身后的窗户，不太结实的玻璃窗几乎是整块从墙上脱落，摔到院子里碎成一片。李亢的身体砸在碎玻璃、烂木头上，顾不上喊疼便被埋伏在周围的几个警察死死按住。

“哎，好像不是他！”给李亢铐上手铐，警员们才看清楚他不是照片上的目标。

孙禹趁这个空当，一跃跳上窗台，伸手把住窗户上端的水泥台，一翻身上了房顶。他踩着砖石瓦片，一脚深一脚浅地朝村口的方向狂奔。秦思伟跟着他跳上窗台，借力上了房顶，一路追过去。

孙禹一边跑，一边从口袋里掏出车钥匙，跑到一排房子的尽头，他腾空跃下的瞬间按了下手中的遥控器。停在村外一棵树下的灰色轿车车灯一闪，发出嘀的开锁音。原来为了安全，孙禹前两天找了个修车厂，把蒋迎的黑色福特轿车喷成了灰色。眼看孙禹落在地上，翻滚两下，爬起来钻进车子，开足马力往东南方向驶去，秦思伟快跑两步跳下屋顶。一辆黑色雅阁从他身后飞驰而来，急刹车声刺破黑暗。

“快上车。”黎希颖推开车门，朝他招手。不等秦思伟系上安全带，她用力一踩油门，开足马力朝着孙禹逃离的方向追了上去。

从东路村向南不到半公里就是公路，孙禹没命地踩油门，福特车颠簸前行，几乎要飘起来了。他死死攥住方向盘，好像要把自己的力气全都输送给车子。

后视镜中，耀眼的车灯越来越近。开出三四公里，靠近一个岔路口时，他已经能清楚地看到后车挡风玻璃后的面孔。前方是两条路，一条直着通往东南，另一条沿着运河的走势拐向东北方向。孙禹下定决心，继续加速，朝着直行的方向开去。

等开到两条路的交接处，他用尽全力向左打方向盘，差点把它掰断，车子尖叫着转向，腾起一道灰白的烟雾，右侧的车轮都离开了地面。孙禹依旧没有减速，指望这虚晃一枪可以骗过追击者。然而，方向盘突然就像卡住了一样，不听使唤。福特车无法调整方向，以极快的速度撞向护栏。孙禹大喊着猛踹刹车，发现它仍然毫无反应。

车飞出护栏，大头朝下撞向三四米之下的河滩，硬着陆后翻滚两下，喘息着趴了下来。发动机还在嗡嗡作响，火苗从机器盖子里蹿了出来。

雅阁在护栏边急停，两个人跳下车，翻过水泥墩，顺着路基滑下河滩。秦思伟用手肘撞掉驾驶座旁已经碎裂的车门玻璃，伸手打开门锁。孙禹浑身是血，趴在已经瘪掉的气囊上，一只满是血的胳膊耷拉着。

“他还活着。”黎希颖探一下孙禹的动脉，伸手拉车门。但车门已经变形，根本拉不开。

火苗越来越大，一股焦臭的味道伴着黑烟袭来。

“我来。”秦思伟双手用力往外拽车门。黎希颖见缝插针，把防身棒捅进车门和车身之间的缝隙，把门框当成杠杆。

“一,二,三！”两人同时用尽全力，车门终于被打败，从门框上掉了下来。

秦思伟从身后抱住孙禹，想把他从越来越热的车厢里拖出来，但孙禹的身体出来半截就拉不动了。低头一看，他的半条小腿卡在遭受重创的刹车下面。黎希颖探身用防身棒捅了两下，刹车纹丝不动。烟雾和火苗已经开始从空调口的缝隙里钻出来。

“来帮忙。”秦思伟松开孙禹，用力往后推车座。黎希颖用防身棒顶住车座变形的调节装置往下按。座椅终于往后挪了一厘米，腾出些许空隙。他们合力将昏迷不醒的孙禹拉了出来，从两侧架着他，将他拖向远处。他们走了不到两百米，背后传来轰的一声巨响，福特车被腾起的火光瞬间包围，好似夜幕中一团恐怖的烟花。

“他的车是突然失控的。”秦思伟擦擦脸上的汗水和污渍，“怎么搞的？”

“孙禹是侦察兵出身，车技很好，不会轻易出事故。”黎希颖坐在河滩上，整理着乱糟糟的头发，“搞不好是有人破坏。”

“会是谁呢？”

“烧成这鬼样子，不知道还能不能查出来。”

两辆赶来支援的警车闪着灯在断掉的护栏处停下。警员们跑下河滩，眼看着福特车在烈焰中发出骇人的噼啪声，偶尔还有带着火星的零件飞溅出来，都不敢靠近。

“别愣着，叫消防队，还有救护车。”秦思伟看一眼躺在脚下的孙禹。

“左小腿开放性骨折，流了很多血。”黎希颖按了按孙禹露出骨头的腿，扯下自己的一只衣袖紧紧绑住他的大腿，想减少不断从伤口涌出的血液，“胸骨骨折是气囊造成的。头部……唉，但愿他能活下来。”

“先别动他了，等医护人员来吧。”秦思伟把黎希颖扶起来，“走，去看看未来战士怎么样了。”

他们回到孙禹的藏身之地时，无奈地发现每个能看到院子里实况的有利地形都被村民占领了。虽然已经是深夜，气温很低，但大家举着手机拍视频的热情不减。

“网上已经有消息说这里抓了个变态杀人狂。”黎希颖扫两眼手机，不知道该怎么评论才好。

正房的墙角，李亢戴着手铐盘腿而坐，低着头，缩着肩膀，一言不发。

“总算逮住他了。”周鹏迎上来，递给秦思伟和黎希颖手套，“你们没事吧，这一脸的灰。”

“有惊无险。”秦思伟戴上手套，故意大声问，“你们怎么招待吴工程师的？”

“带回局里了。”周鹏瞥一眼抬头注视着他们的李亢，“这会儿正发疯呢。”

“他怎么了？”黎希颖不懂周鹏的措辞。

“那小子被扣下来后就满嘴跑火车。”周鹏嗤笑道，“说他遇到李亢，聊了两句突然闻到一股香味，然后就迷迷糊糊的，好像被控制了意识。”

“吴诚宇没解释他大半夜开着不是自己的车跑到南河滩，还打电话报警是怎么回事？”

“他坚持说一定是有人对他下了迷魂药或者用了催眠术，他是身不由己做的这些事。”

“他网络谣言看多了吧。”秦思伟没好气地说，“没什么大事该怎么办就怎么办吧，大伙儿已经够忙了，没空听他瞎扯淡。这里找到什么了？”

“不行，先把吴诚宇放了，他还有用。”黎希颖若有所思地说。

“他不会借机逃跑吧？事后可得把他抓回来，别的不说，包庇李亢就够他在里面待几年的了。”秦思伟笑道。

“东耳房应该是孙禹的卧室。”周鹏引他们进屋，“他的随身物品很少，唯一可疑的东西是这个。”他从正蹲在地上拍照的技术人员身边的小箱子里拿起一个装着物证的塑料袋。

袋子里装着一只钥匙。黎希颖从手机里调出邱秋送来的钥匙的照片，放大之后对比，辨认出它们是双胞胎。

“这到底是开哪一把锁的钥匙呢？”周鹏看看周围。

“都试过了。”技术人员抬头回答道，“房子里的锁和这钥匙都对不上。”

“孙禹和邱秋自然不可能把他们自己的钥匙送给我们。”黎希颖问，“找到她了吗？”

“邱秋？没有。”周鹏摇头，“但是西耳房明显是一个女人在住。技术正在采指纹，回去一对比就知道是不是她了。哦，我们在东耳房这边的床上还找到一套女人的内衣。”

“莫非……”

“你想到什么了？”秦思伟问黎希颖。

“太晚了，我先发个信息问一下。”她拿出手机，“如果我没想错，明天应该能找到答案。”

“邱秋真的没死？”李亢不知什么时候蹭到门口，坐在地上探头进来。

“她没死，除非我之前看见的是鬼。”黎希颖走到李亢面前，“邱秋从你和蒋迎出事的那个晚上到现在一直下落不明。我们知道她和孙禹在一起，但暂时不清楚他们为什么会在一起。”

“为什么偏偏今晚她不在呢？”周鹏不快，“难道说她能预料到我们会来？”

“不，应该是孙禹担心我们会来，让她去望风了。”秦思伟说，“邱秋的房间里没找到手机吧？”

“没有。”

“那就是了。孙禹打算伏击李亢，让邱秋出去望风，以防万一。邱秋看到我们出现，知道情况有变，没有通知孙禹，自己逃跑了。”

“这个女人还真是跟谁都能混在一起，却跟谁都不是一路的。”周鹏皱眉。

“邱秋和孙禹应该只是临时搭档，各取所需。”黎希颖说，“所以才会出现大难临头各自飞的情况。之前在咖啡馆，领班说她看起来不情愿的样子，可能是被人胁迫。”

“孙禹胁迫她合作确实有可能。”秦思伟点头，“那么破坏孙禹车子的可能也是她，她害怕孙禹从我们手中逃脱会再去找她，所以下了狠手。毕竟除了邱秋，别人也认不出孙禹改喷后的福特车。”

“邱秋她做了什么？”李亢仍然一头雾水。

“只能说，她并不是你认识的样子。”黎希颖蹲下，“你还是先担心自己吧。”她扭头对周鹏说，“先送他去医院治伤，这家伙最近几天没干什么正经事，光顾着挨揍了。”

十几分钟后，戴着手铐的李亢在两个警员的护送下钻进救护车的车厢。围观群众没找到多少乐子，各自散去了。黎希颖在院子里站了一会儿，呼吸新鲜空气，小心地绕过采证的白大褂们，走进西耳房。

这里原来肯定是做储藏室用的，没有任何家具，靠墙的位置放着一张铺着被褥的旧床垫。技术人员正从床垫旁的大纸袋里翻出女人的衣物——皱巴巴的条纹衬衣和卡其布长裤，搭扣断裂的发带，包裹在旧毛巾里的一次性拖鞋。

“都没什么用。”周鹏拿起纸袋里外看了看又扔下，“门上采集到了清晰的指纹，对比结果得明天才能出来。”他示意技术人员收队。

“等一下。”黎希颖拦住他们，“她为什么不穿拖鞋？”

“啊？”周鹏不知道她什么意思。

“孙禹给邱秋找了换洗的衣服，但是这里没有一双鞋，也没有拖鞋。”黎希颖在房间里又转了一圈，“在东躲西藏的时候当然不能要求太多，但既然有一双一次性的拖鞋，她为什么不穿？反而用毛巾包起来，压在脏衣服下面。”

“你的意思是……”周鹏把已经放回原处的拖鞋又翻了出来，扯开将拖鞋绑在一起的纸带，一张卡片掉在地上。卡片一面印着一只不知道是牛还是马的图案，另一面贴着带二维码的贴纸，右下角用黑色圆珠笔写着“326”的字样。

“这是一家连锁快捷酒店的标志。”技术人员拿过卡片看了看。

“不知道是哪一家连锁店的326房间。”周鹏找了个纸袋把房卡收起来，贴上物证标签，“回去查一下，拖鞋估计也是从酒店拿的。邱秋藏宝贝似的藏着这房卡，肯定另有目的。”

“东耳房那边也没太多发现。”秦思伟走进来，递给黎希颖一张沾满污迹的卡片，“我都不知道你这么出名了。”

“应该是救马澄时掉在乔三笠那破院子里了。”黎希颖把名片撕碎，“难怪孙禹和邱秋能找到咖啡馆。”她抱着露在外面的胳膊，打了个哈欠，“你们先忙着，我得回家洗澡睡觉了。”

回到家，黎希颖扔掉只剩一只袖子的T恤，洗了个热水澡。她点上一支檀香，靠在床头上搭着小线毯，拿起床头的一本书翻到新的一页。倦意袭来，她放下书，把毯子拉上来，很快就睡着了。

睁眼已经过了早上八点，黎希颖简单吃了早餐，换上宝石蓝色带复古印花的长袖连衣裙，咖啡色中筒靴，开车来到日复一日忙碌无比的医院。

李亢被安排在七楼，乔三笠腾出的那间病房。听到病房里传出一阵阵哭声，她还以为是出了人命，快走几步推开门，发现原来是李裕林和常新兰来探视儿子，三口人正抱头痛哭。秦思伟靠在墙边，见他们哭得肝肠寸断，摆摆手，示意看守的警员一起出去，给这一家子留一些空间。

“孙禹怎么样了？”黎希颖问他。

“还在重症监护室，没脱离生命危险。”秦思伟看向病房内，“李亢这边也问不出什么了。”

“对不起，对不起……”李亢抱着靠在自己肩上的母亲的头，眼泪鼻涕混在一起。压抑了好几天的不安、难过，此刻一股脑地宣泄出来，除了道歉，李亢不知道还能对父母说些什么。

“哭有什么用！”李裕林一边抱怨老婆孩子没出息，一边扶着儿子缠着纱布的头抹眼泪，“臭小子，害死你老子了！”

“死老头子！”常新兰回头轻轻打老伴一下，“房子没了还能盖，儿子没了你上哪儿找去！”

“还不都是你惯的！”李裕林吸鼻子，“看看你儿子把自己搞成啥样了，你还护着他呢。”

“我儿子不是你儿子对吧！”常新兰瞪着哭肿的眼睛。

“爸妈，你们别吵了。”李亢一只手被手铐铐在床栏杆上，只能歪着身体挣扎，“都是我不好，我……以后你们就别管我了。”

“说什么傻话！”李裕林给了他一巴掌，又抹抹眼泪，“事情已经闹得满城风雨，你一句话就想和我们撇清？想都不要想！”

“我们不管你，谁能管你……”常新兰哽咽，“儿子，你说实话，那些小木偶什么的事，都是蒋迎的主意吧？妈知道你从小心眼实，整不出那么多门道儿。”

“跟你说过多少次，交朋友要小心。”李裕林说，“你讲义气，可帮朋友不是那么个帮法。”

“李亢绝对是他们亲生的。”黎希颖贴在秦思伟耳边说，“把一切都推给死人倒是痛快。”

楼道里传来急促的笃笃声，她感觉自己的后背像被坦克撞了一下，抬手要打回去却被秦思伟拉到一边。原来是齐大妈拄着拐杖来兴师问罪了。

“小兔崽呲（子），你也有今天！”齐大妈少了两颗门牙，说话漏风，她举着拐棍作势要打李亢。黎希颖发现她没有拐杖支撑依然腿脚利索，声如洪钟，感觉和自己过个三五招完全没问题。

“从小到大，我亏待过你没有？”齐大妈用拐杖敲床栏杆，“你小呲（子）可真够狠的，竟然暗算我老太婆！”

“他齐大妈，您别生气。”常新兰劝道，“都是误会。”

“少来这一套！”齐大妈斜眼瞪她，“从小看到大，三岁看到老。他是个什么玩意儿我清楚得很。哼！他十岁时偷了我家三斤大枣，和小相好一顿全给吃了，吃得满嘴上火起大泡，有没有这事？”

“什么陈芝麻烂谷子您还提。”李裕林不快地抱怨道。

“你就说有没有这事！”齐大妈怒道，“那可是我好不容易从老家弄来的！他和那马澄，一掉脸儿就给我吃光了，还嘴硬不认。”她换上幸灾乐祸的嘴脸，“要么说，不是不报时候未到呢。从小爹妈没教好，没学会老实做人。如今痛快了，手铐都戴上啦。”

“齐大妈，您打我骂我没问题。”李亢用不快的语气说，“别捎带上我爹妈。”

“呵呵，装什么孝呲（子）贤孙。”齐大妈嗤笑，“爹妈的房呲（子）都给你烧了，反倒怪我捎带他们？你那么孝顺，就别干丢尽爹妈老脸的事！”她换上痛心疾首的表情，“坑你爹妈也就算了，街坊邻居可没招惹过你。”齐大妈捶着胸口，“你害我就算了，还害我孙呲（子），你安的什么心！”

“您孙子是造谣才被抓的。”李裕林用厌恶的语气说，“您不能什么事都往我儿子头上扣。”

“你家熊儿呲（子）不干那缺德事，我家孙呲（子）会凑热闹吗？”齐大妈瞪眼，“嘿，真是上梁不正下梁歪。”

“你这话我就不爱听了。”常新兰沉下脸，“我们又没拿刀子逼着你孙子满嘴放炮，你教育有方怎么不拦着他？”

“上梁不正下梁歪呗。”李亢鼻孔出气，“齐大妈，这算不算是不是不报时候未到呢？你要是这么信因果报应，就该好好反省，自己是不是做了亏心事。”

“说起来，那天院子里那么多人都没事，怎么就你进医院了？”李裕林帮腔道，“你当时是要往我家屋里跑吧？屋里没着火，你要干什么去？”

“该不会是想趁火打劫，偷我家东西吧？”常新兰高声道。

“你……你们……你们还敢倒打一耙！”齐大妈遭遇围攻，情急之下伸手要打李亢，被李裕林和常新兰合力抱住。

她奋力挣脱，丢下拐杖一屁股坐在地上，开始痛哭号啕：“救命啊打人啦，他们是要杀人灭口。”

“不要在这里吵闹。”来给李亢测体温的护士长喝道。

“是他们不讲理。”齐大妈骨碌一翻身就站了起来。

“这里是医院。”黎希颖在门口说，“要讲理请您去法院。”她说话声音不大，但有一种让人不得不屈服的气势。

“哼，我不跟你们一般见识。”齐大妈用拐杖敲了一下地面，指着李亢的鼻子，“小呲（子），咱们走着瞧。”说罢，她又像坦克游街一样，铿锵有力地走了出去，因为走得太急竟忘了用拐杖。

“让你们见笑了。”李亢红着脸对护士长致歉，又对门口的几位欠身。

“我看你精神不错，还有心情吵架。”护士长板着脸甩甩体温计，夹到他的腋下，“马医生刚才还问我，你的腿会不会落下残疾。”

“她怎么样了？”听到马澄，李亢感到一阵心痛。

“现在想起她了？”护士长生硬地说，“你丢下她一个人跑了的时候，想没想过她会怎样?！”

“我……”李亢词穷。

“他不是故意的。”常新兰低声解释，李裕林在一旁只是叹气。

“现在并不是探视时间，两位先请回吧。”护士长干脆地下了逐客令。

13　所有人的背叛

访客离开，护士长去别的病房巡视，房间里安静了下来。李亢用手背胡乱地抹着脸上的眼泪和鼻涕。

“讲卫生是好习惯。”黎希颖递给他一包纸巾。

“谢谢。”李亢撕开纸巾包装，“谢谢你救了我好几次。”

“齐大妈有一点说得对。”黎希颖说，“如果不是你和蒋迎喜欢出风头，很多事都不会发生，自然也就不需要我救。”

“我们不是……”

“你不会真的以为，你们是在助人为乐吧？”秦思伟插了一句。

“我们不那么做，那些无辜的人可能就要进监狱。”李亢抽出一叠纸巾擦脸，“看你们这样子，应该没尝过被人冤枉没处说理的憋屈。”

“用陷害另一个无辜者的方式去达成你们所谓的帮助。”黎希颖冷冷地说，“孙禹被你们害得家破人亡，虽然这并不能替他杀人开脱，但如果没有你们，他未必会走到今天这一步。”

“孙禹肯定能理解你所谓被冤枉没处说理的憋屈。”秦思伟看着李亢无言以对的样子继续说道，“温良、乔三笠这样的凶手，正是拜你们所赐，逃脱了法律的制裁。”

“他们已经得到惩罚了。”李亢硬着头皮还嘴。

“用那种手段，你们和乔三笠没什么区别。”黎希颖鄙夷道，“至于无辜的人，你们并不是真的在替他们解决问题，只是换个方式帮他们逃避。就算他们暂时躲开，仍然会时刻处在骗局被揭穿的恐惧中。”

“我不知道你是否真的关注过那些案件。”秦思伟拿出手机，调出一些影印件，“让你们的委托人最后可以放下包袱的，并不是你们的帮助，而是那些案子都已经真相大白。”

“或许没有你们的掺和，很多案子能更早了结。”黎希颖揶揄道，“比如薛仲林的死。”

“你们这些人，真是‘何不食肉糜’。”李亢反驳道，“清者自清是要付出代价的。那些进了冤狱的人，就算几年后被放出来，得到赔偿，他们失去的生活和其他一切根本没法补偿。”他越说越激动，“就算到不了进监狱的地步，很多人也会因为成为嫌疑人失去工作，被各种非议，被爱人抛弃……不是每个人都能承受这样的代价！”

“清者从来不会自清。”黎希颖说，“你真想帮他们，就应该去揭开真相，而不是搅浑水。你的委托人承受不来，难道那些被你的行动牵累的人就活该吗？”她走到床边，直视李亢的眼睛，“小木偶，做人可不能双重标准。”

“把自己说得那么善解人意，你们又考虑过受害人和他们的家人吗？”秦思伟靠在门边深沉地说，“因为你们从中作梗，好几件案子的大量证据都被作废，真凶因此差点逃脱。你委托人的清白重要，别人的命和清白就不值钱了对吧？办案人员的时间和精力就可以随意浪费？”

“我不是……”李亢语塞半晌，但心想输人不输阵，怎么也得做最后的抗争，“你们那么厉害，却救不了邱秋。”他提高声调给自己打气，“她被何孟周打得一身伤时，你们这些正义的使者又在哪里？”

“我和正义女神的关系不怎么好。”黎希颖笑对他的挖苦，“你说得没错，她眼神不太好，还会经常地选择性失明。”

“所以我和蒋迎做的，无非是想帮她配个眼镜。”

“你们是扔个东西让她往别处看。”黎希颖说，“杜畅和她的志愿者才是配眼镜的人，实际上帮到邱秋的不是你们，是她们。”

“谁？”李亢好像在哪里听过这个名字。

“温良的太太。”

“她帮邱秋？”李亢诧异，“她们之间……邱秋和温良……”

“邱秋身上谜题颇多。”秦思伟说，“我们还没有全部理清，但可以肯定的是，你只是她用来除掉何孟周的棋子。”

他们说的，是自己认识的那个邱秋吗？李亢没想到说话温声细语，脸上总是带着微笑，对小朋友特别有耐心的邱秋，竟然会是一个步步为营、诡计多端的女人。他不敢相信，又不敢不信。“你究竟了解她多少？”蒋迎的话在耳边萦绕，一遍又一遍，好像甩不开的紧箍咒，让他头疼欲裂。

“你先别惦记邱秋了。”黎希颖问他，“关于温良，我有两个疑惑。在你和蒋迎的计划中，他是必须死掉的，对吧？”

“对，他既然杀了人，自然就要偿命。”李亢抬起头，“但当时出了点乱子，我和蒋迎都慌了神，只想赶紧离开，没发现他还活着。”

“你们从二楼潜入别墅，是谁帮忙找的路呢？”

“蒋迎说是从温良的一个情人那里套来的消息，具体是谁我就不清楚了。”

“这样啊……”黎希颖显然对这个答案并不满意。

视频通话请求的铃声响起，秦思伟按一下手机，屏幕上跳出周鹏略变形的脸。他兴奋地说找到了邱秋用假名字租下的快捷酒店大床房。这房间是十三天前开的，付了一个月的租金。在房间里找到一个小皮箱，里面有一只全新的手机和一个平板电脑，因为不知道开机密码，暂时不知道里面存了什么。

“你试试这个密码。”黎希颖快步走过来，接过手机，按了一串字母和数字发送给他。

“这是什么密码？”秦思伟问她。

“打开啦，好厉害！”周鹏在屏幕前大喊。

“看来我没想错。”黎希颖微笑。她问周鹏能不能带上平板和邱秋送来的钥匙去咖啡馆见面，同时请法医对李亢从何孟周家重伤逃跑时穿的衣服做一个加急化验。

“你们发现了什么？”李亢完全猜不透。

“别急，等我把这几件事搞清楚再给你讲故事。”黎希颖说，“你没心脏病吧？”

“没有。”李亢从她的话里隐约感受到了不安。

上午十一点的咖啡馆，轻音乐混着咖啡香，是热闹的街道旁安静怡人的一隅。客人闲坐在温暖的阳光下，喝饮料吃点心，看看书或者聊聊天，打发无趣的时光。

“红茶拿铁。”小洪把马克杯放在吴诚宇面前，“这次不要再往我身上洒了哦。”

“真是对不起啊。”吴诚宇满脸歉意。

“算了啦，是老板说放你走。”小洪做出大度的样子，“不然你是肯定跑不掉的，我可是跟老板学过几招，很厉害的。”

“高手，去给我倒杯咖啡。”黎希颖拍拍他的肩膀，“楼梯口那桌结账。”

“好嘞！”小洪颠颠地跑了，临走不忘回头叮嘱吴诚宇，“上次打碎的杯子是要赔偿的哦，本店任何东西都概不赊欠，不然打折腿扔出去。”

“小财迷。“秦思伟捂嘴笑。

“李亢怎么样了？”吴诚宇起身相迎。

“你们倒成了知己。”黎希颖坐下来。

“哎，真是对不起。”吴诚宇又是一番自我批评和道歉。

“你不用紧张，吴工程师。”黎希颖把红茶拿铁推到他跟前，“有件事想问问你，马澄给你打电话后，你立刻同意见面，说明你是知道蒋迎有个女朋友的，对吧？”

“对，过年之后，我偶尔约蒋迎出来喝酒、看电影，但他动不动就爽约。”吴诚宇回忆道，“我就问他是不是有女朋友了，他开始不置可否，后来被我问烦了就承认了，说时机到了再介绍我们认识。所以马医生给我打电话时，我是真信了她就是蒋迎的女朋友，完全没起疑。”

“蒋迎的父母不知道他有了固定交往的女朋友吗？”秦思伟问。

“他让我千万保密，具体原因我就不知道了。”吴诚宇想了想，有些迷惑地问，“蒋迎的女朋友和这案子有关系吗？杀他的凶手不是抓到了吗？”

“擒贼擒王啊，吴工程师。”黎希颖意味深长地说，“还没到庆功的时候呢。”她朝楼梯口挥挥手。

“重大发现。”周鹏满头大汗快步走到桌边，和起身告辞去医院看望李亢的吴诚宇擦肩而过，点头致意，“你们肯定猜不到这平板电脑的主人是谁。”

“我告诉你的开机密码是蒋迎社交网的密码。”黎希颖摇头，“还有什么猜不到的。”

“呃……对哦……”周鹏挠头，“你是怎么猜到的？”

“邱秋家没电脑，这对现代人来说很不正常。蒋迎留在家的电脑被有意地抹干净数据，说明蒋迎未卜先知，知道自己和李亢的行动会出事，电脑会被警方查获。他做了两手准备，正好邱秋也退了房子要离开，两个人行动出奇一致，肯定不是巧合。”

“难道邱秋是蒋迎的女朋友？真是没想到。”秦思伟惊讶，“他们这是包了酒店想躲一段时间一起离开？这两个人到底怎么回事？”

“我刚去了邱秋原来的公司。”周鹏胸口仍然在剧烈起伏，“查了半天才查到，他们公司元旦前后做的一套网页设计，外包给了一个小公司。那个小公司人手不够就转包给了蒋迎。邱秋和蒋迎应该就是那时候认识的。”

“这么说，邱秋开始并不是孙禹的同伙。”秦思伟说，“她是怎么……”

“别急，这里面有很多关节需要一个个打通。”黎希颖摆摆手，示意大家冷静，“平板里都有什么，我没猜错的话，是和金丝雀有关。”

“你从来就不会猜错。”用指尖划着平板的秦思伟说，“蒋迎在查加西亚和艾瑞克·洛的背景，洛的公司，还有金丝雀。”

“从他查到的资料看，蒋迎已经发现了温良和洛之间的联系，但是他更感兴趣的是金丝雀。”周鹏喝了一口服务员端来的柠檬水，“哎呀妈呀，渴死我了。”

“可是他只查到金丝雀的交易记录，并不知道这宝石和温良与外国人的合作有什么关系。”秦思伟放下平板，“金丝雀……真搞不明白。”

“这肯定不是蒋迎查到的全部资料。”周鹏说，“有一部分应该在他的电脑里已经被毁掉了，所以我们并不清楚蒋迎到底知道了多少内幕。他还在查一些出国的线路、航班、东南亚的旅店，看样子这是打算带邱秋出国？我有点糊涂了。”

“一点都不糊涂，反而越发清楚。”黎希颖看看手表，露出一丝焦虑，“杜畅答应中午之前一定送到。”

“你和杜畅联系了？”秦思伟问她，“送什么？”

“那把钥匙带来了吧？”黎希颖没回应他，很关切地问周鹏。

“在这里。”周鹏从口袋里摸出装钥匙的物证袋子，“你要用它开什么锁呢？”

“这个我还真不知道。”黎希颖说，“答案还在路上呢。”

“姐，有人找。”小洪端着托盘回到桌边，身后跟着一个穿荷香温泉疗养院制服的年轻人。小洪把两杯咖啡和鲜奶、黄糖摆在黎希颖和秦思伟面前，端给周鹏一杯翠绿色的饮料。

“黎小姐您好，这是杜女士让我送来的。”年轻人把一个用牛皮纸和胶带包裹好的，比手机大两圈的立方体放在桌上，“杜女士交代，一定要亲手交给您。”

“谢谢你，也谢谢杜女士。”黎希颖从皮包里找出瑞士军刀，割开严密的包装。

“不客气，祝您午安。”年轻人点头致意，离开了咖啡馆。

“这是什么？”一桌子人都用好奇的眼神看着黎希颖撕开包装纸，露出一个带锁的小木盒子。她把钥匙插进锁眼，轻轻一拧，咔嗒一声，盒盖弹开，盒子里装的是一只录音笔。

“邱秋既然亲自来找咱们，又故弄玄虚地送个钥匙过来，说明这钥匙能开的锁和她有关系。”黎希颖解释道，“她和孙禹都不会想到，也不会希望我们能找到他们的栖身之所。因此，这钥匙一定是用来开她放在其他地方的某个箱子或者柜子之类的。”

“所以昨晚你是给杜畅发信息，问邱秋有没有给她什么东西啊。”秦思伟明白了。

“除了杜畅，邱秋也没别人可以相信了。”黎希颖说，“今天早上杜畅回复我，在我们去拜访她之后的第二天，她收到一个以邱秋名义寄来的包裹，是个带锁的盒子，她正发愁找不到钥匙呢。”

“那女人在搞什么鬼？”周鹏皱眉，“为什么不直接把录音笔给我们？”

“拖延时间。”黎希颖说，“她等了几天才把盒子给杜畅，说明邱秋和孙禹想让我们查这录音笔里的内容，但是不希望我们很快查到。他们是想引开我们的注意力，为自己争取寻找金丝雀的时间。”她按下录音笔的开关，孙禹和一个听不出任何特征的电子音的对话带着杂音飘了出来。

电子音：你拿到钱了。

孙禹：两万，正好，就在你说的地方。

电子音：剩下的五十万，猎物会给你带去。你按约定的做，钱都是你的。我只要那个盒子里的东西。

孙禹：你和他们有什么仇？

电子音：你只要知道，是他们害得你妻离子散就够了。

孙禹：那么就是温良和你有仇了？

电子音：我给你钱，并不是让你随意打听。如果你有任何顾虑，交易取消。我会去找你前妻和儿子，拿回我的钱。

孙禹：不要去打扰他们，我会信守承诺。

电子音：再说一遍，要留着那个女人，我有问题要问她。她会带两个面具去那间公寓，你把面具和钱放在一起。不要忘了，这很重要。

孙禹：可以，我怎么把她送给你？

电子音：开车到今天取钱的地方，把车和她都留在那里。

孙禹：明白。

电子音：希望我们能合作愉快，从此江湖不见。如果违约，你知道后果是什么。

孙禹：你放心，我知道该怎么做。

电子音：很好，双赢一向是我的追求。

一阵电话忙音，录音只剩下嘶嘶的杂音。

“这是雇凶杀人啊。”周鹏骇然，“那阴阳怪气的是什么人？”

“用了变声软件，听不出来。”秦思伟摇头，“但蒋迎是怎么死的，邱秋为何会在孙禹手中，已经基本搞清楚了。稍等……”他出去接电话。

“所以孙禹后面还有一只黑手。”周鹏咬着吸管，“孙禹很明显出于某种原因没有遵守约定。他怕此人对自己和家人不利，又不清楚对方身份，才想借我们的手去查。”

“录音里提到那个女人，肯定是邱秋。”黎希颖说，“要是能早点抓住她就好了。”

“我巴不得早点抓住她。”周鹏郁闷不已，“收买孙禹的会是什么人呢？我得再去查查他的人际关系。”

“先去趟医院。”秦思伟回到桌边，“常新兰和蒋迎妈妈打起来了。”

“怎么搞的？”黎希颖觉得好笑，“现在的人都是吃火药长大的吗，动不动就打。”

“去看看呗。”秦思伟拉她的胳膊，“据说是因为‘护犊子’。”

他们赶到医院时，战役已经在护士长的强力斡旋下告一段落。

蒋妈妈原本整齐盘在脑后的发髻已经变成一团乱麻，碎发随意散在肩头。她靠在墙边喘息，一边揉着脖子上的一道道抓痕，一边对坐在地上的常新兰怒目而视。

常新兰的衬衣前襟被扯开，露出领口磨起毛的圆领衫，嘴角的一块红肿被晕开的口红渲染得更加醒目。

有心无力的李亢瘫坐在病床上唉声叹气。想阻止她们打架的吴诚宇、看守警员和值班护士们也都挂了彩。

“你说说你们，加起来一百多岁的人了，”护士长戴上被抓掉的帽子，“当着孩子的面撒泼打滚的像什么样子！”

“我儿子现在被害死了，可他呢，他倒是能吃能睡的。”蒋妈妈像被按了开关似的号啕大哭。

“装什么大尾巴狼，我儿子才是受害者呢。”常新兰跳起来嚷道。

“胡说，我儿子从小就老实，都是被他给拐带坏了！”

“信不信我撕你的嘴！”常新兰又要发起攻击。

“不要打了。”黎希颖挡在她们中间。

“谁也别装好人。”常新兰抓住黎希颖的肩膀。

“让她放马过来。”蒋妈妈冲上来想把黎希颖推开。

“够了！”黎希颖挣开抓住自己的两只手，给了她们一人一记耳光。哭声、喊声和厮打声瞬间停了下来，所有人的目光都集中到了黎希颖身上。

“你干啥！”两个阿姨捂着红肿的脸，鼻孔里喷着气，如发怒的母牛。

“你们都想帮自己的儿子讨公道是吧？”黎希颖从皮包里拿出一张名片，“这是个很有名的律师，先找到他提我名字的人，可以获得免费法律援助。”

名片和两个身影三秒钟之内就从病房消失了，楼道里只有你追我赶的脚步声，世界又恢复了安静。

“谢了。”护士长松了口气，带着自己的人撤了出去。

“不想说点什么？”黎希颖关上门，转身对李亢说。

“蒋妈妈没说错，是我害了蒋迎。”李亢潸然泪下。

“不，你并没有害死蒋迎。”黎希颖说，“事实上你才是整件事里最冤枉的一个。”

“什么？”李亢愣住。

“既然你心脏没问题，我就给你解释一下好了。”黎希颖拉过小桌边的椅子，坐了下来，“起因是温良担心老婆死后钱财落空，所以他和菲律宾商人加西亚以及马来西亚人艾瑞克·洛勾结，把钱都转到洛名下的公司。然而这件事被邱秋知道了。”

“怎么可能……”李亢像在听天方夜谭。

“邱秋早就得到了温太太资助的反家暴论坛的帮助，两人的私交非常不错。”黎希颖小心地措辞，“她从杜畅那里听说温良行动诡异就起了疑心，并把这件事告诉了男友蒋迎。”

“啊，邱秋是蒋迎的女朋友？”李亢彻底蒙了。

“蒋迎没告诉过你，他交了个女友？不过，邱秋为了从杜畅那里得到更多帮助，也对外保密了新男友的事。邱秋和蒋迎明白要一起生活不是只有爱就行了，他们需要钱，很多的钱，而温良让他们看到了机会。”

“蒋迎一直让吴诚宇查温良的行踪，国内的和国外的。”李亢想到了什么，补充道。

“照你这么说，温良找匹诺曹帮自己脱罪并不是偶然。”秦思伟问黎希颖，“是邱秋和蒋迎设计好的？”

“世上从来没什么巧合。”黎希颖说，“当时薛仲林也在调查温良，蒋迎和邱秋发现了这一点，利用某个机会将匹诺曹的事情透露给温良。他们知道温良为了保住自己的钱必定会不择手段。”

“以温良的性格，除了杀掉薛仲林别无选择。”周鹏想了想，“所以蒋迎和邱秋就等着温良上钩，他们为什么不直接杀了温良抢钱？”

“他们要同时除掉温良和何孟周可不是件容易的事。”黎希颖说，“而且蒋迎和邱秋想要的应该不只那五十万，温良转移的资产以及金丝雀背后定然还有更大的利益。更重要的是，他们需要一个冤大头来背杀人的罪名。那个人也就是你——李亢。”

“我？我……”李亢被这话弄得不知所措。

“化验结果出来了吗？”黎希颖问周鹏。

“我问一下。”周鹏出去打电话。

“邱秋接替蒋迎去活动中心也是他们商量好的？”秦思伟推断，“就是为了接近李亢？”

“没错，邱秋接替蒋迎到活动中心当老师，诱惑李亢，李亢顺利上钩，成了邱秋的急先锋。”黎希颖说，“她跟李亢说家暴的伤其实是自己弄出来的。邱秋四月中旬就住进了杜畅给她出资租的房子里，和何孟周说拜拜了。何孟周一直设法找她，还去骚扰杜畅，让邱秋起了杀心。”

“我一直以为这一切都是我的计划。”李亢觉得不可思议。

“是他们希望你这么认为。”黎希颖说，“不同的是，你的计划是要杀死温良，而蒋迎希望他再活一段时间。”

“为什么？”

“温良活着就可以指证凶手是两个人。如果在何孟周家发现你和何孟周的尸体，还有丢失的现金。现场正好是你们两个反目互杀而死的状态，假设你是警方会怎么考虑呢？”

“不可能！”李亢惊慌地喊道，“蒋迎他不可能，不可能要杀我！”

“恐怕她说对了。”周鹏走进来，“在你衣物上的汗液中检测到了少量降压药的残留。蒋迎可能是拿了他爸爸的药，放在食物或者饮料里，在去何孟周家的路上让你吃掉。”

“这就是你突然头晕的原因。”黎希颖说，“蒋迎知道杀死你比较困难，所以先给你下了药。但他不能用可以检测出来的毒药，那样会引起法医的怀疑。降压药不在常规毒物检测范围内，而且少量的药很快就会被代谢掉，不刻意去查肯定不容易被发现。”

“那薄荷糖。”李亢哭了出来。蒋迎放了几颗加了药的薄荷糖在盒子里，看着自己吃下去。为了钱……这么多年的交情在蒋迎心里就一文不值？

“邱秋出现在何孟周家是为了帮蒋迎，”秦思伟继续为李亢解释道，“靠他一个人的力量杀死你和何孟周有点难。”

“邱秋带了面具去何孟周家，”黎希颖说，“就是我在床下找到的那两个木偶面具，都是全新的，上面检测不到任何 DNA。”

“因为蒋迎希望我们认为匹诺曹是李亢和何孟周。”秦思伟说，“蒋迎留下自己的面具一检验就穿帮了，你平时用的面具蒋迎肯定也接触过，留下了他的指纹和 DNA。所以蒋迎让邱秋带了两个新的面具过去，想杀人之后扣在你和何孟周身上。但是他们没想到你会逃跑，更没想到还有人在背后盯着他们。”

“盯着他们？谁？”李亢捂着怦怦乱跳的心脏，“孙禹吗？”

“孙禹只是个不听话的打手。”黎希颖说，“有人联系孙禹，把你们的秘密告诉了他，孙禹怒火中烧，决心要替自己报仇。这个人趁机提出杀掉你们、绑架邱秋的计划，条件就是给孙禹你们从温良家拿走的五十万。”

“我们还不知道此人身份。”秦思伟说，“但他的终极目标也是金丝雀。所以关于这颗宝石，你到底知道多少？”

“我……真的什么都不知道。”李亢的眼泪在眼眶里打转。

“为什么说孙禹不听话？”周鹏问。

“孙禹按照计划去了何孟周家，他杀了蒋迎，但李亢跑了。”黎希颖分析，“孙禹并不是一个头脑简单的人，他能想到有人为了得到盒子里的东西和抓到邱秋，可以舍弃五十万，就说明对方能得到的不止五十万。”

“我明白了。”周鹏举手，“孙禹没动那五十万，直接带走了邱秋，从她嘴里问出了蒋迎的计划。然后他也对金丝雀有了兴趣，想方设法要抓住李亢得到它。”

“那温良是怎么死的？”李亢悲愤地问，“你们说蒋迎要让他活着，但那天……”

“那天你只是打伤了温良，蒋迎发现他还活着就放心了。”黎希颖说，“蒋迎没告诉你真相是怕你补刀。至于温良的死……”

“是孙禹干的。”周鹏抢着说，“他先制服邱秋塞进柜子，杀了蒋迎后把她带走逼问，因为邱秋和蒋迎一样，还不知道金丝雀背后真正的秘密，所以他只有去问温良了。温良胳膊和后脑上的拉环状伤痕已经证明是孙禹的半指搏击手套上的突起造成的。”

“孙禹问出答案后杀了温良。”李亢舌头发硬，“所以新闻说温良身中数刀。”

“孙禹杀死温良后，尾随着被误导到青雨山庄的何孟周回家。”周鹏继续，“他杀了何孟周，把现场布置成他和蒋迎互杀而死的状态，然后离开。”

“太可怕了。”李亢哆嗦，“那宝石简直有毒。”

“金丝雀的秘密也是蒋迎希望温良多活一段时间的原因。”黎希颖说，“反正温良不敢告诉警察，而且在宝石被抢后他一定会有所动作，这就方便蒋迎和邱秋在避风头的同时继续盯着温良，找到答案。”

“他们是不是已经做好双宿双飞的计划了？”李亢听完他们的解释感到浑身发冷，像掉进了冰窟窿。

“邱秋租了快捷酒店，退了房子。蒋迎也做好了准备，只是没敢有大动作怕被你发现。”黎希颖说，“在蒋迎死后，事情发生了微妙的变化，脱离了所有人预设的轨道，开始失控。你跑了，孙禹自以为掌握了主动权，发疯似的找金丝雀。”

“自以为？”

“对，那只是孙禹的自以为。事实就是，邱秋几乎一直躲在暗处，孙禹是在她的提示下四处乱窜，还有给我们送录音笔，这应该也是她的主意。这姑娘虽然手无缚鸡之力，但却不简单。她吃过太多苦头，所以如今特别清楚自己想要什么以及要怎样得到。”

“她是怎么做到的？”周鹏思忖。

“用她接近李亢的方式啊。”黎希颖唇边浮现出一点鄙薄的笑，“邱秋是个很漂亮的姑娘，她已经学会了利用自己的身体和柔弱激发别人的保护欲，很多人正好就吃这一套。”

“美人计加上大笔金钱的诱惑。”秦思伟嗤笑，“孙禹很容易被她说服。在他看来，一个小女人翻不起多少风浪，根本没注意到邱秋在利用他。”

“所以他像疯狗一样四处咬，刺伤罗老师，找乔三笠抓我。”李亢发抖，“是蒋迎告诉邱秋的对不对？乔三笠那事还有马澄的事，都是蒋迎说出去的！”

“乔三笠交代，他抓走你之后并没有动马澄叔叔家。”黎希颖说，“那院子被翻得乱七八糟，应该是邱秋的杰作。因为孙禹当时去了乔三笠的小院，捡到了我包里掉出去的名片。”

“而且孙禹应该看到了你逃跑，乔三笠被抓。”秦思伟接了一句，“他和邱秋商量后想到你没地方可去，才会再次回到院子看看你会不会把最危险的地方当成了最安全的地方。”

“孙禹做梦都不会想到，愿意委身于他的邱秋会把他推到生死边缘。”周鹏叹息，“这个女人真不是省油的灯。”

“物极必反。”黎希颖说，“她被男人害得够惨了，只要有机会重获新生，她就会毫不犹豫地用尽各种手段。这种心情，我们怕是很难体会到。”

“她到咖啡馆送钥匙时，装得楚楚可怜。”周鹏说，“所以袁媛和小洪都认为她是被胁迫的。”

“什么钥匙？”李亢越听心越凉，感觉血液要结冰了。他觉得自己就是个彻头彻尾的傻瓜，被身边所有人要得团团转还自鸣得意。

“那是孙禹的心结。”黎希颖说，“他知道雇用他拿到金丝雀的人不会罢手。此人对温良和匹诺曹都非常了解，也清楚孙禹的弱点——他的家人。孙禹想利用我们找到此人，但很遗憾，目前还没有眉目。”

“他肯定是在暗处静观其变。”秦思伟说，“想等我们和孙禹、李亢打得热火朝天时，找机会坐收渔利。”

“如意算盘打得不错，但他选错了对手。”黎希颖眼睛里闪过一丝寒意。

“会不会就是邱秋？”周鹏灵机一动，“如果她是早有预谋，那很可能她和蒋迎也是逢场作戏，她想利用蒋迎拿到宝石，然后利用孙禹除掉他。所以录音里才强调要留着那个女人。”

“你是说，她把我们几个大男人都耍了？”李亢甩甩头，想努力把脑海里邱秋温柔可爱的形象甩出去。李亢想到她曾经红着脸，眼含秋波地对自己说的那些话，还时不时咬紧嘴唇露出些许羞怯的表情，就觉得胃里酸水翻腾，恶心想吐。

“没错，如今警方的注意力都转移到抓幕后黑手，她就有机会逃跑了。”

“邱秋要找，幕后黑手也要抓。”黎希颖说，“而且有些事，我还有保留意见。”

“是什么？”

“不急，等我找到线索再说。”她露出神秘莫测的表情，“不过李亢你可以不用再内疚了，你没有害死蒋迎。”

“我宁愿他一刀杀了我。”李亢失魂落魄地说道。

全是假的，邱秋的温情脉脉和泪水涟涟就是香气四溢的诱饵，一步步把自大的他引向死亡的陷阱而不自知，李亢啊李亢，你真是太蠢了。

李亢突然发现，自己所谓的特立独行其实只是可悲的错觉，他和一向被自己鄙视的芸芸众生没什么区别，甚至还不如那些人活得清醒。很久以来，被莫名疯涨的优越感塞到爆满的自尊心和自信心此刻就像被捅了一刀的皮球一样炸裂开，碎成卑微的渣滓。

让李亢更加无法接受的是，那陷阱是他的好兄弟亲手替他挖出的，在送他上路的途中，蒋迎还若无其事地开着玩笑，煞有介事地提醒他如何能不穿帮，丝毫看不出紧张。所以，蒋迎是心安理得地要把自己推向死路的，没有丝毫的犹豫。李亢的心中升起一片痛不欲生的悲凉，原来在自己最好的朋友心中，自己竟然和温良、乔三笠一样，是可以随意处置掉的，或许他还不如乔三笠，至少乔三笠不需要背杀人抢劫的黑锅。

一切都是假的，这些年来一起经历的风雨，做一辈子兄弟的约定，那些哭过、笑过、狂放过的瞬间，都可以转脸就抹得一干二净。所谓情谊，根本比不上美人在怀，比不上那一袋子钞票，比不上轻松自由的小日子。李亢悲哀地想到，或许在蒋迎看来，自己已经成了他追求美好生活的绊脚石，巴不得赶快一脚踢开。

没错，李亢也知道，这样半黑半白的生活不可能持续一辈子，总得想办法找到安定的未来，哪怕是平淡无奇的日子。曾经在天台喝酒时，他听着蒋迎谈起买个小房子、找个没人认识自己的地方隐居的梦想，两人痛快地醉了一场。然而谁能想到，蒋迎早已悄悄经营着自己的梦想，并且想用他的命来铺平道路。是啊，杀掉了自己，就没人认识真实的蒋迎，那个面具后的蒋迎。

李亢想到这里，感到五脏六腑都被愤怒的烈焰灼烧，同时还撒了一把绝望的盐，疼得他仿佛看到世界在眼前模糊、扭曲、崩塌，又无处藏身。如果共患难也换不来真情，如果一起冒险的千百个日夜可以一笔勾销，如果志趣相投可以轻易地背叛，那还有什么是可以相信的？李亢既彷徨又害怕，想大喊一声吼出心中的苦，但喉咙好像被沮丧塞住了，根本喊不出来。他从未如此怀疑自己，从未如此无助，双手紧紧地抓着床栏，连哭的力气都没有了。

“我看我们都出去，让他一个人安静一下吧。”黎希颖提议道，“我去看看马医生，这两天她的状态时好时坏，真是让人放心不下。”

“我也去。”李亢猛地直起腰，被手铐拽了一下差点扑倒在被子上。如今除了马澄，他也没什么好牵挂的了。

昨日傍晚，马澄因为病情反复不定、伤口感染加上持续高烧，从七楼的加护病房转移到了六楼的特护病房。他们来到门口时，吴诚宇也在门口。

“你等一下。”秦思伟拉住李亢，示意警员帮他摘下手铐，“别吓着人家姑娘，你进去吧，我们其他人在门外。”他朝黎希颖使眼色，她会意地点头，抬手看看表。

“谢谢。”李亢鞠躬，揉揉已经麻木的手腕走进病房，没有关上门。

马澄趴在床上，后背的伤令人不忍直视。她的脸微微发红，嘴唇发白，听到有人喊自己的名字，缓缓睁开眼睛眨了几下，露出疲惫不堪的样子。

“小澄，你好些没有？”李亢问。

马澄摇头，片刻挤出一点笑意。“不用担心我，这都是受伤后的正常反应。我是医生，自己心里清楚。”

“怎么能不担心呢。”李亢跪在床边，握住她的手。

“你没事就是万幸了。”马澄无力地说。

“小澄。”李亢深呼吸。

“怎么了，大亢？”马澄觉得奇怪，“你哭过吗？眼睛都肿了，脸色这么难看。”

“一言难尽。”李亢握紧她的手，鼓起勇气，“小澄，对不起，我不该丢下你独自逃跑。”

“啊……你别这样。”马澄挪了下身体，“那不能怪你，你当时一定很害怕，逃跑是人之常情。”

“可是我……”李亢的眼泪奔涌而出，“我太没出息了。”

“行了别说那些了，凶手都抓住了，一切都会好起来的。大亢，你不要哭。”

“嗯，我不哭。”李亢抹眼泪，“不要怕，小澄，我会好好照顾你的。”

“我知道啊。”马澄微笑，“小时候别人欺负我，都是你帮我出头。”

“不，我说的不是那个。”李亢结结巴巴地说，“我……我想后半辈子都一心一意地照顾你。小澄，你愿意吗？”

“啊？”马澄愣了片刻，轻声说，“大亢，你不需这样，我受伤并不是你的错。”

“不，我是真心的。”李亢坚定地说，“很多年了，我一直不敢跟你说，是我没出息。小澄，我是爱你的。不论你变成什么样子，我都是爱你的。今后就让我来照顾你好不好？”

“可是……大亢，”马澄看着他认真的表情，露出些许遗憾，“我并不爱你啊。一直以来，我们都是好朋友，也只是好朋友。我可以为你做很多事，但那并不是爱情。”

“小澄你……”李亢觉得自己的心在滴血，痛苦不堪。

“你知道我一向实话实说。”马澄伸手摸摸他的脸，“谢谢你，大亢。我知道你是真心的，可是我不能接受。”

“你是不是怕自己的伤会拖累我？”李亢想捡回最后一丝希望，“你不要担心……”

“不，我只是不能把友情当成爱。”马澄说，“我更不想利用你的感情和你对我的愧疚。不爱就是不爱，我不能骗你，更不能骗自己。”

“你就骗我一次行吗？”李亢哭出了声，“为什么！为什么你们每个人都要这样对我！”

“你……怎么了？”马澄看到失控的李亢紧张起来。

“马医生别担心，失恋的人都这样，你好好养伤。”黎希颖两步走进来，把李亢拽了出去，关上房门。

“放开我！”李亢大叫着挣脱，却因用力太猛摔倒在地。他双手撑着冰冷的水磨石地面哽咽，眼泪如决堤一样涌出来。

“别泄气啊兄弟。”吴诚宇蹲下来劝李亢，“女人一般说不都不是真的要拒绝你。”

“这是男人的错觉之一。”黎希颖冷冷地说，“当女人说不时，没有别的意思，就是不。”

“换我也会拒绝你的。”秦思伟说，“你既然爱她，这么多年为什么不说呢？如今人家为你受伤躺在病床上，你来表白了，人家怎么会认为你是真心实意的？不过是想补偿罢了。”

“等她病好了，你慢慢和她说，日久见人心嘛。”吴诚宇开解道。

原来一切都是幻觉，她的好只是善意和教养，她的关心和付出也只是出于朋友情谊。李亢知道他应该感激马澄所做的一切，可“好朋友”三个字并不是他想要的结果，或许从一开始，自己就不该奢望太多。他天真地以为，他们那么熟悉彼此，简直就是老天的眷顾，然而现在想来，熟悉只是时间把自己更早地推到她身边，如果他们注定是对方生命中的过客，那再熟悉也没意义。

“她并不需要我。”李亢自言自语道，“他们都不需要我，只是我一厢情愿，都是我一厢情愿！所有人……”

“所以你并不是真的爱她。”秦思伟听后有点生气，呵斥道，“马医生拒绝了你，你就不照顾她了吗？你们不是朋友吗！她不爱你，但还是为你赴汤蹈火了啊，如今身受重伤，你连照顾的责任都承担不起来吗！李亢，没想到你竟然这么自私。”

“他若真的爱她，就不可能看着她要嫁给别人都不开口。”黎希颖嗤笑一声，“过去你觉得马澄漂亮有才华，配不上人家，得不到的就是最好的，所以错以为这就是爱。”

“不管怎么样，李亢对马医生都是好心。”吴诚宇替他抱不平道，

“他只是想保护她不再受伤，我觉得这就是爱。”

“保护欲和爱从来都不是一回事。”秦思伟摇头否认道，“我想尽心尽力保护的人很多，但偏偏最不需要我保护的，就是我最爱的人。她不用我给她拎包、开车门、打伞，不会让我背她上楼。爱首先是精神上平等地相互吸引，当你觉得你配不上她时，其实就已经输了。”

“所以他现在才敢表白。”黎希颖略带感慨地说，“现在她伤成这样，双方总算对等了。毕竟在很多人眼中，女人没了这漂亮的皮囊就什么都不是。但马医生很清醒，她不愿意欺骗别人，不愿意辜负自己的心。我很佩服她。”

“对自己负责，也对别人负责。”秦思伟肯定地说，“我觉得马医生做得对，可能有人会觉得她傻，觉得有人愿意接受她，她应该感激不尽。可如果没这个心，勉强在一起不会有好结果。”

“哎呀，你们就别再打击他了。”吴诚宇看着李亢快要昏过去的样子，走上前扶起他。

“你应该学学马医生，想清楚自己要什么，该怎么去做。”黎希颖说，“遭遇背叛、求之不得，这些事每个人都经历过，但是人总要往前走，而不是沉浸在悲痛中。”

“先让他静一静吧。”秦思伟建议道，“一下子碰了这么多钉子，浑身是血，得缓一缓才是。”

“也是。”黎希颖看一眼手机，“小洪到楼下了。东西你都带着的吧？”

“在我的车里。”秦思伟示意警员带李亢回病房，“吴工程师，你有空劝劝他。”

“应该的。”吴诚宇点头应承。

“走吧，去机场的路上可能会堵车。”黎希颖看表。

“你们这是要去哪里？”

“等我们回来再细说。”黎希颖故意卖了个关子。

电梯很忙，他们只得走楼梯下去。医院门口的路边，开着黎希颖那辆雅阁车的小洪哼着歌，身体随着耳机里的音乐不停扭动，远看像癫痫发作似的。

“你们再不出来就要误机了。”他给跑出来的老板开门，“行李在后备厢，给你们准备的水果都放里面了，记得下飞机前吃完啊，那东西好像不能入关。”

“你现在该告诉我，要把我拐去哪里了吧？”秦思伟把自己的小旅行包放在后座。

“既然你在休假，当然是去度假胜地啦。”

14　海外诊所

塞班岛，西邻菲律宾海，东临太平洋，一年四季阳光明媚，碧蓝的大海映着白云的倩影，金色的沙滩洒满欢乐的笑声。来自世界各地的观光客或津津乐道于塔波乔山的野人传说、军舰岛的二战遗迹和天宁岛的喷洞奇观，或流连于丛林、蓝洞、珊瑚礁和高尔夫球场，到处都是比天气更热辣的欢快气氛。

在沙滩椅上伸开双腿，秦思伟戴上太阳镜，看着海面上几个少年的水上摩托比赛。他们一直在加速，摩托分开水面，时不时一跃而起，在蓝色的海面上画出一道道笔直的白线。突然，领先的少年几乎是原地掉头，摩托侧身绕过橘色的浮标。骑手的半个身子都在水里了却没有减速，车尾帅气地一摆，引起岸上各种肤色的比基尼少女的欢呼雀跃。

“这车技比你还是差了点。”黎希颖端着两杯插着小巧伞形饰物的粉红色鸡尾酒回到阳伞下，她把酒杯放在小桌上，拿起防水袋里的防晒喷雾在胳膊和腿上喷了几下。

冠军已经冲过终点线，两个姑娘迎上去给他戴上花环。陆续上岸的骑手们搂着女友或者男友举杯庆祝，载歌载舞的庆功又引来一大群游客的围观。

“帮个忙。”黎希颖把喷雾塞给秦思伟，拿起一杯鸡尾酒。

“这是个度假的好地方。”秦思伟在她背上喷一些防晒液，用手抹开，顺势搂住她的腰，把下巴搁在她的肩膀上，“然而在这个节骨眼上你拉我来塞班岛，还非要带着这个假金丝雀，肯定有别的事要做。”

当地时间零点飞机降落后，他们一直在“度假”的状态——在酒店的私家沙滩看日出，去椰林闲逛吃烧烤、喝啤酒，再回来游泳、潜水、晒太阳。在日月交替和时空转换之间，过去几日经历的种种仿佛被清爽的海风轻而易举地吹走了，甚至偶尔会有一种血腥的杀戮和难解的疑惑从来都不存在的错觉。

“我一直想来这里玩几天。”黎希颖喝一口饮料，“早就听说塞班岛风景绝美，不输马尔代夫。刚才听酒保说附近一家越南人开的法国菜馆很不错，店主的祖辈曾经在法国贵族家做主厨，保留了不少私家菜谱。”

“喂……”秦思伟把她的脸扭向自己，“不要岔开话题，金丝雀到底有什么用？”

“很快你就能找到答案了。这是无酒精的鸡尾酒，放心喝吧。”黎希颖躺了下来，“出租车中午十二点会来接我们，你的英语口语没问题吧？”

“我好歹在境外工作过两年，不然能遇到你吗。”秦思伟拿起酒杯，“要装出点东南亚口音吗？”

“没必要，自然点就好。”她把头发盘在头顶戴上泳帽和泳镜，“走，下去游一圈。”

近乎透明的海水被阳光加热到刚刚好的温度，从岸边游出五六米，钻入水下就可以看到五彩斑斓的各种小鱼。它们游得很慢，像贴着柔软的细沙散步似的。但只要你一伸手，那娇小的身影立刻灵活地一扭，嗖地一下蹿到几米之外去了。

他们在海里游了两圈，回房间洗澡，换上外出的衣服。前台打来电话说出租车已经在大堂门口等候了。

服务员推荐的餐厅在酒店和市中心之间，羊排和油封鸭都是极传统的味道，中规中矩。恺撒沙拉中没有鸡肉，换成本地产的鲜虾，搭配店家的私房酱汁，口感清脆带着一点甜。蜗牛也是改良的版本，加入了一些东南亚香料，意外地好吃。秦思伟婉言拒绝了服务员推荐的自酿红酒，点了两杯新鲜的椰汁。

“为什么要我穿成这样？”他松了松领带，看看周围清一色的休闲服和黎希颖无袖背心加牛仔五分裤的装扮，“这餐厅并不要求客人穿正装嘛。”

“温良在塞班岛时手机总是关机。”黎希颖伸出一根手指，“我好容易才找到一个定位位置，就是这家餐厅。”

“原来根本不是什么服务员推荐啊。”秦思伟撇了撇嘴，“他不可能只为吃顿饭飞这么远过来。”

“看见街对面那个建筑了吗？我把周边查了一个遍，发现那里才是温良的目的地。”

“私人诊所？”秦思伟看着破旧的霓虹灯招牌。

“诊所的主人沃森医生在温良上岛的前一天收到过来自马来西亚的一笔一千美元的汇款，我想应该是手术定金。”黎希颖拿出装在随身包里的小盒子，“诊所每天下午营业，一会儿就看你的了。”

“这诊所肯定是专科吧？否则不会只开半天。”

“温良身体健康，他要来干什么是明摆着的事啊。”

下午两点正是岛上最热的时候，外面几乎看不到车和行人，黎希颖穿过街道，躲到诊所旁一棵椰子树的阴影下，拿出无线耳机。“开着手机吧，我就不进去了，免得医生起疑。”

诊所分上下两层，进门是接待台。一个穿着浅绿色护士服的菲律宾裔姑娘得知秦思伟没有预约后，热情地解释需要填一份表格再等医生的通知才能前来就诊。

“请告诉沃森医生，金丝雀来找他。”秦思伟故意小声说，虽然屋里没有其他人。

护士盯着他看了一会儿，犹豫地拿起电话又放下，转身上楼去了。不大一会儿工夫，她带着一个四十出头、满头灰发、长着一对漂亮蓝眼睛的男人回到前台。他穿着白大褂，略显不安地和秦思伟握手，眼睛一直在他身上扫来扫去。

“沃森医生，我们能不能进去谈？”秦思伟和善地说。

“请跟我来。”沃森医生带他上楼，走进整洁的办公室，“您是……”医生坐在自己的转椅上，右手看似不经意地抓住办公桌抽屉的把手。

“加西亚先生让我来找您。”

“谁？”医生听到这个名字露出困惑不已的表情，这绝对不是装出来的。

秦思伟拿出小盒子打开，放在桌上。他注意到医生的眼睛里先是一丝释然，随后又变成深深的疑虑。

“距离约定的时间还有两个多月。”沃森医生沉默很久才开口。

“我只是想确认下资料。”

又是一阵沉默。

“请跟我来。”沃森医生站起来，拉开抽屉拿了串钥匙，带着他穿过走廊。

沃森医生打开一扇钥匙和密码锁双保险的门，走进一个狭小的房间。两侧墙上是一个个带锁的柜子，柜门上都贴着编号，看起来是诊所的档案室。“请自便，我在外面等您。”医生把口袋里的一个小盒子递给秦思伟，转身出去虚掩上房门。

这是干什么用的？秦思伟把扑克牌大小的盒子翻过来覆过去看了几遍，除了一面有个方形的凹槽，最窄的一面有一个呼吸灯，看不出任何端倪。这个凹槽的大小和形状……看着眼熟。难道说……他抱着试一试的心态，拿出金丝雀，用软布擦了擦，小心地把它填在盒子上的凹槽中——严丝合缝。宝石放入凹槽后，盒子上的红色呼吸灯闪了几下。

原来如此，秦思伟知道了金丝雀的用途。他赶紧拿出解码器破解。不到一分钟，呼吸灯变成绿色长亮，咔嗒一声，他背后墙上的一个柜门弹出来一寸。居然是这样，秦思伟惊喜不已，他把柜门拉出来，取出里面的文件夹。

前面的几页文件都是空白的表格，看行列标题应该是详细的体检表。往后翻，几张A4大小的面部特写照片来自一张熟悉的脸，沃森医生已经为艾瑞克·洛做了详细的检查，绘制了面部测量图。再往后的几页是手术方案，目前也是空白一片。

原来温良和艾瑞克·洛频繁接触，不仅仅是通过此人转移资产，最终目的是把自己变成艾瑞克·洛，而大变活人的过程则需要沃森医生来操持，这一切都是加西亚在暗中安排好的，金丝雀果然就是温良通往新世界大门的钥匙。秦思伟拿出手机拍下小盒子和文件的照片，把文件又放了回去，用力一推锁死。

走出房间，他朝沃森医生点点头。沃森医生一声不吭地锁上档案室的门，将他带回办公室。

“关于约定的时间……”秦思伟转身，发现医生一只手锁上门，另一只手里多了一把小巧的手枪。

“不问不说，只认钥匙是我的原则。”沃森医生阴沉着脸，“你能打开柜子，说明你就是我的顾客。”

“那您拿枪对着我又是什么意思呢？”秦思伟举起双手。

“原谅我需要加个小心。”医生说，“上次来看资料的并不是你。”

“很遗憾，我也是不问不说，只认钥匙。”秦思伟摊手解释，“很多事我并不清楚，即使弄清楚，对我、对您都没多少好处。”

“这是威胁吗？”医生向前走了两步，枪口几乎要顶到他的胸口了。

“不，只是实话实说。”秦思伟慢慢放下双手，“医生，我们老家有一句话，拿人钱财替人消灾，我会按约定支付后续的钱。”

“我不知道能不能相信你。”

“您要知道，如果我有任何歹意，您此刻肯定已经不能说话了。”

“我怀疑……”

沃森医生话音未落，秦思伟左手抓住他的手腕一翻，右手向前一捋便把枪握在了自己手中。他看出沃森医生脸上的恐慌，三下五除二地把手枪大卸八块，将零件扔在桌上。

“瞧，您现在不怀疑了吧？”他拿起装满子弹的弹夹。

“你……要干什么？”沃森医生的声音有点发抖，但还算镇定。

“关于约定的时间恐怕要改一改。”秦思伟说，“我需要和洛重新商议。”

“谁？”沃森医生又露出一副非常困惑的表情。

“啊，不问不说，您记住这点就好。”秦思伟客气地点头，说了句后会有期，拿着弹夹离开沃森医生的办公室。

他在楼下和前台护士友好地告别，走出空调开得过猛的诊所，回到阳光普照的街上，一直往海边的方向走。直到走进一片椰林，他确定身后没人跟上来，才扔掉弹夹，靠在树上长长地舒了口气。

几分钟后，黎希颖跟了过来。“怎么这么长时间，我刚才差点就上楼去帮你了。查到什么了？”

“沃森医生对我构不成威胁。”秦思伟扯下领带塞进裤兜，“他根本就不知道加西亚、洛和温良之间的秘密，甚至没听过这几个名字。我看他这是接的匿名委托，拿钱办事而已。”

“这是和黑道打交道时最好的自保之策。”黎希颖说，“知道得越少就越安全。”

“所以我很轻易地说服他以后也不要关心太多。”秦思伟看着头顶树上的累累果实，“现在我们总算明白了，温良要做的不仅仅是转移资产，还要换个身份开始新生活。加西亚真会玩，他制造了洛这个人，找个马仔来扮演，时机一到就让温良变身接手。”

“洛不是创造出来的假身份。”黎希颖说，“我查到他的出生医院、家族谱系、小学成绩单、毕业照……伪造这么多、这么严密的身份资料对中情局而言都是不可能的。”

“你是说和温良接触的就是洛本人？”

“嗯，洛的身材和脸形与温良相仿，看来他是打算把自己的过去和身份一起卖给温良。”

“竟然还有这种事。”秦思伟觉得不可想象。

“想从这个世界上消失的人很多。”黎希颖说，“原因多种多样，比如躲避追杀和债务，甚至单纯厌倦了自己的生活。温良是有大笔的钱需要转移，需要空壳公司或者海外账户。而洛自己没钱，所以他才在加西亚的鼓动下，把身份卖了。”

“拿到一笔钱，他可以找个没人认识自己的地方重新开始。”秦思伟明白黎希颖话中的含义，“换个名字就是重生，像很多逃犯那样。”

“对，所以他和温良也算各取所需，加西亚则是从中渔利的掮客。”

“我确实没想到这个东西可以当钥匙。”秦思伟拿出金丝雀对着太阳看。

“它可不是钥匙那么简单。”黎希颖说，“每一颗宝石都是独一无二的，这简直就是无法复制的密码。”

“盒子这个凹槽里有压力传感器。”秦思伟给她看照片，“我开始按了一下，它感应到的压力不对就会亮红灯，只有靠宝石自身的重量，才能成功打开。”

“你说得没错，工程师出身的加西亚很会玩，就算你仿制出相同密度的东西，大小也会和凹槽不匹配，大小相同，压力又不一样。想做出各方面都一样的东西，实在太难，而且你很难判断加西亚把传感器的灵敏度调成什么样。”

“关键是一般人想不到他会来这一手。”秦思伟摆弄着宝石，“而且这样一来，不论是加西亚本人、洛还是温良，其实都不知道密码，完全杜绝了泄露的可能。”秦思伟感慨，“看把加西亚给能的，换作是我，估计也就设个指纹锁或者虹膜锁。”

“指纹太容易复制，虹膜的成本和技术含量略高。”黎希颖说，“况且这两样都是个人隐私。如果你是温良，已经准备彻底从世界上消失，会把自己的指纹留给加西亚和洛吗？”

“说的也是，指纹和虹膜都不太安全。”

“还有啊，万一事情败露，他只要扔掉宝石，就没有任何实物证据可以将他和这些阴谋关联起来了，多方便啊。”

“这个我倒没想到。”

“加西亚的聪明之处在于，他虽然是幕后的操控者，但一直保持着置身事外的距离。他从没和温良接触过，买卖宝石是通过拍卖，走的也是合法渠道。收购洛的公司，实际是温良空壳公司的股票，也可以解释成合法的商业行为。”

“你这么说确实有道理。我们也没有温良和洛秘密接触的证据，只是根据他们同时出入一个地方来进行推测，他们完全可以否认。”

“其实温良和洛接触不是谈生意，而是他需要花点时间来熟悉洛的语言、行为风格，确保在变身后的一段时间内不会穿帮。”

“那么温良在很多沿海城市来去匆匆，又是在做什么呢？”

“放烟幕弹。”黎希颖说，“要完成他的重生计划，一个沃森医生远远不够。温良首先需要制造自己的死亡或者失踪，然后他需要一个安全的地方躲避风头。等风声过后，他还需要有人帮他这个死人出境，然后才是找沃森医生变脸。”

“变脸之后，他还需要蛰伏一两个月等脸上消肿、伤口痊愈，然后再去吉隆坡，找时机和洛做调换，拿到身份。”秦思伟掰手指头，“这里面很多事温良自己一个人做不了，需要黑道、偷渡团伙之类的人帮忙，这些加西亚会帮他安排吧，公司的股份其实就是菲律宾人的酬金。”

“那些人和沃森医生一样，会拿到加西亚匿名送去的小盒子和定金。他们同样是只认钥匙不认人，所以中间出了任何纰漏，都不会影响到加西亚。”

“加西亚肯定已经用某种方式通知温良去哪里找这些帮手。”秦思伟说，“温良之前可能已经去探过路。为了防止在自己‘消失’后，警方或者家人调查他的行踪找到破绽，他故意到处跑，想制造一种无从查起的局面，给自己争取时间。”

“温良还需要给自己准备一些活动资金。”黎希颖提醒他，“逃跑路上、蛰伏等待时机都需要钱，他不可能时刻准备联系加西亚给他打款。”

“那五十万？”

“肯定不够。”黎希颖想了想，“温良账面上只有不到二十万，家里有五十万，还有一些钱被他藏起来了，很可能和逃跑备忘录放在一起。”

“那些雇佣帮手的联系方式？”

“嗯，如果你是温良，会把它们放在哪里呢？”

“放在没人能想到的……”秦思伟打了个响指，“杜畅，温良趁她不在疗养院时去送水果，说不定把钱和备忘录藏在她的房间里了。疗养院安保设施齐全，而且谁也不会想到他把自己保命的东西放在和自己关系淡如水的老婆那里。”

“杜畅以为闯入她房间翻找的是何孟周，其实是另有其人。”黎希颖皱眉，“这可不妙啊，如果已经有人拿到温良的逃跑必需品……”

“没有金丝雀，什么都没用，这不是你说的。”秦思伟掂着手里的宝石，“终于明白蒋迎为什么要杀掉李亢了。”

“他想要的是李代桃僵，等李亢背了黑锅再设法杀死温良，带着邱秋远走高飞，最后摇身一变为艾瑞克·洛，谁都不知道他是谁。反正所有接应的人都是只认宝石不认人。他们可以放心地用温良转走的资产过完后半辈子。”

“孙禹从邱秋那里得到这个消息，果断放弃了五十万的钞票，打起了同样的算盘。”

“不过他们都还不知道金丝雀的用途。”黎希颖迟疑，“此外，偷走温良放在杜畅房间里的东西的究竟是谁呢？”

“从时间上看，应该是蒋迎。那时孙禹还不知道这一切。”秦思伟说，“也可能是邱秋，她最熟悉疗养院里的情况，知道如何下手。反正他们俩是一伙儿的。”

“但是在孙禹的出租屋和邱秋包的快捷酒店里，都没有找到这类东西。”

“不管怎样得尽快找到邱秋，”秦思伟忧虑，“不然她很可能直接拿着钱逃跑。温良的备用金肯定不少，即便没有金丝雀不能出境，她也可以找个小城市开始新生活。”

“先回酒店吧，好热。”黎希颖用手扇风。

路上看不到出租车，只有吐着长舌头闲逛的流浪狗。他们在椰林的荫庇下，沿着海岸往酒店的方向散步。海浪爬上沙滩，抓走一片沙子，留下贝类的遗骸。巴掌大的螃蟹从礁石的缝隙里探出两只鼓鼓的眼睛探查敌情，稍有风吹草动便遁入沙滩之中。

“你有没有想过，和过去一刀两断，过完全不同的生活？”秦思伟问。

“我不用想。”黎希颖解开马尾辫，用手把长发抖开，“我经历过，不止一次。”

过去并不是用铅笔写在白纸上的字，找块橡皮蹭几下它就会消失。你走过的每一条路，遇到过的每一个人，甚至说过的每一句话，总会在今后的岁月里不经意地跳出来，给你带来惊喜或者困扰。你可以跑过半个地球，自以为躲得干净，然后才发现总有些让你难堪的过往，永远甩不掉。一刀两断？想得美。要摆脱过去的纠缠只有两个办法，第一，找把枪打死自己，一了百了。第二，和过去和解，接受所有好的、坏的，甚至不堪回首的，抬起头往前走。

“我说的不是以前，是现在。”

“我对现在很满意，没有抛弃它的理由。”

“也就是舍不得我呗。”他抱着她的肩膀，“我对现在也很满意，只是累得不行的时候就想暂时逃开，找个地方放放空，哪怕一两天也好。”

“逃，始终不是我喜欢的方式。”

秦思伟在她脸上亲了一下，往前跑几步，捡起脚下一块石头丢向大海，“对了，拍几张照片让他们开开眼。”

“瞧你这报复社会的心态。”黎希颖推他，“光发风景多没劲，晚上咱不是定了椰子蟹大餐嘛。”

“有道理，论良心我只服你。”

他们溜达了二十多分钟，还是没有空驶的出租车路过。黎希颖只好打电话回酒店，请前台派辆车来接。回到酒店时，已经过了下午四点，太阳不再那么恶毒，躲了一下午的人们又开始四处游荡、找乐子。

在楼下打了一个多小时的沙滩排球，回房间泡了一会儿热水澡，黎希颖换上白底水墨图案的包臀吊带长裙，把头发吹干盘在脑后用黑檀发簪固定。放在床上的笔记本电脑响了两声，她转身按几下键盘，把文件传到手机。

“又有新邮件？”秦思伟站在穿衣镜前转了半圈，把浅蓝色立领亚麻衬衣的下摆塞进米色休闲裤的裤腰里。

“我在捉鬼。”黎希颖在脸上扑了点粉，匆匆涂了一层豆沙色口红。

“什么？”

“先吃饭，我饿了。”

二楼餐厅按要求预留了露台的位置，夕阳西下，潮起潮落的大海和飘浮的云层都映着深浅变幻的红，好像从海面到天边全被熊熊火焰包围了一般。

餐桌上的冰桶里插着桃红葡萄酒，服务员优雅地端来腌木瓜、煎扇贝、三文鱼卷和主菜烤椰子蟹，还有蟹膏水蛋盏。

这种陆地上最大的寄居蟹喜欢吃椰肉，一对大钳子可以轻松破开坚硬的椰子壳，因为状如蜘蛛且体形巨大，常被当成海边怪物传说的原型。但自从人们发现它的肉滋味鲜美带着隐约的椰香，椰子蟹就在很多海岛都面临被赶尽杀绝的命运。所以，究竟谁才是怪物？

“我在犹豫，要不要把沃森医生的事通报给当地警方。”秦思伟招呼服务员倒酒。

“通报什么？人家有行医执照，接的是正当生意。”

“但是他和加西亚合作……”

“你无法证明他的雇主是加西亚或者温良，所以还是省省吧，当地警方才不会管呢。”

“照你这么说，我们拿加西亚也没辙。”秦思伟用小勺舀起一点蟹膏，刚入口有点苦味但很快就变化成清甜。

“是啊，但是我们可以证明洛是温良的同伙。加西亚拥有洛公司的股份，和温良也有宝石交易。洛肯定是跑不掉的，抓住他，就可以审出背后的主谋加西亚。”

“可谁去抓他呢？你的人在马来西亚没有执法权。”黎希颖摇头，“当地警方不一定愿意配合你，再说加西亚是菲律宾人，为这样一个案件搞三国联合执法，结果很可能是花的钱比找回来的多。这样的情况哪国的纳税人都不会答应。”

“唉，是啊，几个商人藏钱的勾当，国际刑警也不会有兴趣。”秦思伟咬着蟹肉，“加西亚可能早就算到这一步了吧。”

黎希颖用叉子戳穿一块扇贝：“他肯定早就打点好保护伞了，所以即使你找过去，也只能碰个软钉子。”

“失踪的法国人迪布瓦和澳大利亚人科鲁兹，肯定已经换了身份，在什么地方活得好好的。”

“你自己看吧。”黎希颖把手机递给他，“我捉鬼的一点成绩。”

“朱塞佩·佩尔西，意大利人……这是谁？”秦思伟不得要领地问。

“从身高体重看，此人应该就是科鲁兹。”黎希颖解释，“大约在四年前，佩尔西成立了一家公司，加西亚作为合伙人拥有百分之四十九的股权，听起来是不是很耳熟？”

“都是一个套路。”秦思伟点头，“科鲁兹假死逃亡，换上佩尔西的身份。如果能抓住此人，或许就能揭穿加西亚的那些勾当。”

“他现在在加勒比的一个岛国生活，那里和澳大利亚之间没有引渡协议。就算我们能证明佩尔西就是科鲁兹，也没人能把他怎么样。顺便说一句，Persi 在意大利语里刚好是迷失或者失踪的意思。”

“他和加西亚合伙的公司……”

“公司已经注销了，清算后他们分了钱。目前佩尔西经营了一家小旅馆，娶了当地一个农场主的女儿，孩子刚满一岁。这便是加西亚的生财之道。”

“我记得科鲁兹的船运公司破产时欠了很多债。”秦思伟插起一只三文鱼卷，“他‘生前’有老婆和两个女儿。”

“她们的日子过得很糟糕。”黎希颖看着沉沉入海的夕阳。

科鲁兹家的房子、车都被银行没收，科鲁兹太太带着女儿们搬回自己的出生地——一个地图上很难找到的小镇，但仍然难以躲开不断找上门骚扰和恐吓的债主。她在亲戚的帮助下，找了个帮农场做饭的活计。已经考上大学的大女儿退了学，在小镇的图书馆做管理员，曾经的富二代男友早就另觅新欢不再和她联系。小女儿还在镇上读书，但因为成绩不好，正在考虑辍学去找工作。

“他结婚时一定发誓说过要爱她、尊重她、保护她，不论她生病或是健康，富有或贫穷。可显然在神面前说的话和钱比起来什么都不是。”

“老婆可以再娶，钱没了就什么都没了。”黎希颖拿了一只蟹钳，“我从不怀疑人作恶的底线，因为根本就没底线。”

“如果科鲁兹太太知道丈夫‘死亡’的真相会怎么想？”秦思伟忍不住猜测。

“我正在想要不要告诉她们这个噩耗。”黎希颖垂下眼睛，落寞地说，“说了又如何，没有确凿的证据，她们无法报警。”

“以她们的能力是无法找到证据的。”秦思伟说，“科鲁兹太太请不起私人侦探，唯一的出路就是自己飞去加勒比找‘亡夫’，但那是很危险的事情。”

“嗯，以科鲁兹的决绝，为了保住自己的新身份，不知道能使出什么手段来。”黎希颖叹息道，“而且就算找到实据，没有引渡协议，澳大利亚警方拿科鲁兹也没辙。”

“除非把那人渣引回堪培拉。”秦思伟自言自语一般，“唉，太难了。也许，她们什么都不知道反而更好。”

“是啊，不是所有问题都有解。”黎希颖端起小巧的蒸盏，“真想飞过去，一枪打死那浑蛋。”

“你答应过我，不再轻易用那些黑手段，打啊杀的。”

“放心，我才不会让那种渣滓脏了我的手，只是替科鲁兹太太感到不值。”

“就让她们平静地生活吧。”秦思伟建议，“若是她们知道这些事，只能造成更多的伤害。”

“也许吧。”黎希颖无奈地承认道。

“估计迪布瓦此刻也在某个无人问津的小地方逍遥自在呢。”

“现在唯一的希望是何塞·贝尼特兹。”黎希颖放下小勺，“他在国际刑警那儿挂了号，想逃可没那么容易。逮住贝尼特兹，也许就能顺藤摸瓜，把加西亚的秘密王国连根拔起。”

“这恐怕就是贝尼特兹一直按兵不动的原因。他和加西亚都知道这其中的厉害，稍有不慎就满盘皆输。”

“没错，何塞·贝尼特兹要转移的钱可能有数十亿美元。干完这一票，加西亚自己也可以玩个消失，找个地方养老了。他们肯定会从长计议。”

“可惜你只能设法把线索送给里昂，剩下的就爱莫能助了。”秦思伟招呼服务员来倒酒，又点了苹果派做餐后甜点，“你说，加西亚现在是否已经知道温良死了？”

“国内只有市里的电视台有过报道，网上的议论不多，国外媒体对这类新闻没兴趣。加西亚和温良没有直接联系，不确定他是否知道温良的死讯。”

“但洛的空壳公司确实是温良的，表面上两家公司有合同来往，洛应该会得到消息。”

“既然是空壳，那就很难说。温良为了防止穿帮会避免公司里的其他人和洛的公司接触，而且他几次去见洛，不管在国内还是国外，都是单独行动。”

“如果加西亚还不知道温良的死讯，为温良准备的秘密通道应该还都开着。”秦思伟琢磨，“可惜我们手里没有那份备忘录。”他解开领口的一粒扣子，“邱秋没有金丝雀就算拿着备忘录也没用，所以我们还有翻盘的机会。”

“但是动作要快。”黎希颖用叉子翻开一块蟹壳，“敢做这种买卖的人都聪明得很，加西亚一发现风吹草动就会立刻处理掉所有对自己不利的证据。”

“邱秋也不傻。”秦思伟握着酒杯，“现在主动权主要在她手里，这才是我最愁的。”

“关于邱秋，我倒是持保留意见。”

“为什么？”

“因为还需要验证。”黎希颖切了一块三文鱼卷，丢给露台下礁石滩上觅食的螃蟹，看着它们横着围拢过来三两下将鱼肉撕扯干净。

金乌已经彻底淹没在墨色的波涛里，星星还没上岗，月亮慵懒地露出半张脸。海上薄雾弥漫，将远方的航船和灯塔虚化成几个模糊的光斑。

他们安静地吃完晚餐，黎希颖走下沙滩，赤脚踩着柔软的细沙，她试探着靠近急速冲上海滩的海水，一不小心被温热的浪花打湿了裙角。晚风吹来了烧烤气味和隐约的摇滚乐声。

“最近的一班飞机是什么时候？”去上洗手间的秦思伟急匆匆跑过来。

“出什么事了吗？”黎希颖用手提着湿漉漉的裙子。

“有人要杀孙禹，他和护士长还有老严目前都在抢救中！”

15 重生之路

凌晨五点，窗外是不肯离去的夜色和渐渐强势的雾霭，屋里有冷清的灯光，仪器的嘀嗒声和几双焦虑的眼睛。

护士长眨了眨沉重的眼皮，慢慢看清床边几张混着疲惫、惊喜和担忧的脸，她张嘴想说点什么，但头疼欲裂，感觉浑身都使不上力气。她对周围的人勉强挤出一丁点安慰的笑意，又立马闭上眼睛，胸口毫无节律地起伏，想多来点新鲜空气帮自己积攒起力量。

“你们长话短说吧。”值班医生一边检查她的双眼、双手，一边记下仪器的数据，“我得去看看老严的情况。”

“您感觉怎么样？”周鹏蹲在床边轻声问，“不舒服的话，我可以晚一点过来。”

“我没事。”护士长的眼睛睁开一条缝，探了一下脖子，站在门边的吴诚宇过来帮忙，把床摇起来一些。

“您能告诉我，到底发生了什么事吗？”周鹏说，“老严还没醒过来，孙禹仍然在抢救室。”

护士长盯着天花板，沉默了好一会儿才缓缓开口：“那个包，不知道从哪里来的。”

“是这个包吗？”周鹏拿手机给她看照片。

“啊……是它。红蓝格子的帆布包。”护士长眨眼，“我晚上七点进去巡视的时候，老严在门口。他……”

“他是替我盯一会儿。”窗边的小胡哭丧着脸。老严昨天下班早，惦记着青雨山庄的案子，到医院想问问进展如何，得知小胡从早上到天黑一直没吃饭，他大度地提出帮忙盯一会儿，谁知道这一盯就把他送进了抢救室。

“你擅离职守的事晚点再说。”周鹏朝小胡瞪眼。

“我错了……”

“现在不是追责任的时候。”周鹏示意小胡小点声，又请护士长继续。

“我和老严聊了两句，之后就进门了。”护士长盯着输液管子，“孙禹还是那样，没动静。那个包就放在他枕头旁边。”

“不是医生或者护士放的？”

“不可能。”护士长艰难地摇头，“我下午五点左右去巡视时，还没有这东西。因为孙禹是你们的嫌疑人，任何人带任何东西进屋，包括我在内，都要接受检查。”

“我在门口坐到晚上六点。”小胡插嘴，“除了医生护士没人来过。”

“我就是觉得奇怪，怎么会突然多了这么个东西。”护士长叹气，“一时好奇，想看看里面有什么，结果……”

她拉开拉链的瞬间，一股烟雾喷了出来，护士长瞬间感到天旋地转，眼前一片模糊，喉咙像被人掐住一样喘不上气。她跌倒在地的动静惊动了老严，他一边呼喊求助一边跑进病房想把护士长拉出来，但没拉几步也倒下了。

“我以为自己死定了。”护士长用自责的语气说，“怪我没有足够的警惕性，连累了老严。”

“您别这么说。”周鹏帮她掖被子，“人没事怎么都好。”

“我这是怎么了？”护士长慢慢抬起不停发抖的手，“我根本控制不住……它……眼睛……看东西一会儿清楚一会儿模糊。”她努力眨眨眼，须臾，露出放弃的表情。

“这是氰酸中毒的常见后遗症。”周鹏安慰她，“您刚脱险，还得治疗一段时间，会好起来的。”

“氰酸！”前来探望的李亢坐在床边轮椅上惊呼，心里不由得咯噔一下。

“小声点。”吴诚宇捂住他的嘴，“有人把氰酸毒气装包里了？”

“那是——”李亢迅速捂住自己嘴巴，生怕一不小心会脱口而出，那东西怎么会在这个包里？

“那个包……”吴诚宇看一眼李亢，没再说什么。

“你们打什么哑谜？”周鹏看着他们欲言又止的样子，顿生疑虑。

“没什么，我原来以为氰酸什么的只有在外国电视剧里才会出现。”李亢敷衍道。

“没想到那东西竟然这么可怕。”吴诚宇做出提心吊胆的样子。

“我们这楼道里都有监控。”护士长有气无力地说。

“已经去查了。”周鹏站起来，没有继续追问李亢和吴诚宇，只是说，“你俩都回去歇着吧，这边不用你们守着。”

“老严……”

“他已经脱离危险了。”周鹏说，“孙禹就只能听天由命了。”

“回去也睡不着了。”李亢嘟囔。

“走吧，咱在这里只能添乱。”吴诚宇推着轮椅走出病房，在值班警员小孟的陪同下乘电梯回到七楼。

走进病房关上门，李亢扑通一下趴在地上，半个身子伏在床下。吴诚宇吓了一跳，赶紧把他拽了出来。

“不见了。”李亢甩开他的手，瘫坐在地上，伸直打着夹板的腿。

“那包真的是？”吴诚宇用极低的声音问，生怕被坐在门外的小孟听到。

“应该就是了。”李亢咬着嘴唇。前天傍晚常新兰给他送来一包换洗的袜子、内衣，用的就是一个红蓝格子的帆布包。

“怎么会这样？“吴诚宇惊讶道。

“我不明白。”李亢皱眉，“我妈送来的包被守在门外的警员里里外外检查了一个遍，完全没问题。而且我一直把它放在床下，不知道它怎么会跑到楼下孙禹的病房，还有那毒气，氰酸……”

“哎，你先起来。”吴诚宇扶他上床，给他盖上被子，伸手摸摸他手腕，“你现在不用戴这个了？”

“大哥，这里是七楼，门口守着人，我能跑哪里去？”李亢嘲讽着自己，“而且如果昨天的检查没大事，我就要被转移到看守所了。”

“你也别泄气。”吴诚宇扶着他的肩，“阿姨已经和律师谈过了，正在想办法呢。”他在床沿坐下，“先不说这个，我记得你说过，温良曾经想用毒气暗算你和蒋迎。”

“对，就是氰酸。”李亢抱着被子。当时李亢查到温良偷偷摸摸联络在化工厂工作的一个朋友，还在网上查 ××× 和 ××× 的化学反应，于是加了个小心。他万万没想到，同样的毒气，同样的装置，竟然会再次出现在眼前。

“你们当时怎么处理的那些化学药剂？”

“扔在青雨山庄的别墅里了。”李亢忍着困倦和头痛回想。

“会不会是你们说的那个邱秋？她现在还没被抓，应该还没死心。”吴诚宇试探道。

“难道是孙禹杀了温良后把它们拿走了，后来落到了邱秋手里？”李亢迷惑地说。

“可邱秋是要杀孙禹灭口？”吴诚宇咋舌，“她是怎么拿到你房间里的帆布包的？那玩意总不会是崂山道士的遗物，会自己穿墙跑出去。”他站起来在病房里转了一圈，“昨天有谁来找过你？”

“你啊。”

“废话！除了我和你妈之外，还有谁来过？”吴诚宇让李亢好好想一想还有没有可疑的人。

“真没有。”李亢摇头。

“你出去过吗？”

“中午出去做过一次检查。”

“当时屋里没人？”

“没有，看守的警察跟着我。”

“检查什么？”

“拍片子、验血，在楼下做的，用了大概二十分钟吧。”李亢低头想了想，“楼下机器出了点故障，耽误了一会儿。”

“这就对了。”吴诚宇拍手，“如果邱秋要趁那段时间进来拿走你床下的包，时间是绰绰有余的。”他突然皱眉，“可她为什么要这么做？”

“嫁祸给我……”

“我看你还得多住几天院，查查脑子。”吴诚宇没好气地说，“你在住院，在警察的严密控制下，根本不可能拿到毒药，傻子都不会信这样的嫁祸。”

“那你说，她这是抽什么风？”

“不知道。”吴诚宇很苦恼，“而且她是怎么把装了毒药的包放进孙禹病房的？”

“我也想不明白。”李亢揪揪头发，“孙禹应该一直没离开过病房，下午我过去的时候，被检查了个够，就差脱光衣服了。”

“你去干吗？”吴诚宇嗔怪道，“还嫌自己的麻烦不够多啊。”

“大哥，我怎么知道他会出事。”李亢辩解道，“我是去看马澄，从马澄病房出来的时候发现孙禹就在隔壁，才进去看了一眼。”

“那是什么时候的事？”

“吃过晚饭，六点多吧。”李亢想了想，“但我没注意到床上有个包。”

“所以包是晚上六点到七点之间被送进去的。”

“我去的时候，老严在门口盯得紧着呢。一个包，这么明显，他肯定不会漏查的。”

“看来那包是成精了，不知道它会不会说外语。”吴诚宇推开窗户，探头出去深呼吸，他抬头看看天空，“你说，邱秋会不会是爬窗户进的病房，所以老严没看到？”

“她是蜘蛛侠吗？”李亢否定了他的想法，“病房的窗户都是从里面锁上的，从外面打不开，而且邱秋是中午来我房间偷包，不可能一直等到晚上六点多再对孙禹下手。”

“她一直没找到机会，所以时间耽搁了。”

“在医院晃悠那么久很容易被抓住。”李亢揉眼睛，“而且一旦我发现包丢了，肯定会通知警察，警察知道在这么严密的监视下还能丢东西，你觉得邱秋还能跑得了吗？我觉得她没那么大胆子。”

“那个女人我没见过，但听你们描述，她干出这种事也有可能。”

“别瞎琢磨了，完全没头绪。”李亢看表，“太晚了，你赶紧回去吧，明天一大早还得上班。”

“没事，我经常熬夜，习惯了。”吴诚宇关上窗户，“你睡觉吧，我明天下了班再过来，需要我给你带点什么东西来吗？”

“我想手机和电脑都快想疯了。”

“这个肯定是不可能的，我们进来看你都得把自己的电子设备交给外面的守卫。”

“那我这辈子就算告别互联网了。”李亢郁闷不已，“算了，你给我带本书来吧。上次在你家看的那本小说，我还不知道凶手是谁呢。”

“蓝色封皮的那本还是绿色的那本，我告诉你凶手是谁。其实故事都很曲折、逆转……”

“去你的。”李亢推了推吴诚宇，“赶紧滚。”

吴诚宇出门前帮他关上了病房里的灯，李亢躺在床上翻来覆去难以入眠，黑暗中的世界安静到可以听到每一个毛孔在叹息。墙角的应急灯散发出微弱的荧光，如海市蜃楼一般虚无缥缈，仿佛从另一个世界穿透过来。

也不知这场灭顶之灾到底何时才能结束，他突然感到心脏在剧烈地收缩。李亢把手伸进床垫的缝隙里，摸出一张商品条码。在一片漆黑中，他凝视了它很久，直到眼前变成一片模糊，才忧郁地将它收好，拉起被子盖住脑袋，忐忑地睡去。

梦里依旧是血、刀子、熟悉的脸和看不到尽头的逃亡之路。李亢曾经怀疑那是不是梦，因为它实在太真实，可以嗅到血的气味和感受到无处不在的紧张，他感到身上好像压着一座摩天楼，无法呼吸又动弹不得。

在迷离与清醒之间挣扎了仿佛几个世纪，终于用尽最后一丝力气将自己拉回现实，李亢扶着床栏坐起来，发现身上的病号服已经浸透了汗水，床头不知何时多了一只和U盘差不多大小、红白大理石花纹的海螺。

“小黎刚才来了。”接替小孟来值班的老郑给李亢把午餐端进来。

“她到底去哪里了？”李亢去卫生间刷牙，回来掰开一次性筷子。

“只知道是国外，海边。”老郑笑嘻嘻地坐下来，给他展示自己的小扇贝钥匙链，“很奇怪是吧，她一向喜欢玩神秘，做出啥事都有可能，我们早就习惯了。”他给李亢倒了杯水，“听队长的意思，他们已经凑齐了线索，你这案子马上就可以了结了。”

“他们人呢？”李亢看向门外。

“楼下看监控去了。”老郑告诉他，老严已经苏醒，没什么大碍。孙禹脱离了生命危险，但接二连三地受伤让他的身体极度虚弱，医生的意思是能不能醒过来全看运气。

李亢往嘴里扒拉着饭粒，一副心事重重的样子。

医院楼下的监控室里，此刻坐满了人，一台电脑反反复复地播放着从昨日中午到傍晚时分六楼和七楼的监控录像。

“这摄像头是不是有毛病？”周鹏指着画面，“角度不对吧？”

“有人把探头弄歪了一个角度。”保卫处长解释道，“所以靠墙这一片就成了盲区。”

画面中可以看见一辆清洁小推车在前进，但因为探头的角度问题，看不到推车人的身影。

“她应该是进李亢那间病房了。”周鹏翻自己的记事本，“我看了二十几遍录像了，什么都看不出来。”

“她在里面待了不到半分钟就出来了。”保卫处长按下暂停键给大家看时间。

“知道她去了哪里吗？”秦思伟问。

“大概是走楼梯下到六楼。”周鹏猜测，“楼梯间没有监控，她拿了李亢床下的包，装上化学药剂，送去孙禹的病房后再走楼梯下楼，混在人群里逃离。”

在一楼角落的垃圾桶里找到被丢弃的清洁工工服，工服上提取到两根长发，包裹在里面的胶皮手套内侧有一组清晰的指纹，经过对比确认是邱秋的。DNA 的化验结果短时间内出不来。

“但是六楼的监控没拍到这个女人。”保卫处长切换画面，“她拿走帆布包的时间是中午一点多，从那时候一直到事发，只有三个人进过孙禹的房间。”

值班医生和护士长的嫌疑早已排除，恢复了意识的老严记得傍晚六点多李亢去过一趟，但身上什么都没有带，监控探头也证实了他的记忆。李亢先是自己笨拙地摇着轮椅去了马澄的病房，在里面待了不到五分钟，出来之后，他和老严打招呼，把轮椅停在门边接受检查，可能是不太掌握摇轮椅的要领，李亢干脆把它停在门外，瘸着腿走进去，待了不到三分钟就出来了。

“原来如此。”黎希颖放下手里的一杯饮料，语气中都是遗憾。

“你想到了什么？”秦思伟问。

“你们觉得，邱秋投毒的目的是什么？”

“杀孙禹灭口。”周鹏抢答，“邱秋拿走了温良放在杜畅那里的逃命基金和备忘录，孙禹肯定从邱秋那里得到了这些东西。”

“不，那些东西还在邱秋手中。”黎希颖肯定地说，“那可是邱秋保住命并且勾引孙禹合作的筹码，她绝对不会轻易交出去。”

“交出那些东西，她对于孙禹就没价值了。”秦思伟表示同意，“就像快捷酒店的钥匙一样，邱秋肯定要留一手。”

“要是那样，她就没杀人灭口的理由了。”周鹏一愣，“拿着钱赶紧走才对。”

“所以邱秋来杀孙禹灭口根本就是多此一举。”黎希颖说，“还有，她去李亢的病房拿帆布包是做什么？”

“嫁祸……”

“李亢在严密监视下，根本接触不到毒药。”秦思伟驳斥道，“邱秋也无法预测他是否会接触孙禹，嫁祸毫无意义。”

“那都是毫无意义的事，她折腾什么？”周鹏糊涂了。

“更令人费解的是，在逃亡途中，她是怎么拿到化学药剂的。”秦思伟皱眉盯着监控画面，“这件事总有哪里不对劲。”

“这个问题，我们去和李亢聊聊就行了。”黎希颖拉着他走到门口，差点被冲进来的老郑撞到。

“这是要赶着枪毙谁啊。”秦思伟拽住满头大汗的老郑，“你不在病房盯着李亢，来这里做什么？”

“不见了！”老郑一边跺脚一边高声喊道，“被那小子给坑了！”

黎希颖闻言立刻就往楼上跑，七楼的病房里，地上撒着一堆饭菜，屋子里一个人影都看不到。

追上来的老郑委屈地解释，大约十分钟前，李亢坐在床上吃着饭，突然口吐白沫倒在地上抽搐，饭菜撒得到处都是。因为昨天毒气事件的阴影，老郑以为又有人伺机下毒，赶紧跑出去叫医生，不到一分钟的工夫，他带着医生护士跑回来，就发现李亢不见了踪影。

“牙膏。”黎希颖纸巾裹着指尖，挑起地上残留的一点白沫子嗅了嗅。

“他为什么要跑？”周鹏恼怒道，“昨天还好好的，说要赎罪呢。原来是想骗我们放松警惕。”

“因为他发现有人要杀他。”黎希颖站起来，看着大家露出疑惑的表情，“帆布包并没有被拿走，毒气原本是要对付李亢的。他回到病房发现了帆布包的不对劲，才把包送到了孙禹那里。”

“你等一下。”周鹏晕了，“李亢进孙禹房间时什么都没拿。”

黎希颖打开墙边的折叠轮椅，把周鹏按在椅子上，“我给你示范一下，两腿分开。”她将周鹏身上的小背包摘下来，放在他的两腿之间，盖上毯子。

“这样确实看不出来。”秦思伟围着轮椅转了一圈。

“马澄不是嫌疑人，她的房间门口没有看守。”黎希颖把周鹏推到窗边，拉开推拉窗，探身将背包放在窗台上，推向隔壁一侧，然后她关上窗，将窗帘拉过来一些挡住视线。

“马澄的病房在孙禹病房的隔壁。”周鹏明白了，“这样他进到孙禹病房时确实什么都不用带，只要趁老严没注意屋里时，把窗台上的包抓过来就行了。”

“李亢腿上有伤，但他活动还算自如。”黎希颖说，“我们可以去隔壁试试，应该不需要费太大力气就能做到。”

“李亢心里恨着孙禹。”秦思伟让老郑去调监控，看能不能抓到李亢逃跑的影像，“他先发现包里有鬼，就想着如果是什么杀人机关就借刀弄死孙禹。可是，邱秋为什么要杀李亢呢？”

“可能李亢知道什么，但没有告诉我们。”周鹏怒道，“那小子，总是藏着掖着，觉得自己多了不起似的。”

“李亢是还没吃够苦头。”黎希颖双手抱在胸前，“我现在知道，我的保留意见是正确的。”

“得赶紧抓住他和邱秋。”周鹏躁动起来，“他能跑到哪里去呢？”

“找人严密监视他家吧。”老郑建议道，“那姓吴的工程师和李亢关系不赖，没事就嘀嘀咕咕的，他可能知道些什么。”

“李亢不可能回家或者去找熟人，他不傻。”周鹏说，“这段日子，他已经有逃跑经验了，不会犯重复的错误。”

“别急，让我想一想。”黎希颖看着楼下黑压压的人潮，“只有一个办法能找到他，但愿还来得及。”

阳光下的世界看起来总是在和睦地运转着，一切的好坏悲喜都像是被抛入激流的树叶，毫无声息地淹没在习以为常的平凡之间。

晚上八点，郊外的山林间已经看不到一丝光亮。树林边缘广阔的水面散发出袭人的湿冷，反射着月亮暗淡的清辉。一排小屋错落有致地伫立在水边，尖尖的屋顶上和门边的廊檐下撒满枯叶。

李亢推开一座小屋的后窗，艰难地越过窗台爬进车库，因为一条腿使不上力气，差点脸朝下摔在地上。他扶着墙站起来，掸掸身上的尘土，小心地走上三四级台阶，穿过车库和客厅之间的小门走进阴冷的房子。

这一片小屋都是附近的村庄开发卖给城里人度假用的。眼下早已过了避暑时间，而赏雪的日子还早，四周寂静如地狱一般，连鸟叫声都听不到。

李亢贴着墙上楼，每走一步脚下的楼梯就咯吱吱响几声，他的心也随着颤抖几下，这时候他只好停下来，等所有声音消失再走下一步。一共十二级台阶，他觉得自己好像走了两天。

双脚终于站到二楼时，李亢心里一松劲，险些腿软滚到楼下去。

右手边的第一扇门是主卧室，越过阳台看去，是墨色的湖水和皎洁的月光。若是夏日的早晨在这里醒来，坐在露台上吃早餐，一定很享受。但是现在，房间里的家具都盖着布，颇有游戏中鬼屋的感觉。

李亢掀开双人床上白布的一角，伸手从床下拉出一只小皮箱，掀开盖子，里面有一沓沓的绿色钞票和几个绒布袋子。

李亢打开其中一个袋子，把里面的东西倒在钞票上。那是一条钻石项链和一对钻石耳环，这应该值不了多少钱吧？算了，先不管它。他收好首饰，把手探进箱子盖上的置物袋里，摸出一只卫星电话，这才是最要紧的玩意。李亢没有尝试开机，因为周围的黑暗总让他回忆起蒋迎死在眼前的恐怖一幕，此时的他感到浑身汗毛倒竖，头皮发麻，只想着快些离开。

“咯吱吱，咯吱吱……”有人上楼来了？李亢迅速把皮箱放回原处，起身贴在门边侧耳细听。

“咯吱吱，咯吱吱……”没错，是脚步声，但来人并没有靠近主卧，而是推开走廊北侧的一扇门。李亢听到关门声，房子里又陷入寂静。

走廊对面有两间房，会是哪一间呢？李亢琢磨了一下，蹑手蹑脚地走向阳台，缓缓推开推拉门。小木屋的阳台是环绕二楼一周的设计，他蹲下来避开窗户，匍匐着一路绕到房子北侧。第一间屋子里没人，第二间也没人！难道趁自己绕过来的工夫，对方跑到主卧去了？我该怎么办？李亢扶着窗框站起来思忖对策，突然感到背后有人拍了自己一下，他吓得叫出了声，没来得及回头便听见噼里啪啦的火花声，电流通过身体时带来剧痛和肌肉的麻痹，眼前瞬间一片漆黑。

有人在拖着自己前行，不知道是幻觉还是真实，蒋迎那圆圆的脸又出现在眼前，只是五官变得一片模糊，像蒙着丝袜，还有刺鼻的气味……李亢睁开眼，发现自己靠在墙边，双手被胶带绑在身后。一个瘦弱的身影坐在他面前的椅子上，目不转睛地盯着他。

“邱秋……你……”李亢有一肚子问题想问，话未出口却发现她的嘴上和手脚上都有胶带。

“她能听见你说什么。”脚步声靠近，熟悉的脸俯身盯着他。

“为什么要杀我？”李亢嚅动着嘴唇。

“你已经找到这里，心里应该清楚答案。”吴诚宇从怀里拿出一把刀。

“你早就知道蒋迎和邱秋的计划了。”

“对，蒋迎让我帮他弄一个干扰器，破坏一家疗养院的监控。”吴诚宇看着动弹不得的邱秋，“我一路跟着她，发现这女人从一个单间里偷走了一只皮箱藏到这里。”

“然后你就去查了这房子的主人。”李亢换了个姿势，跪坐在地上。

“这木屋是杜畅哥哥的房产，他通常只在每年七八月间来住几天，其余时间都是闲置的。”吴诚宇用蔑视的语气说，“有钱人的房子就和鞋子一样，放着也没什么大不了的。”

“你没拿走那些钱是觉得这些事情背后还有大文章吧？”

“五十万美元，加上一些首饰，我还真犹豫了一下。”吴诚宇说，“不过我几个月前就知道他们在谋划什么，也清楚这里面有多少油水。这是能抛开这里的烂摊子，重获新生的机会啊，没人会轻易放过这种诱惑。”

“收买孙禹的人是你……”

“废话，只有你一直蒙在鼓里。”吴诚宇嗤笑，“我发现蒋迎要干掉你，就知道自己有机可乘。但是我一个文弱书生没能耐杀了他和邱秋，只能找孙禹帮忙。我匿名联络了孙禹，告诉他你和蒋迎干的好事，他当时就答应要和我联手报仇。”

“蒋迎到死都不知道，是你暗算了他。”

“他不知道反而好，免得像你那样伤心伤肝的。”吴诚宇冷笑着装出哭泣的样子，“最好的朋友要杀我，最爱的姑娘不搭理我，害我听你哭了一晚上。唉，活成你这样可真够糟心的。”

“我的确是个彻底的失败者。”李亢自嘲道，“只是我一直不愿意承认。”

“你也不是一无是处。”吴诚宇不知道是安慰他还是嘲笑他，“你是属猫的，有九条命，可以一次次地逃过生死劫。怪不得说人算不如天算呢。”

“人都有算不到的地方，比如孙禹并没有按你设计好的去做。”

“我真没想到他还挺贼的，居然不按约定来，想捞更多的好处。”吴诚宇走到邱秋身边揪住她的长发，“也是这个狐狸精有本事，竟然说服了孙禹合作。”

“给乔三笠通风报信的也是你吧？”

“对啊，你这个人就是容易相信别人。”吴诚宇龇牙笑道，“其实你一开始的判断完全正确，金丝雀那么重要的东西在你手里，而我没力气抓住你，孙禹又脱了缰，就只能另找外援了。还得谢谢孙禹帮忙，如果不是他突然出现，我还真不知道该怎么打消你对我的怀疑。”

“金丝雀……那宝石到底有多重要？”

“哎哟，我还以为你知道呢，所以才让乔三笠留着你的命。”吴诚宇摇头惋惜道，“本来是想抓个活口问邱秋，结果邱秋被孙禹带走了。温良……唉，不提了。”他松开邱秋，“你是怎么发现我要杀你的？”

“商品条码。”李亢闭上眼睛。

“什么？”

“我昨天中午做完检查想换个衣服，发现帆布包下面贴着超市的商品条码。我妈给我送衣服时，包上没贴那东西。”

“就因为这个？”吴诚宇讶异不已。

“对，我立刻就意识到那不是我妈带来的包，有人把它调换了。”

李亢说，“现在想一想还真是后怕，如果当时没注意看，我可能已经躺在太平间了。”

“是我大意了。”吴诚宇露出一副自责的样子，“时间太紧，没好好检查。”

“我不知道包里面有什么鬼，但是看到我妈给我送衣服的除了警察就是你，所以能找个一模一样的包来调换的只有你，知道我中午要做检查的，也只有你。”

“所以你昨天是在跟我装傻充愣啊。”

“我真不愿意相信是你，但左思右想，没别的可能。”

“你是怎么把包送到孙禹房间的？”吴诚宇百思不解地问。

“不提也罢。”李亢嗤笑，“我想了很久才想明白你为什么要杀我，一定是我知道的什么事让你不安。但是我知道的和温良有关的事，警察也都知道了，杀我灭口已经没有意义了。但我回忆了我们在一起时说过的每一句话，突然想到这个木屋。”

“蒋迎当时打的主意就是警方即使发现温良的死有问题，也不会查到这里。唉，你要真是什么都不知道，我就不杀你了。说实话，我犹豫了很久，不然你早就没命了。”

“你是心虚，怕我继续被警察盘问，会把不该说的说出来。所以我想到，这里一定藏着你的秘密，但是我没想到邱秋也在这里。”

“她从孙禹那里脱身后就跑到这里了。”吴诚宇嘿嘿一笑，“我就知道她身上什么都没有跑不远，所以第二天晚上我悄悄摸过来，没想到真就逮住她了，就像我知道你逃出医院一定会来这里一样。你好奇心太强，一定想知道我杀你是为了守住什么样的秘密。看，你这不就送上门了。”

“我果然还是太容易被看穿了。”

“下午警察告诉我你逃跑了，向我询问你可能逃向哪里时，我顺便把青雨山庄有毒药的事告诉他们了，而且看样子他们已经相信一切都是邱秋在幕后捣鬼。那接下来的事情就好办了。”

“你是想制造邱秋毒杀我后消失的假象吧？也是为了不穿帮，才把钱暂时留在这个地方的，灭口才是让所有知情人都闭嘴的上策。”

“她要怎么消失我还没想好。”吴诚宇掂量着手中的刀子，“既然你改了剧本，那咱们就商量一下，你出于报复心杀了邱秋，逃跑时意外跌落山崖怎么样？”他哈哈笑了几声，仿佛为自己的机智陶醉，“李亢，你看看，我手里这把刀才是真正杀死温良的凶器，没想到蒋迎连栽赃你的刀都准备好了，那我就用这把刀送你上路吧！”

“什么刀？不是蒋迎手里的那把吗？”

“那把是蒋迎一早带走的，你忘了吗，就在你们离开青雨山庄的时候。”吴诚宇走到李亢身边蹲下来，露出一副有事好商量的神情，“你觉得我刚才的主意怎么样？或者你有更好的想法？”

“去死吧你。”李亢一拳击中吴诚宇的鼻子，他刚才已经恢复了活动能力，只是故意示弱，等吴诚宇靠近。

吴诚宇被打得向后一仰倒在地上，但立刻滚向一旁躲开李亢捅过来的刀子。刀锋在他的胳膊上划过，鲜血涌出，疼得他刀子脱手飞到了大衣柜下面。

“好小子，暗算我。”吴诚宇捂着伤口单膝跪地。

“早就知道你不会罢休。”李亢喘着粗气站起来，庆幸自己在夹板里藏了把小刀，趁着黑暗取出来割断了胶带。

他举着刀子慢慢挪向门口。吴诚宇也站了起来，直勾勾地盯着他，不敢靠近。

突然，吴诚宇侧着一闪身跳到邱秋身边，将她推向李亢手中的刀尖。李亢的腿行动不便，躲闪不及只能尽量后退扯开刀子。邱秋的身体撞在他的腹部，差点把他撞倒。趁这个机会，吴诚宇扑过来抓住李亢的手将他按在地上，想夺走刀子。

两个人在地板上扭成一团。李亢因为肩上有伤根本使不上力气，眼看刀子就要从手中滑落，情急之下他用尽力气撞向吴诚宇的头，撞得自己眼冒金星，吴诚宇也从他身上翻下来，瘫在地上。

李亢咬着牙从地上爬起来，跑进斜对面的主卧，抓起床下的皮箱就往楼下跑，用肩膀撞开大门。门外一道强光照得他头晕眼花，后退几步定定神才看清楚是木屋前的三辆警车。

“又被揍得一身伤啊。”站在车前的黎希颖打量着他。

“你……”李亢不由自主地往后又退了几步，身后立刻有冰冷的刀刃顺势贴在他的脖子上，吴诚宇的喘息声近在耳边。

“好快啊。”吴诚宇按住李亢死死抱着皮箱的胳膊，“你们是怎么找到这里的？”

“李亢有两个毛病。”黎希颖伸出两只手指，“第一，说话只说一半。第二，他分不清好赖人，容易轻信。”

李亢心里怕得要命，希望黎希颖赶快救自己，却不敢出声。此刻，他才意识到手里的皮箱有多重，沉甸甸的快把他的胳膊拽断了，五十万美元，三百多万人民币，是自己二十多年的收入啊。

“我们已经知道邱秋和蒋迎合谋洗劫了杜畅的房间。”黎希颖说，“杜畅没发现自己丢东西，是因为她不知道温良悄悄把这个至关重要的箱子藏在了她的房里。为了保证这东西的安全，蒋迎和邱秋一定不能把它带在身边或者留在清洁工每天出入的快捷酒店房间，他们必须找到一个安全的地点存放这个箱子。”

“我们恢复了李亢电脑里被他删掉的信息，找到几处房产的资料。”秦思伟从车灯后走出来，他换上了笔挺的制服，手按在腰间的枪套上，“蒋迎让李亢查过杜畅家人的资产，方便他从中筛选合适的房子。对我们来说，找到这里无非就是时间问题。”

“我想这也是蒋迎必须要杀掉李亢，以及你最终决定要他死的原因。”黎希颖对吴诚宇说，“我从不觉得邱秋是雇用孙禹的主使，除了她，能设法摸清蒋迎计划的就只有你这条咸鱼了。你没从温良口中问出金丝雀的用途，又发现孙禹不按约定办事，李亢也跑了，当时心里一定非常恼怒，对吧？”

“他……温良？”李亢不解。

“杀温良的不是孙禹，是他吴诚宇。”黎希颖说，“他让孙禹去杀你和蒋迎，绑架邱秋是因为只有她最清楚蒋迎的全盘计划，咸鱼想利用蒋迎的计划坐收渔利，但对一些细节仍然是模糊的。吴诚宇知道蒋迎不会杀温良，在目送你们离开后，他进入房子，戴上和孙禹同款的手套折磨温良。”

“吴诚宇希望日后事发，能全部嫁祸给孙禹。”秦思伟插了一句。

“但是温良到死都不松口，吴诚宇的计划落空了。他离开青雨山庄时拉开窗帘方便尸体被发现，同时拿走了你和蒋迎丢在别墅里的化学药剂袋子。”

“然后他去了何孟周家。”李亢想明白了，“打算把杀温良的刀子留在那里，做成我俩杀死温良的假象。”

“对，但进门后吴诚宇只找到蒋迎的尸体以及床下的钱和面具，知道事情失控了。于是他随机应变，杀了一无所获回到家中的何孟周，把现场布置成他和蒋迎互杀而死的样子。”

“你没想过让我们任何人活下来，对吧？”李亢问控制着自己的吴诚宇，“你拿走那两包化学药剂，是想日后对付孙禹用，只是一直没机会用，最后就用在了我身上。”

“蒋迎一而再地让我去查温良，里面肯定有秘密，我觉得这人身上可能藏着金矿。”吴诚宇说，“在深挖温良的小秘密后，我发现这是个绝好的机会。”

“是你发现的……”

“你以为你们进入温良家的通道是谁留下的？”黎希颖的语调像在责备李亢反应迟钝，“还有他家保险柜的位置，这些都是咸鱼摸清楚后告诉蒋迎的。他和温良走得非常近，才得到了很多你们查不到的内幕。”

“可蒋迎说那些都是从温良的一个情人那里买到的。”

“他就是温良的情人。”黎希颖看着李亢被吓到的表情，“吴诚宇发现温良身上有利可图，就设法接近他。”

“你怎么知道……”李亢震惊地说。

“杜畅曾经对温良和邱秋有染的推测嗤之以鼻，表示绝对不可能。”黎希颖说，“她还说温良绝对不可能有私生子，绝不可能和情人结婚，但温良的婚外情是确有其事的。能让杜畅如此表态的就只有一个可能——温良的婚外情对象不是女人。”

“那也不能说明……”

“我早说过，温良找上匹诺曹不是偶然，是蒋迎的算计。”黎希颖提示他，“是什么人给温良吹的风呢？此人一定和温良关系密切，否则他不会在事关自己自由的事情上，相信什么神秘的小木偶传闻。同时，这人又必须是深得蒋迎信任的人。

“不是邱秋？”

“不，温良很讨厌邱秋。”黎希颖说，“所以我很早就知道整件事背后还有个神秘的男人，和温良、蒋迎都来往密切。”

“蒋迎的男性朋友多了，你是什么时候怀疑我的？”吴诚宇问。

“马澄被抓，肯定是你的功劳。”黎希颖说，“虽然后来孙禹的出现让我有暂时的困惑，但很快我就确定只有你才会去勾搭乔三笠。”

“孙禹大难不死，一个小时前醒了过来。”秦思伟补充道，“他交代是在邱秋的帮助下猜测到李亢可能会回家求助。”

“他去我家了？”李亢心头发紧，想着如果那一天不是被齐大妈惊到，设法逃跑，怕是一家子都要遭毒手了。

“他们盯着你家，找到你的踪迹，但大街上人多他们不好动手，所以一路尾随，没想到你刚好被乔三笠捉住。孙禹让邱秋去搜你藏身的小院，自己跟着乔三笠观察情况。”

“他为什么……”李亢觉得一时间自己难以理清整件事情。

“他看乔三笠那样子就知道是雇用来的流氓。”黎希颖说，“孙禹可能觉得这背后是雇用自己的人在捣鬼，打算给你们来个一锅端。但是我抓了乔三笠，你又跑了。他和邱秋只好改变策略。”

“从那时候开始你就怀疑我了？”吴诚宇不信。

“对，不过真正让我确信你就是幕后黑手的，是孙禹的车祸。车并不是邱秋破坏的，她如果发现警察包围了村子，首先想到的应该是逃跑，再说我严重怀疑邱秋有没有破坏车子的能力。那么，有能力破坏并且能认出蒋迎车牌号的除了李亢就是你。”

“我没有……”李亢辩白。

“你当然没有。”黎希颖用看傻子的眼神看他，“吴诚宇是看到了你的木马抓到的定位信息，利用白天上班的时间偷偷跑去的。他告诉单位自己去合作方开会。”

“他怎么能预测孙禹会开车逃跑？”

“你傻啊，孙禹和你约好了见面，吴诚宇是希望他开车去南河滩的路上出事，一了百了。反正他已经知道温良备用资金和逃跑备忘录的下落，还自以为抢到了真的金丝雀。孙禹对他来说已经没有用了，只有除掉孙禹，他才有机会抓住邱秋。”

“既然早就知道，为什么会允许我在你们身边随意活动？”吴诚宇问道。

“因为这些都是推测没有确凿证据。”黎希颖说，“我要让你尽情表演，特意让警察放你出来，看你下一步怎么做，相信你迟早会露出破绽。毒气事件进一步验证了我的想法，如果是孙禹拿走了那些化学药剂，肯定已经被警方找到了。邱秋是出去望风时仓皇逃跑的，根本不可能有机会拿毒药。”

“不错，从青雨山庄拿走毒药的人就是杀温良的真凶，也是指使孙禹去杀匹诺曹的人。”秦思伟肯定地说，“邱秋的指纹只是障眼法，说明她已经落在真凶手中。”

“只是我们一开始不太清楚你突然要杀李亢的动机。”黎希颖说，“急着找你们费了一些工夫，总算没耽误太久。”

“你是不是觉得自己可以掌控一切？”吴诚宇嗤之以鼻，他从口袋里摸出车钥匙扔过去，“我的车停在右边第三栋小屋的车库旁，你去给我开过来，不然我就抹了他的脖子。”

“别动不动就抹脖子，怪恶心的。”黎希颖和秦思伟耳语几句，拿着钥匙去了。不大一会儿工夫，沉闷的马达声传来，吴诚宇租来的一辆深灰色轿车缓缓停在门口。

“你放了他，我们放你走。”秦思伟建议。

“等我到了安全的地方，自然不会为难他。”吴诚宇推着李亢往前走了几步又停下来，“你把金丝雀放在驾驶座上，离远一点！”

“好，你别激动。”秦思伟从长裤口袋里拿出黑丝绒盒子，打开给吴诚宇看里面的宝石。吴诚宇将金丝雀放在驾驶座上，从容地退到警车之后。

“所有人都退后五米！”吴诚宇用刀子顶着李亢，等警察们退开后他推着李亢上了车，“我如果发现两百米内有车跟踪就捅死他。”说罢，吴诚宇关上车门，发动车子朝西北方向驶去。

“金丝雀放皮箱里。”车在盘山路上飞奔，吴诚宇把宝石盒子塞给李亢。

“你到底想怎么样，如今就算拿到了宝石，还能往哪里跑？”

吴诚宇不说话，眼睛不停地瞟向后视镜，确定没有人追上来。

“等你到了安全的地方，还是会杀了我吧？”李亢看着黑洞洞的前路。

“你倒是想得开。”

“我信任过的人都想杀我，比如蒋迎，比如邱秋，再比如你。不想杀我的人，也一直都嫌弃我，比如小澄。你觉得我还有什么想不开的呢，如果你一无所有，也就无所谓失去。”

“像你我这样的人，早就没什么可以失去的了。”吴诚宇用古怪的眼神瞥他一眼，发狠似的踩油门。

山路崎岖，四周一片漆黑，车速却越来越快，仪表盘上的红色指针一直在向右转动。在一个急转弯的地方，指针像吃了兴奋剂似的打到尽头。车冲出路基，在暗夜中翻了几圈，几秒钟的时间便坠入几十米深的峡谷。车头触碰到谷底狰狞岩石的瞬间，一团烈焰腾空而起，爆炸声响彻天际。

尾声

每个人都会死两次——第一次是被死神带走，第二次是被世人遗忘。

三个多月前，我与死神达成了妥协。如今，世上认识我的人应该已经把我忘记了吧，反正我活着的时候，他们对我也没有多少眷顾。

风越来越大，乌云把大海染成肮脏的灰色，远方天边的一片迷茫大概是昨日新闻里提到的台风。密不透风的雨帘穿透单薄的皮肤风衣，寒气好像要从毛孔融进我的血液里。我抹一把脸上的冷水，慢吞吞地走进港湾里的一间酒吧。

“艾瑞克，你怎么不拿伞？”吧台后的德洛丽丝用惯常的撒娇语气问我，不知从哪里变出一条毛巾帮我擦头发。

她是酒吧老板的女儿，最近一个多月一直在试图向我投怀送抱。德洛丽丝是个美人，橄榄色的皮肤，黑色的长卷发，大眼睛高鼻梁，身材凹凸有致。但是我仍然没有下定决心，因为搞不清她喜欢的是我身上的异国风情，还是我藏在床下的那些钱。那天真不该借着酒劲和她亲热，随手送了个金戒指给她。

我很喜欢德洛丽丝，也和她父母商量好了入股酒吧，但我总觉得她身上缺了点更吸引我的东西。这姑娘美丽、热情，可以撩拨起所有男人的幻想，我还想要什么呢？魄力，睿智，冷静……我甩甩头，把可怕的念头赶走。我一定是疯了才会往那个方面去想。

老板给我端来一杯十二年的威士忌，不加冰。上岛两个多月了，我每天都要来坐一会儿，喝一杯威士忌，和新结交的朋友们吹吹牛，临走喝杯蓝色珊瑚礁鸡尾酒。大家因此总嘲笑我的刻板习惯。

酒精下肚，我身上暖了起来。今天下大雨，酒吧里没有游客，三四闲坐的都是老街坊。开旅游公司的马克，经营岛上唯一一家书店的麦基和我的房东约翰逊太太正在聊着马上要拆掉的老市政厅的闹鬼逸闻。

“艾瑞克，嘿，兄弟，想什么呢！”麦基过来拍我的肩膀。艾瑞克·洛是我现在的名字，我还没有完全习惯。

“你昨天打印的东西少拿了一张。”他把一张叠得整齐的纸放在吧台上，被德洛丽丝一把抢了过去。

“这是谁？”她略带醋意地问我，还好，这里所有人都不懂中文，只能看新闻上的照片。

“或许是送他这个玩意儿的姑娘。”麦基戳了戳我放在吧台上的手机，手机上挂着的半个海螺和我走路不太利索的腿是他们经常调侃我的话题。

“不，这是我一个朋友。”我抢回复印纸，把它揉成一团，“她受了很重的伤，在治病。”

“哦，真替她遗憾。”德洛丽丝放松下来，“艾瑞克，你从来不多说你过去的事，还有这只海螺。”

“我说过，那是一个很重要的人送给我的。”

“一个姑娘吗？”约翰逊太太端着啤酒走过来，“我猜她一定很美。”

“没有你美。”我和满脸脂粉几乎笑裂的老太太碰杯。酒吧里欢乐的笑声盖过了窗外的暴风骤雨。

这就是我现在的生活，在几个月前完全无法想象的生活。当我决定要让自己死去时，我终于明白，一个人若是已经一无所有，就不再会有任何畏惧。既然已经没有什么可以失去，抛开那毫无意义的皮囊，才能真的拥有希望。

深夜里，我仍然会想起蹲在那鬼魅般的小木屋边，破坏车子电路和油路时的忐忑不安。那一刻，我不曾想到这样的举动会差点害得自己真的落入死神怀抱。还好，我有心理准备，在车子飞出悬崖边缘的瞬间跳了出来。

在冰冷的山野里躺了整整两天，我不愿意回想自己是怎么爬出来，又是怎么辗转两个多星期来到海边的。拼死抱住的皮箱是我最后的机会，那颗宝石算是意外惊喜吧，原本我都不指望能得到它了。

我休息了一天，认真调整了计划，靠那只卫星电话里的一个联络号码和两万美元的现钞，被转移到澳门的一间小赌场。当我发现金丝雀的用处时，我既兴奋又害怕，差点心脏病发作昏死过去。住了三天后，我趁着夜色交了一万美元，被一个看起来很和蔼的老人送上一艘货轮。半路上我才知道，那其实是当地黑社会中响当当的人物，果然人是不可貌相的。唉，也怪我一直学不会看人。

扮成船员的样子在海上漂了一个星期，大副驾着小艇将我送上塞班岛的沙滩，从我手里拿走了两叠美钞。我没有去找通讯录里的下一个联络人，而是买通当地货运公司老板，把我带到了西印度洋的这座小岛上。我不懂公司经营或者清算，不想再继续冒险，打算靠手里剩下的几十万美元投资一点小生意，在这里安逸地度过余生。人不可太贪，不是自己的，拿走太多就会遭报应。比如死得糊里糊涂的蒋迎，比如不知道被判了多少年的孙禹和邱秋，再比如死无葬身之地的吴诚宇。

花了区区几千美元打点当地官员，送了一条钻石项链给他老婆，我便有了正式的身份并且成了他家的座上宾。我不喜欢艾瑞克·洛这样不中不西的名字，无奈理科生不会起好听的名字，就凑合着用这个听过一耳朵的外国名吧。反正艾瑞克也好，李亢也罢，只不过是个符号。不，李亢已经死了，我是重新找到归宿的幽灵。

我偶尔也会内疚，觉得愧对父母，愧对罗老师，挂念仍然躺在病床上的马澄。但是转念一想，或许没有我他们会过得更好。我甚至无耻地认为，我能在这个四季如夏的地方重获新生，也不枉他们付出的痛苦代价。如果我进了监狱，他们受的那些罪就没什么价值了。

Follow your heart，真理啊……想明白自己要什么才是最重要的。当然有得就有失，该抛弃一切时就不能犹豫。

我至今不会忘记逃出医院时的恐慌和挣扎，那是我人生中最黑暗的时刻。我并非没有想过老老实实地生活下去，在一次次的死里逃生之后，在终于回到父母怀抱的时候，我真的告诫过自己，今后要重新做人。我以为我可以告慰死去的好友，能和心爱的姑娘走到一起，又收获了新的兄弟，但是当这些幻想被无情地击碎时，当我发现自己又一次站在生死之间时，我终于明白，这个浮华喧闹的世界中没有我的容身之地。

把那只帆布包放在孙禹枕边时，我想到过可能会害死几个无辜的人。真的，我心存愧疚，但自身难保的时候，我从来是不顾别人。要怪也只能怪护士长自己不小心，不搞清楚状况就拉开拉链，这事真的不能赖我。

还记得那天中午太阳很暖，走在街上的我却是浑身冰凉，心像被冻住了一样。来来往往的路人都懒得看我一眼，一个个低着头，拖着麻木的步子，给我一种被僵尸包围的错觉。我知道我已经没有退路，更明白自己就是死，也不要变成他们这般庸碌的样子。死……看来那就是我唯一的选择了。那一刻，我竟然发现，自己有多么渴望能离开这荒谬而惨淡的人生。

玻璃杯和桌面磕碰的声音把我从回忆的泥潭里拉出来。今天不知道为什么，我心里的感慨特别多。

暴风雨来得快去得也快，喝完一杯酒的工夫雨就不见了。天空依旧布满阴云，德洛丽丝告诉我，新闻里讲台风会转向，与小岛擦肩而过，不过为了以防万一，明天港湾里的饭馆、酒吧全部歇业。她和我说话时故意弯着腰趴在柜台上，大敞四开的背心圆领处露出丰满的胸部，可惜圆润的腹部和腰肢有点煞风景。姑娘们与其整日搔首弄姿，恨不得扯开衣服给男人看，还不如好好锻炼身体，如果能练出腹肌和漂亮的腿部线条……我是真的疯了！明天如果不下雨，得去找莫得医生开点药。

放下酒杯，我走出酒吧。沿着无人的海岸一路往南走，爬上一个小山坡，便是我现在住的地方。石崖上的三栋房子都是约翰逊太太的亡夫留下的遗产，我租的是最小的一栋，只有三个卧室，但屋顶可以看海的大露台让我心动不已。

我得洗个热水澡换件衣服了，淋了半晌的雨，腿又开始隐隐作痛。我把钥匙和手机扔在桌上的时候，注意到桌面和出门时有些不同。烟灰缸和一堆空瓶子之间静静地放着一张白色的卡片。熟悉的名字，号码，照片……我的老身份证怎么会在这里！

这时，我听到隔着一堵墙的冰箱被拉开，里面的啤酒和饮料瓶子叮当作响。吞下一口焦虑的口水，我走到挂着贝壳门帘的厨房门边，又退了回来。

“很久不见，晒黑了啊。”她拿着一瓶修道院啤酒喝了一大口，身上的印花吊带背心和白色热裤比中午的太阳还耀眼。

“你怎么可能……”

“你肯定没看到今早的新闻。”一个魁梧的身影从露台上走下来，手里捏着我昨天才买来的矿泉水，“哥伦比亚毒枭落网，菲律宾商人加西亚的紧急避险公司被揭了老底。李亢，该回家了。”

“你……你们……”我脑子里一片凌乱。

“本来只是想放吴诚宇走，通过他的行踪摸清加西亚的秘密通道。”黎希颖走到窗边看着大海。

“那天，你们是故意的？”

“不然你以为你们能逃出去？”她扭头用关怀智障的眼神瞟我一眼，“我们已经做好准备，在中途救下你，但会继续放他走。我唯一漏算的就是你的残忍。”

“你破坏了吴诚宇的车，想要置他于死地，对吧？”秦思伟走到我面前。

“是他先要杀我的。”我退到无路可退。

三个多月前的那天，我逃出医院后便偷了辆车，找到了小木屋。在那里蹲到天黑，我眼看吴诚宇把车停在附近，走了进去。很快，二楼主卧室的灯亮了又灭了。我蹲在树后，看见他绕着二楼的阳台转了一圈，又回到主卧。所以我知道，要紧的东西肯定在主卧。

温良要跑路，一定准备好了大笔的现金并且买通了一些黑道。蒋迎要藏的，吴诚宇要保住的，就是这些吧。至于金丝雀，当时我是觉得自己肯定是拿不到手了，但只要有足够的钱，我就可以找一个小城市隐姓埋名生活下去，躲开牢狱之灾。

要拿到钱不那么容易，我已经做好了心理准备，藏好了刀子。吴诚宇是我自由路上的最大障碍，所以我才破坏了他的车。吴诚宇要追上来，他就只有死路一条。原本想上楼找到钱尽快脱身，但是没想到自己会成为他的人质坐上那辆车，更没想到黎希颖会那么痛快地把金丝雀给他。

现在想想，凡事太过顺利必定有问题啊。我庆幸自己逃出生天，沉醉在新生活的美好和对未来的向往中，没想到这个梦还没真正开始，就要这样结束了。

“你们无权抓我。”我做着最后的挣扎，“这里是法属岛屿，不管你在国内权力多大，在这里和我一样都是平民。”

“我们是来休假的。”秦思伟举起矿泉水瓶子，“托你的福，我上次的假期一直在忙。这次领导开恩，让我出来多玩几天陪陪媳妇。谢了啊。”

“休假时偶然发现故人在这里，特来拜访。”黎希颖对李亢忽闪着眼睛，“至于遣返偷渡客的事情，当地移民局一会儿会过来和你谈。”

“等你踏上祖国的领土，周鹏和老严会去接机，都是熟人，你应该不会拘束。”

我虚汗涔涔，分辨不清是身体在摇晃还是世界在转动，远处灰色的天和海变幻成奇异的形状，纠缠在一起。我又看见自己在深夜的小巷中踉跄着奔跑，看见跳跃的火光和冲天的烟雾，一张张脸叠加在一起，有的对着我笑，有的睁大惊恐的眼睛……这一定是另一场噩梦。谁来告诉我这只是梦？谁来叫醒我？

醒来后的我会是谁？会身在何方？

后记

一个夏天的夜晚，很久没联络的朋友突然问了我一个问题：如果一个人犯了错误，他是不是值得有第二次机会？

我毫不犹豫地回答，当然可以，只要他努力去争取。然而朋友又问：如果这个人罪大恶极呢？这一下，我开始徘徊了。若真是作恶多端，给他再来一次的机会，对那些被他伤害的人，实在是太不公平。可是，朋友继续问道：假设他用了十年作恶，后面真心地用二十年去赎罪呢……

就这样，我们聊了很久，始终没有找到令大家都满意的答案。我只能感慨，人生不是一部手机，不论出了多大的 bug，都可以刷机重来，得到个崭新的开始。随即我又想到，这种刷机重来一般的开始，是不是很多人想得到的呢？说到底，我们的人生总有这样那样的遗憾，这样那样的错，甚至这样那样的不堪。如果有机会，重新变回一张白纸，即使付出很大的代价，不知道会有多少人趋之若鹜。只是，涅槃二字已经说得很清楚，真要重头再来，需要的不仅仅是把自己彻底埋葬、脱胎换骨的决心，还得抹掉留在世上的一切痕迹，其中的痛苦一点也不亚于死亡。正如墨西哥人那句俗语：死亡不是结束，遗忘才是。

突然之间，我觉得我可以写一本书，来聊聊这个话题。而现在，这本书已经要再版，新的名字《第二次死亡》正好契合我写下这本书的初衷。在完成和修改它的过程里，我也一直在想着当初那个问题，想过很多，很多……

如果现在有人问我：一个人无论做过什么，是否应该有第二次机会？我的回答是：当然可以，但要付出两次死亡的代价，你，做好准备了吗？

午晔

2022 年夏